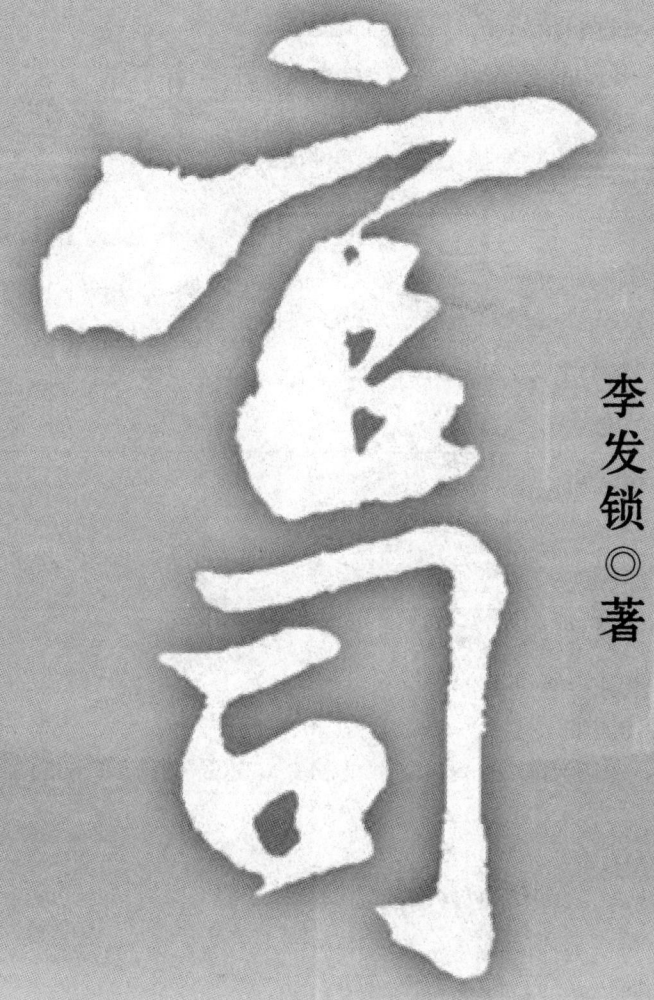

李发锁 ◎ 著

人民日报出版社

图书在版编目（CIP）数据

官司 / 李发锁著. ——北京：人民日报出版社，2013.5
ISBN 978-7-5115-1862-0

Ⅰ. ①官… Ⅱ. ①李… Ⅲ. ①长篇小说－中国－当代
Ⅳ. ①I247.5

中国版本图书馆CIP数据核字(2013)第116231号

书　　名：官　司	
作　　者：李发锁	

出 版 人：董　伟
责任编辑：陈　红
版式设计：赵景志

出版发行：人民日报 出版社
社　　址：北京金台西路2号
邮政编码：100733
发行热线：（010）65369527　65369846　65369509　65369510
邮购热线：（010）65369530　65363527
编辑热线：（010）65369844
网　　址：www.peopledailypress.com
经　　销：新华书店
印　　刷：北京鑫海达印刷有限公司

开　　本：710mm×1000mm　1/16
字　　数：280千字
印　　张：20
印　　次：2013年7月第1版　2013年7月第1次印刷

书　　号：ISBN 978-7-5115-1862-0
定　　价：38.00元

目录 官司 新民生小说 GUAN SI

引子 / Ⅰ

1. 花斑山豹 / 001
2. 大义灭亲自有孽因 / 007
3. 快感过后是隐痛 / 016
4. 烟灰缸也可透视肺脏 / 021
5. 手指优于柳叶刀 / 027
6. 凸楼弹压下的凹地 / 033
7. 领导亲笔字等于指纹押 / 038
8. 赵瞎子不是瞎子 / 044
9. 钱匣子与痒痒挠各有丘壑 / 049
10. 上中两策价值两个二百五 / 054
11. 补墙也是在补心 / 060
12. 二舅原来是个传话的 / 066
13. 大炮与烟斗 / 072
14. 两个半槽便一女两嫁了 / 076
15. 在自己的房屋里 / 081
16. 一张弩两支镞 / 087

17. 赢输之行规 / 093
18. 毛只能长在皮上 / 098
19. 不能对砍就分不出真刀假刀 / 105
20. 一女两嫁的老娘跑了 / 111
21. 屡试屡爽的一字秘诀 / 121
22. 二比一与一比二原本一个意思 / 128
23. 越是讨厌的人往往越是实用 / 134
24. 上约与中约及下约 / 141
25. 留得青山不是为了烧柴 / 149
26. 出卖自己的是半碗米饭 / 154
27. 谁把饭做夹生了就由谁吃 / 160
28. 聪明的人要善于示弱 / 167
29. 热脸贴了冷屁股 / 176
30. 人多半在乎的是一个包装 / 183
31. 狗屎上了墙也是广告 / 192
32. "呸呸"的意思不是"呸呸" / 201
33. 刁钻不等于无赖 / 209
34. 利益面前感情不值一分钱 / 216
35. 县官不如现管 / 221

36. 急性子与直肠子并非同路人 / 226
37. 理直难打笑脸人 / 231
38. 人就是货，货就是人 / 236
39. "当家的"不是主心骨 / 242
40. 白头材料比红头文件管用 / 249
41. 后任给前任揩屁股是规矩 / 257
42. 权与利本是孪生兄与弟 / 263
43. 法律事实与客观事实不是一回事 / 269
44. 后证绝对压不住前证 / 274
45. 竖格便笺纸包裹着马脚 / 281
46. 全糊涂与半糊涂及不糊涂 / 287
47. 保帅丢车之前要弃卒 / 292
48. 一百个"就快了"抵不上一个"暂缓" / 299

篇后补记 / 307

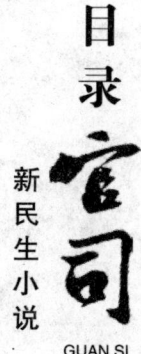

引 子

刘玉山与曲云莲去给全省"十大政法模范"王大和送奖牌，同时祝贺他由政法委书记升任政协主席，赶往阳河县城的路上听到晴天炸雷的消息：王大和两天前已被停职审查了。

到县城下了车，夫妻俩索性揭开包裹奖牌的红绸布，抬着金底红字的奖牌顺着县城中心大街缓步而行。奖牌写着："奖给 政法模范 王大和"，落款是"原劳教人犯 现文明公民 刘玉山 曲云莲"。适值上班高峰，走到县委大院门前时，围观者已经有乌压压好几百人。

信访办主任老高接到报告：阳北那对刁民夫妻又来上访了！

了结官司，还了清白，本该一身轻松，刘玉山反倒添了毛病，就是不可抗拒地无时无刻不在心窝窝里挂惦着一个人，虽然被挂惦的人是主管80万人口政法工作的县级官员，自己不过是一个做廉价服装生意的小业户。

这种麻雀对大象的单相思，却获得了曲云莲的理解和赞赏，并定性为情义之爱，进而引申为自己所以爱刘玉山的充分理由：就在这个痴情的劲儿上！为了支持自己的论点，曲云莲以恋爱秘史作论据，认定现今刘玉山对王大和的感情，如同当年傻乎乎被自己俘虏进情网一样。

这段时间，王大和脚趾尖踢着脚后跟连着飞来两件好事。一是将由副县提升为正县，一是被评为省"十大政法模范"。小镇阳北的媒体还不够发达，王大和当选政法模范的消息是从镇敬老院院长老王嘴里传出来的。那是一个暖洋洋的下午，老王到刘玉山的小店给老人们买一打枕套，为选

红色还是紫色犹豫了半天,还一本正经地解释:"给老年人办事我得把心思放端正了。你看人家王大和书记,提升了正县,又当政法模范。好人有好报呢。"

一句简单的话语,入了刘玉山耳朵,立即引起了复杂的反应,狂喜的洪流迅速冲垮了心房的忧虑块垒:"别选了,交一打钱两打都拿去,那一打算我白送。"

紧接着,心房里膨胀的喜悦洪流不可抑制地溢了出来,迅速冲垮了服装与鞋帽的价格堤坝。不到一个小时,"刘玉山服装店所有商品全部打五折"的消息,飞快传遍了阳北的大街小巷,待曲云莲急匆匆赶到店里,刘玉山正兴冲冲地连卖带吆喝,仿佛打了胜仗的将军一般手舞足蹈。

曲云莲温言哄劝了半天,刘玉山才恋恋不舍退出了销售阵地。检点战况,不到两个钟头共计半价卖出了两件羽绒外衣、4套童装、3顶绒帽、5副手套和两双鞋,外加一大堆针头线脑。

曲云莲嗔怪道:"当家的,这个月咱俩算白闹乎了。"

1. 花斑山豹

若干年前，曲正副师长的独生女曲云莲是A师大院内闻名遐迩的"花斑山豹"。以至于后来有新兵问老兵哪个是曲副师长时，老兵会说："花斑山豹的爸呀，连这都不知道？"

那时候，曲云莲打起架来比部队大院那些浑小子还猛，曾有过把毛头小子手背咬掉皮，自己头皮缝了三针的荣耀，形成了大院子里人见人怕的一段历史。曲云莲最为擅长的是爬树，A师大院内那片参天大树上的鸟巢没有她未上去掏摸过的，屡遭侵略的鸟儿只好相约逃离。以10岁为界，往前数两三年，曲云莲只有名为"山豹"的绰号；往后数六七年，曲云莲长到1米70亭亭玉立时，一些斜睨着渴望眼光的浑小子就在"山豹"之前加上了形容词"花斑"；再后来，刘玉山进了有门岗的A师大院，人们对"花斑"的"花"字又有了意味深长的解释。

那是曲副师长最满足的时光，虽然没有儿子，但有一个英猛的女儿，内心里比有儿子还骄傲。曲云莲念了七年书便毅然与课堂告了别。面对妻子的唠叨，曲副师长坚决站在女儿一边："不愿念书就别念了，我曲正大字识不了一筐，不照样当副师长？"父女俩忘年交的友谊如火如荼，一度使医生妈妈有了些许嫉妒。

曲副师长为宝贝女儿设计的前程是当兵。机会说来就来了。A师党委常委会议在宽大漂亮的会议室举行，议题是审查给C师输送的女兵。这是一个重要的议题，师首长脸上严肃，但也透着不易察觉的喜悦。虽然全师（含所辖四个团）随军营以上干部子女符合条件的有数十人，但军务科

在筛选提报名单时，一定会将他们的子女作为重点。因为他们身上的伤疤多，子女年龄也大。

此刻，曲副师长独门小院二楼的闺房中，曲云莲正穿着妈妈那套军装，在镜子前左瞅右看，憧憬着穿上军装的那份美丽，亮翅一展能飞多高多远？

因为有师政委的女儿要当兵，会议由师长主持，先传达了上级关于新兵的要求，即政治素质、年龄、身体、文化四项基本条件，也简称为四项硬"杠"。师长首先对四项硬杠做了明确的修饰性解读："啥叫政治素质好？咱自个撒下的种自然不会长出毒草，但不能有前科劣迹。啥叫年龄符合？就是不能把娃娃当作成年人。啥叫身体健康？不能戴个'二饼'，身子骨面条一样，跑不下一个操。啥叫有文化？起码要初中毕业吧。"

大家都笑了。

师长越发激活了幽默细胞："我们A师打仗从没使虚功耍花枪，工作从来不掺半点水分。这次选送新兵，不能像C师刘大个子那样一屁两谎，把一个差半杠的野小子偷着塞进我们A师，还他娘的不敢承认。"

军务科长按姓氏顺序逐一介绍八个女孩的情况。政治素质情况有的是有共青团员证明，不是团员的都有地方派出所出具的无劣迹证明。身体情况都有师医院的体检表。年龄状况都有出生证明。学历情况都有毕业证书为凭。

师长满意地表扬："军务科这一次工作做得认真，各项凭据证明齐全，扎实可信。"尔后把头转向政委，看政委含笑点了一下头，又接着说："大家没有意见这事就算通过了。"

"没有意见，完全赞成。"众人高兴地说，"赶快通过吧。"笑声中还响了几声零星的掌声。

不料，坐在师长旁边的曲副师长冷不丁冒出了一句："我不同意我家云莲。"

政委笑了:"怎么?曲副师长舍不得宝贝女儿去?名字可是你家老嫂子报的呀。就你那个野丫头,你还怕她吃苦受训?她不欺负别人就不错了。再说到C师你老哥儿们刘师长那儿,或到师医院当卫生兵,不愿意就当蹦蹦跳跳文艺兵,哪有苦吃?"

曲正一脸严肃地说:"不是我不愿意云莲当女兵,是她有一杠过不去。初二还未念完,学历不够格,我不能让刘大个子说我糊弄他。"

政委说:"老曲,你昨晚上喝了多少酒,咋满嘴酒话?你说云莲初二没念完,可毕业证在这儿,那可是盖着学校公章呢。"

"我没喝酒。她初中没毕业,毕业证是哪来的?"

师长说:"老曲,你脑子进水了吧?你不同意不好使,我命令你收回酒话。"

曲正直了脖子:"我声明,一、我脑子没进水,说的不是酒话;二、我曲正从未说过假话,办过虚事,我不想当无赖副师长。"

师长吼道:"曲正同志,这是师党委常委会,玩清高是你自己的事,但你作为常委,要顾全大局。大局!明白不明白?"

政委焦急地插话:"老曲,你不能白白姓了一个曲字,咋一点弯不会拐呢?"

曲正放低声说:"师里那么多女孩子杠杠全过却穿不上军装。我不能为了自己女儿让全师干部戳脊梁骨。"

师长气恼地站了起来,指着曲正脑门子:"我才发现你脑子是真没进水,你那是个榆木死疙瘩,根本就进不去水!"

3天后,包括师政委女儿在内走了8个女兵,只剩下了已试穿过妈妈军装的曲云莲。

曲家父女一夜间成了水火不容的对头。

曲云莲如同一只垂头丧气败了阵的斗鸡,又像只灌满了一肚气的青蛙,满肚子的沮丧与懊恼急于寻找地方泄放。不忿的是同样差着一

个"杠",政委的女儿可以走,副师长的女儿就走不了。这种不忿与其说是对自身,更主要是替老爸不平。在A师老爸资格最老,立功最多,就因为文化低至今还是个副师职,而自己差那一杠也在学历上。云莲本想到师部机关大闹一场,但是一怕老爸难堪,自己没本事混上正职,还好意思指使女儿搅局?二怕闹开了,把政委的女儿弄下来,那可是自己最好的姐妹,不能不讲义气。女兵走的那天晚上,曲云莲轻轻开了门锁,进门鞋也懒得脱,倚在门厅里想心事。厨房里传来了妈妈不满的埋怨:"我真不明白你是咋想的,政委家二丫头体重身高都不过杠,不是照样走了吗?你可倒好,别人不说,自己倒抖搂出来了。"

曲正气鼓鼓地回应道:"政委是政委,曲正是曲正。我从来没讲过一句假话,没办过一件无赖事,一辈子实事求是。"

"天,原来这么回事呀!"

曲云莲把手里的蛤蟆镜往地上狠命一摔,厨房里两个人猝不及防吓了一大跳。曲云莲如同一头龇着牙的豹子猛扑上来:"曲副师长,原来是你大义灭亲把女儿举报下来的。当初我不想上学妈妈逼我时,你可是支持我逃学的呀,你是那会儿就计划好了,有朝一日牺牲女儿的前途为筹码,表演你的清高是不是?"

"莲儿,怎么跟爸爸说话呢?你爸爸怎么知道现在当兵要看学历?你也不是不知道,你爸一辈子最恨弄虚作假的无赖,从来没说过一句假话,办过一件虚事。常委会上说了真话那也是不得已呀。"

"你敢这样同老子讲话?我曲正敢作敢为,就是我把你卡下来的。别说你学历不够杠,就是够杠我照样不会同意!就你这样的思想政治素质,打架斗殴,顽劣成性,A师上下哪个不知道?我绝不能让你把脸再丢到C师去!"曲正的怒火一下被点燃了。

"曲副师长,你不是标榜自己光明磊落从来不做无赖事,从来不说一句假话吗?可为什么在我曲云莲身上屡屡口是心非、阳奉阴违呢?本小姐善于打架斗殴是不假,还不都是拜你所赐!你说,哪次不是你让我以牙还牙的？不是你的谆谆教导，本小姐会如此顽劣成性？"曲云莲粉脸气成了石榴色。

曲正气急败坏了，"叭嚓"一声脆响，多年心爱的紫砂壶粉身碎骨，仿佛回迎了蛤蟆镜的四分五裂："当兵？你这辈子就死了当兵的心吧！你手里若是有了枪，我曲正家就会给国家增加一个女土匪！"

这场父女战争漫长而持久。

饭还是要吃的，但吃了家人的闲饭，出口的话语必然气短。这个阶段云莲在A师后勤部被服厂无精打采地踏着缝纫机，工作时间以赚够了饭钱为标准，时不时有意无意地出着次品、废品。

双方称谓变化标志着战争造成的精神创伤，呈累累又叠加状态。从"爸爸、老爸、我家老爷子"到"曲副师长、曲正同志、我家老东西"，从"莲儿、云莲、宝贝"到"曲云莲、曲云莲同志、那个丧良心的"，可见彼此伤害之深已切入骨髓。

从称谓附带的事情上可以发现，父女恨之深大概在于爱之切。

曲正："曲云莲死哪去了，咋还不回来？外边下这么大雪，看不冻死个丧良心的！你这妈妈是怎么当的？不穿外套也不知道提醒她。"

云莲："这是我老妈给曲副师长的药。都到点了还不赶紧吃？不然脑子烧裂缝进了水，在常委会上又要说胡话。水在桌子上，别赖本姑娘没侍奉你。"

曲正："曲云莲同志，作为一个老同志我善意提醒你，能不能像个正常人那样生活，正正经经上几天班，不要三天打鱼五天晒网。"

云莲："曲正同志，纠正一下，不是五天晒网，本姑娘这一周上了三天班，只晒了两天网，完全符合《中华成语大辞典》规定的标准。至于你说的正常人'生活'，顺便声明一下，本人现在是痛不欲'生'，已经'活'够了。"

曲正："曲云莲，你干活时能不能多用一些脑筋，下剪子那么随意，想把被服厂给剪黄了吗？"

云莲:"曲正副师长,你难道忘了本姑娘的脑袋是榆木疙瘩不开窍?多亏你提醒,请支付二百元废品罚款,这是本姑娘的借条。哎哟,我想起来了,曲副师长在家历来抓大事,从不管钱。不过从我妈兜里往外掏一样让人心疼,但为了贯彻曲副师长指示,别把被服厂搞黄了,本姑娘顾不上心疼了。"

2. 大义灭亲自有孽因

王龙一是阳北镇最年轻的中层干部，股级的城建所长（代理），虽然在中国正式行政序列里根本没有股的级别，这个城建所正式加临时总共才五个人，但在四万阳北镇人眼中，这属于位尊权重大机关里的大干部了。

王龙一给人最深刻的印象是一个"静"字。坐在那儿可以一上午不动位，不讲一句话，说是一个蜡像人也不为过。该吃午饭了，静悄悄进到食堂，静静地吃着。即使嚼的是硬硬的蚕豆，两片嘴唇也会紧闭着，将咀嚼声死死锁在口腔内。连不小心饮茶烫了嘴起了泡，即使一个人在屋也不会发出"哎哟"声，不宜听见的轻声也没有。当然凡事稳重的王龙一很少犯此类低级的烫嘴错误。

从食堂返回屋，听不到钥匙拧锁声，听不到关门声，弄不清到底回屋没有。因为从来都是静静地走路，脚下似踩着棉絮，如同一只猫的步履。所里的人海阔天空胡侃或玩笑，一回头猛然发现所长就站在身后毫无声息听了老半天，冷不丁会惊得"哎哟"一声，赶忙想哪句话是否讲错了，吓得会冒出一头虚汗。而王龙一对那声"哎哟"和头上的虚汗，似未听未看一般，一声不响地转身回到所长办公室。走后的屋里一般会有半晌死寂。

王龙一的静最突出的表现是话语极少，非说不可的多半是一个或几个字，或是一个短句。下属来请示工作，同意的往往是一个"行"字；或者干脆点一下头，张嘴都省了。不同意的顶多说一个"不"字，或摇一下头，从来不解释半句理由。

镇机关新来的人会认为王龙一身体素质有问题，神经迟钝、呆滞。机

关老人多半知道，王龙一的静是一种表象，内里神经比任何人都敏感、活跃。犹如风平浪静的大海，无底的深渊隐藏着多少秘密谁也弄不清楚。王龙一面部表情似一块木板，多年一贯没有任何变化，让人不得不怀疑是戴着面具示人。一般的喜怒哀乐从面目上休想看得出来，只有在盛怒巨喜的时候或可见蛛丝马迹。巨喜时浓重的眉毛会稍微变细变长一点，两眉间会一马平川，宽度能放下一扁指。大怒时眉毛会变粗变短，眉间会出现不易察觉的"川"纹。这时若压上扁指，指两边会探触到数根眉毛梢儿。这是与王龙一关系最近的女人说的。

有夏家村白胡子老头儿说，王龙一的静与小时候的凄苦境况有关。

父亲王铁匠树桩子一样粗壮的胳膊与蒲扇大的巴掌无人匹敌，抡了一天大锤剩余的力气除了赏赐给王龙一的娘之外，也没少在小龙一身上留下痕迹。王铁匠也不是一个完全不爱妻子与孩子的男人，对小龙一的弟弟与妹妹几乎未动过一指头，哪怕在喝了半斤烧酒头晕脑涨后，巴掌也绝不会施错对象。按说王龙一是三个孩子中长相最好的一个，除了顾长的个头外，脸庞、体态几乎是漂亮母亲的翻版。而那一弟一妹却遗传了王铁匠短粗胖的体态，尤其是那个弟弟，说话声音与走路姿势活脱脱三十年前王铁匠的翻版，难怪王铁匠连一根指头也舍不得动。

王铁匠最听不得村里人当面夸奖大儿子帅气，尤其在酒后，大儿子被夸奖的代价一定会转变成妻子脸上的蒲扇巴掌印痕。有时两个儿子站在一起，差了一岁的小儿子跳着脚也只能够到大儿子的下巴，王铁匠不实事求是地说小儿子的个头矮，反倒咬牙切齿地训斥王龙一："你腰杆子就不能缩一缩？傻大个！"再看一看小儿子黑黢黢的脸，越发恨恨地对大儿子诅咒道："你长大了就是一个白脸奸臣。"

百思不得其解的小龙一把王铁匠在自己身上施展的粗拳暴脚，除了毫发不落地烙印在心底，又找各种有利时机进行了转嫁。例如，随着妹妹因脸上一块红疙瘩的痛苦尖叫，龙一会捏着自己指甲缝里从墙上刮下的白灰与雪花膏混合体，舒畅地吐出久憋在腔中的一股浊气。又例如，耳听着弟弟为新回力球鞋寸长口子痛心的"哎呀"声,望着自己脚上磨出毛边的军用胶鞋,眉宇间"川"字纹路开心地迅速恢复到镜面般平展的状态。

当然,新回力球鞋旁边要放上弟弟的削笔刀,自己的折叠剪要提前交割在做手工的妹妹手中。即便铁匠把狗爪子举到棚顶,也无法落到自己的脸上,只能把恼火往肚子里吞,憋得翻白眼。

阳北镇还叫阳北乡的时候,乡民政助理沈宁海包夏家村。那时节马车逐渐被小四轮拖拉机代替,需要钉的马掌少了,除草剂又代替了锄头,铁匠铺的生意便清淡下来。虽然王铁匠又新开发了砸水桶、打炉筒等铁皮手艺,经营仍然没有根本起色,收入少人口多的王家自然成了重点帮扶对象。沈宁海助理多次送来米面油,却赔着十分小心,王铁匠反倒心安理得。夏家村不少人在不满王铁匠反常行为的同时,认为沈宁海助理的大度与做派应当算是好公仆。沈宁海助理也因为口碑良好几年后升任了副乡长。

夏家村一些人认为,王铁匠不该因为自己穷就理直气壮得救济,更不应该对政府人员牛哄哄的。其实,夏家村乃至阳北乡,王铁匠历来有知恩图报、侠义豪气的名声,只是在对待沈宁海上显得过分。于是又有人说他俩是两个关系好的人在演双簧,王铁匠牛哄哄的,为的是给沈宁海捞取俯首为民的好公仆声名,帮助其往上提升。各种说法莫衷一是、扑朔迷离,谁也弄不清内窍究竟是什么。

王龙一满18周岁,谜底在狭小而秘密的五人范围内揭开。王龙一彻底搬出了王铁匠家,租房单立门户。除了几件衣服和两双鞋子,连碗筷也未拿。3个月后,在沈副乡长的全力帮助下建了两间瓦房,并用沈副乡长资助的摩托车,从阳河县城进货开了小卖店。

沈宁海副乡长行伍出身,曾在黑龙江当过兵,从地图上看,属于雄鸡的冠顶处。入伍前曾同阳北乡上家村最漂亮的于姑娘有过乡俗婚约,当年在孤寂的军营排遣相思的唯一方式是鸿雁传书。五年后,沈宁海提升为排级军官——司务长,每月两封信件变成两月一封,再递减变为半年一封。痴情的于姑娘冰天雪地中只身赶往了军营。不知是谁主动,还是互动,反

正沈司务长将自己的精华植入了于姑娘的身体。

两个月后,理智战胜了感情的沈司务长给于姑娘寄回了一个包裹,里边有15封于姑娘耗尽心血与精力编织的情网记录。还有两张相片,一张是梳着油松大辫子的于姑娘的俏影,一张是沈司务长与另一位女军人的结婚照。那个女军人端庄透着自信,远没有娇羞可人的于姑娘漂亮。但沈司务长还是微笑着把头向对方微微斜靠着。

又过了一个月,于姑娘出嫁了,嫁给了短粗胖、比自己大了12岁的王铁匠。

心甘情愿地戴绿帽子,对王铁匠是严重背离秉性的无尽折磨,好在于姑娘如花似玉、温柔善良,并且又为自己生了一儿一女。虽然在眼前晃来晃去的龙一如骨鲠喉,但王铁匠仍如遵循江湖规则一般守口如瓶,整整18年,在屈辱的痛苦自虐中维护着自己与龙一母子脆弱的尊严。

这个替别人抚养的儿子,除了姓不得不随自己姓"王"外,名字也随那个给自己戴绿帽子人的意图:作为儿子的"龙一",既是黑龙江第一个,也是唯一的一个,现今沈副乡长只有两个女儿。"宁海",龙在宁静的大海中,可见那个人对这个从未敢公开承认的儿子爱之海深。又可见跟自己同床共眠了18年并生了一男一女的这个女人对那个抛弃了她的军官是何种情意。

如今的王铁匠如同一头失去往日雄风的衰迈雄狮,18年的郁闷已在血管里形成了栓塞的硬结,曾经强如铁杆的骨骼已被酒精浸泡得脆弱不堪,到了需要其他年轻狮子提供腐肉以苟延残喘的时候。王龙一在搬出铁匠之家时与铁匠养父及弟妹订立协议:铁匠把已经保守了18年的秘密继续带入棺材,自己将同一弟一妹共同承担赡养义务18年。一弟一妹自然求之不得,这样就可以使他们减轻33%的负担。

王龙一的算盘是,铁匠就是自己想敞开了活下去,阎王爷那儿也绝不允许他再活18年,甚至一半都不可能允许。

赡养的成本每年为600元,每月平均50元,每天不到1.7元,但足够铁匠买一瓶劣质烧酒将自己灌得失去知觉与记忆。与其说是赡养费，倒不如说是封口费。当然王龙一是在以小人之心度铁匠的君子之腹，就是没有这600元的年收入，王铁匠也绝不会用绿色的布料去盖如今的满头白发，徒惹村人甩着唾沫星子从背后喊"老王八"。

感情付出与利益交换是本质截然相反的两码事，前者是心甘情愿而主动，后者是违心不得已而为。协议规定的是每年年底前交割赡养费，虽然未说明是元旦的阳历年底，还是春节的阴历年底，但在场五个人——铁匠夫妻、龙一弟妹、王龙一本人都明白年底应当是12月31日。矮胖弟弟在秋收卖了粮后便送去了600元。妹妹元旦前送钱的同时还割了一条肉，带去了一副老花眼镜。

王龙一的600元钱交割时间从来都在春节大年之前一天，因为这是不得不割肉以掩盖屈辱身份的最后期限，自己没有一丝一毫心甘情愿。还因为这钱有一半是付给那个毫无血缘关系的酒鬼，一半给了那个无力保护自己却硬要把自己生下来的女人。

当然，情感之外还有经济原因。元旦到春节一般有一个或一个半月的间隔，600元可以收获两三元的利息，那就等于每年只需支付597或598元。两三元钱起码可以顶两三周的水费。从小养成的习惯，犹如植入的牛痘疫苗，臂膀上的疤痕一辈子也不会掉。至今已腰缠万贯的王龙一所长，每天只许家人早晚各冲一次厕所，即使便池里液体成了黄色，也绝不许破坏家庭节约开支的硬性制度。

有一年，元旦与春节仅隔了21天，连一元钱利息也难赚到，这使王龙一万分肉疼，又不慎收了1张100元的假币，王龙一不露声色混在5张100元真币之中。向厌恶的人偷偷转嫁倒霉，使王龙一突然产生了一阵莫名的快感。

3天后，无法向铁匠递报开支清单的龙一娘忐忑找上门来。

王龙一倚在门框上，连门也未让娘进。

娘："龙一，这是你给的那张软纸的钱，换一张真钱吧。"

龙一："买卖货物都是当面点清。是真钱，不换！"

大义灭亲自有孽因

官司

GUAN SI

娘："卖酒的商店用机器验过了，说是假的。"

龙一："真钱，不换！"

娘："娘也对着验钞机看了，的确是假的。娘求你了。"

龙一："真钱，不！"

娘："就算是真钱好了。另换一张，别让娘太为难。"

龙一："不！"

见龙一的话语越说越简练，从两句到一句，从五个字到四个字，再到三个字，最后斩钉截铁地吐出了一个字，龙一娘已经泪流满面："儿呀，就算你18年过得别扭，看在娘生你差点死掉的情分上，算你多送娘100元钱吧。"

王龙一终于咬牙切齿地说出了18年最长的一段话："生了我？可你并未问我是否愿意让你生我，尤其是在那种情况下出生。你既然生了我就应该对我负责，可当王铁匠的蒲扇巴掌抡向我的时候，你除了哭什么时候替我挡过？生我？你压根儿就不该生我！你是生了我，但你不是为我，是在为你那被埋葬了的短命情爱留下一个记号而已。为了你昙花一现的情感纪念，却让我在遭受18年痛苦之后，还要将耻辱永远埋藏心底，直至带进棺材！"

龙一娘如被炸雷突然击中了脑门，麻木而呆傻地定在了那儿。斜靠在门框上的人冷着脸说过"我很忙"后，门被重重关死了。"砰"的一声响，震醒了满头白发的老人："畜生，牲口呀，我这是造的什么孽啊。"

王龙一从一个小贩坐到阳北镇城建所长的皮转椅上，前后用了不到10年时间。其中沈宁海起了至关重要的作用，尤其在沈副乡长成了阳河县民政局局长以后，王龙一一路高歌。先由民政局的临时工转成了事业编制的合同工，不久便以工代干，继而转为了国家正式干部；从阳北镇城建所办事员到代理所长，也就两年时间。

许多人说王龙一遇到了应当没齿不忘的沈贵人，但王龙一从未向沈局长说过一个"谢"字。尽管从沈宁海手中拿过连自己也记不清多少沓钱、多少好衣服、好电器，但每次都拿得理直气壮，反倒是出了血本之人觉得理亏和付出得不够。这倒形成了一个极其反常的现象，王龙一越是心里不高兴，要钱要物手伸得越长，而沈宁海给得越痛快。沈宁海越痛快，王龙一就越生气，于是要钱要物之手伸的力度就差未将胳膊拉脱臼了。

当然，一个小临时工的胃口再大能大到哪儿去？在腰似牛粗的沈局长看来，不过是赌气的孩子撒娇，要几根鸡毛做毽子踢。王龙一理直气壮向自己伸手说明了对自己生父身份的默认，要得越多老子的身份越牢固。

最让沈局长欣慰的是，这个儿子长相、体态、举止、性格，无一处不似从自己身上扒下来一样。美中不足的只是内心充满了顽石一样坚硬的仇恨，众多仇恨的对象包括自己，恨之深度一点儿不亚于当年的于姑娘。不过沈局长充满了自信，权力与利益的硫酸液汁能够腐蚀掉任何仇恨的块垒，当然要有耐心，时间是医治心灵创伤的最佳良药。老谋深算的沈局长算盘如有神助般精确，王龙一在而立之年后终于向自己靠拢了，尽管这种靠拢情感上如一张薄薄的纸，但理智与利益的纽带使他们比名义父子关系还紧密十分。

按着沈宁海的设计，王龙一的发展前程起码要坐上与自己同样级别的转椅，因此起点必须高。沈局长已经同大女儿的公公、自己的亲家、政府办公室刘主任说好了，第一步让龙一到办公室当科员，第二步是当秘书，两步之间能有多短就多短。秘书的级别尽管还是科员，但在官场上的实际能量会比自身名义级别放大若干倍，同时得到放大的还有众多上升的空间。为了说明这个道理，沈宁海极其耐心地讲了一个类似于"硕鼠"的故事。说的是两只兄弟老鼠，一只为了散漫无拘地生活，只能在厕所里与其他老鼠争食粪便，虽然拼抢得伤痕累累，但却骨瘦如柴，朝不保夕；另一只则躲进了粮仓，虽然因管理严格，随时躲避追杀，但却饱食终日脑满肠肥。沈局长总结说，动物界与官场一个道理："起点至关重要。宰相门人七品官，庙堂之上好升迁呀。"

王龙一"回阳北"三个字，却弹烟灰似的轻松摧毁了沈局长费尽心机铺设的锦绣前程，他不由得长叹了一声："可惜呀龙一，该抛开的心结不

能永远搁在心里,这会毁了自己的。"

王龙一却咬死了嘴唇,仿佛自己口里发出的字句是昂贵金条和珠宝,连一个字也不往外吐了。沈宁海心中突然升起了一股莫名的恐惧。

看在沈局长的厚面上,王龙一被刘太林安排到了城建所当一名普通办事员。城建所的六个人中,除了所长老刘,另外五人只有王龙一是干部编制,其余四人或借用或临时聘用。但此时的地位王龙一属最末,打水、拖地、倒垃圾等每日功课自不必说,就是玩起扑克来也只有给人倒水的份。王龙一却把这个无足轻重的办事员干得举重若轻,很快由五人一齐排斥的独立境地闯入六人一体的哥儿们圈子。

让王龙一迅速崭露头角的是其铁面无私的原则与毫不留情的手段,甚至让一贯以铁腕治镇的刘太林都感到手腕子发软。半年后,王龙一就成了两人一组的组长,一年后成了仅次于老刘所长的副所长(代理),并从六人哥儿们圈子里骄傲地退了出来。

抢线占道、超高违建是阳北镇的痼疾。个中原因错综复杂,涉水太深,甚至有的脏水就是从镇政府大院流淌出来的。按正常放线向前抢个两三米,甚至占了村道的也大有人在。多数情况下,如果不是领导发了话,所长老刘一只眼睁一只眼闭,王龙一也一只耳聪一只耳聋,但在一个人身上这种惯例被坚决打破了。此人盖房时,按放线虽然也往前移了半米,但没像多数人家那样移了两三米,所长老刘认为可作不是故意抢线处理。王龙一牙床咬得连腮帮子都鼓起了硬包块,连一个"推"字都未舍得吐,手臂用力一挥,铲车巨大的铁齿"咔嚓"一声响亮,弟弟新砌的半面墙便被削去了两米宽的豁口。

弟弟往上蹿着矮胖的身子,跳着脚破口大骂:"杂种操的牲口,我操你个爹!"

矮胖弟弟虽然气昏了头,但尚余几分理智,只操了杂种王龙一的爹,多半情况下是要使用国骂——操你妈的。

刘太林和阳北镇一些人都赞扬年轻的城建副所长铁面无私,敢拿自家兄弟开刀。把王龙一作为官员时,赞扬是由衷的,也有不少人嗤之以鼻,说:"是个人都不会那样干。这人太可怕了。"

不过,打那以后,抢线违建的行为有了明显收敛。铲车推倒了矮胖弟弟新墙的同时,也推走了老刘所长,城建所长的皮转椅换了一个年轻的屁股来坐。王龙一虽然搬进了老刘所长的办公室,但"所长"前边比老刘所长多了一个"代理"。镇机关的人都知道,这是党委书记刘太林的一贯用人策略:驾辕的一定是好马,但好马也要戴上笼头。

王龙一的大义灭亲事迹上了阳河县机关党委办的廉政简报,很快便传到了沈宁海局长的案头。沈局长关严了房门,不是喜极而泣,而是悲郁交加:"都是我作孽害了龙一儿呀。"

与沈宁海同样知道王龙一大义灭亲真正原因的还有少数几个人。面对龙一娘的哀求,王铁匠"砰"的一声把酒瓶摔得粉碎:"你让我去求那个杂种,他长的是人心吗?他放着好好的县城不待,回阳北来不就是盼望对我们下手吗?"

3. 快感过后是隐痛

那个阶段，父女冲突多半是父亲首先挑起的，曲正是恨铁不成钢，怨女不成器。曲云莲对这一点看得清楚，也越发伤透了自尊。云莲的思想基点是我本来就是钢，即便是铁也不是用来恨的，而是用来盖房子的。是你曲正先看我不顺眼，未把我送到该送的C师，现在反倒怨我不成器？是你错在先。既然你已经绝情地不管我，就不要又来教训我。因此对父亲的规劝与矫正，尽管也看出了其中些许善意，但每次都给予激烈反抗与回击。口齿尖利的年轻人对垒呆滞木讷的老人，胜败立见分晓。望着沮丧的对手，曲云莲内心的畅快无与伦比。

随着年龄的增长，投向云莲身上的目光越来越多越杂了。是人都希望被重视与关注，男孩子谄媚讨好的目光对云莲构成了新的兴趣与吸引，回家的时间越来越晚。这是曲正最不高兴的。

一个晴朗的午后，太阳暖暖照在身上，蜻蜓像醉酒一样鼓着翅膀在花丛中追逐。从医生妈妈嘴里刺探到父亲下午要到师部后院蔬菜基地视察，云莲以100元的代价从大院外找来一个卷毛小子，到菜地"帮忙"捕捉蜻蜓标本。

远远看见一个大个子首长在一群军官前呼后拥下走过来，卷毛慌乱中就要逃走，被云莲一把搂抱住了上身。

曲正远远望见花衣女子与黑衫男子紧紧搂抱一起，厌恶地说："这也太开放了，大白天当着人面亲热，也不知他们爹娘咋管教的。"转头对跟在身后的参谋吩咐，"通知警卫把大门看紧点，不能让社会上骚男狗女溜进大院胡搞,给战士们造成恶劣影响。去!把他们轰出大院,部队不能成为伤风败俗的避风港!"

眼尖的后勤部长赶紧劝阻:"曲副师长,咱们先看那边,等撵走了再看这边。"

"你什么意思?老子国民党、美国鬼子都没怕过,还要我躲两个狗男女?走!"说着大步流星奔两人走去。

离两人七八米远,曲正似中了定身法术般猛地站住了,黄底团花的连衣裙昨天还挂在自家阳台的晾衣架上,只觉满胸腔的血猛地涌上了脑袋,一个眩晕险些摔倒。

曲云莲似没事人一样,使劲抱紧了簌簌发抖的卷毛:"曲副师长视察蔬菜基地呀?我们脚下垅畦里没有菜苗啊。你非要仔细察看,我们可以挪个地方。私事虽是个人大事,我们也肯把方便让给首长的公事啊。"

曲云莲心知肚明,曲正早就在替自己物色郎君了。师政治部秘书科一个个头高高、五官周正的秘书,只是看人的目光太过温顺,脾气太软。更主要的原因在于他是曲正精心物色的,即使各方面合自己的心意也不行。只要是曲正塞给自己的,就必须抛得远远的。而且要当着众人的面,使劲痛快地抛。

曲副师长中断了兴致勃勃的视察,在众人半搀半扶下步履踉跄地走了,而且走得很狼狈。一丝报复性快感袭上了云莲的心头。

望见人都走了,卷毛小子一直发抖的身子不抖了,周身的血液流动加速,僵硬的手臂也灵活起来,反手搂住了曲云莲:"小妹,我真喜欢你,你搂得我爽极了。"

曲云莲猛地把卷毛推了个趔趄,掏出100元"啪"甩到卷毛的瘦脸上:"就你那耗子胆,身上那股酸臭劲也配得上本姑奶奶?拿着你的钱,滚,快滚!不要让我再见到你!"

望着满脸泪水的美丽女子,卷毛不知所措:"你,你,你有精神病吧?"说着抓起粉色的票子,慌忙夺路而逃。

"菜地风波"之后,"花斑山豹"的狼藉声名昂然穿越A师大院的围

墙，迅速传播到了地方，连荷枪实弹的双岗哨兵也阻挡不住。被服厂的工作百无聊赖，打架斗殴早已是过眼云烟，谈情说爱不过逢场作戏，没有什么刺激可供云莲消耗富余的精力与时光，一个时段，酒精成了排遣苦闷与寂寞的上上佳品。开初是三天打鱼两天晒网地喝，后来是两天一饮，三天一醉，越醉越饮，越饮越醉，最多一次可喝净六瓶啤酒。刘玉山就是在曲云莲恶名及酒量鹊起时出现的。

　　A师院外一个扒鸡店是曲云莲时常光顾的地方。倒不是扒鸡比别人的扒鸡好多少，3杯酒灌下肠胃，扒鸡与烧鹅烧鸭在云莲那儿基本一个味道。但这家扒鸡店的啤酒比别家店冰凉许多。人心里焦火，便需要液体浇灌；焦火把胃烧得发热，就喜欢冰凉来镇压。客人要两瓶啤酒，可以先上一瓶，另一瓶在冰柜里冰着。客人一招手或提着空瓶子点一下头，随着"好咧"一声答应，另一瓶全身冒着寒气的冰镇啤酒会飞也似的送到客人桌上，同时伴着"砰"的一声脆响，瓶盖启开了。

　　从16岁起，刘玉山在这里已经干两年了，夏天保安兼洗碗工，冬天锅炉工兼服务员。帅气的脸上总是挂着职业的微笑，眼神中却有一丝不易察觉的阴冷，是那种对纨绔子弟与刁蛮小姐的不屑。眼睛是心灵的窗户，以往向曲云莲投射过来的目光或含有贪恋的欲望，或是谄媚讨好的软弱，而刘玉山不经意流露的神色如鹰一般尖锐，尖锐中还有那么一丝枭傲之气。

　　从本质上看，女人说到底还是弱者，张扬刁蛮的表面，喜欢被男人强悍占有与洞穿。或者说曲云莲已经厌烦了，刘玉山的冷漠与轻蔑反而激起了她的兴趣与好奇。她要换一种新的刺激方式来玩火了。

　　曲云莲故意找碴儿："服务生，你的手没有洗干净，影响了本顾客的食欲。"

　　"对不起，我刚从锅炉房上来，请小姐稍等两分钟。"

　　两分钟后，满头大汗的刘玉山小跑着回到餐桌前："我用面碱使劲搓洗了，请小姐检查一下是否合格。"

　　曲云莲继续发难："你的盘子没有摆周正，为什么把凤头（鸡头）侧对着我，难道让顾客先从屁股下口吗？"

"对不起，我按小姐要求重新摆正。"刘玉山态度出奇地好，"请小姐检查一下，如果不合格我重新再摆。"

"你挺大的个子腰板不能挺直一点吗？"曲云莲实在挑不出毛刺儿，"挺好的胸脯长到后边去了，这种体态对顾客是一种不良刺激。"

"实在对不起，下班以后我一直挺着呢。上班侍奉客人时，服务规范要求身体要稍微前倾，以表示对上帝的尊重。"

"不行，本小姐要求你必须把腰板直起来，像A师大院里出操的军人一样。"已经喝了3瓶啤酒的曲云莲不讲理了，"傻大个，我这么指责你，你为什么不发脾气？"

"对不起，如果您一定要看我挺胸的样子，您结完账出了门，我会在门前挺胸目送小姐离店。"刘玉山冷冷地说着，恭敬地鞠了一躬。

"你的恭敬都是装出来的，以此来羞辱本姑娘。我看到了你眼神中的骄傲与不屑。"曲云莲放声大哭起来，"所有的人都在孤立我，欺负我！"

刘玉山按经理的要求违心地将曲云莲送到A师门岗，看着门岗将电话挂到了曲副师长家，如释重负地扭头就走。曲云莲望着刘玉山宽阔的后背喊："你这么就走了？"刘玉山头也未回。

曲云莲成了扒鸡店大把花钱的日客，刘玉山被迫成了护送曲云莲回营房的常客。两个月后的一天，刘玉山知道了曲云莲的一切，开始理解生活富足而精神苦恼的曲云莲了。

曲云莲向曲正公布了与刘玉山的恋情，遭到了父亲前所未有的激烈反对，医生妈妈也加入了曲副师长的战斗序列。反对意见如同血肉的手掌在压制一个钢铸的弹簧。尽管老夫妻那一糙一细的手掌已浸出了血，坚硬的弹簧猛然一个反弹，跳出了那两只徒劳的手掌。曲云莲毅然决然将刘玉山引进自己的独居闺房。

那是她的第一次。

刘玉山看到白床单上的红就流泪了："你流血了。"

曲云莲呻吟着："为你，我乐意。"

如果说把刘玉山引入闺房那一刻，曲云莲带有些许故意损坏自己进

快感过后是隐痛

而在父亲受伤的心口再撒上一把盐的目的,刘玉山流着泪的一句"你流血了"的深情爱意,则一下子戳穿了自己的情感囊袋。一句"为你,我乐意"便成了终身相爱的千金诺言。

曲云莲与刘玉山双双私奔了。失去了攻击对手的曲正把一腔怒火转而抛向了妻子:"我曲正带兵成千上万,哪个不是令下如山倒。咋就出了这么个叛逆?跟个烧锅炉的私奔,都是你娇惯的!"

如同失去家传宝贝,一贯逆来顺受的医生第一次发出了反击的炮弹:"当年你曲正不是逃避同比自己大3岁脸上有胎记的女人结婚,能跑出去当兵?说我惯的,都是你的遗传!"

一句话就使曲正暴跳的炸雷哑了火,因为曲云莲也比刘玉山大3岁。

4. 烟灰缸也可透视肺脏

　　阳北镇政府镇长助理毛亩是个烟痨。早上醒来人未起床必先侧身点上一支烟，几口吸到烟屁股，赶紧又摸出一支对上火，这才有力气爬起床。"咳、咳、咳"几声咳出一口浓痰，尔后叼着烟上厕所。如果头天晚上喝了酒，或吃了红红的干辣椒，屁眼里边头一段出来的东西干燥度类似羊粪蛋，完成排泄任务就需要第三或第四支烟。阳北镇大半个镇子的人都知道毛助理没有酒局的时候很难找，而且离了辣椒根本就咽不下饭。

　　毛助理有一个烟灰缸，很特别，耐火塑料的，缸体内是一幅鲜活的肺脏图。肺叶、气管、大小血管，甚至肺泡都清晰可见。缸沿与普通烟灰缸一样的是设置了搁放烟卷的沟槽，不一样的是一旦把烟搁到沟槽上，烟灰缸就会不停地发出"咳、咳、咳"的痛苦声。届时缸体内鲜活的肺脏便由嫩红变为灰黑，由充盈变得干枯起来。毛亩助理时常随身带着这个烟灰缸，开会讨论，与人谈事，提笔签字自不必说，连到食堂吃饭也不离身。吸上一口烟，把烟放在那个烟灰缸的沟槽上，在"咳、咳、咳"的伴声中往嘴里送一口饭菜，鼓着干瘦的腮帮子使劲咀嚼，凸着眼珠子赶紧咽下去，立即捉住烟卷猛吸一口。就那么一口烟，一口饭，三支烟一餐饭。弄不清是烟就着饭，还是饭就着烟，也弄不清是吃饭，还是吃烟。

　　大概是长期烟熏火燎的原因，毛助理像一截失去了水分还未完全枯死的树桩而奇瘦无比。尤其那张毫无血色的面皮，松松落落如同挂在头上的一张布，由不得你不遐想这张脸皮若是扇动起来会轻易熄灭一根燃烧的蜡烛。

阳北镇人富于联想,看着毛助理那张脸就会想起动物界里的瘦猴子,再加上他的姓,"毛猴子"的鄙称就代替了毛助理的尊称。不过99%的人都是在背后叫。在阳北镇敢当面叫"毛猴子"的把镇党委书记刘太林算在内满打满算不超过5个人。当然,把毛助理叫成"毛猴子"还因为他那张瘦脸如孙悟空一般善变。虽然没有72张面相,但冷与热两个分寸拿捏得泾渭分明。若是刘太林书记,毛助理那张脸皮一定是孙悟空拜见如来佛祖,每道皱纹里都会抖落出一串欢乐无比的细胞。若是看不上眼的一般人,一定是孙悟空遇见白骨精,瘦脸上每个毛孔都会射出冷若冰霜的箭羽来。

在阳北镇这块地盘上,毛助理勤奋敬业是有目共睹的。5个镇领导不管的事都归毛助理去管,镇领导管的事毛助理都协管。红头文件原先给毛亩定性的职务是中共阳北镇党委秘书,自从镇党委书记刘太林口头宣布毛亩为镇长助理后,就没有人再称呼毛秘书了。不称呼毛亩为助理不光是怕毛亩不高兴,更主要是怕毛亩背后那个人不高兴。阳北镇多数人都清楚,刘书记的口头语录历来比红头文件管用。虽然有个硕大的肚子,但对不同意见的容忍量与肚囊面积往往形成强烈的反差。

繁忙的工作很耗费毛助理的精力,这使毛亩在成为烟草事业痴情的忠诚烟民的同时,也成了阳北镇无可匹敌的耗烟大户。小镇上的人都知道.毛助理喜欢高档烟,而且档次越高人越高兴。随着毛助理工作能力与日俱增,香烟受之不尽,络绎不绝,而且大有漫延之势。首先存放便是个难题。虽然用烟厂的箱子一次能装50条,但雨季之前与之后的烟,毛助理一口便能吸出后不如前的味道来,不纯正的怪味立马让毛助理焦躁起来:"怎么总是送烟?我家里的烟3年都吸不完。不要,不要!拿走,拿走!"

受了帮扶的一些人随着毛助理的立马焦躁,以"立马"速度转换了思路,马上采取了最先进的香烟保管方法——按烟的等值兑换成粉色的票子,方便毛助理没有烟的时候拿票子去商店换回最新出厂的烟。尽管毛助理没有烟的时节如同千里戈壁遥遥望不到尽头。

阳北镇政府坐落在一处占地12亩的院子里,院里除了有四季常青的黑松与冬季雪景相映的白桦林，还种植了干核李子、甜黄杏、海棠等果树。十几处方形、圆形、菱形的花坛，引诱得五彩蝴蝶流连忘返，蜻蜓醉酒般地鼓着亮晶晶的羽翅竞相追逐，将院落点染得生机盎然。院落圈了密实的围墙，进了两人高的大铁门，院落前半部是一片开阔的花坛与果树林，院落后半部左右各一栋厢房，分别安排着食堂、仓库、车库，后边连着三排朝南办公用房。第一排是工商、税务、土地、公安、畜牧、农机等；第二排是城建、财会、计划生育、综治、武装、妇联等；第三排平房比前两排要小一些，但地基垫得比前两排房要高出一米，为此在大门前砌垒了五级台阶。这儿是镇领导的办公用房。

据讲，镇政府扩建之前，刘太林书记带人考察了外地多处机关办公用房，还认真参观了一些名刹古寺。从办公用房分配布局看，靠大门的第一排都是上级机关派驻的七站八所，稍靠里的第二排都是镇机关直属部门，与镇领导相对近些。第三排最重要，就像古寺名庙中最尊贵的佛祖在最里最高处一样。

按北方冬季气候特点，最好的房间当属东边第一间，东方第一缕阳光通过东窗口最先洒进房间；最不好的当属为所有房间抵挡刺骨寒风的西边第一间，虽然西窗口也能接受别的房间无法接受到的晚霞，但毕竟是缺乏热量的夕阳，与朝气蓬勃的朝阳不可同日而语。

刘太林书记偏偏选中了最西边的这套作为自己的办公室。当时有不少人曾劝过，刘书记均不为所动。最后忠心的毛亩请懂风水的赵瞎子出场，给刘书记提了两条意见："第一，官场行走之人不可远朝阳而近余晖；第二，一把手要面南而坐。可你的办公桌却坐西面东，不吉利呀。"

刘太林书记眼睛一瞪："我偏不信你那套歪理邪说。作为一把手我就要在西北风口上为部下遮寒阻冷。"

听了刘太林掷地有声又充满情义的话语，镇机关干部感动地议论了好几天。时间长了，不少人逐渐明白了根本不是那么回事！前一阵子的"感动"实属感情的糊涂浪费。

要怪就怪刘太林自己说漏了嘴。那是一次醉酒之后，刘太林抚着肥硕

烟灰缸也可透视肺脏

官司

的大肚子，舒服地打着长长一个饱嗝，乜斜着眼问出了一句话："你们说说玉皇大帝与如来佛祖哪个更厉害些？"

一桌人弄不清楚主座的刘书记到底是什么意思，一齐把目光投向了毛亩。毛亩把腰先弯成了虾状，以使自己坐姿比刘太林矮半个头，尔后仰着谄媚的笑脸回答："若论权力自然是玉皇大帝，但论法力如来佛祖无边广大。"

刘太林严肃地环视着众人又问："刘某人能否算作阳北的菩萨？"

懵懂中的众人猛然之间弄明白了，刘书记不仅要当管理阳北镇人行为举止的一把手，而且要成为统治阳北镇人思想的"佛祖"啊。

第三排8套办公室，五个镇领导加上毛亩助理，六个人占了6套，剩两套，一套做了会客室兼会议室，另一套空在那里。空的是哪套呢？就空了最东边的那套。由此人们又发现，说赵瞎子的话刘书记根本不信也不完全对，起码"朝阳"与"上升"的关系还是打动了他。不然他怎么会宁肯空闲在那儿自己不去也不让别人去？在决定空闲那套房后还亲自从总务那儿把全套钥匙要过来，锁到自己的保险柜里。

毛亩助理的办公室就在刘书记不允许任何人占用的最东头那个套房的隔壁，离刘书记最西头的办公室隔了挺远一段距离。不过有相当多时间毛亩坐在刘书记办公室里。镇机关和镇上一些熟人找毛助理，多半直接奔向刘书记办公室，往往一找一个准。阳河县镇一级干部中刘太林算老资格，每年大约有一半时间在镇上，另一半时间不是在阳北县城开会，就是外出考察调研或招商投资。好在刘书记的家就安在县城，反倒替镇里俭省了不少旅馆费。

毛亩所以坐在刘书记办公室，一方面来人找刘书记办的一些事多半由毛亩去落实，包括代替刘书记收下来人表示的意思，刘书记办公室两把钥匙一把就交给了毛亩。毛亩知道收到的东西该放到哪个柜子里，同时对哪些该自己代收，哪些该刘书记亲自过目过手，拿捏得分厘不差。另一方面刘书记的办公室比别人的屋多了两组暖气，每组两米长，是外涂乳白烤瓷的钢板冲压件,散热极快,即使三九隆冬,进屋也得脱掉外衣。刘书记两套间里膨胀的热浪顺着墙壁间隙和门缝挤出到隔壁走廊里,的确达到了为其他房间遮寒阻冷的效果。

这是一个天气晴朗的早晨,毛亩助理在刘太林办公室里干净利落地处理了两件事,心安理得地收了4条烟。

先进来的是开粮油加工厂的老赵,请求帮的忙不是什么难办的事,只是让粮库晚两三天收粮。今后大豆歉收,粮食贩子都在抢粮。老赵把报纸包的两条烟往桌上放的时候故意把报纸撕开了一角,露出了"中华"两个字。

老赵刚刚出门,候在走廊里半天的黄大炮灿烂着眉眼推门而入。黄大炮请的忙是让毛亩把镇敬老院的锅炉房等收尾工程给自己干。毛亩瞅着桌上两条"芙蓉王"烟,瘦脸立马皱成了干核桃:"敬老院的工程是刘书记在拍板,这你是知道的,不要找我!"

敬老院主体工程的确是刘太林敲给黄大炮的,连小张镇长也未插上话。刘太林不止一次讲过,一把手只要抓住大事、大局、大头就足够了。也就是说除了敬老院的主体建设,对其尾工刘书记是不屑一顾的,也可能是有意从指缝间漏些出来。毛亩心里明白对于尾工自己是有权决定的,黄大炮内心也明白,便撕开"芙蓉王"外包装,不急不缓打开一盒,优雅地弹出一支,本应白色松软的烟卷变成了粉色的硬纸棒棒,毛亩硬冷的核桃脸瞬间变成了一个开花的干馒头。

黄大炮走了,毛亩把包裹两条中华烟的报纸撕开,却发现是硬盒的,受了愚弄地骂了一句"他妈的赵老抠",随手丢进了刘太林的抽屉,套上大衣,把两条"芙蓉王"捧在胸前,碎步小跑溜回自己的办公室,锁进了铁柜的抽屉,又不放心地拉了拉抽屉把手,再锁上铁柜的门,这才转身坐回椅子上。

心满意足地点上一支烟,猛劲吸上一口,没有什么味道;再吸上一口,感觉还是不对头,好像是什么东西被人拿走了,自己还不能声张地吃了个哑巴亏。用尖指甲使劲挠了挠头,掉下了一层头皮屑,还是想不起来

烟灰缸也可透视肺脏

官司

GUAN SI

什么东西被什么人拿走了。拿着烟屁股余火又抓出一支烟要续上，猛然发现白色烟卷上的"中华"二字，总算找到原因了：是刚才放进刘太林抽屉里的两条硬盒中华烟！刚才所以看不上眼是因为两条特殊的"芙蓉王"在现场比较着，一旦"芙蓉王"去掉引号变成了正常身份，每条价格仅为230元。中华烟尽管是硬盒的，拿到张老五那里，他给的价格绝对是芙蓉王烟的双倍。

毛亩发觉自己刚才做了一件傻事，傻的没有一点名。值钱的好东西给了别人尽管是对自己恩重如山的刘书记，可人家半点也不知道，不是白给了？

毛亩从抽屉里又拿出了两条芙蓉王香烟。这是那天在张老五超市里买的不带引号的芙蓉王香烟，敬老院院长老王代付的钱。毛亩迈着轻轻的猫步，重新溜回刘太林的办公室，回手关门并上了锁，果断打开了那个抽屉，迅速把两条烟作了调换。尔后打开房门，往走廊里瞅了两眼，确信30秒内不会有人进入走廊，老鼠一般窜回自己办公室。

当看着两条硬包中华温顺地躺在自己抽屉里时，毛亩如同过足了烟瘾。从头发丝到脚指甲盖，全身上下透着无与伦比的舒服和快感。

5. 手指优于柳叶刀

刘太林是阳北镇五个乡局级领导的核心，小张镇长等四个乡镇领导应当是他们的左右助手，刘书记却在官场正式体制架构之外，为自己嫁接了新的右臂左膀。右臂是经营了十几年的老臣毛亩，左膀是新宠王龙一。两人是刘书记从《封神演义》里面淘来的"哼哈"二将，随便打一个喷嚏，就能把人熏一个跟头。

毛亩被重用，缘于他是刘书记的"钱匣子"，这是尽人皆知的公开秘密。毛亩管钱筹钱的本事连财会所长也自愧不如，财会所长管的是账来账去的公钱，但有些支出是不能用公钱的，甚至有些公事要用私钱去办。跑资金、拉项目为博人家好感买个空调送去，可以在财会上走账。可人家屋里有空调希望买别的东西，例如给孩子买个新手机，换个笔记本电脑。人家又要自己挑选，那就要从毛亩的匣子里拿钱。

刘太林多次在会上要求干部："要把公家的事当成自家的事去办，就像给孩子跑学校，给老子找医院那样。找校长、院长花公款行吗？建小金库筹钱去拉项目行吗？"刘太林挥了一下手，抬高声音："当然不行了！但事却必须办成，这就体现水平了。谁能变通谁就有能力，谁能办成事还弄不出说道，就应当重用谁！"

毛亩干瘦的脸皮发光了。大家都知道刘太林是在为重用毛亩宣张理由。

被削了实权当泥塑菩萨一样供起来的吕副镇长对小张镇长耳语："谁能证明毛亩的钱是否用在了公事上？"

老实而懦弱的小张镇长赶紧把手指按在了嘴唇上，轻轻发出了一个"嘘"字。这么说吧，毛宙受宠达到了令几个上级都侧目的程度。

这一段，毛宙有了芒刺在背却总也挠不着的感觉。自打王龙一当了城建所长，自己连喝上好的观音王茶也有一股酸溜溜的味道。虽然仍然受着刘太林书记的宠信，但重用的幅面似乎减了三分之一，而且正在向二分之一蚕食。原先除了经管着钱匣子，还同时兼管着土木兴建、地号审批，即使老刘所长管的时候，重要的都经自己过一手。现今兼管着的几乎全交给了王龙一，而且刘书记明确告诉自己东街那块凹形门面给王龙一留着。

毛宙深切体会到，领导干部都不是感情人物，而是理性动物。官越大，心越硬；官当得越久，感情越稀薄。即使少得可怜的感情也往往有一百个人在争抢。如果把刘书记的宠信和关爱比作感情的话，以100分为指数，刘书记少说要分给上级30分的敬爱，再分给家庭或相好的30分情爱，还分给铁哥们30分的友爱，能留给部下的也就剩10分的余爱。

刘太林的话就是阳北的最高指示，这说明刘太林在阳北工作顺畅至极，痛快无比。正可谓物极必反，上帝不会把好处都给了一个人，如果这个人在某些方面太畅快了，就要在其他方面使他不痛快。上帝一找平衡，刘太林就成了全阳北最不痛快的人。

刘太林已经两天没出办公室了。春天的季风刮个不停，不仅吹焦了阳北人的嘴唇，也毫不通融地透过刘太林肥厚的肚腩及肠壁，粪便成了硬硬的结石，成堆成串堵塞在肠管内。本来硕大而有弹性的肚腹，如今成了一只愤怒的青蛙，硬度似一只充足了气翻扣过来的牛皮筏。办公室成了临时的医药柜台，摆满了"果导""一轻松"等一大堆各类泻药，还有挺着硬硬柱头的"开塞露"和一次性灌肠器。刘书记已经强耐着羞辱将屁股连同私处一同展览给了卫生院的杨医生。以前暴露给杨医生，每次都能使自己畅快起来，可过了些天后还是一如前样。以至于刘太林怀疑杨医生是没当上院长故意不让自己痊愈，根据是这一次灌肠已过去了两个多小时，还是没有走动的迹象。

下边通道堵塞，肚腹里的东西总要寻找新的出口，本应从肛门出去的

新民生小说
官司
GUAN SI

属于二氧化碳性质的屁气逆行至口腔，出来就变成了暴烈的火气。探病的张镇长、吕副镇长被不耐烦地"请出去"了，毛宙远在阳河县城，这就苦了送饭的老丁头，由第一次的"还吃饭？你想让我憋死吗？"到第二次的挥手加两个字"出去！"，第三次只剩下了一个"滚！"字。不想承担失职罪名的老丁头第四次两腿簌簌抖个不停，空举着的手就是不敢向书记的房门上接触，似乎那道门通了强电流。

没有人敢敲刘书记的房门了，无论什么理由。

刘书记的房门却被敲响了。随着一声"滚进来吧！"的叫喊声，门开了，王龙一穿着白大衣，胸前挂着口罩进来了。

有人过分关心会厌烦，没人关心又会失落。王龙一进门时机拿捏得恰到好处，盛怒中的刘太林夹杂了些许不耐烦："我知道你需要我的好感，那是在你能使上劲的地方。穿皮鞋的都治不了，何况你个打赤脚的？"

王龙一在进县民政局当临时工前干过两年赤脚医生。

"刘书记难道不知鸡鸣狗盗之徒能干将相所不能为之事吗？"王龙一充满自信地说，"扁鹊行医时代没有皮鞋，华佗穿布鞋行医乡里，李时珍采草药时穿着草鞋，赤脚的王龙一能治好刘书记的病，只要您相信。"

"我凭什么相信你？"刘太林不屑地说，"你读了几本医书？拿过几天听诊器？用坏过几支体温计？"

"凭我的悟性和治好你病的强烈愿望。"王龙一侃侃而谈，"有人画了一辈子，老了还是一个画匠，而徐悲鸿二十几岁便成了著名美术大师；有人开了一辈子车只能当一个循规蹈矩的司机，有人两年就成了高超的赛车手；有人当了一辈子官还弄不明白官场的规律，只能老死当个副镇长，而刘书记您不到两年就由副职转为一把手，凭的是经验吗？有一点点，但主要的是悟性，靠看穿事物底细的本事，以及对症施治的魄力。还有，卫生院杨医生看了一辈子病，只知按书本开药，所以要退休了仍然是个千人一方的医生。而我王龙一没机会也没心情当伺候人的医生，却能治好刘书记的病。因为我有悟性，明白一个方子治不好百个人的病，而一个人的病

却需要百个方子来治。我用三天时间研究了刘书记的病情及根源，并制定了近期与远期的治疗方案。"

"你的悟性我认可，但治病是科学，你别说那么远，就说目前让我咋拉下屎来吧。"

"强烈愿望会使我做出超常之举。"王龙一说，"一般便秘灌肠可解决一时的通畅，而严重便秘犹如血管中的钙质结石，药物是化不开的，除非是硫酸，但硫酸在腐蚀结石的同时会连同血管、肌肉、骨骼一起腐蚀掉。就像我们食堂堵塞的下水道，只能用竹签来捅，用铁钩子挠。所以解决刘书记便秘只能手术，去掉直肠最外边那一段最坚硬的粪石。"

"你要用手指为我抠屎？你不嫌脏？"

"是的！不过手术前请刘书记转变两个意念：第一，要把我当个医生，视我的手指为柳叶刀，您就不会产生是非医人员在您身上动手的恐惧。信任可以减轻疼痛。第二，希望不要把我当成您的下属，而要当成小兄弟，您就不会有羞愧感。这样会心甘情愿配合我。"说到这儿，王龙一解开腰带褪下了裤子，"其实男人脱了裤子都一样，只不过我龙一的屁股又瘦又小，不如刘书记您那肥臀硕股，专为坐头把交椅生成的。"

"好小子，就凭你这么真诚，我刘太林也不是个面瓜，你就动手吧。只是委屈了龙一兄弟，我那儿子也未必做到这一步。"

摘下了口罩的脸面离肥硕丑陋的屁股半尺远，王龙一内心充满了极度的厌恶，手却棉花一样轻柔，绣花一样仔细。因为这是在做一件换取利益的买卖。

"手术"成功了。刘太林畅快无比地喊叫了一声："舒服死了！"

王龙一给刘太林远期治疗方案开了三剂药：第一剂蜂蜜水加苦瓜汁，早晚各饮一杯，由他亲自配制，用于修复损伤的结肠；第二剂要逐渐减少辣椒、树椒的食用量，辣品虽然可以刺激舌头的味蕾，但同时也会燃烧大量肠道中的润滑汁液。

刘太林表示为难。

王龙一建议用芥末油或吃海鲜的辣根代替,并比喻说,大清王爷多有吸鼻烟的,"啊嚏"一个喷嚏,虽然没有进入肺与气管的烟,但烟瘾却过足了。这同芥末和辣根代替辣椒一个道理。前者作用于嗅觉神经,后者作用于肠胃。

刘太林信服地点了点头。

第三剂药是定期洗肠,及时清理掉结肠中残存的废渣。王龙一说:"刘书记面相要比手相年轻许多,因为手背上有斑痕沉积,证明体内排毒机能不畅,而定期去美体店洗肠不仅会解决这个问题,而且面相更年轻。"

刘太林听出了王龙一"面相年轻"的奉承,却不忍心揭露,继续问:"除了辣椒外,难道没什么忌口吗?"

王龙一说:"什么事也休想瞒过书记的法眼,从今之后要减少鹿茸、人参等热性补品的用量。这些补品如同辣椒一样会燃烧掉体内润滑的汁液。人是一个阴阳调和的神秘物体,阳盛必然阴虚,失去了平衡,必然便秘。而蜂蜜属于凉性补品,可以滋阴养颜。刘书记一定记得一件事,'文革'中一个国家领导人罪状之一不就是追求资产阶级生活方式,为求面容年轻狂喝蜂王浆嘛。"

"听君一席话,胜读十年书。"刘太林由衷赞了一句后问,"龙一,我以后就不会便秘了吗?"

"'病来如山倒,病去如抽丝。'书记的便秘顽疾非一日之生成,需要慢慢地恢复。龙一有信心彻底为您治愈,但不可急于求成。如再有今日之状况,龙一当义不容辞,继续为书记施行'手指术'。"

"你为什么对我如此好?"刘太林眼睛不转珠地盯着王龙一,"要讲真话。"

"因为您有权决定我的前程。"王龙一毫不掩饰地回答,"我希望获得您的好感、信任直至重用。"

"你对我超出常规地好,令我缺乏应有的安全感。当然你是一个难得的奇才。"

"起码我对刘书记目前不会有任何威胁。"王龙一辩解道,"第一,

我对您只有感恩而没有仇恨；第二，现在为了获得您的青睐，我会老老实实按您的规矩为您服务并为您负责，我这难得的奇才在受到重用的同时会回敬您应该得到的任何东西。"

王龙一的话虽然无耻，但赤裸裸地透着真实。这符合刘太林的胃口，官场只有利益，而不讲感情。刘太林笑了，笑过之后突然说："我今天才发现你并不是个寡言的人，两年基本不说话也真够难为你的啦。"

"在敬重的人面前，我丝毫不掩饰自己的思想。今后，在其他人面前，龙一仍然守口如瓶、无语如常。"

新民生小说

官司

GUAN SI

6. 凸楼弹压下的凹地

往南一点就太南了，往北一点又太北了，如同人的脊梁，阳北大街恰巧居于正中央，把个阳北镇架构得甚是匀称。大街东西贯通一公里，全镇的重要脏器及中枢神经几乎都聚集在这条柏油马路上。作为阳北镇的心脏中枢，阳北镇政府处于大街中央部位自不必说，以镇政府为界，大街东半段主要是镇中学、储蓄所、邮政局、良种站、卫生院等机关团体单位，大街西半段主要是超市、美发厅、煎饼铺、押面馆、台球室等商业网点。

刘玉山夫妻计划将裁缝店建在东街上，逆反了商贾应当扎堆的规律也是没有办法的事。西街上的店铺已经比肩接踵，连插根针的地方也难找，东街上恰巧有处空地。阳北大街东西贯穿到此处斜着向北弯进去一块才费劲地转了回来，在路北形成了一片不太规整的"凹"字形地块，路南则相应地突出了"凸"字形的地块。路南地块上已建起一栋二层小楼，加上路北地势又低于路南半米之多，凸形地块上的楼房便对凹地形成了极具冲击力的弹压之势。

这块许久不被人看好的地块却中了刘玉山的意。一方面，此处虽凹低但周边却形成了大半圆的高冈，似乎天然遮挡冬季西北寒风的屏障。这对打小在关内生活的云莲简直是老天爷赏赐的一块栖身宝地。另一方面，舍得来裁缝店做雪花呢大衣或毛料职业装的多半是拿工资的公家人，在公家人上班的地段开裁缝店，岂不又是老天爷赏赐的一个饭碗？

这块空地东西长约10米，按每个门市铺面幅宽3米、纵深10米的规划设计要求，可以建设3处门市。门市房对应的后边空地还可建两倍于门市面积

的附属房屋。做仓库可以储备货源，做车间可以形成前店后厂，也可以当住人的宅屋，那等于商店与工厂就开在自家院落里。

以现有财力，他们可以购买一个幅宽3米的地号，拥有一间自己的裁缝店，尽管只有区区30平方米，却是属于自己的小舟。按着自己的意愿顺利起航，并按着自己设计的航线，达到理想的彼岸。

对在阳北东街开裁缝店，夫妻俩谋划了许久，并列入了下一年度家庭生产经营计划重大投资项目，这是一件具有人生里程碑意义的大事。

首先时段就很重大，发生在刘玉山而立之年。三十而立，就立在终于结束了流浪式漂泊。其次，10年漂泊后的定居之地其重大意义不亚于一个国家决定定都何处，必须要取得多方面的理解与同意。已经通过各种婉转方式分别征求了德州方面、阳北夏家村方面的意见，包括对刘小豹同学也进行了沟通，因为这关系到他今后几年学校的选择。

私奔后的两人世界里，在德州A师副师长家里我行我素的曲云莲奇怪地完成了脱胎换骨的转变，万分虔诚地践行了童话中渔夫的老太婆那句"老头子做事总是对的"夫妻准则，家中一切大事均由刘玉山做主。刘玉山历来把曲云莲当姐姐倚重，定舵之前总是把曲云莲的意愿琢磨透彻，而后再像"当家的"那样把肥厚的大手往桌子上一拍。所以做这个象征性的动作是因为曲云莲愿意看。随着"啪"的一响，曲云莲脸上会开出一朵令人陶醉的艳美桃花。这朵桃花也是刘玉山最爱看的，尽管桃花百看不厌，天天想看，但这一回大手迟迟没有拍下来。

因为德州方面提出了不同意见，家庭年度计划中这个重大项目几度搁浅。德州方面的意见是，如果曲云莲一家结束漂泊的定居地定在德州，将会获得德州方面免费赠予的一套80平方米的住房；如果最终定居在阳北，将不会获得分文支持。

这么多年父亲第一次伸出橄榄枝，让云莲百感交集又左右为难。一方面，德州是自己从小生活过的地方，冬天不像阳北这样寒风刺骨，踏缝纫机时膝盖不会疼，剪衣料时手指也不会麻木；另一方面，这儿除了有丈夫的温暖怀抱会化解一切寒冷，更主要的还有为人妻的一种责任。部队干休所老夫妻离了子女虽然孤寂，但还可以互相依靠，怎么也比阳北夏家村一个孤老太婆好过些。让丈夫抛下年迈的母亲携妻儿到大城市里享福，她想都不该想，更别说把话说出口了。

曲云莲在给德州回信中特意添了一句"定居阳北虽非女儿本意，但也只能如此了"。她知道，这最终的拒绝将使父亲彻底失去女儿晨奉暮省的关爱，连同含饴弄孙的愿望一并化为泡影，无疑是在父亲伤痛的心上又戳了一道绝望至极的刀口。

不久德州方面做了答复，简单两句话，却充分体现了曲副师长一辈子不变的行事风格："寄去17万元资助你在阳北把根扎牢！扎死！！永远不要回德州！！！"

那个晚上，曲云莲放声大哭，任刘玉山携同小豹子如何劝解也无济于事。刘玉山陷入深深的负疚与自责，即便是豁出性命，也要为云莲弄一个傲立于阳北的裁缝店，有朝一日让德州的岳父心悦诚服地认可女儿当年的眼光有多么独特。

没有德州方面资助的情况下夫妻俩在筹建"玉莲裁缝店"时，计划将3米幅宽门市对应的后边空地使用权一并买下来。将来裁缝店赚了钱，在后边盖一处50平方米的住宅。

刘玉山说："咱保守着说，姐在裁缝上每年赚1万，我在倒卖服装上再赚1万，拼个十年八年还怕盖不起一套房来？"

曲云莲说："可不能十年八年后再盖房子，明年咱先盖半栋房子，装上土暖气，把娘赶快接来住。夏家村的土坯房那么冷，我在暖和的裁缝店里可睡不着觉。"

现今情况发生了顺转，有了德州方面巨额投资，夫妻俩决定在建设门市的同时将后院的住宅一并建设起来。底气十足的刘玉山提议："咱别先盖半栋啦，50平米一次盖完它。"

曲云莲低头沉吟了半晌："我想建一栋80平米的，只是，只是太难为你了。可不可以先建50平米的，省下钱把另外30平米地号先买下来。姐是

胡思乱想，你是当家的，由你拍板吧。"

刘玉山豁然明白了妻子心中的曲折隐痛。当初岳父承诺在德州赠予的房屋也是80平米呀！"姐，你什么也别说了，咱一次建80平米的房子，就是借钱、赊钱，把我的脸皮当鞋底子让人踩，我也把这件事办圆全了。"

望着刘玉山用仿宋体书写的建房用地申请，毛亩禁不住眼睛一亮，歪着瘦脑袋瞅了半天，拿烟的左手离身半尺远，好像生怕一不小心将烟灰落在上边："噢呦，好漂亮的一手字呀。你小子若是进了镇政府机关，我毛秘书的饭碗可要砸破了，凭你的这份杰作，回去等好消息吧。"

镇上的人都知道毛亩的字在阳北无有出其右者，毛亩的赞赏与调侃是由衷的，但一语成谶，几乎被刘玉山砸了饭碗，但不是因为那笔好字。此是后话。

建房用地申请是春节前递上去的，转眼两个月过去，毛亩答应的那个好消息还是没有等到。这期间，经人指点也去给毛亩送了两次礼。第一次送的是两条烟。毛亩欣然接受，屁股虽未离席，脸上有了些许笑容，但看到包烟的报纸一角露出了"人参"两个字时，脸上的笑容立马逃跑了。似乎刚才的笑容付给两条廉价的烟是吃了莫大的亏，像收了两个烤夹生了的地瓜，"啪"，顺手扔进了矮几底层台板上，而那块台板离地只有一指高。

刘玉山心"猛"地一个下沉。这两条人参烟每条100元。200元在云莲的日常家庭开支上属于计划外，也未列入建房工程的预算。为了平衡这200元的开支，云莲计划春节给婆婆买的猪后臀被自己硬改成了猪前肘，云莲本命年三十晚穿的红衬衣衬裤被她坚决缩水为一双红袜子，就连小豹子往年鞭炮品种中一蹿两丈高的烟花也被抽了条。

黑夜的时辰短了，白天的时光就长了。太阳普照的时间多了，大地便开始转暖了。糊窗缝的报纸经过一冬连春西北风的摧残，当初吃少了糨糊的就裂开了毛边，有从中间断开了的像淘米水浆过的一块布条，倒悬着挂在窗户上。肆虐了一冬的寒冷不甘心就这么无脸面地退去，不停歇地吹来一阵阵干风。虽然虚张声势，但已失去了严冬时节的凛冽，感觉不到半分的肃杀，但吹在窗户上的报纸断条就发出"呜、呜、呜"的怪叫声，让人心烦意乱。

毛亩那里还是没有半点消息，夫妻俩在讨论一个问题：办批件送礼算不算用之有度？可不可以拿出两条人参烟10倍的钱列入建房前期计划之内？

第二份礼物耗费了曲云莲一个半月的昼夜。那是一幅18平尺的刺绣——百鸟朝凤图。淡粉色底布上一只美丽的凤凰飞翔于空中，周围有浮动的白云相随，五彩缤纷的鸟群鸣啾于开满鲜花的草地。空中那双半展半张的羽翅显示着凤凰正在冉冉地飘降。是王者的尊贵洒脱，还是同类相会的喜悦？

美丽的凤头在原来的草图中是微微前倾的，而今却是优美的曲颈回首。是云莲不慎刺破了手指，大滴鲜血处改绣了鲜红的凤冠。刘玉山舍不得送出这幅壁挂。

曲云莲不由质疑："送吧，这是裁缝店的必需用度。"

毛亩没有笑却睁大了双眼。先是把桌子上的报纸、文件、台灯等都撤了下去，小心铺平展了看。桌面上放不下拿到了自己床上看，又拿起了放大镜左瞧右瞅："巧手、巧活，好东西呀！比你送我10条烟都高兴。"

7. 领导亲笔字等于指纹押

毛亩的消息来了。来得突然，像风一样快。要求刘玉山办得急促迅速。午饭后两点告诉的信儿，要求下午四点半下班前必须交款，一手交钱，一手拿批件，过期不候。

刘玉山慌了，农行储蓄所3点关门清账，更重要的是事先未预约有没有那么多钱。镇上的人取款多是五百两千，超过1万元需要提前告诉储蓄所。毛亩传话已经跟储蓄所讲好了，你拿了存折就能取钱，取了钱立马就到镇政府。

果然，刘玉山气喘吁吁赶到储蓄所，要取的钱已经数好放在了柜台上，连取款的蓝色凭单都帮忙填完了。自己签了名，拿钱直奔镇政府。还未等向收发室打招呼办理登记手续，门卫已主动出来："毛助理等候半天了。"

刘玉山感觉怪怪的，不是自己来办批件，倒像是病人躺在手术台上，就等家属送了钱去，医生才会操起手术刀一样。

毛亩让把钱分成两笔上交。第一笔1.5万元是30平方米裁缝店的门市用地费，核定每平米500元。

刘玉山心尖锐痛了一下，这是夫妻俩一年的劳动所得。云莲说过，钱花在建房的刀刃上不应当痛，但这刀锋也太快了。500元的价格比阳河县城中档地段还要贵。

第二笔钱是门市后边的附属房用地费，按门市费用折半收取，每平米250元。刘玉山按80平方米数出了两万元。

毛亩反问:"你不是建80平米的住宅吗?还要交2万元。"

刘玉山吃惊了:"这不等于交双倍的钱吗?"

毛亩:"对了,你盖80平米的房子,周边不可能让别人用吧?就算你跟别人山墙挨山墙,你门前空地是自己用吧。你如果说不用,别人花钱买了,在你门前放一个水缸,你不可能从房顶扒个窟窿飞出去吧。人家就是放个臭垃圾桶,你开门弄翻了,污了你的门,踩你一脚稀,你不仅说不出半句话来,还得被人告侵权。所以,建80平米住宅得交双倍占地费。"

刘玉山:"但是,除去80平米住宅占地只剩40多平米,我岂不是等于多交了40平米的钱?"

毛亩:"你建50平米的住宅呀,当初你就不是打算建50平米嘛。这块地有120平米,你交两个50平米占地费,还占20平米的便宜呢。年轻人,按现有面积这块地只能批建60平米住宅。我这是在照顾你哪。"

刘玉山心里想的话是:"规矩是你们定的,即便算是合理的,但你随口就改,违规批建多收我的血汗钱还说是在照顾我?"但出口的话是:"我还是要盖80平米的,只是,只是,这也太那个了……"

毛亩锥子一样的目光立即洞穿了刘玉山的内心:"还是觉得亏了是吧?那你建60平米的住宅吧。两不亏欠,我正不愿为你建80平米破坏规矩。告诉你,规矩是镇政府定的,不是针对你一个人。镇里还规定,买前边门市必须连带买后边附属用地,不能抽肥甩瘦。你把前边赚钱的门市拿去了,后边的空地给谁?如果你觉得阳北镇的规定难以接受,这是你的门市地号的1.5万,我们和气地结束。"

毛亩一下子就戳在了刘玉山的软肋上:"毛助理,我接受规定就是了。"

握着厚厚5沓半钱的毛亩大眼睛眯成了一条缝:"年轻人,这就对了嘛。凡事往长远看,如果实在觉得亏,挨着西边你还可以先占用40平米,反正现在也没有人用。不过,这可不算是规定哟。"

刘玉山瞪大了疑问的眼睛。

毛亩放低声音说:"什么东西占据长久了就会变成既成事实。"

毛宙把钱放进一个皮包里,并未找财会来人,抽出一沓标有"中共山城市阳河县阳北镇委员会"字样的便签,龙飞凤舞写了两张条子。

第一张写的是:

收条

今收到人民币壹万伍仟元(15000元)整,刘玉山地号款。

镇政府 毛宙
×年6月29日

第二张写的是:

收据

人民币肆万元(40000元)整,刘玉山地号款。

镇政府 毛宙
×年6月29日

刘玉山瞅着字体洒脱的白条,心里一下虚空了:"没有正式财会收据,也不盖上公章,人家知道我是交哪的地号款?"

毛宙自尊心受了莫大伤害:"在阳北镇可以不认识财务的公章,还没有一个人不认我毛宙字的。虽然我的字没有你的字漂亮,但绝对比你的字值钱!"说着,一把抓回两张字条,在两张"地号款"前边分别加四个字,第一张加的是"东街门市",第二张加的是"凹地住宅",不耐烦地补了一句:"还有什么不放心的快说,我还有事。"

刘玉山问:"批件什么时候可以下来?我着急施工呀。"

毛宙说:"还要什么批件?后院住宅你从我这屋里出去就可以施工。在阳北镇上如果有人敢阻拦,你亮出我的批条给他们看。如果有不认识字的,你告诉他来找我,看看有没有人敢到我面前来!至于前面的门市嘛,镇上有标准设计图纸,也不允许业户自己建,统一由达宝建设开发公司承包，业户出钱购买回去。"

刘玉山："慢点，在我的地号上建房子由我购买，好像不大对劲吧。万一建完了他卖给别人怎么办？"

毛宙："地号是你的，卖给别人咋办房产证？不然就让达宝公司交地号钱，建完了门市房你再买回去怎么样？"

刘玉山头摇得像拨浪鼓："不行，不行。建完了不卖给我或抬高价咋办？"

"对头嘛。你应该感谢镇政府把地号批给了你，批给你是什么性质？是招商引资项目！因为你开裁缝店繁荣阳北市场呀。希望你以后赚了钱把西邻的门市也买下来开个刺绣坊，让你媳妇的妙手带出一批阳北的工艺师呀。"一军就把对方将死了。毛宙得意地笑了，顺势添了一把热火："如果你在东街开杀猪宰狗的屠宰场，或破砖烂铁的建材店，别说你每平米出500元，就是出十个500元，镇政府也绝不批准，听明白了没有，年轻人？"

说着看了看表，说："哎哟，来不及了。"慌忙抓起鼓囊起来的皮包就往外走："跟你们有文化的人办事就是费话，耽误我的正事了。"三步并作两步抢到门前大院。司机已将吉普车燃着了火。毛宙拍了下刘玉山的肩膀："让你媳妇再给刺绣一幅门帘呗。"也不待回话，猴急地蹿上了车："快，去阳河。刘书记都等不及了。"

汽车尾部"突突突"放了一串响屁，"忽"地一下蹿出了大门。

刘玉山自言自语：难道刘太林书记躺在手术台上了？说完后摇了摇头，自己也哑然失笑了。

望着半是狐疑没拿到带公章批件半是心疼多花了钱的刘玉山，曲云莲对着两张便条大加赞赏："当家的，这事办得就是地道。国家规定土地使用期限50至70年。这两块地号咱小豹再生的细豹子都可以继承使用呢。"

刘玉山知道曲云莲又在用"老头子做事总是对的"的夫妻准则来宽慰自己，但还是心有不甘地说："当时那个毛助理话硬得像碎碗碴子，不交高价钱不收他的便条就要不批。可谁让咱胃里空落落的没东西，明知碗碴

子吃下去伤胃，也得闭眼吞哪。"

"这你可没有我懂了。在当官那里白纸黑字的亲笔信件历来比红头文件好使。文件说的话可以不办，当官批示没有敢不办的。A师发的那些命令都得师首长签字，光有公章没有人签字那公章如果是萝卜刻的假章呢？可亲笔签字就同当官的指纹一个样！"看刘玉山眉头还是没有完全舒展开，曲云莲咬着牙说，"在堂堂阳北镇政府大院镇长助理亲笔写的东西若敢不认账，我曲云莲就把镇政府的大牌子摘下来横在排水沟上当踏板！"

第三天，达宝建设公司经理黄达宝亲自送来了图纸与预算。果然与东西街上其他多数门市一样，也是3.8米的举架，门脸之上还有一米高的女儿墙。三毡四油的房顶是漆了橘红色油漆的铁皮，马赛克外墙面，塑钢双层密封玻璃窗，窗户和房门外加防盗铁拉链锁。标准之高，比照的是镇政府办公用房。更要命的是达宝公司不仅包揽了所有材料采购，包括内部装饰部分的地面砖、墙面砖、大理石窗台板、墙壁纸，连唯一的仓库房门、洗手盆、便溺器也未幸免。

刘玉山害牙疼地"嗞啦"一声："为了保证商业街的风格，大门外怎么规定我们就怎么办。就像我媳妇做校服那样，作为外衣的校服一个扣子都不能差，但学生校服里穿什么衬衣，老师也无权干涉。同样道理，大门之内属于私人空间，应当由我们根据财力和爱好自行装饰，大理石窗台板我们可以用水刷石的，墙壁可以用大白代替昂贵的壁纸。"

黄达宝说："兄弟只想强调一点，如果你的裁缝店不对外开放，也就是说像住宅那样只有自家人可以进入，当然可以不执行这个图纸要求。但如果裁缝店全阳北镇人都自由进出，那是法定批准的公共营业场所，就有责任执行统一标准。"

"黄经理，退一步说，如果非要用图纸设计的那些材料，我们自己也可以采购呀，这也算对达宝公司友情支持。"刘玉山未说出口的潜台词是采购之水深不可测，不然就不会有招投标方式的诞生，我怎么能知道你要了业主昂贵预算而采购了廉价低劣产品？

黄达宝自然也听出了刘玉山的意思，笑了笑说："不论对大承包的做法做出什么评价，有一点我必须说明，这是镇政府的规定，不是针对你们一家，全街各家莫不如此。如果……"

没等黄达宝把如果后边的话说出来，一直未说话的曲云莲抢过话头："黄经理，在我们这儿没有如果。当家的，我们签约吧。"

见从来不在外人面前出头，从来都把场面让给自己的云莲下了决心，刘玉山知道一定有十二分道理，毫不迟疑地在合同上签了字。

黄达宝赞道："听说刘老板是阳北第一好字，今日一见果然名不虚传。"

刘玉山却顾不上谦虚，扔了笔"哎哟"一声捂住了腮帮子。签下了"刘玉山"3个字，等于认可了承建费9万，每字3万元！

合同约定，双方签字后甲方业主在乙方建筑承包设备人员进场后付2万元，主体封闭后付4万元，其余款项等上水、下水、内部电气、暖气（土制）及装饰完工后一次结清。建设工期两个月，每延期交工一日赔偿业主工程总承包费0.5%的损失。

黄达宝高兴地走了。郁闷的刘玉山不解地问："姐，他们在采购材料上最少要吞我们1万元，你咋这么痛快？"

曲云莲："昨天我问了五六家都是这样的模式呢。"

刘玉山："这明摆着是欺负盘剥业户的不合理规定，我咽不下这口气，邪火蹿到牙床上了。眼里糅不住半粒沙子的豹姐却能坦然地接受？我倒想不明白了。"

曲云莲："10年漂泊，姐悟懂了一个道理。在家乡，亲人会把一切都给予自己，把最好的东西捧在面前任你挑选，10年前，姐在A师大院、在老爸家里就成了'山豹'。漂泊异土他乡，活下去的法则就剩了适者生存。阳北虽然是你的家乡，同样不会有人主动宠咱惯咱，想在阳北生存下去，就要适应这个地方的规定，尽管这里的规定可能不合咱的心愿，但大家都这么做，咱们也要随着做。"

领导亲笔字等于指纹押

官司

GUAN SI

8. 赵瞎子不是瞎子

自打小就把一枚硬币掰成八瓣来花，王龙一如今有能力将一把硬币当成一把小米，"唰"地一下子跟喂鸡一样撒出去，因为这不过等于钱袋垛上的一小把，但王龙一仍然把一枚硬币掰成八瓣来花。明知现有的钱自个打着扑棱花，这辈子花不完，下辈子也花不完，下下辈子还花不完，但宁愿堆在那儿生锈发霉，也舍不得撒出去半枚。若不得不撒出去的时候，都要在心里掂量上七八个来回，是撒出去两瓣？四瓣？八瓣？一旦撒出去了，都会心痛地在眉间皱出一个"川"字。王龙一就是担心有一天像小时候那样没有一枚钱币可供掰。

王龙一知道这是一种病，从心理学看大概叫做什么贫穷恐惧后遗症。是病都会损害健康，尤其属于精神方面的心理恐惧，应该抓紧治疗。但是王龙一讳疾忌医，坚决认为这种病没什么不好。可能钱也喜欢聚堆恋主，不喜欢被人折腾来倒腾去，弄得全身上下又脏又破，知道到了哪家会过安逸生活，就齐伙往其家里扎堆。因此，王龙一越是舍不得花钱，钱来得越多。

王龙一已经有了公家薪酬之外三处生钱的坊场。其中最来钱的是西街上的一个建材商店。工商执照上的店主不是王龙一，而是他妻子妹妹的二舅，一个比王龙一话还少的中年人。这符合了"党政干部不许经商办企业"的规定。

店铺不起眼，受气般被挤在另外四家建材店最边上，如果同其他四家店比起来，勉强算个小五子，或者算作四带一。营业面积仅有其他家一半略强，货架上摆设的建材品种与面积差不多，经营处于不死不活状态。这又符合了王龙一"肉要埋在碗底"的一贯行事风格。

为了招揽顾客，对于灯泡、窗挂钩、铁钉、合页、磨砂纸等小件商品都比别家便宜5分或1毛，但大宗商品都比别家价格高，不过都是私底下在小店之外进行交易。这还符合王龙一"吃小亏占大便宜"先予后取的赚钱策略。

总之，与那四家店比起来，表面上惨淡维持，实际利润之丰厚等于四家的总和。这当然是一种没有根据的猜测，而且讲这种话的人多半是阳北镇建筑企业里的人。根据是从那家小店进货的70%是建筑企业，而且进货价格却比其他四家高30%；而那30%没从那家小店进货的建筑企业70%得不到阳北镇的工程。这两对70%和30%绕口令式的说法，不仔细琢磨还真弄不明白其中的寓意，而且多半是建材采购人员在酒桌上的酒话，岂可当真？

肉可以埋在碗底吃，但嘴唇上的油光却一眼就会被发现。风言风语传到了王龙一的耳朵里便顿生警惕：同行是冤家。天天在四家同行眼皮底下抢人家的饭碗，遭嫉妒挨算计是早晚的事。在动物界，田鼠都知道把过冬的粮食藏在3个洞穴中。狡兔还有3个窟，何况人乎？王龙一决定往家里另行埋设一条输送滚滚财源的秘密管道。这再次符合了王龙一"不能把钱装在一只口袋里"的谨慎处事原则。

最理想的地方还是在阳北大街上，西街离那四家建材店太近，东街只有一块凹地，因为许多人不看好才剩下的。剩下的东西便不那么金贵，再加上自己（仍然以妻妹的二舅名义）出头，地价会节省出半袋子可供掰着花的钱币。但有一个问题却突然堵进了王龙一的心里：我为什么要拣别人剩下的，这不是比别人矮半截吗？而且这不是在18年前，18年之后的王龙一应当比别人高半截啊！究竟是要比别人高半截还是要那半袋子钱币，两种想法在脑海里争斗了3天，后者终于战胜了前者。

王龙一这样抚慰自己受伤了的自尊心：低处好避风，输钱的管线建在凹处便于隐藏啊。后一种想法占了上风，说明王龙一最终懂得什么是伸屈之道："只要有了好处得了实惠，腰弯得比屁股还低也在所不惜。"这也

反映了王龙一在利益面前低调的务实理念。

王龙一实地踏查了多次，确实低凹得足够低调。而且最难接受的是南面凸形突出的酒楼似个楔子直刺过来，不亚于喉部卡了一根鱼刺。毕竟要投入成袋子的钱币，王龙一请来了曾为刘太林看过办公用房的风水先生赵瞎子。

赵瞎子不是瞎子。阳北人管不是瞎子的人叫瞎子有两个原因，一是小时候赵小孩总闹眼睛。早上起来黄黄的眼屎会将上下眼皮糊住，严重时连上下睫毛都粘在了一起，得用湿毛巾把眼屎泡软了眼才能睁得开，有时候为省事也用唾沫当温水。长大了眼神就差，两米开外看不清人的面目，更别说认清地垄上的苗和草了。这倒成全了他一份算命看相、观测风水的谋生本事。二是阳北镇给人算命看相的99%以上都是瞎子。据说睁眼人被眼前五光十色的世界闪花了眼睛，晃晕了头脑，继而丧失了对冥冥之秘密的观测判断能力，而瞎子的眼睛没见过花花世界，头脑反倒清醒，所以给人看前程命运一算一个准。

把半瞎的人叫瞎子，从算命看相观测风水的专业角度是一种赞扬与肯定。有例为证，不管是在西街上建商铺的，还是在东街盖衙门的（公开官称为办公用房），在动锹破土之前，或公开或隐蔽，几乎没有不请赵瞎子的。

那一天，赵瞎子在凸字形酒楼靠北窗口一个座位上大快朵颐，之后并没有践行数年酒后一觉再看风水的派头和习惯。整整一个小时两只瞎眼未离开过对面的那块凹形地块，那双只能在两米之内发挥微弱作用的瞎眼此时仿佛放出了奇异的光芒。其间，还将那枯枝般大拇指竖在半米远的眼前，似乎是一支猎枪的准星，对准的是一只肥硕的梅花鹿。尔后，又将左手伸到瞎眼前，用大拇指在其他四根手指上捏来点去，如同在弹奏一张四指琴。嘴里念念有词，像是在配合唱念一首高深的梵曲，又像是一段莫测的咒语。

"大喜呀，王所长，您独具慧眼啊。"望着一脸木然的王龙一，赵瞎子继续说,"赵某人走南闯北看过无数风水,倒把眼前的宝地给忽略了,这叫'不识庐山真面目,只缘身在此山中'呀。"接着娓娓道出了三条根据:第一,此地处于机关团体林立的东街。东街是什么街?官街呀。官街上做买卖是什么?是官商呀。那能有别人的吗?第二,王所长可能顾忌那是一块凹地,此前许多人可能都顾虑到此而罢手。自古官主贵,商主富,富不敌贵,商不斗官。商自然要比官低半头。但官之根基在商,在官街上经商,钱不往凹处流往哪流?其实那是一个聚宝盆呀。我想,王所长一定实地踏察过,此处虽洼但土质最实诚,皆因流水裹挟泥土流沙将土质缝隙浆灌得比任何高处都密实。光说聚宝盆还不全面,应当是永固不散之聚财贵地。第三,王所长不说我也知道您还有一重顾虑,即对面的凸形酒楼问题。凹地北、东、西三面的高丘如同钱庄之高墙,进入宝盆的财富不可能从这三面出去,而只能从南边无高丘之处外流,而天遂人愿,对面凸字形的楔子恰好堵塞了南边的缺口,似一把封闭财富外流的门户锁呀。只是凸楔子出得尖了些,闭关锁户形成些许间隙。不过,也有破解之法……

被吊足了胃口,王龙一明白赵瞎子已做完了自己所付钱的功课,证明此地可用。至于怎么用,若知后事,再拿钱来。自见面就未说一句话的王龙一从口袋里摸出了200元钱,仍然不发一言,求证的眼神却投向了赵瞎子那张口若悬河的嘴上。

赵瞎子望了望桌上的两张粉色票子,并未伸手:"王所长,破解之法可以使聚财之地臻于完美,但在聚财之地动用土木则是另一回事。"

王龙一嘴角不易察觉地向下垂了一下,嘴还是没说话,手却伸向口袋又掏出了300元钱放在那两张粉色票子上边。赵瞎子嘴巴便再次口若悬河地张开了:"王所长,其实破解之法也不难。我量过了,凹地东西宽10.5米,按镇上通行幅宽3米一个单元门市铺面,可以建三个铺面。三三见九,此九为横面,竖面按规定为10米,为90平方米门市面积。不过那是对一般人的规定。王所长是什么人物不必我说,竖面建11米应当没人敢言语。还应了那句福财之地当由富贵之人驾驭。这样,横9乘以竖11等于99平方米。这世上从来就没有过十全十美,而最大的数就是九,王所长还愁钱不堆成

山嘛。至于为什么只建9米宽幅而不用满10.5米？有道是，事不可满，满则必溢；凡事留有余地，则富富有余呀。"

"送赵大师。"王龙一终于说了一句话，虽然只有四个字，但自己一个字的价值抵赵瞎子100个字应当绰绰有余。

"大师"这个称谓使赵瞎子很受用，揣起了桌上的五张百元粉色票子，觉得应当再回报一个跟财源流向有关的信息："凹地底西高东低，最赚钱的商品要摆在东三分之一的铺面。财源似水往低处聚流。"

张二舅发现这个外甥两年来第一次笑了，是不出声地笑，只有了笑的象征：一直下弯的唇线呈现了平行状态，尽管只有一瞬间。张二舅知道，王龙一在此处扎根的决心下定了，定死了！

9. 钱匣子与痒痒挠各有丘壑

刘太林饮了一杯蜂蜜加苦瓜汁配成的水,痛快地放了一个响屁。"龙一,不管你对我是出于什么目的,但行走官场如同商人做买卖,我刘太林也是个讲究人,绝不亏待人。所长前的'代理'已经给你拿掉了,不知你还有什么要求?"

对领导有所求,领导不主动发问,证明自己的服务和感情还没到位。这种情况下提出要求,有引起领导反感的危险。为刘太林这句话,王龙一已经忍耐了一个月,虽然急不可耐,硬是没吐出半字要求:"刘书记,我现在的一切都是你赏的。我还不知道如何报答,咋还能提新的要求呢?"

"有要求尽管提,我满足了你的要求,能得到你更多更好的服务。"刘太林说,"从这种角度看,我希望你提要求,或者说愿意同你交换。"

"本来我是羞于出口的,刘书记的坦率真诚感动了我。我其实有一个小小的愿望,想劳烦您开金口关照一句。"

"只要能办到的,"王龙一的迟疑使刘太林有所警惕,"我一定说话。"

"我二舅想在东街那块凹地开个建材店,西街那块面积太小,快经营不下去了。"

"这算什么问题?你是城建所长,在阳北镇用地还不可着心意挑?何况那块凹地那么多人不看好,你二舅是在为东街锦上添花嘛。"刘太林放心了,"年轻人越有权越谨慎。很好嘛。"

"毛助理说要上会研究研究。"

"难怪金口玉言的皇帝也有为难处,文官武将相煎古而有之。你

跟毛亩一文一武左膀右臂就不能开个阳北将相和的先例？"刘太林感慨道，"我向毛亩说，专门给你留着，谁敢动一寸，看我不剁了他的手指头？不过我跟你挑明了，毛亩是阳北三朝老臣，侍奉我时间最长，你要多让着他点。"

"毛助理按规矩办事是对的，只是我二舅有点着急。"王龙一说。

"这样想就对了，做大事者必有远望。你这么年轻，不要争一时之短长。"

"多谢书记的谆谆教诲，龙一谨记在心。"

名义上是刘太林带着王龙一开会出差，实质上王龙一陪着刘太林在阳河县城待了四天。

第一天，两人共同在美体院做了洗肠美容。

第二天，王龙一把刘太林扔在家里，一个人驱车二百公里到一个满是红叶的山谷中，精心选购了上好的椴树蜂蜜，还买了一大堆蜂花粉、蜂王浆。

第三天，下午赶回阳河县城，陪刘太林吃完了晚饭，到一个名叫夏宫的洗浴中心。如今刘太林已经十分习惯在下属王龙一面前赤身裸体了，因为每次王龙一都以准军人的动作事先向刘太林展览自己的裸体，以便示范领导不羞于把最隐秘的私处与部下共同开放。

王龙一先是陪同刘太林泡了温泉，蒸了桑拿，又找一双细手给刘太林的肥腿、胳膊、胸腹、背脊，全身上下一顿揉、捏、拍、打。连那双肥脚也未放过。找了一双娇嫩的小脚对着后背一顿碾踩，弄得刘太林连声"哼唷"后还小睡了一觉。醒来后先喝了两支鲜蜂王浆，王龙一建议去理发室净面，以便公出考察以更加光彩的面貌出现在兄弟单位面前。果然，净面师傅的手比王龙一肛门"手指术"还超轻柔，吹刃断发的刀"嗖、嗖、嗖"将脸上各个沟槽一条不落地扫了一遍，连鱼泡式的肿眼皮和软绵绵的耳垂也未落下。又用剪刀将疵出鼻子的几根鼻毛贴着鼻孔剪齐，还用软柄挖耳勺和棉签小心翼翼将耳孔弄了个干净。

刘太林笑眯了眼："龙一呀，你真是个神手痒痒挠。想我刘太林为官二十余载,最过瘾的娱乐就是喝酒、打牌。如今可倒好,我后背本来不刺痒都让你挠出了瘙病。不过,这个痒瘙病我喜欢。"

第四天,王龙一开始大采购。城建所最不缺的是钱,东西却难选,主要费事在能遮住刘太林大肚子兜住大屁股的特体号码休闲外衣难找。买完了剃须刀、太阳镜、万能充电器,又给刘太林手机充值。备了常用头痛脑热药物,又备了开塞露配甘油,以免刺伤直肠。同时还备了几副一次性灌肠器,虽然刘太林已经半年未用过那什物了,但此次考察的四川、贵州、湖南都以辣食为主,万一刘太林管不住上边那张进口,就要在下边的出口做文章。一件件,一桩桩,王龙一在头天晚上就开了张备忘单子,十几件事干完一件用笔划掉一件,忙到下午两点还剩四件没办完。

那天是星期五,心情愉悦的刘太林突然一阵心乱手痒,觉得有点什么事应当干完了再出发考察。于是,离县城数里远的一处绿树隐映的山庄二楼的一间房里展开了一场方城博弈。博弈的四人中除了首先坐庄的刘太林,还有县公安局贾志副局长、县法院汪方副院长,以及民政局沈宁海局长。不知是有意还是无意,那天赢的是两个副局,两个正局都输了。

此刻,正是"痒痒挠"王龙一还剩四件事没办完的午后两点。

毛亩接到了刘太林紧急电话让速送"两槽"过来。差旅费已于五天前由王龙一从财会支取了足够的数额。这"两槽"钱不是可以公开走账的差旅费。"两槽"这种带有黑话色彩的隐喻,说明这笔钱只能在黑暗中隐蔽着使用。毛亩明白,刘太林说的一槽是2万元,两槽是4万元,而毛亩的钱匣子里从来未少过四槽的记录,因为四槽等于"8"又等于发。这是个吉利数。

王龙一单独陪同刘太林在阳河县城已经5天了,这让毛亩酸溜溜的胃已由灼热发展到隐隐刺痛,而更难忍受的是两人形影不离,将还要待上好几个5天,继续泛滥的胃酸会不会把自己的胃粘膜腐蚀溃疡甚至一朝穿孔?理智上应当控制对王龙一的醋劲从而使胃口减少泛酸,哪怕为自己健康着想。但毛亩就是控制不了,而且一想到王龙一在刘太林面前摇尾乞怜的劲

儿，气就不打一处来。

过度的嫉妒会演变为仇恨。毛亩觉得应当做一件不利于王龙一的事，最好是让他哑巴吃黄连，有苦说不出。观看对手难受的过程是自疗心疾的最佳方式，当然拳头一定要打在最痛处，还不能让他发觉是谁打的。

那天，刘太林对毛亩说"把东街那块凹地给龙一留着时"，毛亩表面恭敬地回答"是"，内心里已是滚沸的锅，一股酸水差点冲口而出。以往，凡刘太林交办的事毛亩都会转身就去落实，而后在当天报告刘太林，如果第二天报告一定说明耽误的理由。这件事虽然是刘太林交办，却是王龙一的事，毛亩破了多年之惯例，答应的"抓紧"变成了"拖延"。一个半月过去了，王龙一还未得到毛亩"抓紧"的通知。

王龙一心中急得如惊涛骇浪，脸上却似平静湖水，既不追问毛亩，也不再次提醒刘太林，就那么耐住性子在靠着、挺着、忍着、耗着。他在等待着机会，机会真就遂愿而至。

王龙一计划在陪同刘太林外出的一个多月中，用一分钟婉转把话题引向凹地，让刘太林先行发问，那就会有两个情况摆到发问人的面前：一个是刘太林交代的事在阳北镇有人胆敢近3个月不落实！一个是自己求刘太林的事虽然3个月不得，却硬是不吭一声。两件事合并起来那将是什么结果？刘太林左膀右臂的天平必将发生重大倾斜。在刘太林对毛亩的暴怒斥责中，自己将轻松获得东街那块聚财凹地。三个月的忍耐煎熬是一种痛苦的投入，在获利的同时必须将痛苦分厘不差地偿还给施痛之人。

王龙一的算盘打得太精细了，但是天算不如人算。王龙一什么都算到了，就是没算到临行前的头天下午刘太林会向毛亩急要"两槽"钱，这让毛亩给王龙一灌喂黄连水制造了冠冕堂皇的理由："当天下午匣子里没有整槽钱。"

当然，这句话要等一个月刘太林回来后的那一天，质问凹地为啥缺了一角时再说出来替自己"圆场"。于是，刘玉山就在那天下午突然得到毛亩紧急通知："四点半前，一手交钱，一手拿批件，过期不候。"收了刘玉山5.5万元钱，并开具了代替批件的收条，一阵报复的狂喜与无比的畅快袭上了毛亩的心头。

　　毛亩给刘太林送去了三槽半，因为"7"在赌场上是个吉利数。毛亩断定输了钱的刘太林在两圈之后一定会玩第三圈。第三圈就是"777"，那意味是不言而喻的。上司交办的任务是两槽，以百分比计算自己完成了175%，起码会给自己增加75%的好感。更重要的是比刘玉山缴纳的5.5万多出了一槽半。这一槽半可以解释钱匣子中就剩这么多，找刘玉山实在是不得已而为之的无奈之举。

10. 上中两策价值两个二百五

在阳北镇人的眼中，达宝开发建筑公司最强横，强横得让人眼热。阳北人说的强横是强与横组合起来的意思。企业实力最强，赚钱最多，可以把成沓的钱立起来横着数。强横的另一种意思接近词典的解释，即拿工程的本事最强，别人前伏着身子都揽不到的活，达宝公司横着身子就能拿过来；别人预约好了的刚要动手去摘，达宝公司有本事像强扭瓜一样抢先掰到手。预约的人家连理都没地方去讲，因为伸手的是达宝公司。

阳北镇政府、敬老院、阳北大街、卫生院……70%以上的政府工程都被达宝公司强横拿到手已是公开了的秘密，而毛亩匣子里的钱70%以上是黄达宝放进去的却是没有公开的秘密。当然钱不是直接往匣子里塞。刘玉山缴纳的5.5万元地号款，毛亩从阳河县城回来的当天晚上，就冲抵了敬老院的施工费与材料款。让黄达宝打了5.5万元的收条，回报代价是从刘玉山裁缝店门市房建筑中收取9万元。但建筑材料和人工费怎么偷工减料也得5万元。赚的4万元减去5.5万元收条，净收益为负1.5万元，当然可以在其他工程上再捞一把补贴亏空。

明面上人们都说强横的达宝公司有很多钱，黄达宝却时常为几万元紧急支出发愁。久而久之，一些人便知道了内情，从年关公司门口成帮结伙的债主与黄达宝的杳杳无踪之中窥见了端倪，于是黄达宝就变成了"黄大炮"。"炮"在阳北寓意深刻，虽然响声很大，响过后几乎什么也没有了，顶多剩一些纸屑碎片。

黄达宝也有自己的说法："说我放大炮？证明我黄达宝有药可放！说

我放完后什么也没有？那是我换个地方再放！"

黄达宝说话底气如放炮一样足，毕竟在阳北风光这么多年。风言风语者也有保留地承认黄达宝的确有药可放。为此黄达宝的名号仍然压过了"黄大炮"的称谓。

变化是在近两年发生的，确切说是王龙一当了代理所长后，黄大炮的称谓逐渐占了黄达宝的上风。到王龙一城建所长之前的"代理"去掉后，黄大炮的称谓便基本取代了黄达宝的名号了。

原因是黄大炮在定期为毛亩往匣子里注钱额度未变的情况下，新增加了另一条支出渠道。虽然进王龙一妻妹张二舅的建材每次都要亏本30%，但黄大炮像不会算账一样，所需的建筑材料的70%还坚持从那个店进货。这似乎鼓励了西街这家最小的建材店铺，嘴巴越张越大，甚至连"村村通"公路的基础石、柏油渣都得吃进去。而黄大炮表现得十分高兴地请求人家吃进，像得了莫大的恩惠不断表示感谢。

东街上那片凹地门市加后边的附属面积土地使用费少说得10万元，这还是王龙一使用，如果是别人起码要加价50%。王龙一让黄大炮打"10万元材料款"到西街那个小店，黄大炮满口答应下来，无奈手头太紧，打了2万元之后，余款迟迟未打上。为此，这一段黄大炮有意躲着王龙一。

其实王龙一办事话只说一遍，说过后绝不再催。一次无意间两人碰上了面，王龙一绝口未提此事。黄大炮越发心里没底，因为"村村通"公路招投标批件就在王龙一手里，没有8万元续款自己张不开嘴。天遂人愿，王龙一被刘太林拉走了。其间，毛亩把凹地三分之一批了出去，这意味着自己可以少买王龙一妻妹张二舅"10万元材料款"的三分之一。为防止煮熟了的鸭子再飞了，黄大炮对玉莲裁缝店比任何工程抓得都紧。

一个多月后，陪同刘太林天南海北转了个无比痛快的王龙一志得意满回到阳北，还不到一个小时，一个多月的无比痛快变成了喘不上气的窝堵：刘玉山的玉莲裁缝店封了顶，马赛克的外墙面（除女儿墙）已经贴完，只差铁皮屋顶、房门和窗户还未装上去。后边附属房的大墙也起了一米高，留着崭新茬口的房架子整齐码在墙边。聚宝盆被硬生生砍去了三分

之一，而且是从东边砍起，也就是赵瞎子说过的"凹地底西高东低，最赚钱的商品要摆在东三分之一，财源似水往低处聚流"的部分。

王龙一让张二舅找赵瞎子第二次来凹地。

对东街凹地再次踏察后，赵瞎子叹道："金盆之缺虽然可惜，但皆符合冥冥之势运。老朽已过花甲，也算是过来之人，出语放肆王所长请休怪罪。人世间富贵最为难以兼得，即便是国王，也只是名义上的富有天下。我还是那句话，商属富，官属贵。欲想富甲一方便不得执掌权柄，欲想求取官之尊贵便难以富甲一方，不然鲜有善终者。古之和珅，今之宝森都是例证。"

赵瞎子自以为金玉良言的一番议论，仍然未换来王龙一的一句话，眉宇间的"川"字、嘴角不屑的微笑明显表示了不耐烦之意，赵瞎子知趣地切入实际："王所长近日顺风顺水，属官之贵气上升，贬损财运是必然的。你陪同阳北最大的官离阳北一个多月，虽然距权力核心靠近了，但却无暇经营凹地金盆的开发，所以造成今日鸡肋之局面。不过老朽曾仔细研究过王所长的名号。'王'与'龙'一生主贵，主要功夫应下在仕途上，必有腾达之时。老朽以为钱财当顺其自然为好。"

"难道就没有两全之法？还请大师指点。"王龙一说着，将500元放在了桌子上。

"算命看相，观测风水，说灵也灵，说不灵也不灵。二者之间只差一层纸。有道是，心诚则灵。何谓心诚？就是笃信。信就是要讲实话。如果王所长信得过老朽请讲实话，不然老朽分文不取。"赵瞎子把烂糊糊的两眼对向王龙一。

"我承认自己是一个有主意的人，但既然请了赵大师，龙一自然是笃信。"王龙一说，"请大师发问，王某一定据实相告。"

"老朽曾风闻王所长宁愿舍弃阳河县城大机关而归阳北故里，可见志向之远大。不知想做衣锦还乡之贵人，还是富甲一方的福人？此刻这间屋子里只有你我二人，话不过六耳。"赵瞎子说。

"两者兼而有之。"

"有无偏重？"

"这个，都难以割舍。我不瞒大师。"

"这就难为老朽了，我试划两策看看。"

"请大师不吝赐教。"

"上策为可汤吃面的'和策'。我看过了，虽说裁缝店占了3米门面，但紧靠了东侧边沿。西侧还剩7.5米。7为'气'当然不可取。建两个3米的门面共6米，虽不如9，但商起于流（谐音为六）也会有较好的进项。凹地西高东低，为防止财源流入东邻，动土时可将地面下削半尺，与东邻持平，便相安无事了，也算作顺其自然的无烦之策。"

"我若下挖八寸呢？"王龙一急忙插话。

"这，这似乎非上策和气生财的原则，还请王所长慎重为好。"

"请问大师中策。"

"中策为重金赎买的'洽策'。与东邻诚恳商量，并补偿以重金，但能否成功，主动权操在对方手中，是一件费心思的伤神之策。"

"愿闻大师详细方案。"

"中策可采用两条方案与东邻洽谈。一是出东邻已花费用的成倍价格请其惠弃，并为东邻另选一满意的新地。以王所长之影响，选一理想地址应当不算难事。二是成倍价格购买东邻幅宽3米之一半。加上现有的7.5米，仍可凑成9米。当然此9米与之前谋划的9米非同质而语。"

"如果对方硬不同意有何良策？"

"那老朽便无能为力了。"

"大师既然指出了上、中两策，肯定还有下策。"王龙一说着又掏出500元钱放在了桌子上，"万望大师予以指明。"

"下策所以为下，是上不得台面的，你我心中都明白。王所长位之尊贵、财之富厚，与区区小民较力悬殊是天壤之间。下策老朽羞于出口，这500元实在不敢再收。王所长青春有为，一定不会与区区小民争食一杯之羹。此金盆之地虽可致富，但应以和气为上。否则，不但求富不得而且会

损官之尊贵。老朽算是杞人之废话了。"

王龙一一个字也没讲,脸一成不变地木然着,连眼神都是静止的。赵瞎子下意识地轻轻摇了一下头。

赵瞎子走了。王龙一没有像上次那样说出四个字的短句"送赵大师",因为今天自己说给赵瞎子的话太多了。话是身体里最值钱的东西,是思想、感情、意识的结晶。出口之前经过大脑的周密加工,要消耗大量ATP(细胞),只有傻子或精神病人才把话随便送人。当然要是能换来有价值的回报也应不吝出口。比如边做便秘手指术,边把话慷慨送给刘太林听,那能换取接近权力的机会。今天送出去的话得不偿失,而且是脑海最深处的实话。为的是交换那条有价值的下策。而赵瞎子只给了价值两个"二百五"的上、中策,购买下策的500元静静地躺在桌子上。

王龙一内心如一桩浇了油的桐木在熊熊燃烧,七窍一齐往外冒烟,人却像一座逼真的蜡像。在这间没有窗户的小仓库里就那么干坐着,静静地坐着,一动不动地坐着,整整坐了两个小时。脸上的肌肉以鼻尖为中心紧紧聚集,上下嘴唇抿成了弓背在上的半圆形,眉宇间的"川"字刀刻一样深,眼珠一眨不眨死死盯着门口。赵瞎子就是从这个门出去的,门口留有他关门的声响和脚印。

王龙一感到一切都拧巴了,全世界的人都在和自己作对,都在给自己设置障碍,都在折磨无辜的自己。自己要得而应该得到的东西他们一个也不给。小时候想要个父亲,沈宁海不给。母亲倒是给了自己一个名义上的父亲,但却是一个冒牌的水货连带着蒲扇大的巴掌。自己想要可以直接掌管阳北"钱匣子"的金钥匙,这不过是刘太林的一只右手,刘太林却给了一个不能拿筷子吃肉,不能拿笔批条子的左手,而自己却要付出右手指抠屁眼的巨大代价与耻辱。自己想要谁都看不上眼的那块凹地。手握钱匣子钥匙的毛亩竟然从中作梗使坏,硬生生将宝盆砍去了三分之一,而且是最金贵的部分。就连穷了吧唧的赵瞎子也对500元钱瞅都没瞅,就是为了不给自己那条恢复宝盆完整的下策。沈宁海、王铁匠和他的老婆、刘太林、毛亩、赵瞎子，所有人都在跟我王龙一作对。就连从未见过面的东邻裁缝店主人一剪子就将我的宝盆剪去了三分之一。

想到这，王龙一决定自己设计出一条下策来，夺回东邻抢占自己的地盘。王龙一认为，恢复宝盆完整等于讨还公道，也等于夺回失去的尊严，同时等于给背后下绊子的毛亩一记耳光。"啪"！嘎巴脆一声响亮要让镇机关所有人都听到，并且明白这就是跟我王龙一作对之人的下场。当然最重要的原则是不能搞狗屁重金赎买，更不能低头乞求什么东邻的惠弃。东邻是什么？不过是漂泊十年居无定所的一对盲流夫妻，我要让他们赔着笑脸还回我的宝盆。这同时又赏给赵瞎子一记响亮的耳光，让阳北镇人都听得到嘎巴脆的声响，让他的命相风水生意一落千丈。

11. 补墙也是在补心

从王龙一回来的第二天开始,由达宝公司负责承建的门市房便悄无声息地停了下来。现场施工的人在头天晚上如人间蒸发般一个也没有了。刘玉山找遍了全镇也不见黄大炮的人影。后边的附属住宅是自己找人施工,四面大墙即将平口,再有两天就该上房架了。刘玉山忙得脚打后脑勺,已顾不上寻找黄大炮了。

太阳暖暖地悬在空中,凹地周边的野草懒洋洋地伸着嫩亮的叶片。路边南一丛北一簇的扫帚梅在微风中摇曳着五颜六色的花蕊,诱逗得蜜蜂秋收抢粮一般,与工地上热火朝天的施工场面相映成趣。曲云莲笑容满面给墙上墙下的人递着白糖水,不断地说着感谢话。

突然,一辆风驰电掣的摩托打着"吐噜噜"的响鼻从远处奔驰而来。到了凹地,"嘎"的一声响亮,车猛地刹住了。一路跟着追来的尘土随着摩托车挟带的风继续向前跑了很远,累得实在没有力气了,终于跌落在路旁,悄没声息地散了。

又高又壮的来人身着城管制服,帽子戴在头上如同扣了一个碗,越发显得胖脸如一个施足了化肥的大面瓜。

来人说:"我是镇政府城建所的王猛,你们违法施工还超高抢线。我代表镇政府要求你们立即停工,等候处理。这是停工通知单。"

"你是有权检查违法施工,可是我还未砌到平口,这块地势又这么低,根据什么说我是超高?再说抢线,你左右看看,我一点都不差咋就抢线了?"刘玉山说。

"超不超过规定高度,抢不抢建筑红线,不是由你认为,而是由我们城建专业管理人员根据建筑规范来认定。连阳北镇最大的开发建筑企业达宝公司都不敢不听我们的指令,看来要给你补上一课了。"

"这么说我前边的门市房也是你们下的停工令?那可是按着镇里统一规定的图纸施工的,凭什么说停就停?你们这是违法行政。"

"在阳北镇还没有人敢以这样的口气对我们城建所说话。我今天就行政你了,怎么地吧?立即给我停工。不然给你上铲车!"

"好,由你们认定也行,但我盖过的墙你都没拿尺量一下,凭什么说我超高?"

"就,就,就算你没超高,往前抢线也不行。"

"第一,我盖的是住宅,不是你说的买卖铺面,我没必要往前抢让左右邻居看我的后窗,我更愿意左右向前我居后,形成左右为厢房我居正房的主观感觉。第二,你说我往前抢挤占了道路边线无法走车,可这里并没有行车道。"

"阳北镇五年发展规划中就有这条道。你往前抢就不行。"

"我声明,我没有往前抢线,当时用皮尺比着左右两家量的线,你不相信我们现在当着大家的面重新量一下。"

"量也没用,你跟左右两家拉齐了也不行。即使你不超高、不抢线,就凭不经城建规划人员验线就开工便是违法建设。我们就有责任对你惩罚,以儆效尤。我们阳北人哪有不经验线就开工的,也就你们外来户吧?山东人胆肥,是水泊梁山的吧?"

曲云莲赔着笑脸说:"大兄弟,你没验过别人验过了呢。我家盖个房子不容易,但我知道你们也不容易。您抬一下手我们会感谢你的。"

"绝对没有来验过线。"王猛来之前仔细翻遍了城建所验线存根,根本没有东街凹地刘玉山的验线记录。因此话说得底气十足,"你不要用这种容易让他人联想非非的话语来影射我们,以刁蛮难缠的拖延战术抗拒我们正常执行公务。我撂一句话给各位乡亲们听好,如果我们验了线来,就是刁难百姓勒索好处。你们尽可以去镇纪检控告我们腐败。"

"王组长,我记得你亲自来验过线的,我丈夫刚才是说话的态度急了些,还请你谅解。我们一定按你说的那样遵守当地规定,老实服从管理。作为外来人不想跟大家闹翻,真的。"曲云莲说。

围观中有人说:"王猛,人家媳妇都说到这份儿上了,你就抬抬手让人家过去吧。房子都快盖完了让人家退线,年轻轻两口子本来底子就薄,这还不得赔死呀。算了吧,让一步大伙没意见吧。"

不少人都喊:"没意见,要退线早说啊。你们管理不到位,造成老百姓损失也有一定责任。"

刘玉山曲云莲夫妻不断向大家弯腰致谢。

"我们城建所有法必依,执法从严,违法必究。刚才你们那猖狂劲头哪去了?阳北人还没有敢跟城建所作对的。现在才知道后悔?晚了!"王猛顺手抓起一根木棒,两步蹿上跳板,对着刚砌的一面墙用力一捅一撬,"轰隆"一声,砖垛落地的声响,墙面漏出一米方圆的窟窿。

"这是你先翻脸的。"曲云莲凤眼圆睁,"本来我一个外来人不想与当地人闹矛盾,尤其作为一个妻子,更要给自己的丈夫在家乡人面前留个贤惠印象,只要能过得去。可是起码要让我们能有口饭吃,有个窝住。既然要把我们从这儿扫地出门,乡亲们就请原谅我这个外来的媳妇撕破脸皮了!"

说着,掏出一张印有"阳北镇人民政府"字样的便笺纸,只见上面写道:"刘玉山东街凹地住宅已经现场勘察,地基验线符合规划设计,可以施工。阳北镇城建所一组组长 王猛。"

曲云莲抬高了声音:"那天我请你到现场验线,你们边打扑克边喝酒,谁输谁喝。你说验线不能白验,要我买一条烟。我就去买了一条红盒人参烟。还是那句话,你们也不容易,只要帮了我们,小老百姓该花的钱绝对讲究。可我烟买回来了你们继续赌输赢,还不去给验线,说有烟就算验过了,让我比着左右同样线距打地基就行。我说将来无凭无据查我们违法施工咋办?你就让我写了这张便条。请乡亲们为我做个见证,请王组长睁开眼看看,这是不是你给我找的那张镇政府便签?是不是你签名的那鸡

新民生小说
官司
GUAN SI

爪字?"

"你,你,你信口雌黄,胡说八道,污蔑造谣!你偷了镇政府便笺纸,伪造政府批件和国家公职人员签名是犯罪行为,我要到公安局举报控告你!"王猛好像被突然打了一闷棍。

曲云莲把捏着便签的拇指与食指轻轻移动了个位置,一枚鲜红的指纹露了出来:"今天你没喝酒,不会不认识自己的指纹吧?要不在你去公安局举报控告我之前,先去检验一下指纹?"说着又把头转向人群,继续说:"当时我让王组长盖上城建所的公章,他说所长跟刘书记出差得一个月后回来。我请王组长指纹画押,他让我陪他抽了一根烟,又陪他喝了半杯酒。作为一个女人,自从为人妻为人母后,我在丈夫孩子面前从来不吸烟不喝酒。就为了他能对我们高抬贵手,让我们垒个窝住,可今儿他到底把墙捅了个大窟窿。这又得添多少钱哪!"

王猛语无伦次起来,嘴里嘟囔着:"你,你,你,我好男不跟刁女斗!"转身就走。

人群中有人喊:"三胖子,别跑哇,我们还没看够热闹呢。你说如果验过了还来就是有意刁难百姓勒索好处,你要勒索啥呢?"

王猛气恼地嚷着:"刁民!你们都跟着起哄,都是刁民!"跨上摩托,一溜烟地跑远了。

开工以来,刘玉山一直住在临时搭起的马架小窝棚里,一是看着砖瓦砼木别丢了;二是雇工走了之后自己可以干些尾工。曲云莲在租的厢房里安顿好小豹子睡觉,再回到工地打下手,或往跳板上递两层砖,或去和一桶灰。刘玉山不撵三遍以上一定不走,临走把一盒饭两瓶水放进小窝棚,还要再三讨价还价:"你回窝棚休息,我就走。"

"放心吧,你前脚走,我后脚就回窝棚。"

"不行,姐要看你回窝棚了,我再回去。"

刘玉山只好回小窝棚躺下。第二天,早早来到现场,一面墙比昨晚又起高了一尺,知道自己走后丈夫又起来开夜工了。曲云莲心疼万分:"盖

房活儿不是一个人干的，看不累坏了身子？今晚你不睡着姐就不走！"

王猛来的那天晚上，曲云莲没有劝丈夫早点回小窝棚休息，刘玉山也没有撵妻子早点回偏厦子。雇工都回家了，夫妻俩做的同一件事是把被王猛捅撬掉的窟窿补上。

刘玉山补得很认真，像是曲云莲为批房基地在刺绣那幅百鸟朝凤图。夫妻俩用的是新砖补墙，主要不是旧砖上粘着灰浆砖面不平整，而是觉得该用新砖来补，就像小豹子不慎剐破的一条新裤子，膝盖破口处要用五彩线缝上一个小动物，如果是上衣破口处就会是一朵好看的织花。

还未住人的新房突然出了个大窟窿，犹如心被刺穿了一个洞，痛得在流血，不连夜补上等于承认了王猛的处罚，那会危及整个住房的性命。夫妻俩都没说话，就那么悄无声息地修补着。医生在手术室修补心房是不需要吵嚷的，安安静静地做就是了。深夜12点，窟窿补上了，夫妻俩互相看了一眼，没有说话，但都明白彼此眼神所传达的内心话语。

半个月来，风平浪静，艳阳高照。城建所没有任何干扰，老天也没有下半星儿雨点。门市房后边的80平米住宅起了房架子，架铺了脊瓦，上了门窗口。当地行话为上顶封口，建筑学名为"主体封闭"。

主体封闭后，夫妻俩着实松了一口气。俗话说，主体封闭等于干了一半的活儿，那是对有钱的讲究人家而言。有钱人家把封闭的主体当成一个壳，壳里面镶瓷饰锦，要花上同壳一样的钱。没有钱的困窘人家，主体封闭等于完成了四分之三的活儿，而在刘玉山夫妻则等于完成了五分之四的活计。

刘玉山盖房子的首要标准是明亮、暖和，一老一小都怕冻，尤其打小在山东长大的莲姐，绝不能让她冬天冷着。棚顶上铺了两层厚厚的锯末子，可抵挡六七级西北风；窗户比别人家上下左右宽大出一尺，可以接受更多的阳光；再安上荧光管灯，比那若隐若现漂亮的组合吊灯亮堂多了，莲姐刺绣，老娘补袜子，小豹子写作业都不累眼睛。墙面省了最费钱的石膏浆泥和乳胶漆。至于地面，把砌墙剩下的残砖碎石加上房盖剩瓦砸碎夯

新民生小说

官司

GUAN SI

实，抹上一层水泥灰浆就算完活。不仅省去昂贵的地板钱，小豹子进屋都不用换拖鞋了。东侧阳面大房间搭了一铺炕，直通厨房炉灶，是老娘与小豹子的卧房。厨房连排两个砖砌火炉代替了全套电子炉具及排烟灶，高高升出房脊的烟囱会随着强劲的西北风或气流将烟尘抽上空中。门和窗户都是刘玉山自己打做的。家里目前尚没有值得小偷光顾的值钱东西，大门用的木板厚一些，主要用于防寒，房内各室的门木板薄一些，也不包门口，算下来百元一扇。

夫妻俩像刚打了一场大胜仗的司令与政委，相伴着一墙一地、一间一房地检验着战利品。开始是男司令在前引领着女政委，尽管一砖一瓦、一木一石都是自己经手的，仍然看得津津有味。女人看得兴致盎然，看着看着就走到了男人前边，由被引导成了解说，最后竟心花怒放，手舞足蹈起来。

12. 二舅原来是个传话的

镇政府城建所王龙一所长的张姓"二舅"来了。

来的时机拿捏得恰到好处：一是刘玉山80平米住宅顺风顺水基本完工，夫妻俩对城建所的气恼烟稀云淡。二是刘玉山就门市房被停工找毛亩助理通牒说，黄大炮再不复工将自行修建完毕。玉莲裁缝店一旦既成事实，将会使王龙一恢复金盆完整的计划泡入汤水，此为实施下策之关键时点。三是天刚放晴。早上还阴沉着，当张二舅把笑脸挂在夫妻俩面前时，明媚的太阳已驱散了迷雾，使那张干瘦脸上的每个皱纹都有了些许亮色。阳光的抚慰会让人的心情格外晴朗，心顺好商量事。

张二舅说明此次拜访主要目的是代替外甥道歉。"三胖子是个临时工，为了博所长好感擅自下令停工。龙一所长知道后严厉批评了他，要求全所再也不许干扰。为表歉疚和弥补，打发我来看看能帮上什么。住房收尾了，灯泡、插座、玻璃、铁钉、水龙头等小物件，哪样也少不了，我在西街上有个建材店，随便拿用就是了。有钱象征性给点儿，没钱就赊着。龙一说了，以后城建土地上有事就找他办。"

"谢谢王所长关照，我说这一段咋没人来检查了，原来是王所长发的话。缺材料一定去你店里进，该多少钱一分不会差的……"刘玉山高兴了。

曲云莲不待刘玉山说完便抢过话头："正有一件事要麻烦王所长发话，王猛组长下令停工当天黄达宝经理把施工门市房的人全撤走了，说是城建所下的令，还请王所长下令复工。不然我们只能自己接着把尾工干完,但这又违反了镇上门市房统一施工的规定。说心里话,作为外来户,我们实在不想跟政府弄僵关系。这一点还请多理解。"

"理解,理解。不过我要解释一件事,门市房不是城建所下的停工令,是达宝公司自行撤人,据说是资金上出了问题,跟城建所半点关系也没有。我可以龙一的人格做担保。"

曲云莲明白,对背脸下绊子转脸说好话的人,不逼到疼处是露不出底细的:"张先生,门市房建设资金由我们提供,而且打得很足。既然不是城建所下的停工令,我们就自己干了。此事跟毛宙助理也汇报过了,想必续工时城建所不会干涉吧?"

张二舅急慌了:"别价呀,不忙续工呢。张某今日正有好事同二位商量。龙一的爹,我那姐夫,年轻时在铁匠铺里下多了苦力,老了落下一身病,吃药打针用钱越来越多,一弟一妹家都在农村也没多大能耐。为了改善龙一爹娘的生活,由我这个当舅的替他们在西街开了个建材店,就是五家店里最小的那个,店小收入也不好。刘太林书记知道后对龙一的孝心大为感动,几个月前就把这块凹地全部批给龙一了。龙一工作忙没顾上及时施工,又跟刘书记出差一个多月,毛宙助理在不知道的情况下把凹地批出去三分之一,也就是你们现在正建的门市。结果剩那一块大不大、小不小的。不建吧,影响市容观瞻;建了吧,幅宽6米开建材店又太小。这不就跟二位商量来了嘛。"

"既然镇上这么重视市容,我准备一年后办个刺绣店,从镇上招一批人学刺绣,搞前店后厂模式。当时毛助理审批我们裁缝店时也有这个建议。说到市容街貌,我个妇道人家不太懂,只觉得建筑材料还是应当集中在西街那一块儿才好。我不相信王所长会为了自家赚钱把水泥钢材砖头瓦片与做衣服的裁缝店挤在一块。不过王所长的孝心实在让人感动。"曲云莲说。

"我这不是来跟你们商量可不可以把裁缝店搬走嘛。当然要给你们补偿好处,在三道街上为你们批一处200多平米的地皮,地势又高,住着敞亮,下雨不怕涝,不似凹地这般潮湿。另外,地号钱会帮你们省一半以

上，或是在此基础上再缓缴一部分。缓到什么时候？三年五年那就是龙一所长一句话，而且三年五年后便成了死账。还有，你们盖的时候我们帮你进材料，保证省30%以上。想想，比比，你们在这儿门市加住宅总共才110平米，到那儿就会翻一倍！怎么样？"

"那么好的条件你们自己去呗，何必来这凹地受涝泛之苦？我们不想欠那么大的人情。"刘玉山说。

"我们是前边开买卖后边做仓库，不做住人的住宅。你们后边住人，老人孩子遭多少罪？龙一所长是在替你们着想呢。当然，主要是我习惯了在这条街上做买卖。"

"我们不去高冈地。当初在这儿就是看好了凹地好避西北寒风。我媳妇是关里人，高冈迎风膝盖疼，给300米也不能去。何况眼瞅着就完工了，我们不想再折腾了。再说做买卖谁会舍得这热闹街面？"

"这就是个互相成全的事了。阳北镇谁都知道我外甥现今的位置，而且他又那么年轻。住家过日子破木动土，谁还用不到谁呢？你们发扬一下风格，以后会得到照顾的，我这可是实话实说。"张二舅笑脸放了下来。

"20多天前我们已经领教了王猛组长代表王龙一所长的雷霆之威了。我也实话实问，是不是我们不把门市房让出来，你们就不允许我们续完尾工啦？至于谁应该让谁，从地位上看，我们是平头百姓，王所长应当把好地儿让给群众才对；从生活条件上看，我们是无业个体户，王所长可是端着旱涝保收的铁饭碗。谈到发扬风格，我们也不是不可以做，如果发扬的对象是五保户、残疾人，我们二话不说。如果当官的以权势逼迫我们出让，当官的我见多了。张先生，顺便告诉你，按级别我老爸比阳河县长都大，可我也没怕过他。不过别误会，他现在离休了，没有能力管这些闲事了。"见张二舅向丈夫扔了硬话，曲云莲不干了。

"曲大姐，请别误会，咱们这不是在商量嘛，是我不会说话，把意思弄拧巴了。其实这不是龙一的意思，都是他那开过铁匠铺的老父亲迷信，说开买卖最忌不停折腾，定了门面没开业就挪窝，把财源倒腾散了。龙一又特孝顺，对老爹老娘的意愿从来没违拗过。"

"也请张先生别误会，打小从部队大院出来的人多半野性不改。王所长的孝心真让人感动，这一点比我做得好。凭这份孝心我真不好意思说出不让的话来。老年人心里都揣着个老规矩，哪怕不是那么回事，年轻时他们那么做过，如今也逼着儿女照着做。我婆婆就是跟王所长老父亲一样，已经来过六七趟了，也说店铺定了就是在财神爷那儿登了记，千万不要乱变动；还说门市起得越快聚财越快。这若是盖了半截就丢弃了，她老人家会怎么想，怎么接受得了？还不煎熬出个好歹来啊。还请张先生理解，不能让王所长尽了孝心，让我家玉山背个不孝的骂名吧。这件事就是玉山同意了，我这当儿媳妇的也绝不答应。"

"曲大姐说的也在理，不过凡事讲规矩，总得有个先来后到吧。龙一在5个月前就把店位定下了，你们从地号批准到今，满打满算还不足两个月呀。"

"说刘书记五个月前答应了王所长，我们也没机会见到刘书记，不像王所长天天能见到。当然，我的意思不是不相信王龙一所长的话要去找刘书记核实。张先生讲了一句很好的话，叫凡事讲规矩。政府办事历来是衙凭文书官凭印，不要说刘书记答应的事我们没听到，即使当时答应了，口头一句话与我们现今手里阳北镇政府的批件，我想刘书记也一定会按正式批件带头执行的。至于谁先来谁后到，现实情况是我们的住宅基本竣工，门市主体封闭，比王龙一所长一砖一木未动，是先来两个月嘛。"

张二舅知道这回碰到硬茬子，尤其那个大眼睛女人，脑子机灵得似转轮，说出口的话刀子一般锋利。你刚说半句话，她就能猜到下半句要说什么，招招堵塞得你喘不上气来，绝非一般阳北老百姓好哄骗。张二舅无奈擦了擦额头上的虚汗，抛出了第二招棋："曲大姐呀，俗话说做买卖和气生财，住房子愿意有个好邻居。我们就喜欢与你们这样的人做邻居。你看这样好不好，咱们两将就，谁也别让谁走了。把你们的门市让一半给我们，因为建筑材料占地方大，不然我们也不会从西街小店面搬到这儿来。你们花出的地号钱和门市房修建费，我们一分不少地给你们。若再不行，我们还可以从后边附属地皮划出同等面积补换给你们。"

刘玉山不满地说："那绝对不行，1.5米幅宽的店面除了开门连个窗户都安不了，还怎么进阳光？冬天冷，夏天潮，我媳妇腰腿肯定受不了。再说做衣服是费眼睛的活，连个窗户都没有，就是我媳妇同意了我也不同意。"

"我当然不会同意了，屋子黑倒在其次，主要会使我们心里罩上浓黑的阴影。你们钱粗盖6米幅宽的店面已经压我们一倍了，我们服、我们认，谁让我们拿不出买6米幅宽的钱了？可我们有买3米幅宽的钱，为什么要让给你们一半？要是顾客看我们寒酸到连摆个凳子的地方也买不起，那谁还愿意进我们裁缝店做衣服？"

"我们这不是在协商嘛，你们有新要求也可以提呀。"

"协商要有诚意，首先在心里头要给对方一点尊重，在平等基础上进行。张先生，不管你们内心是否对我们有些许平等的意思，但你们提出的条件太过苛刻。若换了我们，绝对不会为了满足自己无限宽大的欲望，在别人极度蜗居情况下再挤压得人家更憋屈。谁都明白最肥硕的是前边的门市，可你们在抽肥的同时竟然提出以后院瘦瘠的同等面积补偿。如果是我们提出这样不近人情的条件，你们会怎么想？可你们却提得理直气壮，提得让我们百般屈辱。凭的是什么？凭你们是大权在握的城建所长，我们是贫困弱小的草芥百姓？你们就可以理直气壮占我们的便宜？可你们是人民政府的城建所长，不是铁匠自己家的城建所长呀。"

张二舅无言以对，知道提的交换条件过于苛刻，但拍板的是王龙一，自己不过是一个跑腿学舌的伙计，只能硬着头皮讪讪地说："如果肯让门市二分之一，价钱还可以商量。"

"没有什么可商量的，这不是钱的问题。我不能拿着岳父母的养老金给媳妇弄个不伦不类的店铺，也不能拿着老妈卖老宅的钱让媳妇在类似走廊里做衣服。我斗胆揣测张先生应当是传话使者，说的意见未必全是自己的意思，所以没有丝毫羞愧感，但我们却听得脸热心跳，入耳之语令人无地自容。"刘玉山答道。

"看刘先生也是读书人，应当明白成熟的处世之道在于适时地妥协，而疯狂的处世内核在于你死我活。话说到这个份上,我们合作的缘分算是尽了。但我仍然想给两位一个忠告,前边的门市铺面不要再投入了,免得损失更多。究竟孰先孰后,公堂自有定论。"

斜坐在椅子上的王龙一半闭着眼睛,支棱着耳朵在听张二舅的汇报,听完了半晌也未吭声,也未让站着说话的张二舅坐。虽为老板与雇员的关系,但这不符合王龙一平时的表面客套作风。一瞬间,王龙一眼睛睁开了,似一道激光箭镞般向空无一物的墙上射去,大概意识到张二舅正看着自己,又一瞬间,上下眼皮立马闭合死了。但那一道锐利的寒气,加上眉宇间刀刻一样的"川"字,令张二舅不禁打了一个寒战。

半小时后,王龙一眉宇间的"川"字逐渐由深至浅,由浅变微,当变为一马平川时,终于吐出口了四个字:"找黄大炮。"

13. 大炮与烟斗

　　黄大炮发现自己做了一件傻透了的蠢事。犹如贪小便宜从毛亩那儿捡了一个橘子，却丢了一个大西瓜。这个大西瓜虽然是自个花钱买的，王龙一放在他的办公室里，自己却不敢去讨要。

　　王龙一陪刘太林外出归来的当天下午，黄大炮便从张二舅那里得到了通知："东街凹地只剩三分之二，材料款用不上10万元了，剩那6.6万已有人抢先买了材料，就不再劳烦黄经理了。今后达宝公司也不必再从小店里进材料了。"

　　这是个"好消息"，不从张二舅店里进货每次可以少花30%的钱款，但黄大炮的猪肝脸立马变成了秋后的老黄瓜。黄大炮急火火凑了8万元现金，又考虑张二舅在发出最后通牒时绝口未提先前已付的2万元，遂忍痛再加2万元，凑成整整10万元，像一个怀揣虔诚赎罪念头的信徒，满世界追寻可将自己拯救出苦海的菩萨。结果追得身疲体软，赶得心力交瘁，就是不见王龙一的身影，只获得了两条若隐若现的信息。一说"下村屯检查工作了"、"去阳河县城开会了"；二说"没时间见黄经理，大家今后各忙各的吧"。

　　黄大炮撒下手下人马，篦头发一样把阳北镇角角落落翻了个底朝天，一周后的晚上终于在王龙一家门口老榆树下望见了王龙一的身影。

　　黄大炮心知肚明，在凹地问题上王龙一现今最恼恨的是两个人，一个是始作俑者毛亩；另一个就是自己，算作助纣为虐。

　　站在老榆树下，黄大炮双手捧着10万元的黑塑料包，像不慎打碎了主人心爱花瓶并溅了一身泥水的狗，期待着主人在一番训斥声中打上两棍子再踢上一脚，只求主人消气出火后不被赶出家门。

"哎呀，这不是黄经理吗？这么晚还等着我。不知道你来，要不我早回来了。你也是，有事打个电话或到所里找我就是。"王龙一超乎寻常的热情越发使黄大炮心里发毛，这是自打认识王龙一后从未见过的表情。

黄大炮说："王所长，我给您送凹地门市的材料款……"

"凹地材料款？有这回事吗，我咋没印象呀？"王龙一笑着问。

"王所长，这事都怪我没弄明白，毛亩助理批给了别人，我就以为您不要了呢。这是10万元材料款，请您务必给我一个机会。"

"谁都有不明白的时候，我哪能怪你呢，其实你只要问我一下不就弄明白了吗？不过，你不该连我的电话号码都忘了，即便忘了等我回来问问到底要不要了也能弄明白呀。毛亩助理批得没错，但什么时候施工还不是你黄经理一句话？"

"王所长，您可千万别误会我呀，是毛亩助理逼我抓紧施工，我也是没办法。您千万原谅我这一回。"黄大炮两腿颤抖起来。

"黄经理，我哪能误会呢？你这么做完全正确。毛助理享受地方粮票——副镇级领导待遇，官比我大嘛，你应当听他的。继续这样好好干，以后有事就找毛助理，再不要找我了。这深更半夜的多难为你，我都过意不去。"

"王所长，千错万错都是我的错。我要加倍弥补，只是不知道咋办，请您务必指条道。"

"不是故意的错误可以犯，故意犯的错误则无法弥补。你说是不是？"

"王所长，您大人有大量，别跟我一般见识。"黄大炮恳求道。

王龙一拍拍黄大炮的肩膀，用鼻音把话儿吹进了黄大炮的耳朵："大量只能给大人。你？"

极轻微的一句话，黄大炮如同耳孔里爆了一个炸雷，手捧着10万元的黑袋子，人呆傻了一般。

王龙一转身进了屋,房门在黄大炮面前"咣当"一声便关死了。

在黄大炮追悔莫及的同时,毛亩也在对处理王龙一凹地问题上的负气草率而后悔。

那一天,公出回来的王龙一给镇机关几十个人都买了礼物。几元钱的异形小镜子,十几元的仿皮钱夹,几十元的纱巾,百八十元的真皮包,按人的职务级别,礼物划分若干档次不等。每送一份都要说上一句是刘书记送的,或刘书记亲自挑选的。接了礼物的人谢过书记后,都郑重地说谢龙一所长,弄得镇机关一片祥和喜庆的气氛。毛亩与几个镇领导的礼物是同样标准。当一只标价三百多元的海柳木雕烟斗递到手里时,毛亩兴奋得眼睛眯成了一道缝:"多谢,多谢,还是王老弟知道我的喜好。"

王龙一说:"感谢毛助理一向的关怀支持,一点薄礼。"

那一瞬间,毛亩在心底对王龙一有了些许好感,这个人如果不是威胁到自己的权势倒可以做个朋友,说出口的话含了关切:"这一路辛苦,跟刘书记处熟了吧?"

"龙一跟前辈不讲假话,游山玩水谈何辛苦,只是跟刘书记感情更拉近了。刘书记特关心下属,说我陪他出来把自家凹地建设都耽误了。"

毛亩顿时警觉起来,"刘书记问凹地事了,怎么说的?"

"刘书记让我往家里打电话问一下凹地工程进展,问还有什么问题需要他说话。"

"王老弟咋答复刘书记的?"嘴里吐着话,耳朵竖得尖尖的,两只大眼盯着王龙一那张嘴,毛亩紧张起来。

王龙一偏偏半晌不张嘴,直到毛亩的手发颤了,烟斗几乎抖落掉了,方才缓缓说道:"我不知咋个答复刘书记,借别的事搪塞过去了。改天,我想专门请毛助理给龙一示下呢。"

王龙一礼貌地告辞走了。毛亩重重坐在椅子上。

王龙一漫不经心的几句闲话如重拳狠狠击打在毛亩皮包骨的软肋上,好痛,好痛,却不敢呼出声来。王龙一自从挤到刘太林身边后,朝思暮想获得更大的权力，而权力大小与刘太林的宠信成正比。自己则是王龙一获得独宠的最大障碍，必欲去之而后快。令毛亩百思不得其解的是，刘太林似乎至今并不知情，说明王龙一现今并未向刘太林告发。一直想挤走自己享受独宠的王龙一为什么不告发，反而煞费苦心挑选了自己喜爱的雕工烟斗？毛亩头上冒出了虚汗。这正是深不可测的王龙一最可怕的地方。

　　冷静下来，毛亩头脑似乎清晰了些，决定以静制动，先摸清王龙一的真实意图，同时收集他与黄大炮交往的蛛丝马迹，一旦撕破脸皮，手里不能没有打人的家什。反正自己还有几年退休，用几年赌其几十年的青春前程，无论鱼死，还是网破，自己都是个赚！当然，占据目前的位置，退休之前起码有两千多个滋润的美好日子，即使有悬空崖上的危险，也要拼全力守住。

14. 两个半槽便一女两嫁了

毛亩兴高采烈地在刘太林面前抽着海柳烟斗,感谢王龙一对自己的精心与友情,实际上是在宣示刘太林右臂左膀之间关系空前友好。刘太林高兴地拍了拍毛亩的肩头。毛亩明白这是刘太林对部属独特的奖励方式。

在刘太林一如往常的眼神里,毛亩验证了王龙一确实未向刘太林告发自己,而且轻易不会告发,起码目前不会。悬吊到嗓子眼的心往下退回了半尺,见了王龙一绝口不提凹地的事,好像与自己半点无关。王龙一两次往"凹"字上引,但毛亩一反常态,木人一样不觉醒,只顾左右而言其他。

张二舅碰了软钉子后,刘玉山夫妻已着手雇人上门市房的铁皮瓦盖。王龙一终于沉不住气了,直接找毛亩问道:"毛助理,刘书记要视察新建工商民房工程,怕要到凹地去,龙一不知如何回答才好,要请示您给个意见。"

毛亩悬吊着的心彻底落回了原位,高兴地在心里调了一句戏文:想那小人放着老夫昭昭之错误不借机发难,非不想矣,是不可为也。不可为是小崽子一定有事越不过我。权力真是个好东西,即便你有意损伤了他人,只要那人还要借用你的权力,就不敢把你怎么样。

"这个事我想王所长应该知道如何回答,随便怎么说都行,毛某人没什么意见。"毛亩认为自己如此不把王龙一当一回事的傲慢话语,一定会气得他七窍生烟失去理智,而人一旦昏了头,必然怒气冲冲把最有攻击力的心里话当石头砸过来。而这些石头正是自己数日想捕捉他的底牌。

毛亩的话恰似一星邪火"腾"地一下子点燃了王龙一数日的焦躁，心中烧起了熊熊怒火。令毛亩失望的是，王龙一脸上却越发谦恭平静，不动声色地笑着："龙一知道了，多谢毛助理。"

王龙一知道什么了呢？话藏在心里没有砸出来，毛亩没有如愿听到，尽管毛亩非常想听到他的"知道了"。

王龙一打算把"知道了"藏在心里，沤烂了也不告诉毛亩。这除了有损自尊，还涉及两人交易投入的底牌。

其实，"知道了"是王龙一明白了一个道理：3年培植的根基再怎么粗壮也没有30年扎得深。对于这个软硬不吃的老滑头，借用他手中的权力，必须软硬两手轮番使用，光靠揪他的狐狸尾巴动硬的，他可能破罐子破摔，跟你耍光棍。但喂上几口腥甜的肉，硬光棍就会变成软面条，尔后自己便可一口将其吞下。但眼下不先割肉不行。

干净的雅间里两人相对而坐，王龙一双手执杯恭敬毛亩。毛亩推让道："无功不受禄。何况我无意中误把你的凹地批出去了一块，你却3个月忍而不发。话不先说明白，这入胃的酒肉不易消化……"

王龙一解释说："是男人都应该有血性，都有恩怨分明的感情。但成熟的男人不会被情感所左右，会明智地权衡利弊得失。例如今日龙一对毛助理的尊敬之举。"

"王所长此举倒让毛某人糊涂了，还请挑明了。"

"对毛助理现今的宠眷与权势，龙一没有半点嫉妒与僭越之心那是假话。但想归想，感情上能否下得了手，群众的舆论受不受得了，更主要的是有没有可能取而代之，这些方面龙一心中清楚得很。毛助理是三十载官场游走的阳北老树，盘根错节，枝繁叶茂，岂是我这出道几年的嫩芽可撼动与替代的？龙一知道与您为敌是自找损伤，与您交友则势力倍增。何况龙一有不少事需要毛助理鼎力关照支持呢。"

真他妈会说话。我毛亩如果不是30年的根基，如果像你铁匠养父与矮矬弟弟一般窝囊，你王龙一早就对我下手了。毛亩心里骂，出口却

说:"王老弟这话实在,我愿意听,今后有什么事别客气,尽管说。"

"毛助理,晚辈现今正有一事,急需您老开金口,万望予以成全。"王龙一嘴上说着话,双手递上了一条芙蓉王烟,"半槽而已,一点儿心意。"

毛亩十二分警惕地问:"要我办什么事?"

"还是凹地的事,我想请您老证实两件事:一是您当初只是批给刘玉山门市幅宽1.5米;二是镇政府没有幅宽3米门市的规定和统一设计图纸,也没有由达宝公司统一施工的要求。"

"那可不行!我批给刘玉山幅宽3米的门市房已经封顶了,钱也是按3米收的。再说东街、西街上的门市哪家不是按3米批的,哪家不是由黄大炮施工的?"拿1万元就想让我替你蹚浑水,太拿我毛亩不当回事了,毛亩头摇得似拨浪鼓,气恼地说:"不行,万万不行。"毛亩仿佛被马蜂蜇了。

"您老别急着拒绝,听晚辈细细分析:先说幅宽,您老当时是按3米批的,刘玉山也是按3米交的款,可这只是你们两人的口头约定,有第三人在场吗?没有!究竟是多少米?不就在于您老一句话嘛。再说钱,每米多少钱有明文规定吗?虽然当时心照不宣是收3米的钱,但您老说地价涨了,那钱就是1.5米的,阳北镇还有人犟得过您吗?至于镇政府有没有必须幅宽3米单元,并按图纸统一由黄大炮施工的规定,您老比我更清楚是怎么回事。我们可以说是在积极提倡而不是硬性规定。实际上东西街上宽幅4米、2.8米的不是也有嘛,没用黄大炮而顶黄大炮名施工的还少吗?"

"听说刘玉山那个大眼睛女人不是善茬子,话语像刀子一样锋利。这要惹多大麻烦?使不得的。从维护阳北镇的稳定和谐上看,也太不划算了。"毛亩头摇得节奏缓了,但还是在摇。

王龙一听明白了,毛亩基本接受了自己的说法,只是觉得替自己顶这么大的包,半槽收入"太不划算了"。于是满面含笑地往天平上又加了一个砝码:"毛助理,我就喜欢您这样敞亮、透明的性格,心里怎么想,嘴上就怎么说。与您交往有安全感,不担心被算计。龙一今天也来说句透明的心里话,那个不愉快的起因是您老大笔一挥,把凹地最肥的一块批给了刘玉山，就这么一下子龙一损失的绝不是两槽三槽。龙一非但未向刘书记汇报此事，如今反倒回头来孝敬您。龙一还打算，即使将来刘书记问起此事，一定说您老早就通知我了，是我自己办事迟缓给拖延了。这份情感怎么也值两槽吧。当然龙一还有孝敬准备，等您老为龙一批完了凹地幅宽9米的门市后，咱们亲爷儿俩，明算账，您一手给我批件，我一手奉送上半槽，这公平吧？"

毛亩沉吟了。两万元揽挡这件麻烦事，按说钱不算多，但这钱是自己的争宠对头王龙一奉送的，精神上同时收获的还有成功的愉悦感，而愉悦是一种营养神经、兴奋心脏的宝贵滋补品。这笔钱收得爽，收得安全！即便自己承认了收钱，削尖脑袋谋进步的王龙一也不会承认带有行贿性质的送钱。更重要的是，若不答应他的要求，一旦他把自己那阳奉阴违的"尾巴"扯到刘太林那儿，自己失去的绝不是整槽的进钱机会。利弊权衡后应当答应王龙一，但毛亩隐约感觉还有一些漏洞。漏洞便是隐患，必须把风险给小崽子挑明了。

"只是黄大炮那个囊货，别说穿制服的，有个带袖标的一瞪眼，他的两腿便筛糠。他那张嘴巴就是不系裤腰带的偷汉婆娘，根本把不住门儿。"

"对这个人，龙一安排妥当了，让黄大炮心甘情愿地在阳北镇失踪，必要时候在阳河县也难以找到他的人。"

"我的意见，你不要让黄大炮那么急着走，让他替你建完建材店，尔后从他手里把房子购回来，这不是双保险嘛。"

王龙一立马看透了毛亩是不想站在前沿阵地上，要拉一个人在身前挡子弹，便推脱说："刘玉山逼黄大炮复工，黄大炮都不敢露面了。"

"当初是我逼刘玉山让黄大炮搞的承建，你怕刘玉山门市房完工越发不好讨要，才让黄大炮藏起来的。这不是让我难受吗？昨天刘玉山找我，我只能同意他自己建了。反正建也是替你建。黄大炮露不露面，你的门市工程他还不照样遥控？即使不想用他建，也必须让他出个卖房合同，而且是幅宽9米的。"毛亩毫不让步。

老犊子,太他妈油滑了,躲闪得太利落了。王龙一心里狠狠骂,出口的话便有些酸。

"毛助理不愧久历官场,处事老到得滴水不漏,不知龙一的一槽加上在刘书记面前不可计算的封口费,能让您老替龙一担点什么责任?"

"老朽其实已担了莫大的责任与麻烦。我虽然没有证明批给刘玉山1.5米,但也没证明批给他3米呀。于私,同较真的当事人,我将承担莫大的麻烦;从公,领导若计较起来,我连当时是3米还是1.5米都记不准,岂不是个办事糊涂的官?而在你我之间,毛宙没有明确态度实则有了明确态度,一切全凭法官断了。如果不是为一槽加上刘书记面前的闭口情谊所感动,老朽将如实证明刘玉山门市为3米的。"

"既然前辈为难也只好如此了,但这要增加法官若干难度了。"

"谁不知道法院的汪副院长跟沈宁海局长是铁杆麻友?"毛宙笑了。

王龙一强挤出了一丝笑容:"跟毛前辈办事就是透彻,成交!"

行贿与受贿不仅是利益的互换,还是风险的分担。你收了我的钱,你的把柄便握在了我的手里,我便由被动转为主动,你想不配合我都由不得你。两个酒杯"砰"的一声脆响碰到了一起,因用劲过猛,满杯的酒随着响声溢洒到了两个颜面笑开了花的人手上,滴淋到酒桌盛满鹿肉的盘子里。

15. 在自己的房屋里

刘玉山的门市房复工了。

按着与达宝公司的协议，主体封闭（包括外立面马赛克、门窗口、女儿墙）应再付施工方4万元，以便购进铁皮瓦盖、铁链拉门与塑钢窗户。可是黄大炮收了4万元悄无声息地失踪了，既未备下铁皮瓦盖，也未买来房门与窗户。"玉莲裁缝店"牌匾紧贴着山墙，受气似的站立着，已经失去了堂皇登上女儿墙的最佳时辰，因为女儿墙四周镶嵌牌匾框的10公分瓷砖未贴上去。

虽然毛宙答应了刘玉山可以自己施工，但黄大炮应当完成的尾工起码差1.5万元。没瓦盖的玉莲裁缝店似一只没长尾羽的孔雀，要多难看有多难看，空洞着的门口与窗口瞪大眼睛在提醒男主人，这顶多算一个房壳子，而里面将要劳作着你心爱的女人。如同一个被抛弃了的痴情女子，放下手里即将超期交货的手工，满世界追寻杳杳无踪的薄情男人。刘玉山两天两夜未动一灰一瓦，把阳北镇大街小巷刮地皮般搜了两个来回，也没把黄大炮挖出来。

曲玉莲知道，若不让刘玉山找上两遭他是不会冷静下来的，见丈夫一声不吭，就软语劝道："当家的，一个决心躲藏起来的人，百个人也难找到，不如不动声色地等。虽然外墙主体损失了钱，但堤外损失堤内补。内部建设标准咱们可以自己掌握。大理石窗台板、壁纸、地面砖都可以用便宜的水泥窗台、大白粉膏、水磨石代替，而且咱们自己去进材料，完全可以省出1.5万元来。"

刘玉山顾虑："若是镇上查出咱们降低建设标准怎么办？"

曲云莲抬高声音说："找毛助理呀！是他指定由达宝公司包建的。如今政府指定打酱油的人提着瓶子卷钱跑了，咱们又得出一份酱油钱，就不兴许拿个便宜的瓶子？他若还敢来找咱们毛病，我早预备下八句话候着，看不噎他个翻白眼。"

"姐说得对，我们没追究他指定贼人守仓库就算够大度的了。"

这一段时间，刘玉山心无旁骛，每天仅睡三四个小时，使尽全身解数赶工，恨不得明天就完成建设，后天玉莲裁缝店便能够开业。这种拼命精神立马感染激励了隔壁，在刘玉山复工的第二天，未动一砖一瓦的"龙腾建材店"便紧跟着开了工，后来者似乎在努力学习先进者的精神，又似乎憋着劲在进行一场比赛。虽然施工时间比刘玉山短，但施工力量比刘玉山多了10倍。而且实行15小时大班作业，施工进度比刘玉山快出10倍。连测量带放线两天便挖完了基槽并开始砌石，到一周的时候，地基长出地皮半米高，并完成了四周钢筋砼梁交圈。两周实现了平口，三周实现了主体封闭，并着手内部装饰工程。此时，15小时一大班改为了12小时两小班，并采取内外同时施工作业。

凹地一墙之隔的两店竞争，吸引了阳北镇众多的目光。在竞争最激烈的那个月，一度成为人们茶余饭后的兴趣谈资。为避讳倾向性意见不慎得罪某一方，闲谈时多半以"先进者"代替裁缝店，以"后来者"代替建材店。少数人认为，从后来者的凶猛架势看，多说半个月便可先于先进者实现竣工。更多的人认为，先进者虽然是慢鸟，毕竟先飞了好长时段，而且每一翅都展翔得那么扎实有力，后来者虽力大翅猛，但却飞得焦躁莽撞。一月之内，便见分晓，等着看热闹吧。

大概是为了迎合阳北镇多数人的意愿，建材店施工队伍在攻坚的最后一刻总体疲软，内部装饰仅完成了一半。看见隔壁内外收拾一新正在准备开业，慌了手脚的张二舅扔下了乱糟糟的内部，只顾着把外部脸面弄光鲜。不过还是晚了。

在玉莲裁缝店开业的鞭炮声中，龙腾建材店的牌匾刚挂上一边，噼

里啪啦声响震得挂匾工人双手捂住了耳朵,眼睛被炫丽的鞭炮纸屑吸引过去,牌匾"呼啦"跌落下去也未发觉。张二舅当时便黑了脸,戳着手指跳着脚训骂小包工头,咬牙切齿要在扣除工钱之外还要罚款。

小包工头辩解道:"人可以不睡觉,但刚抹上的水泥不能不睡觉。没有24到36小时将其凝固住,没办法进行下道工序。给的工期短促得超过了建筑规范极限呀。"

壁灯粉色的光微微映在雪白的墙上,床单牡丹花瓣上叠在一起的那对抖动的五彩蝴蝶越发增加了房间里的迷幻与暧昧。连小花猫也被一根鱼刺引诱到后院宅屋,屋子里形成了纯粹的二人空间。相拥的男女如两块磁铁越吸越紧,没有了任何缝隙,鼓突突的脊背,铁疙瘩似的臂膊,开启成O形的肥嘴唇,微微抖颤的鼻翼,猎豹射向羚羊般贪爱交加的目光,都标志着男人体内一股火热岩浆正在左突右窜,随着那一声"我的亲亲海豹呦!"的呼喊,熔浆喷发了!爆炸所释放的无与伦比的快感,"腾"地让男人一下子飞上了云端。畅快至极的男人怀着巨大感恩将厚唇对着怀抱里粉色脸上性感的嫩唇狠命地深吻,似乎要将女人体内的万般柔情全部吸入腹中。女人似在回应男人那一声呼喊,如一头娇媚温驯的海豹,胴体渗着一层水珠般亮亮的香汗,软软绵绵卧在男人的胸膛,迷离着一双丹凤眼,将软唇柔柔抵在男人的耳垂上。

这是一次久违的欢畅,久违得长达十年之久,似乎是人生旅途巨大成功后的一次隆重庆典。终于结束了漂泊不定的束缚,他们有理由进行一次放肆的狂欢,因为这是自己的房屋!

自己的房屋!多么有底气的自豪词语。风能进,雨能进,国王不能进。自己的房屋,门市连同后院的住宅,用光了10年漂泊打工的全部积累,花光了德州驻军A师首长住宅楼里那位副师长的全部离休金,还有阳北镇夏家村那块占地极佳的3间瓦房及30多棵果树,而这是刘玉山老爹留给老妻养老的全部财产。还不够,以刘玉山一贯良好的人缘与信誉,朋友送来了5万元无抵押无期限借款。刘玉山则以这套30平方米价值双倍借款的门市

给人家送去了抵押合同。年近古稀的老妈以后就睡在后院住宅与小豹子隔床而眠。那套朝阳面大房间，理应由失去瓦房的婆婆居住，这是曲云莲的安排。

进店里的人多了起来，其中也有的是先来看看，进门首先映入眼帘的是一幅"鸳鸯嬉戏图"门帘，为前后双面绣，花费了曲云莲近两个月的大半个夜晚，原是打算送给毛宙的。当时，正值黄大炮携款失踪，刘玉山找毛宙讨说法却两次没见到人，就生气地扣下门帘，开业后便挂在小店二道门上。微风一吹，水波与岸边柳枝一起浮闪摇晃，两只艳艳的鸳鸯交颈嬉戏，使人禁不住眼热情动。进店里的人一下子被擒住了眼神。望着高大帅气的男人，看着美丽妩媚的女人，再瞧瞧门帘上那一对鸳鸯，立马打定了主意，就比照刘玉山和曲云莲的衣服样式要求裁制新衣。

似建房抢工那段的刘玉山，这段曲云莲每天只能睡三四个小时。轮到刘玉山不满意了，每天三番五次催促妻子睡觉，有两次还不由分说闭了灯。曲云莲已经踌躇满志了，立志一年后雇请两个帮手，两年后便当上裁缝刺绣店小老板，当然是不脱产的老板，到那时一定将山东德州的老爸请来亲眼看个够。当然这个想法目前藏在心底里，对刘玉山也未说。

裁缝生意越好越珍惜店铺。夫妻俩商量应当把土地证和房产证办下来，给自己的房屋加上双保险。办证离不开毛宙，刘玉山心里打怵。曲云莲从门上摘下"鸳鸯嬉戏图"门帘，又缝制了一个卡通图案的精美口袋装好，塞到刘玉山怀里。

刘玉山有些舍不得。曲云莲说："尽管没跟毛宙当面打过交道，但姐了解这个人不比你差，不管他怎样遭人讨厌，给咱造成过多大损失，只要这回他给咱办事，但凡该送的礼咱不能缺。姐相信这批十几家没特殊情况的不会有缺礼的，何况他点名要姐刺绣的门帘。拿去吧，姐再刺绣个好的。"

连日来，曲云莲兴奋不已，如同得了一件心仪多年的宝贝。晚上睡觉前总要在店里东瞧西看巡视两圈，又像个小女孩面对喜欢的芭比娃娃一样,这儿用手摸摸,那儿用脸贴贴。

受了妻子感染的刘玉山自然也是欢喜的,但喜中隐隐有种不祥的忧虑:龙腾建材店东侧紧贴着自家裁缝店的西墙隔壁墙上居然砌了一道铸铁门。如果把西墙凿开个洞,建材店的人打开这道门便可直接进入玉莲裁缝店。数日来,那道预留的铁门始终在刘玉山脑中挥之不去,隔壁之人穿墙而入的意图再明显不过了,但他又不忍心将这闹心的信息告诉喜悦中的妻子。进货要走几天,刘玉山临走前还是告诉了妻子并要她"千万小心"。

曲云莲跳下床,跑到隔壁设门的位置仔细看了看,又用手轻轻摸了摸雪白的墙壁,咬着牙吐出了一句话:"他若敢从咱这儿穿墙而入,看姐不剪断那拆墙的狗爪子!"

刘玉山明白办证程序,认定了这证很难办下来。即使毛亩想做顺水人情,没有城建所长王龙一审核签字,小张镇长是不会签字的。镇长不签批,镇政府就盖不上大印,申请表就报不到阳河县土地局。那时节,王龙一恰巧不在阳北镇。刘玉山既希望王龙一快些回来,又害怕他回来。毕竟裁缝店的地皮人家派人来协商讨要过,自己没给面子,现在却要人家签批同意,岂不是让饿狼点头同意放弃垂涎已久的鲜美鹿肉?不忍心拂逆妻子的刘玉山悬空着没底儿的心去找毛亩。

毛亩办公室装满了烟雾,又刺鼻又呛眼睛,使得他不得不在擦眼睛时,咳咳着把侵入气管中的烟臭驱赶出来。但刘玉山却没擦眼,也未咳嗽。尽管眼角已湿,喉头发痒。因为躲在一团烟幕里的毛亩说了一句让他激动不已的话:"用地性质用途均合法合规,手续一应俱全,剩下来你就等着领证吧。"

商量找毛亩办证那天晚上,曲云莲未说出毛亩肯定帮忙的理由,待到一切办妥,刘玉山方才弄明白毛亩肯定帮忙的理由。那天,毛亩一见鸳鸯嬉戏图,两眼放出了异光,如获至宝般一把抓了过去。先放在桌子上左瞧右瞅,又挂到门上端详了老半天,并用扇子扇起了微风,连声叫道:"好!好!好!"而后是一系列优质审批办证过程。还破天荒耐心指

在自己的房屋里

官司

GUAN SI

导填了申报表：门市房幅宽3米，核定玉莲裁缝店面积为30平方米；后边相对应占地面积120平方米，住宅面积为80平方米……

刘玉山如在梦中，待看到装着玉莲裁缝店用地审批档案的车辆奔阳河县城方向绝尘而去时，方将疑惑和惊异转为巨大的喜悦。

这辈子在阳北的根算是扎牢实了！

不能办的事儿竟有人帮忙给办成了。什么原因？是家有仙妻，仙妻有一双巧手，两幅心血刺绣就击中了心肠麻木如石头般冷硬的毛亩软肋。刘玉山忘了向毛亩道谢，转身风一般往回疾跑，冲进裁缝店也不管有没有人在店里，上前一把抓住妻子玉葱般的双手亲吻起来，并拉着往自己脸上摩抚。脸皮有一种锉样的粗糙感，昔日细嫩的手已经皱裂有茧。刘玉山哽咽了："姐，成了，你的心血没有白费。"

"成了就好，姐知道能成。"曲云莲羞红脸抽回了手，"不是姐的心血，是碰到了该成的机会了。"

"是姐的心血刺绣！毛亩眼珠都掉到门帘上了。"刘玉山孩子般犟起来。

见刘玉山脖子都犟直了，曲云莲微笑着不易察觉地摇了摇头。

后来的一系列变故，让刘玉山终于明白了，在办证这件事上，妻子当年并不是在谦虚。毛亩那么下力气帮自己，的确另有隐情：让自己拥有合法土地证，原来是让争宠对头跌跟头暗下的一道绊子，自己不过是鹬蚌死命相搏中无意间获利的渔翁而已。

16. 一张弩两支镞

王龙一迷走神经彻底颠倒了顺序，肺似一个充气到了极限欲炸裂的封闭囊袋，大口大口地喘气也放不出来，挤压了心脏及其血脉的空间，大白天脑袋昏昏欲睡，连累得胃肠也睡了过去，往日可口的饭菜味同嚼蜡。一到了夜晚人反倒异常亢奋起来，脑子里翻江倒海地折腾：一身潇洒休闲装得意洋洋双手抱拳迎宾的刘玉山，一袭旗袍满面媚笑讨好顾客的曲云莲，还有他们那个小崽子竟拉来了十多个同学和伙伴瞎起哄。

早上一上班，看到王龙一，刘太林惊讶地问："龙一，你眼圈这么暗，人突然瘦了这么多，是不是病了？快去看医生呀！"

"谢谢刘书记关心，这两天拆违太闹心，吃不下饭，睡不好觉。等熬过这一段，多说两个月弄出眉目就好了。"王龙一谦恭地回答。

自己的治理范围里，动一砖一石都要经过批准，否则就是在太岁头上动土。刘太林感动了："龙一呀，我刘太林看人从未走眼过，用过许多人，但用你算我最得意的一件事。活儿不是一天干完的，两天后我去县里开会，你跟我去，也算休息调整一下，回来再接着干。阳北镇有我刘太林，谁也翻不了浪花。"

王龙一跟着刘太林出门了，在走之前精心设了一张弩，打磨了两支利镞，但需要两个月后才能发射，也就是对刘太林说的那句"两个月弄出眉目"。人虽然离开了阳北，却把心掏出来，偷偷搁置在凹地一角，瞪着阴郁仇恨的眼，昼夜不闭死盯着玉莲裁缝店的一举一动。

弩是王龙一对通过诉讼夺回被刘玉山强占自己凹地的一种比喻。王龙

一认为弩的最大好处是比枪消音。想想看，毫不知情沉浸在玉莲裁缝店开业喜庆气氛的麻痹中，自己不动声色准备好一应俱全的告状书、证人、证词，两个月后的一天悄然将其告上法庭，突然之间接到传票的刘玉山怎样手忙脚乱、张口结舌？猎物在毫无防备情况下，漫步走到伏击弩前，并将脸完全转过来，露出了高高的脖颈，躲在暗处屏住呼吸的自己食指一勾，"嗖"，岂不一箭封喉？当然，极具隐蔽性的弩也有缺点，一次只能压两支尖镞，不似枪可以压多发子弹连续射击。为此，镞的质量必须上乘，尖头要利，而且要浸上毒汁。

为刘玉山侵占房产的诉状，王龙一准备了两份书证，一份是黄大炮出具的9米幅宽建房回购合同，交易时间为该年6月18日，比刘玉山拿到毛亩批件那天整整提前了十一天。日子是认真思考后确定的。黄大炮不似毛亩那样软硬不吃，自己让他写哪天，他连个屁也不敢放。办事要有运气，必须按星相科学与风水穴位走，不然是踏不上财富穴眼的。"618"，就要发！而刘玉山的日子则是6月29日，"629"，你刘玉山溜儿走吧！凡事总有个先来后到，往好了说，你刘玉山是在不知情的状态下上了黄大炮"一女二嫁"的当，误买了我王龙一在十几天前就买下的房产。往不好听的说，是你刘玉山勾结黄大炮在我的地号上抢盖了门市房，并唆使黄大炮失踪。黄大炮的书证及卖房合同就是那支浸了毒汁的利镞。另一支镞是毛亩提供的劣质货，只能作备用。王龙一认为，按自己支付的价钱，毛亩应当在审批幅宽9米地号的同时，也像黄大炮那样把审批日期写在刘玉山之前，"618"当然更好。

那天，王龙一把半槽放在了毛亩桌上。毛亩却不屑地说："如果把审批日期写在刘玉山之前，就请你将钱收回去。"

审批日期如果写在刘玉山之后，岂不等于把黄大炮的尖镞彻底废了？王龙一急火了："不写在刘玉山之前，两次花一槽钱就买一张废纸我有病呀？"

"事实上你的确是在刘玉山之后办的审批。我虽然没写之前，可也没写之后呀。"毛亩态度不急不缓却毫不让步。说完，提笔写了一个"六月"。

忽地恼火直冲头顶：老东西，真是奸滑至极，竟然会写出他妈的鬼"六月"。六月是"629"之前？还是之后？似是而非，模棱两可，将自己的责任择得一干二净。气极了的王龙一笑了："毛助理不愧多年官场行走，老辣的才华龙一今天算是开眼了。"

眼睁睁宝贝财源穴位被刘玉山霸占着，自己却要等上两个月才能击发弩镞的扳机，情感上无疑于残酷的精神折磨，理智却警告王龙一，必须一天捱一天等候万事俱备下的那股"东风"。

王龙一之所以把夺回刘玉山那块门市战场设在法庭上，是因为沈宁海与阳河县法院副院长汪方的特殊关系。心细如毛亩的少数人也只知道两人是麻将桌上的老牌友，却不知道沈宁海那个小女儿，亦即王龙一同父异母的小妹妹与汪方独生子已恋爱得如火如荼。不出一年，汪沈两家便将成为法律认可的儿女亲家。虽然沈宁海一直不赞成王龙一唯利是夺、睚眦必报，但王龙一有把握真要是与他人肉搏到一堆，沈宁海一定会帮自己这个虽无名分实有内核的亲生骨肉。不巧的是，汪方参加了市委组织部组织的为期四个月的国外培训学习，才走不到两个月。虽然弩与镞一应俱全，没有自家人当裁判，食指再痒，也不可乱勾弩机的。

招商地点多为景色宜人之处，王龙一虽然极力掩饰，还是被刘太林觉察了。王龙一不敢说"心"丢家里了，只有以身体有病掩饰，但也确有病态，胸腔里缺了"心"，饭不思，寝难安，人瘦了一圈儿，几近衰软不起。

好歹把半月对付了过去，回到阳北镇，王龙一立马把"心"重新填回了胸腔，马上驾车从东街缓缓走了一个来回，见玉莲裁缝店前不时有人进出，握方向盘的右手食指不禁使劲儿勾了一下，没有"嗖"的一声响，尖尖的指甲却抠疼了大拇指。

掐着指头第五遍算了日子，"东风"回来还得一个半月。干什么都没有心情，王龙一担心再次被刘太林发现，索性把自己关在屋子里什么也不干。桌子上的简报、通告、文件、学习材料，积了一指多厚，王龙一随便翻看着，突然被一份"请示报告"并附两张报表灼疼了双眼。赶紧揉眼

再看，果真是小张镇长签发的报请阳河县土地局审批阳北镇商住用地的报告。附表第二页王龙一幅宽9米门市凹地商用地号上边两格内赫然写着"刘玉山3米门市凹地商用地号"字样，报表底下土地审批部门负责人签着"毛亩"两字。

王龙一全身的血液一下子涌上了头顶，他挥拳往附表上狠命一砸，茶杯盖被震得掉在了地上。"老犊子，老烟鬼！你两头吃好处还不够，看热闹不怕乱子大，又挑事儿。我整死你个老东西！"

王龙一跳起身就奔门口闯去，咬着牙用力拉门把手。门仍然锁着，立在门边的一个衣架是毛亩统一配备各办公室的，王龙一猛地一拳又踢上一脚，衣架应声倾倒，碰到墙上那面镜子。"哗啦"一声脆响，镜子也摔了个粉碎。

满地毁坏了的东西使王龙一头脑冷静了下来。刚才自己要去干什么？是要去破坏一个东西，只有把它破坏掉才能使自己狂怒的心安静下来。这是一个什么东西？是老东西毛亩！不是个东西的老混蛋！自己是想先闯进老东西的办公室，狠命扇他两记响亮耳光并指他的鼻子高声痛骂，尔后拉着他到刘太林办公室控诉揭露，发泄自己的委屈。但这划算吗？以自己三十来岁的青春与美好前程去同一个年近六十岁的糟老头子同归于尽？这么简单的盈亏账连小孩子都能算明白，而盛怒中的自己刚才并未明白。倒是正直的衣架、无私的镜面勇敢地替自己损坏了，残破了，牺牲了。

王龙一有了些许感动，是物都比人好。如果不是摔掉了钩的衣架，如果不是粉身碎骨的镜面，刚才任何人也不能阻止狂怒中的自己。当然，还要感谢自己三十年来养成的一种习惯，这种习惯的思想基础是防人之心时刻丝毫不可松懈：只要人在屋子里，不管是家还是办公室，一定要把门关严锁死。

心态完全平复下来，王龙一小心翼翼扶起了衣架，把满地镜片仔细扫进了撮子里，心平气和地重新坐回了转椅里，感觉半个多月的焦虑狂躁一扫而光了。他决定一定等"东风"来的时候再勾火，尽管对方是一对毫无社会资源的盲流夫妻。一招毙敌，杀鸡就要舍得用牛刀！

阳河县人民法院两年前通过置换，从闹市中心搬到了县城西南角，虽然稍显僻远，但希腊式廊柱支撑起来的五层大楼却鹤立鸡群，镇压得周边越发清寂。

最高的四层是这座衙门里七位院领导的办公区域。居中大的三套间里坐着的是院长兼党组书记李正，自3年前提升的第二个月起，在百忙中抓法院新办公楼建设，如今可算是功德圆满。阳河县法院连续两年成为山城市法院系统的先进院，并在全省法院系统单项评比中拿了两次奖。据传，山城市中法常务副院长的位置虚席以待。李正院长原是从较小的邻县交流到大县阳河任职的，如果再到市院任职，一家人可一块进入几百万人的省会大都市。

内外交口称赞的办公大楼实际是副院长汪方具体在抓，并以灵活的方法和敬业的精神，克服了资金、动迁等一个个头疼的难题。李正院长是一个智商、情商都很高的领导。一年前在常务副院长退休后，便把五把手的汪副院长串到了常务位置上。除了权重的刑事庭仍由三把手赵副院长分管外，将民事一庭（含原经济庭）、民事二庭、行政庭（原自民事庭分离）都交给了汪方，原分管的院办公室仍然继续分管。办公室除了后勤服务外，主要权力是掌握全院的财务。汪方的分工打破了院领导多年分工的惯例，等于当了阳河县法院一半的家。那几个院领导嘴上不讲，从心里都窝藏着难听的话语，为平衡原列在汪方前的四把手老宋，李正又破例将权重的执行局调给了宋副院长。

听了沈宁海介绍凹地门市官司的情况后，汪方笑了："我见过你的'那位'，人很精明，刘太林对他很看好，何必为了几米门市跟一个小百姓闹上公堂，不划算的。你应当劝阻。"

沈宁海知道汪方说的"那位"是不便当自己面说出王龙一是自己的亲骨肉。刘太林的确私下许诺过一旦吕副镇长退居二线，就推荐王龙一当副镇长。这种时候打官司前程上的确不划算。但自己也有苦衷，虽然想方设法从各方面买好王龙一，以图感情上彻底收复曾抛弃了18年的亲儿子，但

王龙一就像从树杈上掰下来的枝条又重新嫁接，无论怎么缠绑敷药支架护理，稍有风吹日晒便改变颜色。

"哪能不劝呢。不听劝呀。不瞒汪老弟，这个执拗劲倒真像我年轻那时，老爹越不让我穿军装受罪，我偏偏去最冷的黑龙江当兵，结果挨了十几年冻。"沈宁海叹了口气，"他已把起诉书递到你们法院去了，你是权威专家，大哥请教一下，按法律规定是否能赢？怎么打能赢？"

汪方明白，宝贝儿子的准丈人绝口不说输字，却连说两个赢字，这个忙是非帮不可了。好在不是个难事。一方面，诉讼对方只是一对毫无根基的盲流夫妻；另一方面，这仅仅是一件四五万元的小官司，当事人即便较真，上边也不会太关注。汪方说："小弟的底线是努力保持不输，至于赢到什么程度，还在于你的'那位'配合是否到位。"

"那太好了。我跟他说清楚，一切听您的指示便是了。"沈宁海如释重负。

虽是一件小案子，汪方还是谨慎地把沈宁海请托的"鸡肋"官司安排给了民事二庭副庭长孙晓仁。

孙晓仁办事灵活，善于领会领导意图，常常能想出意外的办法化解矛盾。更主要的孙晓仁是自己提拔的干部，能确保自己的意图得以贯彻。

17. 赢输之行规

刘玉山在一片喜不自禁的氛围中，突然收到了法院的传票并附带王龙一的起诉书。

看着刻着庄严国徽的阳河县人民法院大红官印，刘玉山签收的手都有些抖了。犹如揣着甜蜜的心奔跑在亮堂堂的道路上，前边猛然撞上了一堵不可思议的厚墙。

起诉书中说，原告于是年6月18日在阳北大街东街凹地审批到幅宽9米门市地号，交由达宝公司开发建设，而后由自己回购，被告趁自己繁忙公出之际，以高出市场建筑工费50%价格为诱饵，雇佣达宝公司抢先动手。挤占原告门市幅宽1.5米地号（核15平方米房产）实施建设。原告亲属发现后当即同被告交涉，被告不听劝阻，仍然强行在原告地号上施工，并完成了工程建设。目前已营业两月有余，严重侵犯了原告合法权益。请求人民法院依法判令被告倒出非法侵占被告的地号及房产，并赔偿相应损失。

气恼、郁闷夹杂而至，刘玉山想不通，政府里边竟然有这么蛮霸而厚脸皮的人，竟然能编织出这么下作的圈套来网缚小老百姓就范。最令刘玉山头疼的是法院要求15日内提交民事答辩状，自己根本不明白是咋回事，更别说写了。好在镇法律事务所长于杰正有一套制服在请曲云莲赶制，夫妻俩第二天一大早便去求顺水人情。

于杰听了情况介绍，看过起诉书，叹一口气，略一思考，捉笔在手，不到一个小时，便挥手而就：

答辩人经阳北镇政府批准凹地门市幅宽3米，交由达宝公司建设后由自己回购。原告对争讼地号垂涎窥伺已久，在答辩人实施建设时就曾派人商谈赎买事宜，要求答辩人全部出让地号以达独占凹地门市之目的，被理所当然拒绝后又降格要求赎买答辩人全部地号之一半1.5米，再被拒绝。本应收敛贪心，竟与达宝公司精心设置诉局。假设真如原告所言是达宝公司将15平方米房产先卖于己再卖于答辩人，被告应当是达宝公司，绝不应是第三人的本答辩人。综上，答辩人在自己地号上建设门市合法，并未侵犯原告权利。请法庭驳回原告无理诉求，并承担所需诉讼费用。

　　于杰以"答辩人"替代了对刘玉山极具刺激性的"被告"称谓，夫妻俩非常满意。曲云莲赶紧拿出500元双手奉上。于杰摆手拒绝："你们也太不易，摊上了如此厉害对手，怕要做两手打算了，润资断不可收，只是孙女在镇政府上班，拜托二位不要说是老朽代笔便感谢不尽了。"

　　曲云莲过意不去，说："没有这样白白劳动大学问人的道理，于所长的衣服制作费就不敢再收了，改天我再为您孙女做一件连衣裙表示一点儿心意。"

　　送二人出门，于杰又建议道："以于某拙见，刘先生应在阳河县以外聘请一位律师，水平与声望俱佳最好，如二者取一，当以声望为先。"

　　夫妻俩商量了半宿，曲云莲一狠心，拿出2000元交给刘玉山去山城市聘请律师。看着妻子粗糙皲裂的手，刘玉山觉得手里捏的钱似一块烫手的铁板，赶紧塞到枕头底下，结果还是烫得辗转反侧合不上眼。

　　天刚麻麻放亮，妻子已将粥饭做好。刘玉山草草吃了几口，起身赶第一班小公共汽车去阳河县城，再从阳河转车去市里，颠簸到了山城市已日近当午，啃了两个从家里带的馒头，找大商场有水龙头的地方灌了一通凉水，按着于杰字条上的指引，一个多小时后，顺利找到那家律师事务所，果然楼高牌子亮眼。

　　找人倒也顺利，对方见刘玉山气宇不凡，热情倒了一杯白水，待听了大概案情，简单问了几句，陡然冷淡下来，明确表示此类案子一概不接。

刘玉山还想细说理由，对方不耐烦地说："我还有事，请吧。"便将眼皮闭上了。

刘玉山讪讪地出门，去寻找于杰字条上另一家律师事务所。谁料另一家也是始热终冷。刘玉山没等对方拒绝就抢先表示："只要肯出庭，律师费加倍。"

"你这案子太小，按争讼标的物值收费多给也多不到哪去。更主要对方是城建所长，必定将有关证照手续准备齐全，赢的难度甚大。"对方解释道。

"此次所以慕名专程聘请，是因为镇法律事务所长郑重推荐，声望卓群的大律师在场，法官才不敢枉判。"

对方似乎受了感动，勉强答应："好吧。"

刘玉山心头悬了多天的石头"扑通"落了地，激动地站起身来，向大律师深鞠一躬，哽咽说出两个字："谢谢。"

接下来洽谈具体代理事宜及费用，刘玉山摸着口袋里滚烫的2000元底气十足地说："只要大律师屈驾阳河县法庭，律师费任凭您开口便是。"

大律师说："看你的确不容易。争讼标的物也没多少钱，按惯例20%。这样吧，您先交1万元算第一次的代理费，以后法庭每宣判一次算一次代理，交通费及膳食费另行支付。但是官司赢输不保底，时间长短不好定。这么些年来，我还没接过这么小的官司。"

刘玉山吓了一大跳，且不说家里翻箱倒柜拿不出1万元，即使拿得出来，这若是打上个三年两载四五个回合，岂不是连门市的本钱都吃进去了？摸着口袋里的2000元，瞠目结舌起来："每次1万元，还不保赢？"

"我们这样层次的律师，哪个会不尽心去争赢？输官司就是输名声。但赢输不保底是行规。"大律师不高兴地解释。

"对——对不起，暂不——不聘了，真——真不聘了。"刘玉山尴尬地连声说着，狼狈地逃出了房间。

回到家，刘玉山便躺倒了，一句话从脑海深处打着旋涡儿翻腾上来："饿死不当贼，屈死不告状。"这是父亲临终前留下的最后一句话。

那时自己高考落榜在外打工，认为父亲的话不过是病中的谵妄之语，自己怎么可能去当贼，又怎么会同人家对簿公堂，那超越了做人底线呀。而今贼未当，状却找上身来。

看刘玉山交还给的2000元，曲云莲便明白了端由，款语安慰说："当家的，请不起律师咱就不请。会不会辩护是水平，但辩护再有水平也得占理不是？咱俩一起去法庭，你当事主，姐当辩护人，人民法院总不能把黑说成白，把有说成无吧？有姐在，别愁。"

刘玉山复又振作起来，拿着当日新买的《民事诉讼法》与《合同法》对曲云莲说："我不叫事主，叫当事人，姐该叫委托代理人。"

夫妻俩连夜恶补"两法"。

到了开庭这天，夫妻俩相互鼓气，一大早便去赶第一班孙家老二私人小公共，每人可以便宜1元钱。小公共终点站在县城东南，到县法院还有5里多路。刘玉山拦了一辆摩的，曲云莲舍不得坐，听司机说县城地势西高东低，五六里都是上坡路，只好将绵软的身体挪上了车。摩的十几分钟便到了法院门口，刘玉山捡了一个纸壳弹抹干净，扶感冒烧了一夜的曲云莲在台阶上坐下喘息。

离9点开庭还早。曲云莲心痛那两元摩的钱："知道这么快到地方，一个多小时咋的也走到这儿了。"

8点半法院大门陆续进人，也有未穿法院服装的一些人要进大厅。有的向门岗点个头便让进了，有的被截回了也在台阶上坐等。离开庭有十来分钟，一个自称书记员的女孩子从法院门外急急走来问："谁是刘玉山？"

刘玉山赶紧站起来答应："我是。"

"快到开庭时间了，还不进去？"

夫妻俩随女书记员出院门转个弯才看到审判庭与办公区分开另开一门。走进法庭，见原告席上坐了张二舅和一个西装革履的中年男人。女书记员引夫妻二人入席。刘玉山看原告席对应的旁听席上，七八个人齐刷刷甚是规整，自己一方旁听席上却空无一人，又见"被告"两字很是刺目，步履禁不住有些踉跄。

曲云莲主动坐到被告台签后边,让刘玉山去坐代理人位置。女书记员欲让两人调换位置。见曲云莲脸面赤红并不时咳嗽,遂将桌上"被告"与"代理人"名签换了个位置,还递上了一瓶矿泉水。

刘玉山平生第一次迈进法庭,座位前面高台上的审判席甚是抢眼,台上三个金黄牌签,审判长居中,两边是审判员、助理审判员。牌签对应的是三个枣红色高背靠椅,椅背一律高出头一尺有余,好像体育比赛颁奖台,中间审判长的椅背高出两边三四寸之多。

刘玉山从未见过如此威严阵势,而被告竟然是自己,气恼加些许紧张,腿不禁有些颤抖。曲云莲一把捉住丈夫的几根手指,使劲握了一下,小声耳语:"有姐在!"入耳的三个字轻似一缕微风,柔软的细手捏在粗大手指的骨节上,一股热流传入心房。刘玉山慌跳的心不仅安稳下来,而且陡然升起了一股豪气。

18. 毛只能长在皮上

　　审判长宣布开庭后却不问案，先是逐个核实双方当事人与代理人身份，尔后宣布合议庭组成人员，磨叽了半个小时，刘玉山夫妻才弄明白对方代理人张二舅原名叫张晓山，那个西装革履的是一级大律师孙宏，审判长叫孙晓仁，审判员一个叫王山，一个叫刘文化，那个担任书记员的女孩子叫盖丽丽。

　　孙宏宣读了起诉书后，孙晓仁问："原告委托代理人张晓山有无补充意见？"

　　张晓山应声起立答道："本代理人想要补充的是，被告在我方当事人几次与其交涉制止情况下，仍然在我的当事人1.5米幅宽地号上强行施工，非法侵占时间长达半年之久不予腾倒，影响我的当事人正常营业，严重损害了我的当事人权利。根据原告有增加诉讼请求权利的法律规定，我方请求法庭依法同时判定被告偿还非法占用我方门市地号的相当收益1.5万元，补偿我的当事人在此期间营业损失3万元，共计4.5万元。"

　　刘玉山霍地站起来反驳："且不说究竟谁占了谁的地号，你1.5米幅宽15平方米门市半年就能赚4.5万元利润？你卖的可是灯泡、钉吊、地砖等小建材，不是卖大烟……"

　　孙晓仁高声打断刘玉山的话语："被告要注意法庭纪律，有诉求要先向本审判长直接请求发言，不许直接向对方提问。另外不许使用'卖大烟'等攻击性侮辱语言。本审判长对被告警告一次。下面被告宣读答辩状。"

刘玉山气鼓鼓地宣读了答辩状。

孙晓仁问曲云莲："被告委托代理人有何补充意见？你可以坐着回答本审判长的提问。"

曲云莲体力不佳，声音不高："感谢审判长对民妇的特殊照顾，我只想提一点意见供法庭判决时考虑。我非常赞同审判长刚才讲的原则，一切以事实为依据。因为不讲实话的人，什么假都能造得出来。刚才张晓山先生说他方当事人曾几次与我方交涉制止，事实是我方与原告闹了半年纠纷，至今未见王龙一所长一面，不知'几次'是哪几次？什么时间？还是王龙一所长在暗处偷偷看过我们几次？要说交涉倒是有一次，那是张晓山本人，给我们开出的条件一是让我们将3米门市包括他们所说原告的1.5米全部腾倒给原告，并答应利用权力帮我们到三道街上另找地儿，我们没同意，张先生又提出让我们将3米门市一半让给原告，我们仍然没有同意，今天又提出一枪两窟窿的补偿要求共计4.5万元。我想请审判长先生注意，我们建了幅宽3米门市总共花费9万元，对方的4.5万元恰恰是3米门市的一半，也就是他们所说我们抢占幅宽1.5米争议地号。请问是不是要将我们的1.5米地号夺去还不满足，同时要将我们地号上的房子拿走？我的丈夫说话是糙了些，但话糙理不糙。我请审判长指令对方提出4.5万利润的根据，包括销售明细，以及纳税记录。"

曲云莲话音落地，法庭安静了半分钟。

开庭之前，王龙一与张二舅及孙宏研究了两次。王龙一的目的是要回1.5米幅宽地号，提4.5万补偿无非是张口五分利不给也够本。孙宏赞同王龙一的意见，认为对两个文化不高的小个体户大张狮口漫天要价，吓唬逼迫他们让步也未尝不是个办法。待听了曲云莲一席陈述，孙宏认为自己犯了两个严重错误，一是不该受朋友之托来接这个不赚钱的芝麻案子，弄不好损了大律师半世"赢"名；二是更不该极度轻视诉讼对手，以致刚一交手就弄得很被动。

此时此刻还有一个人很吃惊，就是审判长孙晓仁。他懊悔汗方让自己

摊上了一个难缠的官司。官司还未打,赢输早已"内定",输官司的却是异常顽强的占理一方。

"审判长,本代理人认为法庭应该就争讼的主要问题是15平米房产归属展开调查,至于双方究竟交涉制止了几次,在哪见的面,我认为都是细枝末节,法庭应该……"孙宏不愧是久经诉场的大律师。

你们自己无端挑事,却怪法庭只抓细节,对法庭指手画脚。孙晓仁不客气地打断孙宏:"本审判长认为双方争讼的幅宽1.5米门市地号究竟该归哪方所有是本案的焦点,在地号权属未定之前提出任何补偿要求都为时过早,本法庭不予支持。原告被告双方就此举证。"

张晓山出示了3份书证:一是回购达宝公司开发门市房产合同书,东街凹地门市幅宽9米乘以11米共99平方米,价值18万元;二是达宝公司经理黄达宝签名的10万元工程款收据;三是回购方王龙一亲笔写的对达宝公司8万元工程款欠据。

刘玉山出示了两份书证:一是回购达宝公司开发门市房产合同书,东街凹地门市幅宽3米乘以10米共30平方米,价值9万元;二是毛宙签批的东街凹地门市地号款1.5万元收据。

双方按要求交换了各自证据的复印件后,孙宏首先提出了疑问:"审判长,现在有两份达宝公司出卖开发门市房产的合同,共卖出了119平方米房产,而现场只有104平方米房产,除了我方当事人的99平方米只剩15平方米,而达宝公司却卖给被告30平方米。这多卖出的15平方米,便是被告现今强占我的当事人那部分房产。达宝公司卖给我的当事人的时间是6月18日,而在7月1日又卖给了被告。请注意7月1日是被告获得该政府地号审批件的第三天,既与达宝公司签订回购合同的那一天,比我的当事人回购时间滞后整整13天。这里有两种可能:一种是被告在不知情的前提下,上了达宝公司'一女二嫁'的当,那只能怪被告自己对合作方考察不细,应由自己承担损失,将误买我方当事人的15平方米门市归还原主。另一种可能就是被告与达宝公司事先恶意串通好,强行占有我方当事人房地产为己有。不然为什么30平方米房屋被告竟然付给达宝公司9万元施工费?每平米造价高达3000元哪！"

刘玉山回应道："本人不能同意对方代理人无中生有的造谣指控。镇上凡由达宝公司承建并回购的门市房有几家不是3000元1平方米的？若论与达宝公司的关系，我一个外来个体户怎么能够比得上财大气粗的达宝公司？黄达宝卷了我1.5万元施工款逃得找不到影，我找遍了阳北镇哪个不知道？倒是身为原告的城建所长王龙一与被其管理的施工企业达宝公司应该具有直接利害关系。不然为什么近百平米的房子每平米造价才收1800元，还要打8万元的欠据？会说的不如会听的，堂堂阳北第一建筑企业会为了区区几万元携款潜逃吗？"

孙宏辩道："所以出现8万元欠据，是我的当事人按建筑行规实行分期付款。据此就说我的当事人与达宝公司串通未免武断。被告与达宝公司不也是搞分期付款吗？证据充分说明，我的当事人比被告早先签订回购的房产手续，是被告乘我的当事人公出之际，串通达宝公司，抢建了门市房，请求法庭判决被告限期腾倒并赔偿相应损失。"

曲云莲申请发言："我是做衣服的，知道皮袄的毛是长在皮子上的。同样道理，房子只能盖在地皮上。所以我非常赞同审判长先生强调的把幅宽1.5米地号权属作为本案诉讼焦点的英明主张。达宝公司只承建房子，争论达宝公司把房子先卖给谁，对本案纠纷明断没有意义，应当查明镇政府先把地号批给了谁才是。"

孙晓仁暗吃一惊，想不到自己未经考虑教训孙宏的一句话，竟然被这个大眼睛女人拿来当作利矛去戳孙宏虚张声势的草席之盾，但也只好走一步看一步了，就说："支持被告意见，请双方就幅宽1.5米门市地号证据发表辩论意见。"

"我向法庭提供的地号审批手续，镇长助理毛亩签批的是幅宽3米，长10米，可建30平方米门市，地号价钱也是按30平方米交的。"刘玉山说。

孙宏反驳："那只是被告一面之词，镇长助理审批笺上虽然写了东街地号款，但既未写'凹地'，也未写'幅宽3米''面积30平方米'字样。本律师认为，此据不能证明我的当事人15平方米房产就该归被告所有！"

毛只能长在皮上

官司

GUAN SI

101

孙晓仁:"被告对原告方说法有何辩解意见?"

"镇政府在向阳河县土地局审批地号报告中我的地号是按幅宽3米、面积30平米上报的,请法庭调取。同时毛助理当时亲口告诉我是幅宽3米。还有,镇政府也一直按幅宽3米一个单元门市标准规划东西街门市房,并交由达宝公司统一建设。请审判长允许我找毛亩助理提供证言。"刘玉山答道。

"同意被告请求,请原告就幅宽1.5米地号证据发表辩论意见。"

张二舅拿出毛亩东街凹地幅宽9米的收据也要提交法庭,却被孙宏一把压住,轻轻耳语:"千万使不得!张兄你未见对方所交地号款是1.5万元,若按幅宽平均面积每平米合多少钱?我方包括欠据在内每平米面积价格,只有对方的一半。对方初上讼场,尚不知瞄打要害之处,我们怎可将漏洞轻易示人?"尔后转头举手示意发言:"审判长,我方幅宽9米地号计99平方米房屋也在镇政府向阳河县土地局审批报告中,请法庭依法向镇政府调取,同时我方将找毛亩助理提供审批证言,请审判长予以批准。"

"既然原被告双方均有提出证据的请求,法庭将中止辩论,择日另行开庭恢复法庭调查。在中止辩论前双方还有什么意见需要发表?"

"审判长先生,刚才被告方以自己社会地位与我的当事人的差距在打悲悯牌,以此极力否认自己与达宝公司不被人知的关系。是的,作为城建所长,我的当事人的确具有管理辖区建筑开发企业的权力,但不能以此就武断地推论与达宝公司有某种利益交换关系。事实上,我的当事人的能力及道德操守一直受到当地党委政府的信任与肯定。退一万步,假设之一,我的当事人与被管理对象有违廉政的行为,那也是纪检监察部门应该行使的职责,与本案无关。假设之二,我的当事人在本案问题上与达宝公司有私下交易,也应该以证据说话,绝不能搞无端猜测。为此,在东街凹地门市被侵权诉讼问题上,本代理人认为,在法律的天平上城建所长与普通个体户均为平等的诉讼方。职务与社会地位的差异,不应作为判定是非的思维障碍。想想看,如果不是真的有理或有受到无端侵害而无法排遣的委屈,我的当事人怎么会舍得拉下脸面与一个普通百姓对簿公堂?他不要自己的社会影响和前程了吗?我坚信,审判长与合议庭各位法官定能给予公正的判决。"孙宏道。

孙晓仁把脸转向了被告席。刘玉山明白是在提醒,张了张嘴却未发出声音来。孙晓仁心里产生了一丝同情,看见曲云莲举手申请发言便点头说:"被委托代理人身体不好,可以坐着慢慢讲话。"

曲云莲双手扶案用力站起来鞠了一躬,说了"谢谢审判长特殊关照"后方才重新坐下。孙晓仁内心有了些许感动,转头左右看了一下,王山与刘文化似乎也有所动容。只听曲云莲缓声说道:"我不懂法律,自摊上官司后内心紧张,买了《民事诉讼法》和《合同法》,与丈夫恶补了半个月。由于文化浅,囫囵吞枣也未看懂,顶多知道了少许皮毛。今天的意见若是错误,尽请审判长与各位法官批评指教。但不说出来,我实在憋屈。首先,我到现在也未弄明白为啥就成了被告?《民事诉讼法》明确规定民事诉讼立案要有'明确的被告'。既然王龙一所长从达宝公司手里买了争讼的房产,也怀疑其法人代表黄达宝与他人有猫腻,那就应当让黄达宝当被告呀!把他起诉到法庭,请审判长审问他,既然收了人家王龙一的钱又把那1.5米地号弄哪去了?或让他找回来或负责赔钱。老百姓都知道酒未打回来要找提瓶子的人,因为酒钱是他拿走的,跟卖酒的有何关系?奇怪的是,王龙一不找惹祸的原主,却跳一格找与他从来没有交往的隔壁。按《民事诉讼法》规定,我妄自揣摩,我们顶多算作'第三人',怎么就当上被告了呢?这是我想不明白的第一个疑点。第二……"

张晓山抢着发言:"我反对。我的当事人提起诉讼后,人民法院依法受理并立案,被告一方在庭审即将结束时提出这样的问题,是对人民法庭的公然藐视,也是对我的当事人含沙射影的恶意诽谤,我方……"

孙晓仁不耐烦地打断张晓山:"原告代理人注意法庭纪律,不要随便打断他人的发言,不经本审判长许可,不许发表意见。请被告代理人继续陈述意见。"

曲云莲:"谢谢审判长。我大胆假设,如果原告王龙一所长确有苦衷不愿意让黄达宝当被告,起码应当让他到庭说明情况。可原告并未这样

做,这是我想不明白的第二个疑点。既然王龙一所长不愿黄达宝当庭对质,作为被告一方,我向法庭要求黄达宝作为关键证人出庭作证。"

法庭内静默下来。孙晓仁向左右征询意见,见王山与刘文化分别点了头,遂宣布:"鉴于双方均要求补充新的证据,本庭中止辩论,两周后同一时间再次开庭,并由书记员传唤黄达宝届时到庭质证。现在休庭。"

盖丽丽接着起身宣布:"全体起立,请审判长和合议庭成员退庭。"

盖丽丽话音落地,孙晓仁见曲云莲撑着绵软的身子要站起来,赶紧双手示意坐下的动作,但在刘玉山搀扶下,曲云莲坚持站起身来,目送法官退庭。

王山离开房门前回头望了一眼,对孙晓仁说:"孙庭,让医生去给那女的看看吧。"

孙晓仁说:"我刚才告诉盖丽丽了。"

19. 不能对砍就分不出真刀假刀

从法院回来当天下午，刘玉山去找毛亩，连着三天也没看见人，听人说毛助理手上粘着吊水的胶布，频繁去厕所"泻火"，想是生了寒病，就同曲云莲商量，是到镇卫生院堵人，还是到家里去，带着礼物去合不合适？

曲云莲说："当家的，别想那么复杂，人家有病我们不能空手去，你跟娘说说，拿50个鸡蛋，再把咱家那只芦花鸡一块给他抱去。谁也不会说咱为了取伪证拿这么轻的礼物去贿赂人。"

"连鸡带蛋一块给他拿去了，这礼物还轻？只是……唉，我跟妈说去吧。"

芦花母鸡是母亲从村上带过来的，红皮蛋下得又大又勤，平时宝贝一样饲养。除了给小豹子吃上一两个或冲个甩袖汤，鸡蛋都拿去换了油盐酱醋，儿媳妇怎好开口讨要婆婆喜爱之物？

毛亩在家，果然一脸倦容，面色如暗黄的纸，人越发瘦，不时"咳、咳"两声，咳嗽过后立马吸一口烟，见刘玉山捧了一只鸡，眉头皱了一下，又见篮子里红皮鸡蛋，眉头又疏朗开："把蛋拿来就够意思了，怎么连鸡也拿来了？你们两口子为人真没说的，我算没白帮你们一回，吃点亏也值当。"

"毛助理为我们批了地号，怎么还吃亏……"刘玉山果然入套。

"跟老弟你摊上官司一样难受。我看你们两口子不容易，又是一对干事的夫妻，就硬把刘太林早答应王龙一的东街凹地批给了你们一块。这

就得罪了王龙一，在把你们告上法庭同时又向刘书记告了我的黑状。刘书记狠狠训斥了我，责令我以后不许碰城建审批一文一字。唉，好人难当呀。"

"毛助理，玉山今天见您来正是为官司求证，请您证实当初您审批我的门市幅宽确为3米核定面积30平方米。而且当时只我一家，您还说等我以后赚钱了把剩下的全买下来开个刺绣店。"

"刘老弟，我毛亩给你批的地号是不是幅宽3米？是吧。你建的门市是不是30平米？又是吧。我为你上报到阳河县土地局的报件是不是这两个数？还是吧。从私说，为你做了这么多，你还让我为你证明什么？从公说，我只有审批的权限没有证明的义务。要说证明，以上的批件、报件已经完成了所有的证实任务。于公于私我毛亩问心无愧呀！"

"可在法庭上，王龙一他们说在黄大炮那儿回购的门市是幅宽9米，并且比您审批我的地号日期早11天，比我跟黄大炮签回购合同早13天。您也说了批我的地号时王龙一还未找您办审批手续，这时节若不替我证明，他岂不是把我地号硬夺去1.5米？所以恳请您千万为我证明此事。"

"那是他王龙一的说法。他王龙一也想让我去证明，可我给谁都不证明。你们双方谁也无权要求我为你们证明，除非法院依法要求我。"

"当初你在审批笺上如果写上幅宽3米核定面积30平方米，怎么会有今天的官司纠纷？既然你草率审签，就不能说没有今日证明的义务。"

"好心闹了个驴肝肺，兴师问罪来了是吧？做人要讲良心。因为同情你们外来夫妻俩，我得罪了王龙一，挨了刘书记的训斥，难道你为了那1.5米地号就忍心让我毛亩丢饭碗不成？"毛亩也急了。

"对不起，毛助理，怨我年轻心急不会说话，惹您生气了。您别跟我一般见识。"刘玉山软了下来，"我不要求您证实先于王龙一办的地号审批手续，只帮我证明一下我的门市是按镇上规定设计图纸统一交由达宝公司承建，这从侧面也会证实我的门市为幅宽3米。"

"从私，以实际情况，我应当为你证明；论公，以镇政府的影响，我不能为你证明。作为吃公家饭的人,我不能以私废公。镇政府确实有过统一门市铺面要求,但并未有图纸。图纸是达宝公司自行设计的。为什么交由达宝公司承建?因为让他们赚些钱。为什么让他们赚钱?因为他们垫资为镇里修阳北大街,为镇政府修敬老院,捐款维修小学校舍。虽然这是上不得正式台面的事,但财政上捉襟见肘的基层政府只能这么干,也就是那类'能干而又不能说'的事。说句到家的话,毛亩为了自己的饭碗,我也不敢为你出这个证。上边若问我,我还要咬牙死扛说镇政府从来没有规定要求,只是提倡而已。"毛亩说。

"看来只能牺牲草民百姓的利益来维护政府的光辉形象了。打扰领导了,告辞!"刘玉山绝望了。

毛亩指着地上的蛋与鸡,说:"多谢你们夫妻好意。这个时候毛亩断不敢收你们东西的,还请带回吧。"

"如果毛助理不认为我们夫妻真心诚意看望一个病人,而是要贿赂领导为我们出证。请劳烦领导将这点不值钱的东西扔到垃圾堆里去吧。"刘玉山羞恼地说。

王龙一也在找毛亩,他没像刘玉山那样费劲,轻轻拨了个电话,就把毛亩固定住了。坐在毛亩大客厅舒适的真皮沙发上,品着上好的铁观音茶,履行了客套问候程序,王龙一直奔主题:"毛前辈,上次我们谈好了的那两件事,晚辈的两次半槽已孝敬过了。您老只兑现了幅宽9米一件,黄大炮那一件至今未兑现。当然这怪不得前辈,当时负责取证的律师未定下来。上周已经开过一次庭了,再开庭时就该用上您老的金言了。离开庭还有5天,您给定个日子,我让律师到阳北来一趟。"

"我毛某人吐口唾沫落地就是钉,答应的事何时秃噜过?不过嘛,你让我承担黄大炮那囊货的可不是一件事呀。镇里没有给黄大炮统一设计图纸和标准,与没有必须由达宝公司统建的要求这两件事,老弟是二合一说的。你可是太会便宜使唤人了。"毛亩笑了。

王龙一心里骂道：你个老鸡巴灯台，暗中使坏弄砸了老子的买卖，坏了财源的风水，让你办个举手之劳的补救，竟然张这么大的狮子口，我整死你……盛怒中一抬手灌了半杯热茶，掩盖住"嘶啦"痛苦声的同时叫道"真是好茶呀！"

毛亩认为既然是一桩交换的买卖，就应当让购买者知道己方东西的价值，见王龙一喝彩好茶后并没接话荐，执拗地坐着，闷声把玩着茶杯，感觉有必要开导几句："王老弟，我毛某不是不兑前言的人，但情况有变呀。当初我若知道就你这事闹得这般大，幅宽9米的事断不会答应的。这要担多大干系？此为其一。其二，就在两天前，刘玉山找到家里，硬逼着我为他证实当初审批的是幅宽3米，并要我证明当初是按镇上要求标准图纸并指定黄大炮统建的。为了王老弟你，我硬是挺着没为他出证呀。现在你让我作相反的证，这里面含着多大麻烦？不就是看在我们同僚的感情上我胳膊肘才不外拐吗？这样吧，你把那一槽拿回去，我也算解脱了。"

"前辈，别介呀，龙一怎能不知道您为晚辈挡风遮雨的恩情？您老教训得对。我知道您老绝不是贪图晚辈的孝敬，实际上在告诉晚辈怎么做人，三件事就应当得到三件的孝敬。今天龙一来得仓促，兜比脸干净。两天后我让孙宏大律师亲自登门，事先把笔录写周正了，只要您老把大名一签上，龙一立即补上半槽。怎么样？"王龙一急了。

毛亩笑了，这次的笑是从五脏里发出来的，牵动瘦脸成了一个干核桃。小崽子，跟老子玩心眼，你还嫩了些，出口话却是："王老弟这么恭敬抬举，老朽再不从命，显得太不近人情了，谁让咱俩是感情甚深的同僚呢。唉，毛某只好豁出去为老弟蹚这浑水啦。"

从毛亩那儿什么也没拿到，刘玉山决定找王龙一讨个说法：身为国家干部，即使不为老百姓干事，起码不能昧着良心算计老百姓吧？可这个让自己吃尽了苦头的人自己连长什么模样都没见到。刘玉山刮地皮式搜了两天。王龙一却如其名一样，于滚滚阴云中既见不到头又见不到尾，连个影子也没有。情急中刘玉山又去找张二舅理论。

好像早料到刘玉山会找上门来，面对着急赤白脸的对头，张晓山与在法庭上判若两人，态度好极了，双手捧上一杯上好龙井："大兄弟，怎么非得见证一下我们的实力才想明白？不过现在明白也不晚嘛，条件还可以商量。若全部让出3米凹地，我们为你在三道街建幅宽6米的门市，后面的住宅在80平米基础上再增20平米，够意思吧？"

刘玉山吼道："我真不明白你们咋这么会算计，阳北大街上的1米与背街小巷的1米是一码事吗？他国家干部王龙一是不是认为小民百姓都是弱智的草芥？"

张二舅笑吟吟地说："如果刘老弟实在不愿离开阳北大街，你只要让出1.5米，我们给你补个半槽一槽的也行，只是为了维护龙一所长威信与面子，我们要私下交易付钱。反正你不出让法院也得判给我们。识时务者为俊杰。什么是俊杰？明知弱势而不可为，及时避让强势，在得钱同时还交了朋友。你要在阳北生活一辈子，以后我们龙一所长说一句话，还不够你干一年？"

刘玉山感到受了莫大侮辱："我今天不是来同你谈条件的，小民百姓势弱力薄不假，但人格绝不低下，意志绝不软弱。我今天就是来问个究竟，人生在世需不需要讲道德？法庭上讲话需不需要凭良心？小民百姓本来就没有多少血肉可供你们吮吸啃咬，你们怎么就能下得去口？你们就不怕遭到报应吗？"

"道德、良心多少钱一斤？尽管不值多少钱，但我也不是不想讲。不过我讲不起，我也要吃饭，我儿子结婚、女儿上大学都需要钱。我替人打工就要为东家负责。别怪我，其实我也挺同情你们夫妻的。你应该知道鸡蛋碰石头最后是什么样的结局。何况那是一块晶莹的玉石呢？至于你说的报应，我已年过半百，只见过弱者受气，未见过强者吃亏。这个世道就是

雄狮吃肉,瘦狗吃屎。年轻人,听我一句劝,别逞强了,该忍就忍,该让就让吧。"张二舅脸色陡然放了下来。

刘玉山吼道:"我还真就不相信,光天化日朗朗乾坤就没个讲理的地方?就算碰得粉身碎骨,我也要让他晶莹的玉体溅上满身蛋泥!"

20. 一女两嫁的老娘跑了

"当"的一声,法槌敲击的脆响。孙晓仁嘴里吐出了"现在开庭"四个字,便严丝合缝地抿上了,耳朵开始捕捉台下的声音——静悄悄的什么也没有,上回被告方女代理人的咳嗽声没有了,整个法庭连根针落在地上的声音也没有,他的目光四下搜索,被告、原告、旁听席,还是什么也没有,所有的人全都规规矩矩坐在指定的位置上。耳朵与眼睛完成了上述一系列心理震慑工作共用44秒。

"下面,由书记员报告传唤证人黄达宝到庭情况。"孙晓仁道。

"审判长,根据上次法庭意见,休庭第二天,阳河县人民法院即向达宝公司法人代表黄达宝发出传票。但在其登记居住地、企业所在地均找不到人,今日已无法让其到庭,特此报告。书记员盖丽丽。"

"双方当事人对此有什么意见向法庭陈述?"

"既然本案关键证人黄达宝没有到庭,本人不同意继续今日的审理,请法院报纸公告传唤他到庭后再继续开庭。"刘玉山说。

"反对。本代理人认为黄达宝有亲笔签名的原始合同提供给法庭,其合同已经双方质证,黄本人是否到庭无关本案纠纷的判定。本代理人坚决反对被告延期审理的意见。"孙宏说。

"审判长,我以为既然法庭上次庭审已经决定黄达宝必须到庭,便证明他到庭质证是审理此案是非的关键,也是上次之所以休庭的主要原因。今日既然黄达宝没到庭,正当程序应当等法院再次传唤他到庭后再开庭。对方孙先生对这些程序应烂熟于心的。令我不理解的是,作为国家一级大

律师,怎么连法院传唤证人的程序都不允许走完全,难道逼我们的法官吃夹生饭,判夹生官司吗?"曲云莲道。

"被告作为非法抢占我的当事人房产的获利者,当然不希望官司尽早结案,因为法院的公正判决会把其非法占有的房屋物归原主。延期审理是被告在施行的拖延战术,房子现在由被告霸占着自然不着急,我的当事人却一天也不愿等。因为每过一天,便加剧一分对我当事人的利益损失和精神伤害,请审判长驳回被告的无理要求。"

"我的房子天经地义应当我占着,退一万步讲,房子真是你的,我霸占多少天,法院自然会把损失一分不少补给你,你何急之有?不过这个假设只是你一厢情愿罢了。"刘玉山说。

"笑话。法庭当然要连同损失一起判补给我方。但我的当事人经营一天,或一笔买卖怎么能与你们的一天做一件衣服同日而语?只怕你到时候赔偿不起。"张晓山接茬说。

刘玉山说:"是的,小民百姓是一针一线卖苦力的小本生意,当然无法同手握重权的城建所长的官买卖相提并论,可我一毛一元赚得舒心坦然,不像……"

孙晓仁"当"地敲了一记法槌,打断刘玉山的话头:"警告!双方当事人、代理人要就本审判长提出的主题发表意见,不许搞无谓的争论与人身攻击。"

"既然审判长关于首先厘清幅宽1.5米地号权属的意见得到被告全力拥护,而黄达宝出卖的只是房产,并不影响地号权属的确定。而且上次庭审双方均表示要提供地号的新证据,所以不应当因为黄达宝未到庭而延期审理。"孙宏道。

"本庭决定继续开庭审理此案,双方当事人提供新证据,由被告先行举证。"孙晓仁道。

"虽然本当事人要求,镇长助理毛亩说自己没有义务给个人作书证,除非法院依法指令,但提出按着当初批的幅宽3米已上报县土地局待批,上次开庭我曾申请法庭依法调取。这份文件足以证明原告争夺的1.5米地号本是我家所有。"刘玉山说。

孙晓仁请书记员报告证据调取情况。

"根据原被告双方请求和法庭决定，本书记员持法院公函调取阳北镇政府上报阳河县土地局16宗商住待批用地的原始报告及附表。请示报告签发人是阳北镇长张东威，制表审核人是镇长助理毛亩。具体情况如下：附表序号第9，刘玉山，阳北大街凹地（东侧）门市房幅宽3米长10米，核计面积为30平方米地号，审批时间是6月29日，审批人镇长助理毛亩。附表序号第13，王龙一，阳北大街凹地（西侧）门市房幅宽9米，长11米，核计面积99平方米，审批时间是6月，审批人镇长助理毛亩。"

孙晓仁高声提示："书记员请宣读完整，王龙一地号审批时间是6月几日呀？"

"王龙一地号审批时间只有月份，没有具体日期。当时就此事曾要毛亩提供准确日子，毛亩答复是记不清了。"

"审批大事当时为什么不写准确日子？必须责令其回忆清楚，明确回复法庭询问。"

"16宗用地也有其他两宗是只写月份未写具体日期的。毛亩助理是山城市书法家协会会员，平时书法只写月份而不写具体日子，我也责令他回忆具体日子，或是第几周，上半月、下半月也行。但毛亩说没想到工作草率弄出了两家官司，记不清就更不敢随便说是哪天审批的了。"

孙晓仁摇了摇头："请原被告方就此证据发表辩论意见。"

孙宏抢先发言："既然阳北镇已不能证明1.5米争议地号先批哪家，法庭就应当尽快转变厘清地号权属的断案方向，应从谁先签订承建回购合同入手进行推断。人们一般是在获取了地号后才找施工队伍，被告就是在获得地号后第三天才与达宝公司签的合同。本代理人仍然重申上次庭审的意见，我的当事人与达宝公司签合同时间比被告整整早了13天，究竟谁先获得地号不是一目了然吗？因此，请法庭将被告非法抢占地号……"

孙晓仁不耐烦地打断孙宏的发言："原告代理人要注意庭审效率，陈述过的意见不必重复，本审判长都已记住了。下面由被告陈述意见，也要

抓紧时间。"

"本当事人坚决反对原告方要求法庭改变择清地号权属，仅靠现有可怜的证据推理草率断案的意见。虽然地号审批人不知出于何种目的，不愿证实阳北大街门市房有统一设计要求并由达宝公司统建的事实，但恳请法庭现场调查一下，阳北东西大街上有没有一家幅宽1.5米的门市房？问一下那几十家商户镇政府是否允许幅宽1.5米的门市房存在？如果觉得这还不足以说明问题，请法庭查一下审批门市房的规矩是不是以前边临街门市幅宽连带附属的后院？如果说只批了我幅宽1.5米的门市房，我后院的幅宽为啥是3米而不是1.5米？"刘玉山道。

"刚才被告曾旗帜鲜明地反对推理断案，可用在自己一方哪句话不是推理？被告可能会讲，我说的是事实呀。那好，本代理人也依被告之道还原另一个现场事实。什么是阳北东西街的事实呢？就是绝大多数人尤其是有住房的本地人只想要临街的门市，不愿要附属的后院。因为门市是肥肉，后院是骨头，连土地使用费都有一半之差。所以只有你这个无房住的外来户，没钱吃肥肉只好啃后院的骨头。又因为东街西街上只有一家外来户，所以顺理成章产生了一个幅宽1.5米的门市房，而这又与其贪婪欲极旺的目标相差甚远。于是我的当事人王龙一先生便成了首当其冲的受害者。"孙宏就是要激怒对方，使其在恼火中失去理智。

刘玉山果然入套，厉声质问道："讲话要有证据，本人说的全是东西街现场一栋栋门市房的事实，既然原告坚持认为阳北镇没有幅宽3米左右门市房设计标准和由达宝公司统建的要求，就该拿出事实与证据来说话。而原告代理人拿不出丝毫证据仅靠自我想象，并对本当事人的人格肆意侮辱。外来户怎么了？穷人盖不起大房子就是啃骨头？对原告这种傲慢与歧视，本人特对其向法庭提出强烈抗议，并要求当庭赔礼道歉。"

"原告代理人要注意自己的法庭用词，不许使用诸如'外来户''啃骨头'等含有歧视性意味的用词，以及'贪婪欲'等侮辱性语言攻击对方，本庭特提出警告。"

"本代理人接受审判长的提醒与批评。本代理人不过是对被告编造事实误导法庭视听，一时表示出强烈激愤而已。被告一直坚持阳北镇有幅宽3米为起点的门市房设计标准和达宝公司统一包建要求的两个所谓事实，以此证明其抢占我的当事人幅宽1.5米门市房的合理性。为揭穿其谎言，我方特向法庭提供一份阳北镇政府出具的新证据。现提请审判长过目。"

孙晓仁接过来看了，又分别让王山、刘文化传看，而后对盖丽丽说："送被告阅看后归档并记录在案。"

刘玉山接过来一看，头"轰"地一下变大了。这是一份由镇长张东威签发的阳北镇政府公函"关于门市房建设有关情况的说明"，函件抬头主送单位是山城正达律师事务所。正文很简单：现就贵所国家一级律师孙宏依法了解我阳北镇阳北大街商户门市房建设有关情况答复如下：

我镇阳北大街（含东街、西街）商户门市建设中从未有过统一设计图纸和硬性标准规定，也未指令工程建设必须由达宝开发建设公司统一包建。在开发建设中，为了使东街、西街统一风格与形象，曾提倡过一些水平较高的设计与施工队伍，但均由商户自愿决定，绝无强迫命令存在。特此证明。

函件附页是山城正达律师事务所给阳河县阳北镇政府的一份公函："根据《中华人民共和国律师法》第三十五条规定，现由本所国家一级律师孙宏前往贵镇了解王龙一诉刘玉山房产侵权一案所涉阳北大街商户门市房建设相关情况，请依法予以真实提供。"

函件右上角有毛亩的一段眉批："东威镇长，正达律师所持函依法了解情况，我草拟了回复函。如无不当，请予签发。"

"被告对原告所提证据有何意见陈诉法庭？"孙晓仁发问。

刘玉山似乎被新出现的证据打蒙了，喃喃自语道："怎么会这样？怎么会这样？"

"被告，本审判长问你有什么话要对法庭讲，听清楚了没有？"

曲云莲举手要求发言："审判长，我不懂政府里头的事，但时常听新

闻联播知道国家一直倡导群众自主权利，反对搞强迫命令和形象工程，因此阳北镇这样回复应当给予理解。就是我当镇长也得出这么个'提倡'、'推荐'的意见。坐在镇长椅子上就有责任维护地方的行为与中央一致，不维护管辖区里的良好形象，这个镇长也干不下去。但事实毕竟在那里明晃晃摆着呢，我在戏里看过黑包公微服下访，明断疑案，佩服得要命。我想黑老包再怎么好，也打过当事人的屁股。我们共产党领导下的人民法庭比他进步好几百年了吧。我丈夫不如孙大律师那么会讲，依据哪款哪条，但那句请'各位法官到现场好好看看'的话，我认为还很有些道理。电视里不是表扬过'背篓法庭'爬山进村断案嘛。民妇恳请各位大法官能现场审案。"

"我反对，被告在我方铁的证据面前心虚词穷，却企图误导法庭审判于歧途，增加法庭审判成本，实际是拖延战术的故技重演。"孙宏道。

孙晓仁对这个大眼睛女人头痛的同时也有些许佩服，故而未理孙宏的话茬，和蔼地对曲云莲说："被告代理人，法律规定证据的原则是'谁主张，谁举证'，本庭没有义务做现场调研，除非你的证据在特殊单位与部门，例如具有为客户保密职责的银行、军警单位，又例如今天书记员宣布的阳北镇政府上报国土局的报告，当事人自己无能力调取，法院才可依法代为调取。"

"我理解审判长是在说大有大的难处，但我的证据在阳北大街上明摆着，自己也属于无能力调取的。不像原告王龙一所长可以请国家一级大律师拿着律师事务所公函，连审判长说的例如阳北镇大红公章的文件都能依法调取来。可我连请四级律师的钱也没有，自然就没有律师事务所函件。您说阳北大街上哪家商户肯为我们出证据？审判长先生，我这种情况应当属于法院依法代为调取那堆人里的呀。"

孙宏感觉应当对孙晓仁的不理睬适当表示一下不满，说："审判长，被告代理人是在依自己可怜的社会地位打悲悯牌。本代理人多年经历无数讼场，虽不敢自诩见多识广，但如果连堂堂阳北镇人民政府出的公函都不被法庭采信，那可是开了中国司法界荒唐的先河。"

新民生小说

官司

GUAN SI

"我头一次打官司,应当老实承认跟见多识广的孙大律师是天地之差。但是我牢牢记住了审判长先生在开庭之初说的一句话。'证据以事实为依据,断案以法律为准绳。'我理解这句话的意思应当是证据的真伪唯凭事实,不看社会地位高低。在庄严的国徽下,如我一般卑微的小民与大权在握的堂堂阳北镇政府都该是平等的法律主体,谁的证据真实法庭就采信谁;谁的行为符合法律规定,法庭就判谁赢。上次庭审我领略了大律师的风采和水平,回去特意学习了《律师职务试行条例》,方才弄明白二级律师就算高级职务了,何况一级呢。所以我以为孙大律师刚才一定是在说谦虚的假话,如果多年无数讼场都以谁地位高权力大评价证据是铁的还是泥的,国家怎么会把一级律师的职务授予您?"

孙宏未料到一个文化不高的家庭妇女会偷觑着自己过于自信狂放的漏洞,猛然狠戳了一棍子,恼羞成怒起来:"被告代理人陈述意见完全不顾法庭纪律,既不围绕证据说话,又故意偏离争论房产的主题,对这种藐视法庭的行为本代理人提出强烈抗议!既然被告拿不出争讼房产的直接证据,又否定不了我方提交的阳北镇政府新证据,本代理人再次强烈要求法庭依据回购承建房产时间的先后,将被告非法抢占15平方米房产判归我方,并赔偿相应损失。"

"我反对。若以时间草率定论,审批地号报表序号我是第9,你方是第13呢。所以,回购承建房产合同时间不能证明门市地号及房产真正的权属。如果你非要以时间早晚说事,那么请问,既然原告回购在先,为什么建房反落我之后。我们已经开业了,你们还未建完呢!"刘玉山道。

"我的当事人王龙一所长日理万机,岂有一般老百姓那般自在?实际情况是我的当事人工作繁忙无暇顾及私事,被告乘机抢占地号抢建门市。"张晓山争辩。

"请原告当事人不要讲得那么高尚。以王龙一的权力与位置,打个电话,施工队伍谁敢不趋之若鹜?官司打了这么久,人家面都不露一下,不照样遥控你如臂之使手?若无非凡调度能力,区区四五万元的小小官司,国家一级大律师怎么会两次光临阳河县并屈身小小阳北镇毛亩助理的

家？"刘玉山道。

"本代理人强烈抗议被告对我的当事人夹枪带棒的人身攻击。这已经对我当事人的人格形象造成了损害,是有意在误导法庭思维取向。"

"被告,本庭再次提醒你,必须注意自己的言语与情绪。双方都要就本案主题与关键环节陈述辩论意见,法庭严禁浪费时间搞无效争辩。"孙晓仁高声提醒。

"首先,我代我丈夫虚心领受审判长的教育。我再次陈述的意见仍然是审判长在开庭之初提出的厘清地号权属作为断案关键的正确方向,也相信法庭不会因为遇到一些人为障碍与困难就轻易放弃自己的英明主张,就现有证据已不能理清争讼地号属于哪家,原因有两个:第一,房产一女二嫁的关键证人黄达宝并未到庭说明一女究竟该嫁谁家?而由于原告方不知缘由的强烈反对,法庭并没履行公告传唤程序。第二,地号审批的关键人物毛亩助理,我不敢说是拿工作当风花雪月的儿戏,也不好说是在故意装糊涂,起码是批了个糊涂地,10.5米地批出去12米,导致双方争讼。既然讼根在他那儿,他就有责任说出个黑白曲直来。我丈夫曾提出要求被他置之不理,这我可以理解,我们是小老百姓嘛。但面对国徽高悬的庄严法庭,他岂敢不理不睬不讲实话?你糊涂官批了个糊涂地,总不能逼人家法院也来个糊涂法官判糊涂案吧。为此,我强烈要求法庭依法传唤关键证人毛亩到庭接受质询。"

"反对。反对被告方再次施行拖延伎俩。被告代理人丈夫对毛亩的要求,本代理人赴阳北取证时曾向毛亩依法提出过,也同样被其以'记不清了'为由拒绝。据了解,毛亩现在面临退休,身体多病,是个休息在家之人,谁知他何时可以康复、能上班或出庭?既然被告也承认毛亩是个糊涂官,若要从他那获取证据,实为天方夜谭。更重要的是我的当事人等不起!"孙宏辩道。

"既然阳北镇已有被调取的书证,法庭决定暂不传唤毛亩到庭。"孙晓仁说。

刘玉山:"法庭决定了我们反对也没有用,只能保留意见。但本当事人坚持黄达宝必须到庭,而且法庭并未履行公告传唤的程序。我怀疑对方与达宝公司的合同是在我们获得地号并签了承建回购合同后伪造的。不然黄达宝为啥玩失踪?"

孙宏:"抗议,强烈抗议!鉴于被告屡屡对我当事人合法行为和人格无端污蔑、肆意诽谤,我方再向法庭提供一份新证据,证明王龙一先生与达宝公司所签承建回购合同的真实性与合法性。请审判长与各位法官过目并请书记员记录在案。"

孙晓仁让人递过来的书证只有两页,第一页大字标题"见证书"下标着打印的文号为:"山阳(北)服字第33号。"正文很简单:"经审查核实,山城市阳河县阳北镇王龙一与达宝开发建设公司黄达宝签订的承建回购东街凹地门市房产真实合法,现予见证。见证员:阳北镇法律事务所 华山 于国武 ×年6月19日。"第二页是王龙一用便笺纸写的一张"欠条":"今欠法律事务所见证费人民币贰佰元整。欠款人 王龙一 ×年6月19日。"

刘玉山沮丧极了。人家把自己的一切都研究透了,能提什么问题,想说什么话,走哪种路径,事先都做了精心周密的布置,四面八方都设了阻拦,只留下一方看似什么障碍也没有的路逗诱着自己,却在那儿设了足以摔断筋骨的陷阱,并布了密实实的网。而急于脱身的自己慌不择路,莽撞过去一下子钻进了人家为自己量身定制的网口。听到孙晓仁"原告、被告双方陈述最后意见"的提示,刘玉山一时竟不知如何答复。

孙宏抢先发言:"请法庭依据现有证据尽快判决被告将抢占的房屋腾倒给我的当事人,并赔偿相应损失。"

曲云莲说:"请求法庭仍然遵循并厘清地号权属作为断案关键的正确方向,传唤关键证人黄达宝出庭,否则我们将保留依法向审判监察申诉及上诉中级法院的权利。"

"原告方是否愿意在合议庭的主持下进行调解?"

"我的当事人王龙一先生提出诉讼实为不得已,愿意进行调解。如

果被告同意将抢建的15平方米门市房归还我方，我的当事人考虑被告的困难，愿意支付4.5万元的建设费用，并大度放弃被告抢占期间应得利润二分之一的追偿要求。"张晓山道。

"被告方是否同意调解？"孙晓仁语气徐缓而和气，说过后瞪大了两眼，支棱着两耳，满怀希望地期待与捕搜刘玉山夫妻的话语，只要他们说出"同意"二字，那将全力压服王龙一做出让步，自己便可扔掉这个随时都会炸响的"手雷"。

刘玉山送入自己耳朵的话却是气呼呼的三个字："不同意！"

曲云莲大概觉得丈夫对审判长和气话语回复的态度生硬了些，紧随着解释了两句话："对方比这还优惠的交换条件私下跟我们讲过两次了。请审判长原谅，对不起您的美意了。"

21. 屡试屡爽的一字秘诀

在阳河县法院，谁都知道孙晓仁是汪方的人，孙晓仁这样认为，汪方也这样认为，所以汪方把王龙一的案子交给孙晓仁审理。汪方不止一次向孙晓仁交代案子，有的是挺露脸的案子，既给法院增加收入，自己也有规定额度的提成。有的则瘦如鸡肋，既得不到院里的褒奖，还为院里惹了一身讼累或骂名。但是，只要是汪方交办的案子，不管肥瘦与难易，在孙晓仁那儿都是顶顶重要的。汪方是个讲究的领导，绝不干完活拉倒。谁干了难活儿，谁多干了活，过后都会得到相应补偿。

孙晓仁清楚，自己与王山在一起好几年了，论资历、按能力，王山都胜于自己。开始汪方看好王山，但王山凡事算得太精细，不明白领导交办是对自己的信任，是在为领导解决麻烦；也不明白为领导办事吃小亏能得到大便宜，明损失能得到暗补偿，结果自己当上了副庭长，他还牢骚满腹弄不明白。有时面对王山夹枪带棒的讽刺，孙晓仁表面谦虚承认占了好人位置，胸腔里却骄傲地进行着自我肯定。

汪方把王龙一的起诉书交给孙晓仁时说了两句话。一句是"对方是对盲流夫妻，也就是5万元的小官司"，另一句是"你插空审一次，抓紧结下来"。汪方没说应当向着哪一方，但孙晓仁清楚，因为汪方拿的是王龙一的起诉书而不是刘玉山的答辩状，那意思明显是要对王龙一倾斜。那天，听完了汪方轻松的两句话，孙晓仁感觉顶头上司交到自己手里的是一只被泥水污了的小鸭雏，只要用温水将其洗干净，再轻轻把皮毛捋顺溜，这个活儿插空就能干完。待到初次庭审下来，孙晓仁发现汪方交到自己手里的

并不是什么小鸭雏,而是一只死命挣扎的刺猬,自己用尽了浑身解数,这个家伙非但没有老实下来,满身的尖刺还越发硬利,而且张着利齿的嘴正在向自己的大拇指窥伺,并不时伸着血红的舌头。

孙晓仁感到此次非同以往,是河沟子里遇台风,要多头疼有多头疼,本能上想立马找借口推掉,理智又告诉自己不能推。推掉了自己会成为王山第二,等庭长老关退休,他那个阳面的单间办公室里的大班台就会换别人去坐,现在麻烦是,背上一个老缠访户的同时,自己还时刻面临着错案追究的隐患。

按法律规定,审判长为主审法官,并对案子负主要责任。如果院长、庭长以法官身份出现在法庭,均以级别高者担任审判长。如果没有院长或庭长参加合议庭,就由审判员轮流担任审判长。孙晓仁未提副庭长之前与王山、刘文化长时间搭伙,三人都是审案多年的法官,第一次庭审下来便听出了谁理谁亏。按正常情况,庭审后就应当以"所告非告"驳回原告王龙一的请求,让其找黄达宝算账。但这是汪方交办的案子,眼睛看明白了,耳朵听明白了,嘴上却不能明白讲。多年合作伙伴,合议庭开会如同老朋友唠家常,彼此无丝毫避讳之语。孙晓仁灌了一口凉水,"嘶啦"一声,皱了一下眉头:"两位哥哥,这回带刺的案子黏手上了。原告不知用什么招法把阳北那个助理弄舒服了,整了个糊涂官批糊涂地。可我总不能学贾雨村也来个葫芦僧断葫芦案吧,将来弄个错案追究太不划算了。这两天牙床都肿了,你们快帮老弟想个好办法呀!"

王山说:"谁理谁亏明摆在那儿,判又不能判,推又推不出去,王龙一不是愿意调解吗?"

孙晓仁也认为如今只剩调解一条路可走了。硬性判决,风险太大。而若是调解成了,也就给汪方交上差了。刘文化又提了个问题:"庭上询问时,那个大眼睛女人和丈夫坚决不同意调解呀?"

"刘文化,脑子进糨糊了,你上个月做过的事都忘光了?他们庭上说不同意,你偏在庭上公开调解?你庭下干什么?我不信给一栋楼被告会不同意?"王山气恼起来。

"我只是说那王龙一肯定开始就强压着人家,没舍得多给补偿,不然两家不会闹得这么僵。这回说调解,我看也不会多付人家钱。"

"那就没办法了,甘蔗没有两头甜,只能使老招法了。"

说过"老招法",从笔筒里抽出一支笔,两手拇指食指轻捏两头,举到离眼睛一尺远的距离,仔细端详了足足3分钟,方才用右手提住笔帽,笔尾一端放在桌子上,先自左往右缓缓地拖,拖到桌子右侧边沿;又将笔尾一端捉到左手里,笔帽放在桌子上,自右往左缓缓地拖,拖到桌子边沿;再将笔帽一端换到右手里,笔尾放在桌子上,自左往右,缓缓再拖,速度越来越缓慢,如此在1.5米长的桌子上拖了三个来回。

孙晓仁眼睛在看,却陷入了沉思。对一些硬性宣判风险极大的官司,如果原告不接受调解,那就像王山拖笔那样,找种种理由一拖再拖,反拖正拖,拖得骨头不疼肉皮疼,拖得筋疲力尽、半死不活,拖到原告连本带利一块赔进去,说不定真的可以促成双方和解。

刘文化饶有兴致地欣赏着王山的慢动作,等他呼出了那口长气,瞅着王山桌子上的手机笑嘻嘻地说:"王山兄,小弟断案子不如你,但察言观人绝无差错,我认定那个大眼睛女人绝对不会接受调解的,给一栋楼她也不能干,何况王龙一又没有一栋楼。不信咱俩赌上一把,就赌你那个三星手机。如果调解路线走通,我给你买个最新款的。若是我说准了,你那手机归我,怎么样?"

王山的妻子在移动通信公司上班,两周前给王山换了一个5000多元的手机,惹得刘文化一直眼红。

"我才不跟你赌呢。不过,不管调解最终能否成功,总得试一试才是。"王山说。

"我看试也是白试。"

"白试?就看想不想治他了。找那个孙宏,让他跟王龙一算一下审理期限。咱这一审是6个月,就算硬判给了他,人家肯定不服,上诉到中法又是15天。中法判决时限是3个月,加上送达延误、传唤新人证,又加上不可抗拒的因素,例如被告因病因事不能出庭的延期审理,一年之内他休

想拿到名义上的房屋。就算他拿到了，我们现在案件执行率仅有三分之一左右，他要求执行，那得乖乖排队等候。我说这些一是告诫那个王龙一，你都有了两个半的3米幅宽，人家仅有一个3米幅宽，你为啥还硬要弄去一半？就算你有一个副院长撑腰，也不那么容易就抢到手。二是既然你铁了心想弄到手，就要给人家足够满意的补偿。"

孙晓仁想说目前只有"拖"是一个好办法，能拖多久就拖多久，话出口时却说："王山老兄说的调解是上上策，只不过调解要费些时间，汪院长那儿能否通得过？"

"那就得靠孙庭汇报的本事啦。"王山语带双关。

"多谢两位老兄如此大力支持。"孙晓仁果然经过了深思熟虑，"我们合议庭拿个二比一的意见，判被告刘玉山赢，驳回原告王龙一于法无据的诉求。但这是你们两人的意见。我的意见是原告王龙一诉刘玉山侵权事实成立，判被告限期腾倒侵占原告房产15平方米，原告补偿被告建房投资4.5万元。"

王山与刘文化都笑了。孙晓仁也笑了。

常务副院长汪方是阳河县法院第一大忙人。孙晓仁蹑步轻脚走到门口，手举到半空却没有落下。屋内人似乎正激昂地发表演讲，这是汪方心情最佳时段，孙晓仁耐着性子在门外听了5分钟，犹豫了五次后，颤抖着的左手终于不轻不重地落到了门上。

屋里传出"进来"的威严声音，连平时习惯性的"请"字都略去了。孙晓仁顿时觉得那门似一块通红的烙铁，挨烫了似的缩了下手，忐忑地把门开了一个缝，侧着身子挤进屋。汪方果然正挥着有力的手臂对着办公室主任和基建科长发着脾气。见进来的是孙晓仁，转头砸过来一句硬邦邦的话："我正要找你哪，等着！"

孙晓仁知道来得不是时候了。汪方大概忘了平时待人的习惯，也未示意孙晓仁坐，孙晓仁就尴尬地立在门旁。过了两分钟，汪方回头看见孙晓仁的猥琐状越发气恼："非得我说个请字才肯就座？我汪方这屋里的椅子、沙发上有钉子还是有针？"

孙晓仁心慌慌几乎从嗓子眼蹿出来，迅速扫描了一眼屋内可以安放屁股的物件，没敢奔宽大舒适的沙发去，疾步抢到墙边一排椅子前，望着汪方，眼睛流淌着谦恭的神色，在双手的帮助下，屁股摸索到椅面前三分之一处，腰身直挺着坐下，半点也未敢往椅背上靠。

汪方眼神舒缓下来，把头转回那两个人，大概想起了刚才让敲门人进屋忘了说请字，便继续以"请"字为引线发表慷慨的讲话："钱，我找区长请下来了；字，我也请财政局长签了，财政局的预算科长如果还需要我出面请，要你们干什么？"

十来分钟后，孙晓仁方才明白，原来是新办公楼追加资金未及时拨付到位，拖欠工程款引发了农民工集体到法院上访，并拦截了院长李正的奥迪轿车。汪方大概讲累了，最后以"请"字下了死令："我请二位今天去财政局预算科上班，给我盯住拨款环节。一周之内如果钱还拨不到法院账户，请你们自己跟李正院长解释去！"说完也不待二人说些什么，便朝门口方向挥了一下手，高声道："你们请吧。"

在官场上久了，孙晓仁悟透了一个道理，跟领导打交道时机与效果成正比。如果是与领导意见相左的差消息，汇报的时机要选择在领导心情愉悦的时候。好心情可以冲淡差消息对情绪的不良影响。如果领导心情糟糕的时候，你不仅没躲得远远的，反而递上一个坏消息，必然雪上加霜吃不到好果子。汪方果然余怒未消地说："我听说这么个针鼻儿案子你竟然开了两次庭？办事蛮认真哪。不过我很忙，没时间听你婆婆妈妈，直说吧，你们拿个什么意见？啥时候宣判结案？"

"汪、汪院长，这个案子虽小，但十分、十分复杂，而且被告态度非常、非常顽固，多年都、都、都未曾遇到过，也抓住了一些理，我们、我们准备调解……"孙晓仁结巴了。

汪方极不耐烦："你能不能痛快点？吞吞吐吐像个娘儿们，区区5万元的小案子，不就一对小个体盲流夫妻，对错能有多大闪失？怎么事儿一交

到你那儿，困难就无边无沿？而且这事是我特意交代你的。调解？别以为我不知道你们那些猫腻，调解不过是你们的拖延战术。我告诉你，这个案子是县领导交办的，直接关系到法院办公楼追加资金问题，绝对不能拖。不仅不能拖，而且要抓紧！你们合议庭到底什么意见！"

"汪、汪院长，我的意见、意见当然是与您保持态度一致了，只是王山、刘文化都反对，因此合议庭初步意见是、是、是判原告输。"

"你再说一遍？"汪方的声音抬高了八度，"判谁输？原告，还是被告？"

孙晓仁的声音低了八度，蚊子般喃喃回道："汪院长，王山拉着刘文化一起反对我。你知道王山那人的……"

王山因为没当上副庭长一直对汪方有意见，汪方也是知道的。面对汪方咄咄逼人的语气，只有把王山扔出去做挡箭牌，才能遮护自己。

汪方似乎一眼便洞穿了孙晓仁那颗慌慌乱跳却并不忠诚老实的心，一直高亢的声音猛然低了下来，脸变成了铁青色，一字一顿地说："孙晓仁，我发现你当了副庭长以后对下属的控制驾驭能力越来越退化了，那天就不该把这个案子交给你办。"

提拔为副庭长后能力退化了，说明当初领导提拔所用非人；私下交办的案子不按领导意图办，说明所用之人忘恩负义。孙晓仁后背出汗了，觉得有必要分辩两句："汪院长，合议庭拿出这个意见，是怕被告上诉中法，出了错案对领导也是不负责任。"

汪方撇了一下嘴角，抬头目视着天棚，自信地说："我汪方在法院工作20年，什么案子没有办过？你只管给我判就是了，中法那边我自然会去协调，不劳你多操心。还有……"说到"还有"汪方停顿下来，眼睛死死地盯住孙晓仁："你记住，以后若想跟着我汪方干，就不要动歪心眼，跟我玩这手，你孙晓仁还嫩，别以为我看不透你的那点猫腻。我当副庭长时你政法大学还没毕业呢。拿那个二比一的狗屁意见，是想让我在审委会上出丑吗？"

"汪院长，我孙晓仁再不讲究，也不能丧良心到让自己的大恩人出丑呀。我那儿的情况您知道呀，王山他连您的话都不听，我……"孙晓仁额角上的汗流到脖子。

"我不管你那儿有什么情况，反正你要给我弄出个一致意见来，而且还要消消停停，不许弄出什么说道来。都那么容易干，凭啥提你当副庭长，而不提王山？自己回去好好想想吧。"汪方不耐烦地抢过话头。

屡试屡爽的一字秘诀

官司

GUAN SI

22. 二比一与一比二原本一个意思

见孙晓仁垂头丧气回来,刘文化便笑嘻嘻逗着:"孙兄呀,想尔此次上殿面君请旨,必然圣心大悦,多嘉励之语,快细细道来,让小弟也分享些许喜悦吧。"

孙晓仁未被逗乐,反倒气不打一处来:"嘉励之语?在他那儿对我啥时候有过一句好话?既不许判王龙一输,又不同意二比一的意见,里外都是好人,麻烦全让咱们替他背着。"

王山说:"你是不是见了领导腿就打战,没把情况说明白?汪方不是糊涂人呀!"

"他只给我10分钟,还一直自己在说,哪容我把情况说明白?你又不是不知道,他交的案子,尤其是这类小案子啥时候不是先入为主,哪件认真听过情况?"

王山不满地说:"你还别不承认腿打战,如果是我提二比一的意见,他让我重改,我找到李正院长也要上审委会。我介绍情况他若敢不听完话,我拔腿就走,看我不把他的案子拖垮拖烂。"

刘文化说:"就你那酸傲劲,人家汪院长能把案子往你手里交?不为领导办案子,人家肯提你当副庭长?"

"不交我案子不会像孙庭那样闹心,不提副庭长就不必看他的脸色行事。老子按规矩依法办案,过正常人的舒心生活。"

"你们俩别站着说话不腰疼。咱拿的意见可是二比一,他又不是不明白。就提了个芝麻粒的副庭长,我就得一辈子还不完他的人情债,我真受够了这样的气。"

王山一拍桌子,说:"好哇!有骨气,就从这个案子开始,他不说二比一让他出丑吗,咱来个三比零,驳回原告王龙一无理诉求,让他审委会都没机会上,怎么样?"

"还能怎么样,又是能力退化,又是忘恩负义,还有县领导交办,关乎法院办公大楼追加资金问题,四项大帽子甩下来,不按他的意图怎能过关?"

"不是我吓唬你,文化对那大眼睛女人的看法有道理。你看她眼神的绝望劲,上吊卧轨点汽油她都能干得出来。反正你是主角,将来事闹大了,错案追究可没我与文化的份,你可要先想明白了。哥们配合这么多年,可别到时候责怪我没提醒你。"王山不甘心地说。

"在下倒有一妙计,既可让你按汪副院的意见判王龙一所长胜诉,又能保你副庭乌纱不折翅。"刘文化道。

孙晓仁急问:"什么妙计?快讲!"

刘文化端起茶杯以衣袖遮脸饮了一口,而后四平八稳地放回桌上,不疾不缓地卖起关子:"我们不妨来个金钟倒置,这回我与王兄按汪院长的意见判王龙一赢,你的意见是王龙一输,将来真有责任追究不就追不到你了嘛。我们是配合的助审,自然也没啥责任可追的。虽然是二比一,实为一比二。上次二比一是照虎画猫,危险着呢;但此一比二为照猫画虎,安全着呢。怎么样?"

"不怎么样!汪院长气恼那二比一,比王龙一输官司还甚十分。你再提一比二,不是惹他恼上加火吗?文化,你认真听听清楚,出个好主意行不行,别万事不入心。"孙晓仁有些失望。

受了抢白的刘文化还是嬉皮笑脸地将双手摊开,耸了耸肩膀,而后做了一个鬼脸。

王山说:"你是主审,咋定是你的事,不合我们的心意,我们也不能不讲哥儿们。老规矩,你咋决定我们咋配合。"说到这叹了一口气,感慨道:"唉,又一桩不该发生的错案即将于我们手里诞生了!"

孙晓仁说:"做最坏的打算,往最好方向努力。先尽量往后拖拖吧,万一有了奇迹呢?"

接下来半月里,孙晓仁把手里正在办的两件案子都交由刘文化不紧不慢地在家应付,自己与王山分别去山城与阳北找孙宏、张晓山、王龙一。经过反复协商游说,原告方终于降下了高亢的补偿调门:和解条件由原告要求被告腾倒15平方米门市同时补偿非法获利4.5万元的二分之一,降到只要腾倒出门市并追索补偿1万元,又降到腾倒出门市只需象征性补偿1元钱,再降到腾倒出门市并给予人道性帮助1万元,并建立长久友好睦邻关系。

孙晓仁与王山再赴阳北满怀着希望去见被告夫妻,结果不幸被刘文化言中。曲云莲一句话就彻底扯断并击碎了两个人费尽口水垒构起来的泥塑和解链环:"别说给我们1万元,就是给10万元、100万元,我们也不同意,因为那不是我们的钱,一分也不该要。正像幅宽1.5米地号和15平方米门市,谁也别想拿走1厘米,因为它是我们的。"

意见反馈到原告王龙一耳朵里,又迅速通过大脑传导至心脏。王龙一怒不可遏地把唾沫星子全都喷到了沈宁海的脸上。沈宁海唾沫星子一毫米也没浪费,全都变成了委屈的气泡泡吹到了小女儿的耳朵里。心疼父亲的小女儿便把樱桃小嘴撅起了半尺高,摄人心魄的眼海里涌出了成串成串的泪水。男孩子立马被急出了满头满脸的汗水。雌性的泪水与雄性的汗水混在一块,立马起了化学反应,变成了硬梆梆的冰块,被男孩子一股脑儿抛到了妈妈的脚下,并溅到了双人大床上。当晚睡在席梦思床上的汪方耳朵里便灌满了夫人成珠连串绵延不绝的唠叨。

第二天一上班,孙晓仁便被汪方叫到了办公室,笔直地站在宽大班台前,孙晓仁刚要解释:审理期限……便被盛怒的汪方打断:"你孙副庭长是要说我汪方愚笨得连数都不会查,需要脱下鞋袜扳脚指头是不是?"

从汪方办公室疾步回庭的孙晓仁黑着脸对王山与刘文化只说了两个字"整吧",随后便找来书记员盖丽丽,只用了个把小时,就把判决书弄

新民生小说
官司
GUAN SI

妥帖了。

法律规定，面对原、被告双方由审判长宣读判决是必须的程序。针对以往不服判决的一方当庭出言不逊或判决结果引发双方当庭吵闹的情况，合议庭也采用变通方式宣布判决。把诉辩双方分别找到办公室谈话，告知宣判结果，并让其在收悉栏内签名是常用方式之一。

虽然孙晓仁有把握刘玉山夫妻不会当庭让自己难堪，更不会与原告当庭动骂动打，但还是决定不搞开庭宣判，王山却主动要求："既然如此，我找被告谈谈吧。"

孙晓仁心里明白，王山要借机点拨刘玉山夫妻一二。反正判决一下，案子在自己手里便完结了，即便原告上诉，中法裁定重审，也是"另行组成合议庭"，最终是山芋、刺猬，还是蜜枣、香瓜，都是别人的事了。孙晓仁释重又似负累，心情复杂地说："多谢王兄代劳了。"

王山扼要而程序性地介绍了判决的内容，包括法庭的调查结论以及判决意见。3分钟后，人立马换了一副面孔，扑哧一笑："我们正事办完了，叙叙家常吧。我到阳北玉莲裁缝店，嫂子还给我冲了一杯糖水呢。"

曲云莲也笑吟吟地说："能跟王法官做朋友，我们求之不得，如果裁缝店能存活下去，倒希望您能成为我们的常客呢，我正有疑问要向您请教，不知王法官是否方便说？"

"作为朋友私下场合唠嗑，王山知无不言，只要不把我人当成坐堂法官，话当成法庭证据。"

"为人怎能以德报怨？法官还是要当的，王大兄弟，我只是闹不明白官司输在哪儿？"刘玉山问。

"正常情况下，官司主要打的是证据，没有证据或有证据未拿到手，有理也可能输；而有了所谓证据，没理也不一定不赢。因为可能有不正常的因素存在。我到你们凹地现场看了，同时我也看了阳北大街一多半门市格局，你们说的幅宽3米格局可能有理，但这不是证据。即便算也是副证据，现今主证据在毛苗助理手里，他不仅不往外拿，反倒出了一个不利于

你们的反证据。就是阳北镇上没有幅宽3米门市的统一规划。"

刘玉山气不打一处来:"收了好处还假装糊涂,我非告他不可。"

"我今天要给你们的第一个建议是不要告毛亩。"

"我想把毛亩告上法庭,让法官审出他的实话来,不知为什么不能告他?"

王山沉吟了半天:"这个……"

"当家的,别难为王法官,我知道咱为什么不能告毛亩。"曲云莲说。

"还是大嫂看得透彻,往下我的话就好说了。我给的第二个建议,你们已经反复向法庭陈述了,主证据模糊,副证据便显得重要了。"

"上诉山城市中法,我们会坚持要求黄达宝到庭的。"曲云莲说。

"诉讼是一项专门的学问,尽管大哥大嫂这一段对相关法律参悟得很快,但我还想给出一条建议,就是聘请一位律师。摊上官司不仅伤神费脑,更是费钱的倒霉事,但该花的钱不花也不行。最好能长期聘请一位,那样费用可以打折收取。我看了你们阳北镇法律事务所于所长写的答辩状,他应当是最理想人选。"

"就是人家于老所长同意,我们也不能聘。我念书不多,但听过戏文。古时候的规矩是'师爷不理乡邻讼,交了西家伤东家'。我们不能让人家难做人。"

"大嫂这样想更让人敬佩了。律师主要不在水平多高,重要的是人品和责任感。如果没有合适人选,我倒可以推荐两位,都是我的大学同学。"王山说着拿纸写了两个名字,包括工作地址、联系电话递给曲玉莲:"你们的案子,我能做的就这么多,再说就越轨了。"

曲云莲拉着刘玉山,夫妻双双站起身来:"王法官,大恩不言谢。若不嫌弃,官司了结了,去阳北家中做客。"

回到家里,刘玉山问:"为什么不能告毛亩?"曲云莲说:"在我们一方,毛亩装糊涂不证明批给咱幅宽3米,可也没否认批了3米给咱。在王龙一一方,毛亩同样装糊涂,声称批了9米。双方都声称毛亩为自己批得对。这种情况下我们一告毛亩,岂不正中王龙一下怀,坐实毛亩多批出的1.5米是错在咱这一方吗?何况1.5米现在咱手中,王龙一都不告毛亩,我们何必自己增加一个对手?"

刘玉山:"毛亩这家伙也太圆滑到家了,吃了娘家又吃婆家,谁还拿他没办法,太恨人了。"

接下来的日子里,曲云莲深更半夜赶活赚律师费。刘玉山山城、阳北跑了三四个来回,按王山的介绍最终选定了赵文光律师事务所的赵文光律师做长期代理,起草了致山城市中级人民法院的"上诉状",着重要求本案焦点人物黄达宝必须到庭质证。

赵文光按70%收了律师代笔费1000元钱,刘玉山从贴胸口袋往外抽钱,犹如撕掉心头一块肉。掏钱付钱没用上一分钟,却是妻子起早贪黑十来天一针一线的血汗劳动。刘玉山陷入了深深自责:当初交钱时如果逼着毛亩写上"幅宽3米"四个字,何致弄出如今的麻烦来。

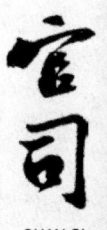

23. 越是讨厌的人往往越是实用

法律规定，上级人民法院对下级人民法院作出的判决或裁定有权力提审或指定再审。被上级法院直接改判与纠正的判决，对下级法院就是错案。为了防止出现错案，下级法院向上级法院进行判决前的意见沟通，便成了一些法院惯用的成例。虽然沟通并非法律的规定，但在实际运转中颇受青睐。

对下级法院判决不服的当事人上诉案件，法律赋予上级法院处置方式为：确认判决无误的，要驳回上诉，维持原判。认为判决有误的有两种处置方式：一是直接改判；二是发回重审。但实际运行中直接改判的占很少比例，多数是发回重审。原因很简单，在别人动手取材的基层上让自己组装成品，心里总是不托底的。好比蒸馒头，兑了多少水，面揉了多少回，加了多少碱，都是别人在做，却把蒸屉端来让自己把握揭锅时间，风险太高，容易把夹生饭的责任揽到自己头上。保险的办法是让他们把蒸屉再端回去，自己揭锅看生熟。发回重审的好处不仅可以规避引火上身；因为上诉案后边多数拖着易酿成缠讼上访的雷管；而且还能体现上级对下级的关爱：有错自己发现，重审重新纠正，避免错案发生。

四个月后，当看到孙晓仁送来的山城市中级法院发回重审裁定时，汪方才想起来没给老同学杨益副院长打招呼。这才花了10分钟时间听了孙晓仁一次汇报。

听过后，汪方便有些后悔了，一是后悔不该轻易答应沈宁海一个"赢"字，以至于现今没了一丝儿退路。二是自己所托非人。孙晓仁最大的优点是听话,最大的缺点是太听话,不该将案子交给他。

汪方用手指点着判决书说:"这么个小案子,判谁赢谁输不应当是个问题。但程序走不到位就是问题。你看你把案子办得多么毛糙。应当做被告的黄达宝不到庭,你就拿第三人刘玉山当被告?半生不熟的夹生饭。让我拿你的这篇杰作找中院协调,人家不把大牙笑掉?我跟你说过多少遍要提高工作水平。啥是水平?事儿办了还不能出说道,基本程序和大的规矩要做周延嘛。你走吧,这事我交别人去办。"

汪方又找沈宁海埋怨:"告诉你那个宝贝,如果他那个姓黄的朋友不出庭当被告,证实房子是先于第三人刘玉山从镇上批到手,我就没办法管啦。"

"我的好兄弟呀,你不知道大哥有多苦闷呀,他见了我如同见了仇人,跟别人即便不认识也会讲上三句话,跟我顶多讲半句,还满嘴喷火药呀。还是你让孙晓仁庭长找他谈谈吧,大哥求你了。"

"发回重审的案子,法律规定必须重新换法官,我让关庭长找他吧,不过他可一定要配合。法院不能赤裸着屁股让人打,起码要穿条裤衩吧。"

关庭长板着脸:"王龙一,你诉刘玉山侵权一案,刘玉山不服判,向山城市中级人民法院上诉,中法做出了裁定,发回本院重新审理。院里决定由我牵头组成新的合议庭……"

王龙一:"等等。是发回重审吗?现在过去四个半月,按法律规定二审时限都超了,我认为……"

"你有'认为'去问山城市中院好了,在我关峰这儿就不必'认为'了。"被打断话头的关庭长显然不高兴了,"'按法律规定',我作为主审法官不该单独会见一方当事人,今天找你谈话,你别以为我愿意不'按法律规定',是因为有院领导的指示,我不得不找你,说说你的官司。"

王龙一仿佛吞咽了一口辣椒水,艰难地说:"请关庭长指教。"

"我给你两个选择。第一,如果官司你非打不可,就让卖给你房的人

越是讨厌的人往往越是实用

官司

GUAN SI

出庭；第二，撤回起诉，我们也省心一回。"看王龙一张了张口想要解释什么，关峰挥手阻止："不要说你没办法找人，我关峰干到满头白发，啥弯弯道道没见过？审过稀奇古怪的案子，你这辈子听都没听过。"

王龙一把自己关在屋里三天三夜了，他奇怪地发现，人与人之间的关系真是不可思议，有时候越是讨厌的人往往最为实用，既可按弯他的腰背坐在上边当出气筒，又可把其双脚抓住横着抡起来当掷弹筒，眼下的沈宁海就是那个讨厌而实用的人。王龙一满筐满篓倾泻着恼火怨恨，沈宁海受虐癖似的享受着指责，半句也不分辩。当听到"让给你们建福利院的阳河二建成为黄大炮的上级，咋办手续是你的事，我就要现成的责任续接人"时，沈宁海惊慌起来："别的都行，这可不行，真的不行。"

王龙一不耐烦地打断道："不行？沈宁海局长，你说准了是真不行，还是假不行？就说一句！"

"龙一，你咋这样称呼我，咱们爷俩这可是在私下呀。作假的事开了头就如射出去的箭，越弄越假，想理顺都不行。这会毁了你的前程啊。龙一，你差多少钱，我双倍给你还不行吗？"沈宁海委屈至极。

"告诉你，这不是钱的问题，是我的尊严问题！我王龙一想要办的事，任何人都休想拦阻！叫你沈宁海局长不愿意听是吧？大家可都这样叫呀。如果我说的你不去办，我今后永远这样叫下去，直到你听不见声音为止。与18年前一样，你沈局长走你的阳关道，我姓王的走自己的独木桥！"

关峰办事从不拖泥带水，而且敢作敢当。

案头放着两份判决书，左边是孙晓仁炮制的被中院发回的重审件，右边是自己字斟句酌敲定的新判决书。撇着嘴角看了左边法理与字句漏洞百出的书件，又神情庄严地在内心抑扬顿挫默默宣读了右边的判决书，想象着整个法庭鸦雀无声，所有肃立的人都竖起耳朵，仰视的目光全部对向自己，自豪感温热水一样不可遏制地浸润了全身，每个毛孔都流淌着浓浓的成就感。关峰决定退休之前要创造一个奇迹,那就是用自己多年老到的经验,说服刘玉山服判,使自己工作尾声中的一曲成为法院审判篇章中的阳春白雪范例,并久久绕梁不去。

关峰胸腔中蓄满了信心。百姓争讼的无非是利益,当官争讼的除了利益更看重面子。挤压出王龙一的利益弥补刘玉山的柴米油盐,自己有能力,有条件做到。在这方面,自己不像软骨头孙晓仁,怕得罪汪方。如果刘玉山不上诉,自己将逼迫王龙一增加更多现金补偿;如果刘玉山想换地方,就压制王龙一另择合适的地点给他建个满意门市。

关峰少有地牺牲掉了开庭宣判的尊严与荣耀,以谈话方式向刘玉山夫妻告知判决意见。为了制造一种融洽氛围,关峰亲自为坐在沙发上的刘玉山夫妻分别倒了一纸杯白水。谈话以唠家常方式展开,关峰问刘玉山:"对比孙晓仁副庭长,我老关那天主持庭审有什么不同?"

"你那天把我们座位摆错了,新来的被告阳河二建应当跟原告摆在一块,不应当跟我这个第三人的座位连在一块。"

"你不懂,原告与被告是对立的双方,怎么能坐在一条板凳上,正应当同你坐在一块儿。"

"二建名义上是被告,但与原告串通起来整我们。他们也没同我签承包回购合同,有什么资格代替黄达宝当被告?这明明是原告新找的一个替身。"

"二建是黄达宝的上级,黄达宝是二建的子公司,就好比孩子打架伤人逃跑了,只能找他的监护人——爹妈来给人家出钱治病一个道理。这么做既合乎情理,又合乎法律规定。"关峰耐心地解释。

刘玉山说:"第一,出面当被告的应该是孩子的真爹真妈。第二,真爹真妈来了要真当被告,真掏钱给伤者看病赔偿损失。可这个二建公司不仅不出钱赔偿,倒出面替原告向我们要房子!第三,达宝公司是独立法人企业,自负盈亏,既然有权同我们签订承建回购合同,犹如18岁成年人,他做的事就应当自己负责出庭质证。二建即便给他当过爹妈,在阳北镇这个项目上也没有法律责任,根本就没权代达宝公司出庭。"

关峰立马针锋相对回了三点:"第一,阳河二建对黄达宝有正式任命书,任命其为二建公司直属工程处阳北项目经理,证明二建是达宝公司的真正上级企业。第二,阳北大街门市房承建项目由二建公司自行设计、自行施工——直属工程处负责,处置权为二建所有。第三,达宝公司有上缴公司利润的记录,证明不是独立法人企业。以上三点均有书证,说明达宝公司是不到18岁的未成年人,所赚的钱上交家庭,他的一切由爹妈供给,出了事爹妈当然要负责。因此二建代达宝公司出庭并无不妥。"

"既然如你所说他王龙一与黄达宝,我刘玉山与黄达宝所签合同都具有法律效力,而且你们法庭也是凭这个把我的门市房硬判给王龙一,足以证明达宝公司是有独立行为的成年人企业,他就有责任出庭把真相讲清楚。而今玩了失踪,王龙一硬搬出一个假上级当爹妈企业,黄达宝认不认账,我们问不到也听不到,全凭这个自称爹妈的二建一面之词,实在让人不得不怀疑真伪。至于你说达宝公司有给二建的交款收据,谁知道是挂靠揽活的管理费不是?所以,黄达宝不出庭,别人说破天,我们也不信不服。关键证人不出庭,你们法院就不能枉判。"

"这你就难为人了。传票也传了,公告也告知了,法律规定审理期限初审6个月,重审3个月,我们法院总不能等到黄达宝几年后出现再判吧,若是他一辈子不出现呢?我们不能只考虑你一方,久拖不判被侵权的原告一方也受不了呀。当然,你建房也花了钱,我,关峰可以让原告在4.5万元之外,再补给你2万元,而且让他再给你找合适开门市的地儿,作为调解交换条件怎么样?"说到这儿,关峰把脊背舒服地靠在高背转椅上:"在阳河法院,不是说大话,也就我关峰敢这样同原告叫板。希望你们能明白我的一番良苦用心。"

"不行!他王龙一有7.5米还来抢我们1.5米,就凭他是当官的,有钱又有权?他开始若是好态度求我们,这事或许有得商量。结果他以权压人,不把小老百姓当人,还设圈套到法院告我们,这口气没法咽下去。你说的这事孙庭长找我们好多回了。不行,绝对不行!"刘玉山急了。

"年轻人,过生活还是不要意气用事,做买卖和气方能生财。等你们到了我这个白发年纪,凡事都经过了,就不会这么固执处世了。进一步悬崖峭壁,退一步海阔天空嘛。"

"那也得有退处才行,我们已在悬崖边上了,还往哪退?海阔天空,他王龙一为什么不退?他有7.5米可退七步半呢。"

"那我就没办法了。你们没有证据否定阳河二建与达宝公司不是父子公司关系,这个案子我只能这么判,换了你坐我这个位置,我相信一样概莫能外。"

一直未吭声的曲云莲说话了:"关庭长,感谢你花许多时间与我们交谈,我不懂法,有不明白之处不知可否向您请教?"

关峰最喜为人师,曲云莲的话立马缓和了与刘玉山对话的气氛,遂高兴地说:"请讲,老关我知无不言。"

"请教关庭长,不知在此案中被告二建公司有没有过错,哪怕是次要的?"

"当然也有过错了,不然为什么成为被告?你们看判决书第三页'明明已售,再次出卖,一女二嫁,故意而为'这16个字就是我亲笔填上去的。不过过错主要是由公司直属工程处阳北项目经理黄达宝造成的。故意的是项目经理,二建公司并没有违法故意。"关峰坦然说道。

"关庭长,我是否可以这样理解,没有故意便是善意,所以并不知情黄达宝故意的二建公司不需要负任何责任,过错的后果只能由黄达宝及其连带的第三人我们来承担了?"

"这个、这个,也可以这样理解吧。但有一点没有错,善意应当得到法律的认可或保护。"

"那我就糊涂了。如果'一女二嫁'事实果真存在,我们不仅是'故意而为'的受害者,同时也是法律上的'善意取得'者。按您的说法也应当得到法律的认可和保护呀!"

"这、这、这,过错是黄达宝的,是他连带了你们。在黄达宝与二建公司的关系上,二建公司并无过错。我说过了二者是父子公司、监护人与孩子之间的关系而已。"

"关庭长,您说过了,有过错才当被告。既然无过错,为什么要当被告?而且二建这个被告是你们法院认可的。当了被告又无责任可负,只能说明二建根本不该为达宝公司负责或没有能力负责。究竟是什么目的才使这种徒有虚名的监护人出现在法庭上,不知关庭长能否襟怀坦白地告诉我?"

"我关峰办案多年,一贯秉公执法,绝不做苟且偏袒枉断之事,请你们尊重我的人格!"关峰气恼地说。

"诉讼费200元是法官的辛苦费,别人不掏我们认掏。但公告传唤黄达宝到庭的150元也让我们承担是否有些偏袒了?那是花在被告二建监护的子公司身上。且不说被告二建负起监护人职责就应当承担法律责任,单说儿子犯错不来,爹妈总该掏钱吧!不然你为啥要来法庭?小民百姓虽然1分钱掰两半花,但该花的钱绝不吝惜。打官司以来我们1.5万元都掏了,还在乎为被告的儿子掏那150元?我们只是觉得诉讼费由谁掏,反映了法官对当事人的态度而已。"

"我关峰好心好意找你们谈话沟通,希望你们不要钻牛角尖吃更多的亏,没想到你们是这般不通情理,竟出如此刁钻古怪之语。无须再言,在我这儿就这么判,有能耐你们去中法讲!"关峰脸色由红到白。

"对不起,关庭长,谁家摊上这事都闹心,我们夫妻言语冒犯之处,还请您老多担待。我想多说一句的是,不是我们夫妻跟法院较劲,不听劝不服判。因为这是共产党领导下的人民法院,是为小民百姓主持公道的地方。如果是只为有权有钱人做主的公堂,别说费尽心血地来举证、辩论、上诉,就是请,法院大门我们也不会迈进一步的。"曲云莲态度缓和下来。

24. 上约与中约及下约

这段时间刘玉山只干一件事，连着跑了县工商分局七八个来回，就像工商局企业登记科的员工一样，天天按时上班。没几天就同门卫老黄成了朋友。早上七点钟赶到工商分局，到门卫室不是两棒子玉米就是一包李子送给老黄，尔后喝老黄一杯茶，八点半准时敲开企业科的房门。赶上年轻后生拿起扫帚，刘玉山便提起水桶去卫生间打水，拿起拖把将地板擦得照出人影；看到年轻后生忙着收拾各办公桌的报纸往报夹上钉，刘玉山拿起水瓶下到一楼热水间打来开水，尔后退到走廊里头不显眼处安静地站着。到了午饭午休时候，刘玉山悄悄溜出大院，找地儿吃从家带的两个馒头，啃半截咸黄瓜。下午一点上班前，跑回大楼卫生间里灌一通凉水，再回到企业科，把半瓶水重新拿到一楼灌满，尔后又退到走廊尽头不碍眼处安静地待着。晚上在人家五点下班时提前10分钟下到门卫室跟老黄打声招呼赶车回家。

老黄看不下眼了："你1米8的大男人，犯得着天天侍奉他们？我说过了，你再怎么讨好，人家也不能给你出这个证据，商量咋找关系吧。"

"我一无法院公函，二无单位介绍信，让人家出招惹是非的官司证明，就是我兄弟姐妹在这儿当差，不也为难吗？可人家答应帮我请示领导，我又送不起礼，就通过擦地、打水表示领人家的情呗。"

"你费这么多天劲，真要是没你要的证据，不是白忙活了吗？现在办事得找关系，转弯抹角找一个工商局的人私下查一下心里好有底呀。"

"这事从头到尾每一步都是我亲身经历，不用查，我铁定二建与达宝

公司是假父子公司。"

年轻后生感觉过意不去了，第四天说什么也不让刘玉山动手了。刘玉山尴尬地站在地中央，搓着两只大手："我、我、我干惯了，看见活就手痒，我、我就觉得应当给你们干点什么。既然大兄弟不让，我不动手了，我这就出屋去候着。"

年轻后生把刘玉山按在沙发上坐下："你别叫我兄弟，就叫我小刘好了。一笔写不出两个刘来，昨天我查了一下你说的阳河二建直属工程处，根本没有注册登记，也没有阳北项目经理黄达宝法人代表登记。阳河二建下属子公司里也没有达宝公司，也就是说两个公司都是各自独立核算的法人单位。"

刘玉山急切地说："那科长知不知道，给我向局长请示没有？"

"我跟李科长和刘科长都汇报了。知道情况后，大家对你的印象翻了个儿。刘科长说，原先以为是个专门上访告状的刺头，没想到真有冤枉。这个证据咱应当给人家出。李科长把证据材料都写好了，拿去找王副局长签发。可王副局长听说没有法院公函，便不给签字。"

听了小刘的话，刘玉山炽热的眼神暗淡下来。小刘知道这个大个汉子正在遭受着极度渴望与无奈失望的双重精神折磨，同情地拍了拍刘玉山的后背："刘大哥，别着急，我们科长答应帮你想办法呢。"

正说着话，门口传来了一个声音："小刘，今天那个要证明的大个子来了，让他到我办公室来一下。"

在科长室，小刘倒了一杯水给刘玉山便出去了。

李科长说："刘先生，你知道的，这件事超出了我们科的职权，我向分管局长做了请示。作为独立的个人查企业的情况，没有公函或单位介绍信，我们没法出证明，因为有规章制度约束，这一点请您谅解。"

"这对我、对我的妻子、对我全家的确很重要。"刘玉山想说你们也查了档案，知道了我的确冤枉，一转念这样说会把小刘"装"进去，遂改口说，"如果没有确切把握，我不会总来麻烦您，我有一个对您可能是职责外的恳请，能不能跟局长再说一下我的特殊情况？拜托了。"

"我用我的方式，该说的我都说了，该做的我也都做了，我想局长应该听明白了。"

"那李科长能否让我见一下局长，我当面向局长恳求呢？"

"局长已经驳回了我的意见，恐怕，是不是……"

刘玉山马上意识到让李科长领自己去见局长，就等于让人家领着上访者去见上司一个样，赶紧说："对不起，李科长，是我急糊涂了，光顾自己的事，我自己去找局长……"

"分管我们的王局长在503号办公室，我想他不会拒绝正常来访。不过他很忙，一般情况周二、周四下基层。每周一、三、五，尤其周三下午、周一上午多半在局里开会或办公，中午多半在办公室休息。但是……"说到这儿李科长笑了，"局领导的工作日程由办公室安排，我胡乱揣测说不准，也没责任乱说。"

周一，刘玉山还是不到七点就赶到工商局，见门卫室新换了一个人，一问才知道老黄轮到夜班，下午三点才上岗。不到九点，门卫不往里边放人，加之找不到人帮自己指认王副局长，心越发空落落悬在半空中。硬着头皮找局办公室，见一面目周正的中年女子坐班，便问："请问王局长在吗？我找他有事。"

"你有预约吗？"

刘玉山本想说"约过了"，但话到嘴边怎么也吐不出来，"没、没约。"

女子态度职业而和气："王局长正在开局务会。"

刘玉山悬着的心落下了半截，说过"打扰了"，直奔五楼找到了503房间。心想，人在就行，今天就是候着天黑也要见到他。刘玉山赌气般地挺立着等。

五楼的房门间隔比其他楼层大，房门也是对开的大门。走廊里很静，一个来小时，一个人影也没有。大约十点半有人走进503的隔壁房间，见刘

玉山在等人，便提醒道："上午局里开会。"

一直等到十一点半，也不见王局长人影。刘玉山估计开完会人家直接去吃饭了，方才记起自己早上只喝了半碗粥，觉得也该吃点东西好维持体力。近些天胃口一直不好，早上要揣馒头时，被曲云莲硬拿了下来，往口袋里塞了20元钱，让中午买口热乎饭吃。刘玉山跑出大楼，走出几百米便是一溜饭店，进去一问，最便宜的炒土豆丝也要12元，主食除了饺子、油饼、糯米包等，根本没有便宜的馒头、米饭，于是又拣小胡同走了一里多地，对比了三四家，吃了一碗抻面，急急跑回503房前时，已是十二点半。

李科长曾描绘过王局长是个矮胖子，戴深度近视镜。刘玉山想，肥人多觉，王局长费精耗神看了一上午材料也需要养眼，估计在食堂吃完饭回办公室午睡了。于是信心十足地在门口等。

等到一点半时，刘玉山不轻不重地敲门，"当、当、当"，房内没有回音，手畏缩了下来。两点钟时，刘玉山又敲响了房门，每次三个"当"，连着敲了两次，第二次比第一次稍重些，房内仍然没有回音。刘玉山决定再等半小时，如果两点半还不起来办公，自己就有理由将门当成鼓来擂。正这样想着的时候，隔壁的门开了。上午提醒自己的人一脸惺忪走出来，见刘玉山还在等，又提醒道："王局长在楼下食堂吃过饭直接办事去了，你怎么还在这走廊里站着？有事到办公室等嘛。"

刘玉山听说等了多半天的房间里根本没有人，自己也说不清是懊恼还是丧气，只觉得周身绵软，一阵眩晕，有气无力地靠在了墙上。

那个人睁开了莫名其妙的眼睛嘟囔道："哪有这样找人办事的，也不事先约好，真是个……"

刘玉山知道自己办事的方法出了岔，三步并作两步找到局办公室。恰好那中年女子还在，省了不少铺垫的话："我找不到王局长，要在你这儿预约？"

"找王局长可以自己约，也可以通过你去办事的科室约，当然我们办公室也可以约。"女子还是和气地说。

刘玉山认为，女子给的三个约里，第一约纯属废话，连王局长人影都

新民生小说

官司

GUAN SI

抓不到，怎么自己约？刘玉山不明白女子说的"自己约"的意思。自己约并非亲自约，而是找个重量级的人物，或是与被约人有特殊利害关系的人代自己约。比如上级领导，比如亲朋好友，比如……在机关里，此为上约，也是硬约。被约的人或许放下所有的事专程等候，甚至反其道上门会约。

办事部门之约往往是有了一定来往，已成了熟人，相关科室会想方设法出主意，甚至摸准领导动向、嗜好，设计好方案使领导不得不出面约见，此为中约，也叫黏约。

通过办公室预约则是公事公办的下约，也为软约。完全看被约领导自己的意愿。如果想见，办公室便是引见者；反之，办公室便是一道拦阻墙。

当然，刘玉山即使明白了"三约"的意思，也没有能力找人搞上约。自己亲历的中约已经流产，刘玉山无奈地说："我搞第三约，请办公室帮我约见王局长。"

女子让刘玉山填了一张表格，会见领导、事由、所需时间、联系电话……一一填写明白，就让刘玉山回去等通知。

刘玉山垂头缓步下楼，走出大厅。只见天乌蒙蒙地阴沉，与自己心情一般无二。三点刚过，少收一元车费的私人小公交还有一个半小时才发车，便准备到市场买些纽扣、丝线。背后忽然传来老黄的呼喊声，转头看见了关切的目光，又转身进了门卫室。老黄劝道："别找王局长了。就是找到了，以我的经验，人家一定不会出这个证据的，必须另想办法。我找熟人帮你合计了两回，你不是请律师了吗？让律师事务所带介绍信来呀。"

听到"律师"两个字，刘玉山被抽了一鞭子似的抖了一下，这么简单的问题自己为何想不到？来工商局之前就反复想了多次。就在上周，妻子还把2500元第二次塞到自己口袋里。按行规，赵文光这样的律师出一次面该付2000元；从山城市打车到阳河县往返得260元，假如跑两次就得520元；中午吃一顿饭，再节省也得150元，剩下的还有复印、打字、通话

费……虽然上次出庭赵律师只要了1500元，但必得按2000元准备出来。刘玉山想都没想又掏出来还给了妻子。这笔钱有十二张是100元的，其它都是50元、20元和10元凑起来的。除了妻子一针一线、一剪一尺拼命干出来的，还有老妈那两只老母鸡下的蛋。老妈早上两个鸡蛋已自减了一个，任妻子怎么劝也不肯。小豹子开口的鞋已经补第二次了。

刘玉山说："我若不跑这事，给人家打短工、搞运输、砌大墙，每天怎么也对付个六七十元。我一个大男人为建这门市房背了五六万外债不说，还摊上这么个缠人官司，就够对不起全家人了。现在每天一个子也不挣，倒搭车脚钱十四块呀。只要王局长没亲口对我说不行，我就不能把媳妇点灯熬油的劳作血汗，老妈嘴上、儿子身上节省下来的钱扔出去，何况不是扔一次两次就能完结。就是王局长说了不行，我也得找一把手局长，非让他给我出这个证明不可。"

老黄叹了口气，说："这样约不行，还得守。下笨功夫堵他。明天我下了班晚走两个点，把他指给你认，你跟上他，进去办公室缠住他不放。"

"黄大哥，不好这样的。我听办公室那女的说，王局长明后两天外出开会，不到局里来，我也缓几天再来。"

"你甭听办公室瞎咧咧，他们的话要掺一半水。不虚乎挡不住上访的，领导能让他们在办公室干？我看你这么疲乏，在家休息几天，下周一来准能堵着他。我不指认你也能认出他来，短粗胖，戴一副啤酒瓶底厚的近视镜。"

刘玉山跟老黄说不来，一是想让老黄熬了一夜晚回家睡觉；二是怕万一被局里人看出两人之间隐情让老黄受挂落。第二天一如既往来堵王局长。如此一连三天，还是摸不着王局长的身影，心情复转沉重起来：莫非这辈子甜蜜和幸福都提前使用完了，官司笃定要输？这样想着，两只腿脚似通电一般疼痛起来，焦躁地往楼梯口走，看有没有短粗胖、戴瓶底厚眼镜的人进院里来。灌铅的腿脚挪到三楼，抬头看见企业科里恰好走出手拿文件的小刘。小刘讶然地问："还未见到王局长？"

刘玉山说:"我早晨等到现在,敲门两三次,是不是敲门的节奏不对?里边就是不开门。你敲开门办完事,我顺便借你光进去。"

"那就是不在。我不找王局长,是找张局长签字报销差旅费。"

刘玉山不知是懊恼还是丧气,一屁股坐在楼梯台阶上,眼巴巴望着小刘:"大兄弟,我上有老下有小,实在输不起这官司。你能不能帮我向张局长介绍一下。王局长忙,请张局长批准给出个证明。你帮我看过,证据就在你们柜里锁着的,我不额外要求,实事求是证明一下就行。我知道这对你是过分要求。但大哥在局里没有一个熟人,实在没有办法呀。"

"刘大哥,你不懂机关情况,不是我不帮你,这事就归王局长管。张局长管后勤,不能插手别的局长的事。这么着,你给我三天时间,我保证让你看到王局长,但只是咱俩单独联系,不让第二个人知道。"小刘为难地说。

"这我懂,个人的麻烦应当由个人承担,我不能为了自己解除麻烦,让帮忙的人惹上麻烦,那不是好人应该干的事。"

小刘果然说到做到。第三天下午三点半,候在503房间门口的刘玉山接到小刘的电话:"刘大哥,我是小刘,王局长已经进院了,知道你堵了他好几天。你别在他门口等,那样他可能会到别的屋。你往二楼迎他。"

刘玉山迎到二楼,果然见一矮粗胖戴高度近视镜的人正在向楼上爬,便问一句:"您是王局长吗?"

那人答道:"我不是王局长,你认错人了。"

刘玉山想起小刘嘱咐,"噢"了一声,继续往楼下走去。过了五分钟复转身快步上楼,抢到503房间"当、当、当"敲响了门。房门内终于传出了盼望已久的一声威严的"请进"。

班台后边座椅上的王局长见来人就是刚在二楼楼梯上邂逅的大个子,便知道是何人何事了。刘玉山却不待王局长开口,便拿话送了过去:"王局长,我叫刘玉山,找您好多天了,我……"

王局长笑了,站起身走出班台跟刘玉山握了一下手,把人让到对面沙发上坐下,又拿纸杯到墙角饮水机倒了半杯水:"你就是刘玉山呀,刚才

在楼梯直接说，我就邀你一块进办公室了。我还以为找我送礼办事的呢。现今领导干部想廉洁太难了。我听企业科讲了你的要求，昨天才听说你在门口等了我好几天。让人民群众这么找我，不应该。你可多原谅呀！"

"王局长，企业科说了你们的规定，可是我的官司……"

王局长知道刘玉山要说什么，马上接话说："刘先生，你听我把话说完。按说你的要求一点也不过分。不是因为你是个体户就不给查证。个体户虽然比企业小，但落在老百姓身上那也是天大的事呀。当然，迄今我不知道你说的情况到底怎么样，不是我不上心，是我们有规定。除了招商引资需要，其他情况尤其是涉讼涉访的，查证了也不让我们提供。但我个人认为这个规定有值得商榷的地方，应当给你提供。我向我的一把手请示，请他批准给你出这个证明。怎么样？"

刘玉山半信半疑地问："王局长，谢谢你的理解。不知何时能向一把手局长请示到意见？"

"我们局长公出考察一个项目，再有半个月肯定回来，半个月后我让企业科将一把手的意见告诉你。一定的，请你放心。"

"我的官司二次宣判过去一个月，就要等不及了啦！一把手不在家，你们遇到其他事怎么决定呀？"

"张局长是我们的二把手。他同意也行，不过那也得你自己去请示。我们的领导体制你要理解，不是极其特殊的大事，我不好在一把手不在家时去给二把手添麻烦呀。"

刘玉山感觉这个好态度的王局长，把自己责任择得干干净净，事推托掉了，还挑不出他的丁点儿毛病，真是让你无计可施。

25. 留得青山不是为了烧柴

刘玉山病了,从王局长办公室出来浑身便似被抽了筋骨,脚踏在楼梯台阶如同踩在棉花堆上。王局长超常热情态度如无孔不入的风,钻进了各个毛孔骨缝,每个关节、肌肉、皮肤不可扼制地疼痛起来。头灌了糨糊一般昏昏沉沉,人躺在床上仿佛还在小公共上不停地颠簸。"糨糊"被颠簸晃荡得迅速升温膨胀直至沸点,急欲从脑壳中寻隙迸发而出,却不得出,便冲薄弱的七窍汹涌而去。迷糊中,仿佛听妻子在说:"豹子,你看着爸爸,妈妈去卫生院找大夫来。"

"不行,让豹子走开,快走开。"刘玉山猛地一个激灵。

曲云莲以为丈夫信不过儿子,不愿自己离开,便说:"当家的,我去去就来,豹子请大夫怕请不来呢。别害怕,我让妈也过前边来。"

刘玉山顾不得嗓子含了火炭般痛,喊道:"豹子走开,妈不许来,你去!"一声吼叫,耗尽了气力。

许久,于朦胧中仿佛听人说:"流感引起急性扁桃体发炎,吊水在家还是到卫生院挂?"话如同在脑门上响了一个炸雷,刘玉山猛地坐起身来,模糊看见三四个人中有一穿白大衣的,便向其吼道:"不吊水,坚决不吊水,吊水就不看了,不吊!不能给我吊水呀!"吼完了又迷糊过去。不知什么时候,感觉嗓子里燃烧的火炭似乎熄灭了,但焦炭仍然堵在咽部不舒服,想吐又吐不出。头痛倒是轻了许多,原来是妻子正把头上放的凉毛巾翻面儿。窗棂已显鱼肚白,摸摸床垫,知道是睡在后院房里,隔壁睡着老妈和豹子,担心传染了他们,又见右手上果然贴了针眼胶布,生气地

一把扯掉,却碰到了身边和衣而卧的妻子。"当家的,你醒了,高烧39度,说了一夜胡话,可吓坏姐了。"曲云莲说。

刘玉山不高兴地说:"我说过不吊水,咋就吊了?一吊水一百多元哪。"

"大夫说了,急性扁桃体炎症不控制住,会烧出肺炎,还能引发心肌炎与肾炎,今天还得吊呢。"

"我能挺过去,不吊水,坚决不吊。"

"当家的,留得青山在,不怕没柴烧。钱没了咱可以赚,身体垮了,什么都没有了。"

"留得青山也不是为了烧柴火。一分钱不赚我还要烧钱?死了也不吊。"

"当家的,莫要说那个死字,姐知道你省钱是要打官司。你若真不吊水,这个官司姐也不打了。姐宁肯委屈窝囊地活着,也不能没有你呀!"曲云莲哭了。

刘玉山绵软了下来讨价还价:"那就再吊一天。"

"不行!一次开了三天的药,也不能退回去,吊完再说。"

"每次两瓶,六瓶就得花掉七百多块呀,我可真是不争气……"

三天吊水,病情缓解下来,医生意见再吊三天方能巩固,刘玉山说什么也不吊了。最担心的事还是发生了,尽管熏醋弄得满屋子酸叽叽的,还是把一老一小染上了。

小豹子吊了三个水,又吃了几天药片,欢蹦乱跳地上学了,却把病菌留给了对床而眠的奶奶。老太太有肺气肿的老底子,高烧住了七天卫生院。刘玉山昼夜守在床边,曲云莲这边往院里送饭,那边照顾小豹子,几乎关了裁缝店。一个月下来,手头仅有的钱花得一分不剩,还厚着脸皮外借了3500元,加上半年多官司花进去的1.5万元,盖房借的5万元及利息,其外债额度已高攀至7万多元。

半月前,山城市中级人民法院通过阳河县法院转来了开庭通知,刘玉山想起工商分局的证明还未拿到手,急慌慌又跑了两趟工商分局。第一趟运气还好,一下子便堵住了王局长。王局长还是那么和气:"我亲自向一把手汇报了你的情况,请示把证明文件给你,但局长说了,制度任何人不能破,我爱莫能助呀。"

第二趟再要去找一把手局长时,从老黄那里得知,一把手局长考察回来后就到山城市工商局任职了。新局长刚来,尚未满月的官儿,绝不会破格定什么事的。

刘玉山打电话向赵文光求教。赵文光说:"要不我带律师事务所公函去跑一趟?我知道你们困难,钱多钱少无所谓。不过,中院正常审理程序应当传唤黄达宝出庭质证,如果不正常,工商局的证明或许有一定作用。你们自己决定。"

刘玉山觉得赵文光话在理。王龙一一个城建所长,怎么也不会有能耐在市中级法院插手搞事,中法一定会传黄达宝到庭的。

曲云莲知道刘玉山舍不得花钱,便说:"如果发生赵律师说的不正常情况,或传不到黄达宝呢?咱们手里有了工商这个证明,起码中级法院不会做出阳河法院把二建拉来做黄达宝替身的判决。"

刘玉山说:"这半年多我弄明白了,打官司就是个无底洞,多少钱也填不满。真要出现不正常情况,咱就再往上告!"

山城市中院开庭时,对方阵容强大。因为是上诉案件,王龙一成了被上诉人,初审被告、重审第三人刘玉山成了上诉人。打了近一年官司未曾露面的王龙一终于出庭了,目不斜视地坐在被上诉人席上。旁边除了张二舅,还有重审时未露面的孙宏大律师。

刘玉山与曲云莲对视了一下,夫妻俩信心陡增。

开庭过程从头至尾一直挺平淡,没有初审、重审时双方的剑拔弩张,似乎是打了两架的学生,在老师面前重新叙述了各自的理由,以求老师支持自己,批评对方。被上诉方陈述举证后,便无更多语言,似乎是袒露着"受伤"的部位,静等老师处罚对方。倒是上诉方喋喋不休向老师解释对方的伤是另有其人,而其人是他的同伙,必须找来对质。

刘玉山要求法庭传唤黄达宝到庭质证。审判长解释道："已按上诉人要求将黄达宝列为被上诉人阳河二建的第三人，并在开庭前公告传唤。但其拒不到庭，因此本庭做'缺席判决'处理。"

刘玉山又提出："二建是被上诉人找来做假证的另一同伙，其证据就在阳河县工商分局。我们跑了多次取不到手，请法庭依法调取。"

审判长问："上诉人有什么根据？是亲耳听到，亲眼看到，还是主观猜测？如果是前者，本法庭自然会支持。"

刘玉山想起王局长明知查证结果却矢口否认查证一事，自己若把小刘偷着告诉自己的结果当证据提供给法庭，岂不砸了人家的饭碗？遂违心地说："是我猜测的，但肯定有。"

说过后觉得心里很委屈，愧疚地望了一眼妻子，曲云莲递过来的却是嘉许的眼神。

审判长说："既为主观猜测，本庭不予支持，上诉人可按'谁主张，谁举证'原则自行处置。"

王龙一木偶般一动不动地坐着，整个庭审一句话也未说。当审判长要求上诉人、被上诉人做最后陈述时，王龙一还是未张一下嘴唇，只是轻轻地对孙宏扬了扬下巴。

孙宏遂站起来代为发言："审判长先生，一切都十分清楚了，我的当事人只有一个要求，依法公正宣判，尽快拿回被非法侵占的房产。这个'依法'包括审理程序。此前山城中法裁定重审竟超审限三个半月，故而请求本次判决一定在审限内完成。"

闭庭后，王龙一还是一声不响地向门外走去。待要迈出门时却突然转过头来，与后边十米远并肩而行的刘玉山夫妻目光对了个正着。从那毫无表情的眼神中，夫妻俩有了一个新的共识："王龙一确有能耐把手插到中院！"

半个月后，山城市中法通知去取判决书。果然不出夫妻所料，中法的判决实际上是阳河法院判决的再版，而且比阳河县法院的判决走得更远:"鉴于本案争议房屋为阳河二建工程公司所有,该公司仍表示继续与王龙一履行回购合同,故原审法院判决刘玉山将15平方米争议房产交由王龙一使用并无不当。原审判决事实清楚,适用法律正确,刘玉山上诉理由不充分。驳回上诉,维持原判。"

最让夫妻痛心的是判决书最后八个字:"本判决为终审判决。"这意味着法律已经允许一个月后王龙一可以理直气壮地将间壁墙上预留的铁门打开,砸开自己的西墙壁,堂而皇之进入夫妻含泥衔枝垒筑起来的裁缝店。如果不允许,法警将强行把夫妻俩驱逐,容许并保障王龙一将玉莲裁缝店活生生劈成两半!

虽然来取判决书前有了充足的思想准备,但"终审"两个字似突然射来的两道强光刺入眼帘,轻易不在外人面前流泪的曲云莲眼睛不禁红了起来,但却扭过头咬牙强忍了回去。刘玉山不顾递交判决书的书记员在场,右臂使劲搂住了妻子。

年轻的女书记员似乎受了感动:"如果认为确有冤屈,终审的判决也可以向本院申请再审。再审归审判监督庭负责,他们在三楼左侧办公。"

留得青山不是为了烧柴

官司

GUAN SI

26. 出卖自己的是半碗米饭

从山城法院出来，夫妻俩直接去了赵文光律师事务所。赵文光看了判决书，听了有关情况，沉吟了半晌，说道："怎么会弄成这样？饭一旦夹生了，要想再弄熟就难了。即便费很多劲弄熟了，也不会是理想的味道了。我隐约感觉，现今二审法官既然与一审法院坐在一条板凳上，说明有人从中穿针引线，事先进行了沟通。"

刘玉山着急地说："在山城市中院这儿讲不出理来，我就向省高级法院上诉！"

"省高法立案困难程度是一方面，即便侥幸立上了案，什么时候能审出个结果来就不好说了。虽然法律规定有期限，但要给你拖延半年或更长时间，你的房子早被人家执行去了。"

"书记员提醒我找审监庭申诉呢。"

"本院审理的案件，若靠审监庭去纠正，以我的经历，那是凤毛麟角。唯一途径是在院长身上下功夫，让院长亲自听你当面申诉更好。"

"我一个小老百姓，连阳河县法院的院长都见不到，堂堂山城市的院长怎么肯见我？"刘玉山不解。

赵文光又言道："就看你能否舍得下脸面了。恕我直言，像你们这般文质彬彬、循规蹈矩地诉讼，官司即便有充足的证据，采不采信那全凭法官的好恶了。我知道这违背了你们半生的做人准则，对你们是很艰难的选择。作为律师，以上违规的话语本不应该说，但……"

曲云莲插话说："赵律师，你能跟我们说这番额外点拨的话，可见你是一名有正义感的好律师。我知道怎么做了。"

"凡事要师出有名，行动之前手里必须要有足以动摇徇私滥判基础的撬杠。那就是黄达宝必须参与庭审，而工商局的证明便是撬杠的垫石，必得先取到手。"

"赵律师，大恩不言谢，我们现在就这么点能力，以后裁缝店赚了钱一定补上。阳河工商分局的事就麻烦您了。"曲云莲从口袋里掏出了一沓钱递过去。

赵文光知道，这笔钱除了去阳河工商局取证，还有再审申请的润笔费。但看了其中有若干10元、20元的零票，叹了口气，只收下了2000元。夫妻俩说什么也不干，推推搡搡，逼着赵文光又收了1000元，方才千恩万谢地告辞。

夫妻俩都听明白了赵文光"舍下脸面见院长"的含义，这虽然不是官方严控的越级访，但也是法院系统内影响稳定的异常举动。但在如何操作上发生了分歧，夫妻争执了半宿。听曲云莲说自己要去找院长，刘玉山头摇得似拨浪鼓："这事姐不能去，我不能让你丢了尊严又遭羞辱。"

"你长这么大，除了庭审跟人红过两次脸，还有啥时候剥下脸皮跟人家闹？这个门槛你迈不过去的。姐十几年前就把A师大院闹翻天了，姐去！"

"那是在你们山东，在东北这种事让媳妇抛头露面，家里没男人了？绝对不行！"

"你去姐不放心。他们打你、关你咋办？把门动武都是男的，见我一女的必定手软。"

"我不打不骂不砸不闯，正正当当要求晋见人民选举的法院院长，他们凭啥打我关我？反正死活不能让你去！"

曲云莲觉得丈夫对"舍下脸面见院长"同自己的理解有莫大差距，失望之际有些许放心，又有些不太甘心："咱俩一块去吧。"

"这又不是开庭，来回就那么半天一天，滴水穿石，我要耗在那儿。咱俩一块儿搭上，老妈与小豹子谁来照顾？你在家做衣服还能赚钱。这回

出卖自己的是半碗米饭

官司
GUAN SI

姐就听我的。"刘玉山不容置疑地说。

说到丈夫的老妈，妻子便无话可说了，另外确也不放心小豹子。婆婆这股火窝在心里总也出不来，三天两头红眼赤咽，不仅照顾不了小豹子，还得人精心侍奉。听刘玉山要耗在山城，便说："当家的，既然你决定了，姐自然听你的，可你每天不回来呀？吃饭咋办，上哪住呀？"

"山城往返一趟光车费就几十块钱，每天回得起吗？我一边找院长，一边还要在阳河或山城找黄达宝。我找个工地打工，住就解决了，还能把路费、饭费赚出来。"

"找黄达宝可要小心哪，包工头手下那么多人，别挨打呀！"听丈夫说要找黄达宝，曲云莲又担心起来。

"我巴不得他打我，那就是刑事伤害，公安局马上抓他到案，岂不顺势把案子闹得天下大白？不过姐放宽心，黄达宝那个脓包要有那两下子，王龙一至于让他玩失踪？"

"理是那个理，可姐还是不放心你一个人去。要不咱光找院长，就是出点格，在公家地界不会将咱怎么样，在私人包工地界心不托底呀。"

"姐，就这样吧，三天通一次电话，你遥控指挥。"

"不行，一天一通话，姐多踏半个小时缝纫机就出来了。"

二建的证据取来了，却是个半生不熟的证据。赵文光是带着律师事务所调查专用证明、律师执业证书和刘玉山的授权委托书去的。第一趟无功而返，虽然见到了李科长，但王局长不在局里，李科长不敢做主，连档也没给查。第二趟经王局长同意阅档，但不同意出证明。赵文光拿着《律师法》给李科长看："我这是依法调查取证。提供证明是政府部门职责范围内的事，你做不了主请引领我见王局长。"

李科长说："王局长不在局里。"

"我要通电话。"

"王局长在山城市开会，进入会场手机一律关闭。允许阅档是我们事先请示下的，如果要见王局长得另约时间。"

"我等到中午散会时与王局长通电话。他中午不开机,我等到晚上下班再通电话。"尔后坐在沙发上看起了报纸。

20分钟后,出屋又回屋的李科长先给赵文光续了水,笑着说:"我通过市局熟人找王局长通了电话,王局长让我转告赵律师,对今天没有时间在家接待您表示歉意,让我代他中午宴请您。至于您要的证明,王局长让我转告,阳河二建直属工程处在我们这儿没有注册登记记录。二建与达宝也没有父子公司关系的登记。没有,自然就不归我们工商局管辖,没有的东西我们就不好出证明。万望您对我们的难处予以理解。王局长希望您再来一次阳河,他将当面向你解释清楚。"

赵文光拿着盖有律师事务所公章的取证经过的"证实材料",对刘玉山说:"只能这样了。但有了这个东西便可以名正言顺申请法院向工商分局调取证据,你就拿这个作为进入法院院长室的敲门砖。"

汪方与中院副院长杨益是大学同学,读政法大学时一个是在法律系,一个是在经济法系。大学期间算是见面点头交情,后来在一个城市同一个系统工作,彼此便熟络起来。关系真正亲密是近三年以来,杨益的外甥分配到阳河县法院后的事。

接到汪方的电话,杨益问:"哪件重审案?我没啥印象呀。"

汪方说:"真是贵人多忘事。就是王龙一诉房产侵权的那件,你亲自批示给我们打回来的。"

"噢,是五万元那件吧?你这么上心,是不是哪个小情人托付的,向老同学从实招来。"杨益笑了。

"你看我现在是破车拉重载,法院基建弄得头都要爆炸了,哪有那个心情?这件案子无论如何都要支持一下,不能让我们出错案。关键时刻李正院长不能有瑕疵嘛。"汪方叫屈道。

"关键时刻汪常务也不能有瑕疵呀,我当然要助一臂之力了,同学中你算是亏了些的。"

汪方毕业后一直分配在基层法院工作,不似杨益起点高,毕业直接分

配到了中法。两人同样从书记员开始干起,杨益当副院长已两年多,汪方半年后假如顺利接上李正院长的班,职级也才同杨益相当。

汪方说:"杨大哥在校时就是同学中的佼佼者,跟您的能力水平比起来,我已经够可以的了。但我还是要谢谢您的美意,请大哥拉扯兄弟一把。不瞒您,这个小案子是县政府领导关注的,我们基建的钱都要从县财政要呀!"

杨益说:"支持是必然的,但你们审理要做扎实了。民事一庭的人跟我说,对方当事人已经把上诉状递上来了。可别弄出个涉法缠访案呀。"

"那是一对漂泊多年的盲流夫妻,刁钻奸猾,无非想多讹对方一点钱。我以人格担保,亲自过问把关,花钱买平安,绝对不会弄出意外来。"汪方后半句话使杨益放下心来。

收到山城中法的判决书,王龙一进入高度持续亢奋状态,尤其是"刘玉山于30日内将房屋腾出,交由王龙一使用保管"的那句判决,如一股浓醇的热流,不可扼制地涌入了心房,心头多日的阴霾一扫而光。

这天早起就阴云密布,一上午也见不到太阳的面。中午食堂吃饭的人都无精打采,如吞着苦味的中药。王龙一心中却似揣着太阳,破例多吃了半碗米饭。刘太林问:"龙一有什么喜事?"

一句不经意的问询,立即引起了王龙一窃食硕鼠般的警觉。大智者凡事喜怒不形于色,自己刚做了一件他人所不可为的乐事,绝对不应该喜形于色。这除了自身安全的需要外,更主要的是不能让任何人白白分享,即便是刘太林也不行!

王龙一把自己关在办公室新换的大镜子前认真检查。镜子里的人还是多年一贯制没有表情的面具。问题究竟出在哪儿?噢,原来是半碗米饭出卖了自己!明天中午必须把饭量减至正常状态。

王龙一觉得,过度的兴奋对神经刺激作用与压抑是同样的,已经三天两夜没怎么睡觉了。睡不着是在反复思考两个问题。第一个问题是令自己兴奋不已的到底是一件什么性质的大事?应当是一件攻击中取胜,把对手打翻在地的战斗。蔑视狼狈的对手倒在地上挣扎,是人生快乐的极致与幸福的顶点。第二个问题是如何实行切割?几套楚河汉界的隔离带版图方案,首选应当是用单砖顺着砌一道6公分的砖墙,严丝合缝地将15平方米切割回来,让那对盲流夫妻不仅脚步永远过不来,连目光也休想侵窥自己的钱源穴眼半寸。当然,6公分的砖墙可以各占3公分,宽3公分乘以长10米等于0.3平方米,自己切割回来的实际只有14.7平方米。表面上看,这是自己的大度与宽容,是战胜者对失败臣服者的恩惠,实际上那堵墙的产权属于自己,是占用盲流夫妻0.3平方米的地盘建了自己的墙。当自己深更半夜偷偷数钱时,那又是一种什么感觉?

王龙一破了多年之例,第一次主动看望了沈宁海,并"勉强"接受了后者的午间吃请。自己不是宿怨尽释,而是需要沈宁海负责落实汪方对判决的执行,以按时实现切割目标。

沈宁海却受宠若惊,酒桌上程序性碰杯中竟有了涕泪交加的感动。接下来,不仅让人给小女儿从意大利买回了价值1500美元的一条钻石项链,而且把珍藏了22年的两瓶五粮液送给了好饮的汪方。

汪方如获至宝,把两瓶酒小心锁进了保险柜,却说了一句令沈宁海犹豫权衡了一百次也没敢告诉王龙一的话:"官司是赢了,执行的事半年后看看情况再说吧。"

出卖自己的是半碗米饭

官司

GUAN SI

27. 谁把饭做夹生了就由谁吃

　　刘玉山拿着再审申请去山城法院审监庭要求再审。刘玉山认为赵文光律师关于见院长的意见是对的。因为审监庭与民事庭同为平级单位，要纠正同行同级的错误是不给自己留路走，为难之处不言而喻，必须由院长发话才行。但为人处世凡事要替别人先想，尤其自己是在求人家审监庭帮忙。如果不通过审监庭便直接找院长，那是越了锅台上炕，必然陷审监庭工作于不力的尴尬境地。刘玉山准备按人家的规矩，老实走程序，把申请递交审监庭的同时，要求他们安排自己见院长。

　　女庭长态度极其和蔼："再审的案子要认真进行审查，给我们时限是3个月，我们一定按期或尽早给你答复。当然已过去的5天也应当计算在内。"

　　最后一句话使刘玉山很满意，但对3个月接受不了："我等不了3个月，民事庭判我30天就把房子倒出来，我要见院长当面申诉，在腾倒期限内把枉判纠正过来。"

　　女庭长："按说判决下了，败诉当事人有法律义务按规定时间将房子倒出。但以往有当事人拒不执行判决的情况，胜诉当事人就有权向法院提出执行申请。法院应该在6个月到1年内执行完毕。当然，我不是在说你这件案子。但是我在3个月内一定给你裁定意见。何况房子现在还在你手上嘛。"

　　刘玉山有点迷茫了："他要拿着法院判决弄一堆人强占我的房子咋办？等3个月肯定不行！不过我昨天弄明白了，通过你们引见院长说翻案的事儿，就像厂办的人领着我们民工找水泥厂长要工钱一样为难。我知道院长都在四楼对开门大办公室里，我自己去找。"

女庭长越发耐心解释："法庭判决你倒房，你虽然不倒，对方出人强制你倒就是违法。不恰当比喻一下，即便是杀人死刑犯，被害人家属也没有权利处死犯人。执行者应当是代表国家权力的法院。还有，再审决定权在审委会。我把你的申请尽快提报上去。院长主持审委会时自然详细听案情汇报了。"

原以为到了第三十一天，王龙一带人打上门来也没有人管，没想到由判决到执行还有这么些曲折。而这是女庭长耐心告诉自己的，刘玉山不好意思再提见院长了，就说："拜托您把我的申请往前排。"

女庭长说："我一周内报上去。至于什么时候能研究上，那由院办公室统一安排。"女庭长心里不能说的话是，即便安排讨论了，审委会也一定不会裁定再审。那时候自己就可以拿出山城市中级人民法院的"驳回申请再审通知书"，轻而易举将这个闹着要见院长的缠访者推出自己的办公室了。

晚上跟曲云莲通了电话，说了见女庭长的情况，曲云莲半天无语。丈夫最令自己心仪的是忠厚宽容，这是夫妻过日子最幸福的润滑剂。但面对算计自己的人却实诚得有些愚笨。女庭长关于判决执行的话对守法律规矩的人是行的，但遇上玩法夺利后再破规踏法的人那就是秀才遇见了兵。这几天，张二舅已经领着王猛等五六个人，大摇大摆带着铁镐、铁钎、大锤和电钻等工具，故意在门前晃来晃去。接通了电源后，用电钻在隔壁墙上反复试钻，震得人两耳欲裂。

曲云莲在窗上贴了"擅闯民宅，以血溅身"的告示。第二天早上起来发现"血"与"宅"两个字被射钉枪穿了圆圆的洞。顺洞眼寻找却未发现钉子。猛抬头，两颗切掉锤帽的长钉，死死钉在天棚上。显然发射者第一次不想溅血，但怎能保证下一次手不慎射歪？

曲云莲不许婆婆与小豹子再来店里。晚上早早闭店后，自己将长柄剪刀压在枕下和衣而卧，并把店门上方的灯长明不熄。但第二天打开店门，

灯泡碎片七零八落在脚下，灯泡屁股残破不堪地悬在盏上。曲云莲犹豫该不该把情况告诉刘玉山，倒不是害怕，是犹豫刘玉山等3个月再审决定的做法是否得当？

电话那头半晌无语，刘玉山不放心地喊："姐，咋不说话，家里没事吧？"

"当家的，没事，电话信号不好。"

"没事就好。昨天阳河的关峰给我来了电话，两句话就让我给顶回去了。情况就这样，房子一会半会还拿不去。咱就再等等吧。"

"那个关庭长凭啥找你？他跟这事已经没关系了。"

"他让我30天内把房子西侧东西挪净，对方要砌墙。我说30天？300天我也不倒！别以为我不懂法，告知我的应当是执行局，你民事庭判完了再管就是徇私越权。你凭什么对原告这么积极？他结巴半天气恼说，我好心提醒你提前有个安置准备，别到时候手忙脚乱东西找不到地儿放。好话你歪理解，听不进去拉倒。哈、哈、哈，姐你说我的话硬不硬？"

"当家的，人家法庭与原告绑在一起出老千，咱还在那儿按规矩老实出牌，不是等着倾家荡产还没法说出理吗？女人与女人好说话，明天姐万事不干，去山城见女庭长，必须让她30天内给出个说法来。"

刘玉山觉得妻子没亲自跑审监庭所以过度担忧，想劝说不要枉跑一趟，又怕她在家急火吃不下饭："姐，实在不放心，要来就来吧，亲自听听情况也好心里托底。"

上午11点，刘玉山在车站接到了曲云莲，夫妻见面头一句相同的话："你咋瘦了这么多？"只恨车站人头攒动，否则必定扑到对方怀里。

"当家的，今儿个你什么也没看到，姐要用自己的办法讨要结果。不然王龙一倚恃判决书给咱动硬的，既成事实法院也不会向着咱。"

刘玉山对妻子作为历来有信心："姐想怎么做自有道理，我都支持配合。"

进了法院大院，望见有法警把门，曲云莲不向前走了。刘玉山说："姐不怕呢,我现在什么时候进审监庭,法警都不拦,不似开始登记完后,又过电门又搜身,手机、矿泉水都不让带。我按人家规定去讲理、不惹事,有信任呢,走吧。"

曲云莲甩开刘玉山的手,冷不丁扯掉外衣,"扑通"一下当院跪倒,随着一声撕心裂肺的"冤枉!"白衬衣前后各露出脸盆大的一个"冤"字,立即聚拢了大院里人来人往的目光与议论:"哎呀,快看!这女的真那个。"

刘玉山似被人当众剥光了衣服,羞得红头涨面,下意识地去拉妻子:"姐,咱别这样,人都看着呢。"

曲云莲双泪长流,两手颤抖地举着一米多长的横幅,上书"小民百姓恳求院长接见15分钟",双膝却水泥一样凝固在地上。

仅仅10秒钟,刘玉山30多年的羞辱观便彻底颠覆了。如果说妻子的一跪是不满枉判的当众呼喊,有的只是愤怒与怨恼,因此有力气喊出"冤枉"那两个字,而自己错误中不解的一拉一语,却使内心刚强如铁的妻子陷入了深深的委屈,在众人面前有生以来第一次流下了眼泪。官司打了一年,要钱没钱,要人无人,屡诉屡败,除了拿出自尊与颜面,小民百姓还有什么可用以抗争?

刘玉山陷入了深深的自责与内疚,这本来应该是自己做的。自己也曾想过像有的上访户那样胸前挂着"冤"字牌当街喊屈,但最终也没勇气迈出这一步。现今,妻子代行自己下跪抛弃尊严的同时,还在撑自己离开。难道只有膝下有黄金的男人要尊严,一心想做贤妻良母的女人就不该有尊严吗?刘玉山膝盖软了下来,跪着推曲云莲起身。

曲云莲却倔强地挽住了丈夫的胳膊,仍然流泪,但却喜悦。

两人双手扯直了横幅。刘玉山放开喉咙大喊:"小民有冤,小民冤枉呀,小民只求院长接见15分钟!"

如同突然的大风刮翻了蜂巢,肃穆庄严的法院大楼一下子乱了营,呼啦啦从楼里跑出三四个人,连拉带劝,夫妻俩如长在一起的连理树,怎么也拔不起来。又从楼里跑出来五六个法警,刘玉山越发执拗地喊:"不见

院长,绝不起身!"

大街上来往的人似见了多年不遇的好戏,一瞬间院墙与大门挤满了人头,有的喊:"快来看,警察要对老百姓动武了!"这一喊,到场的法警反倒束了手脚。

十几分钟后,在五六个人簇拥下的杨益跑了出来。

"我是山城市人民法院副院长杨益,快请起来,有话请到我办公室里说。"

"我丈夫在这候了二十多天也见不到院长一面,我只有当院跪请求见。"曲云莲说。

见夫妻还不起身,杨益对着二人望着围观人群高声说:"要见院长可以让人转达嘛,岂有人民法院院长怕见百姓的道理?快起来!我一定认真听情况。"

"再过一周我的房子就被夺走了,还请院长为民做主,我们夫妻在这给院长磕头了。"曲云莲说着,拉扯着刘玉山一齐低下了头。

杨益慌忙蹲下阻拦:"使不得,千万使不得!做主,一定做主!"

过了挺长挺长一段时日,审监庭女庭长找来刘玉山,告诉他说:由院长提议,经审委会研究,你的再审申请符合再审条件,决定由本院另行组成合议庭再审,再审期间,中止原判决的执行。说着递过来一份山城市中级人民法院《民事裁定书》并告诉他们:"中止原判决执行说明房子现今还是你的。"

刘玉山使劲呼出了一口长气:"这事我得多谢庭长帮忙呢,不知山城市中院何时开庭再审?"

"千万谢不得,我个人看法原是倾向民事庭的判决,是院长提出裁定意见的。要说还是你帮我们审监庭避免提报错误意见了呢。"女庭长态度诚恳,"中院合议庭已经拿出审理意见了,认为原判证据不足,适用法律有误,需增加黄达宝为诉讼参与人,裁定撤销原一审与二审判决。"

刘玉山惊喜地插话说:"这么说我的官司赢了,房子保住了……"

"你听我说完。"女庭长说着又递过了一份裁定书,"你来看看这份。"

刘玉山接过来一看,裁定意见第一条果然是撤销原审判决,再看第二条"发回阳河县人民法院重审",顷刻又陷入了深深的失望与恐惧。既然山城中院发现了阳河县两次审判如出一辙地误断枉判,为什么还要发回让其第三次重审?既然知道阳河法院第二次判决已经审委会集体讨论决定,发回重审还有什么意义?难道阳河县法院审委会真的能忍痛拔掉自己的判刀把柄来砍削?没把的刀当然也可用来削物,但只能紧攥刀锋作为把柄,阳河县法院不怕把自己执槌的手割出血来?

刘玉山问:"山城法院已经审了一次,为什么不能直接地再审结案呢?"

女庭长艰难地说:"谁把饭做夹生了就该自己吃。当然,这是两级法院认真研究协调的意见。"

刘玉山仔细看了两份裁决书的落款时间,间隔达4个月零19天。

王龙一病了,连续几天几夜没有睡觉,人便突然倒下了,发着无名的高热,注射了镇静剂,似乎睡了,但却一阵阵惊厥,冷不丁坐起身来,愣愣地盯着墙,尔后木桩子样又倒下,似醒还睡间大叫着:"骗子骗、骗、骗!弄死你,你死、死、死!"

加量的镇静剂起了催眠作用,退了烧的王龙一躺在卫生院最好的单间病床上,稍稍有点沮丧,但更多的还是恼火与狂躁,但从表面你什么也发现不了,毫无表情的脸上如同罩着一个面具,雪白的床单上似乎是放着一根人体木雕。脑壳里的液汁却沸开了锅,犹如觊觎了许久的一件珍宝,喂灌了三次酒肉的守库人终于吐口,可以从后窗拔掉铁网进去窃走,自己克丝剪与撬棍及手套全准备好了。一阵风吹过来,打着饱嗝的守库人突然从远处冒出一句"后窗电网可是通了电的"。这句话翻译过来就是中法裁定书上的"再审期间,中止原判决的执行"那句狗屁话。伸出的手好险未被电网打着,心却被触了电般难受。但此怒又不可形于色。更难受的是还要强忍恼火展露着感激的面皮,迎接一拨又一拨三六九等相关人士的探病。

最隆重的探病队伍当数刘太林为首的一拨，连同小张镇长、吕副镇长、毛亩助理等七八个人，把病房挤得如下锅的饺子。王龙一挣扎着坐起来又往床下出溜，被刘太林一把按住："龙一，人怎么一下子倒下了？"

"就是有些累，三道街几处抢建房也着了点急。都是我工作不力没管住，还不争气地把自己弄病了，让领导惦记着，真对不起。"

刘太林对违建如同便秘一般难以容忍，恰巧这两天又有些肚胀，越发觉得王龙一的好来，激动地挥了一下手："镇党委的委员都在这儿，如今对龙一这样不要命干工作又有政绩的好干部，我们该有个说法了！"

众人附和着点头称是，只有吕副镇长面木木着没有吭声。

王龙一一股喜悦悄然袭上心来。看来刘太林正在运作自己接替吕副镇长的话不是诳语。原以为沈宁海透露此消息是为抵挡自己让其找二建替黄达宝做替身，现今才明白沈宁海确实不想为15平方米门市小事耽误自己前程。

进入心脏的那股喜悦与满腔狂躁混在了一起，犹如一杯凉水浇进了滚烫的水锅：副镇长椅子很舒服，但那是自己拼命工作挣来的，该得的！而15平方米门市也付出了同样的努力，但至今没有得到一寸！所以它绝不是沈宁海认为的区区小事。除了钱物上的投入之外，毛亩的算计、法官关峰的羞辱、大眼睛女人的不屑……这些精神上的巨大伤害如果不成倍地索要回来，自己胸腔里的怒火仍然难以熄灭，这件事也要同副镇长一齐弄出光亮来。

在探病者中，最不受欢迎的便是沈宁海。保温饭罐中的燕窝粥被粗暴地摔到了地上，温热的浆汁与粉碎了的内胆同脚印尘土无辜为伍。受了叱训与冷眼，沈宁海心里反倒更柔软与怜爱，认为这是受了委屈的孩子在大人面前的诉屈与撒娇。

王龙一吼声震得天棚嗡嗡响："你现在就去找你的汪亲家去办，马上办，必须给我办成！否则永远不要来见我！"

28. 聪明的人要善于示弱

从王龙一那儿收获的委屈，沈宁海一股脑儿转让给了汪方，说到动情处不禁哽咽起来。从山城中法第一次终审判决到裁定中止判决执行，扣除给败诉方刘玉山30天腾房准备时间，还有3个多月。沈宁海不满地说："这么长时间你把房子及时执行回来，造成既成事实，还会有中止判决的裁定吗？请你给我一个解释。"

汪方："你不懂，跟你说不清楚。"

沈宁海激将："是不是那夫妻俩中法跪闹你怕了？"

汪方："我怕？越闹越证明他们是蛮缠的刁民，越证明我判得在理。你去山城法院系统打听打听，除了汪方谁有这个魄力，有谁这样干过……"

沈宁海继续激将："但此次为何如此疲软？对我欲言又止，难道是怕多年哥们嘴上无锁？"

汪方放低了声："此案发生于关键时段，我要安安稳稳把李正院长送上山城中院常务的位置，再说分管执行局的宋院长也不想在此时闹出枝权来。"

沈宁海终于弄明白了汪方在中法终审判决后那句"执行的事半年后看情况再说"的含义了：只有李正顺顺当当地倒出地儿，自己才能安稳地接班。所谓老宋不想闹出枝权，实际上同为副院长，汪方此时还插不进老宋分管的执行局。换了自己坐在汪方的位置，目前只能如此。但自己不是汪方，王龙一是自己而不是汪方的骨肉呀。汪方的难处尽管可以理解，但自

己的心头肉问题必须尽快解决：" 龙一如今视我如仇敌，你能否替我开导一次，把他先安抚下来，您就见他一次，大哥求您了。"

"不行，我汪方从不在案子终结之前会见任何当事人，过去没有一次，现今更不行！"汪方回答。

沈宁海知道自己情急之下提了过分要求："那你让孙晓仁或关峰庭长见一下，说明白刚才的意思好吧？"

"那也不行，他俩跟此案已经没有关系了，新的合议庭还未组成。还有今天我们的谈话不入六耳，包括他们俩。"

"我把爱女都给了你的儿子，再以咱俩20多年的交情，你忍心看着我的儿子毁……"

汪方把嘴巴凑到沈宁海的耳朵上："有些事尽可以办，但程序必须合规。这样，事即使办得有差错，那是水平问题，谁也不能奈我何。但规矩破了，比如让孙、吴两位庭长见当事人，即便你未变通审判，把柄却给了别人。老兄不会不明白这个简单的道理吧。"

看沈宁海沮丧地堆在椅子上。汪方终于吐出了一句话："看在老兄在我面前第一次把儿子与王龙一联在一起，老弟我就试划一策。贵公子不是棋艺高超吗？找一个高手与其过过招，不就分散其注意力了吗？"

沈宁海骄傲地说："在民政局时便无敌手，在阳北镇更无一人能与之抗衡。了无兴趣，现今只是自个研看棋谱了。唉。"

汪方快速说了一句："我听说孙宏大律师可是棋坛高手，他是贵公子的委托代理人，与当事人在一起说些什么应当合法合规。"

沈宁海："孙宏大律师会下棋？你怎么知道的？不过你倒提醒了我。他合适，合适，不会下棋也没关系。"

"如果连律师是什么样的人都不了解，法官这碗饭不要吃好了。"汪方说，"沈兄，你托的事我肯定办，但你这一味地娇宠，孩子的欲望会畸形生长的。"

沈宁海无奈地说："从小未经修理的枝杈已经长得与主干一般粗了，怎么忍心砍下来？"

棋坛高手是汪方的故弄玄虚之语,但的确听孙晓仁说过孙宏在阳北拆迁跳蚤市场买了一副榉木象棋,宝贝般带回了省城。收了沈宁海不菲酬劳的孙宏竟然把这副象棋带进了王龙一的病房,以佐证自己漫长的棋弈历史。

见到孙宏,王龙一展示着讨好的表情,怀揣着轻蔑的心态展开对弈。开局节节顺畅,一车紧逼双马,眼看胜券在握,不小心被孙宏的底炮抽了车,对方被己车逼在斜刺里的卧槽马乘隙一跳,捉了自己的老将。王龙一精神为之大振,挺直身子摆开了第二局,却被孙宏双手捂住了棋盘:"再下孙某便输了,还是谈正事吧。龙一先生对官司是否有了新的想法?换言之,在山城中法判决先赢后否情况下,是否还想要那房子?"

王龙一气恼地想说"屁话",出口的却是:"那当然!"

孙宏:"那15平方米房子是你的吗?"

王龙一:"那块凹地整个都该是我的。是他们暗中做手脚抢先占了。"

孙宏:"先来后到,天经地义,谁先占当归谁有。"

王龙一:"听此话孙大律师不是在为对方辩护,就是在替某些所谓的好心人当说客。你别忘了自己收的是哪方的佣金!"

孙宏:"我让法院把对方先占的东西三次判决给了你。你说我是哪方的?"

王龙一:"那不过是名义上的,至今我未拿到寸土,佣金却支付给孙大律师两槽有余。"

孙宏:"既然话不投机,我们换个说法。以龙一先生棋之功力,孙某当不是对手,但孙某刚才赢了,为何?"

"大意而已。"

"孙某认为并非在此。龙一先生心火过旺,急于求胜使然。第一手便将炮架在当头,声势虽然逼人却过早暴露了意图。而孙某的炮潜在并不显眼的边路,突然一个直驱捣底便抽了你的车。以棋喻事,如果不是你们急不可耐地在对方店前舞镐弄锤,射钉穿窗,弄这些花拳绣腿,怎么会有对

方夫妻中法当院一跪，三赢之判又怎么有如今之挫折？"

王龙一沉吟了片刻，说："孙大律师的话龙一听懂了，凡事不可操之过急。但他沈宁海如果真的偏向我，不必劳烦孙大律师这么远来做说客，应当把劲花在手执判刀的人身上。"

"孙某愚见，阳河法院手执判刀的人目前还不是'刘太林'，所托之人不过是法院的'小张镇长'而已。半年左右，当'小张镇长'成为法院的'刘太林'时，还愁对手占据的房产不姓王吗？还以下棋为题，棋逢对手、凶猛搏杀若干回合取胜有味道，还是棋逢劣手、一击即溃有成就感呢？"

王龙一一跃而起，满身轻松地说："孙大律师，龙一请您吃饭去。"

山城中院发回重审裁定已经过去8个月了，阳河法院似乎忘记了审限不得超过6个月的规定，仍然未审出个新的结果来。刘玉山感觉这个案子自发回后就未审过，因为一次也未找过自己这个当事人。隔壁的建材店也恢复了正常营业，定期来盘点的张二舅路过门前，时不时热情招呼一声，好像从未在公堂上针尖对麦芒地相互攻讦过。

8个月来，发生了许多变故，而且涉及了各个方面。阳河法院李正院长已经搬进了山城市法院常务副院长的宽大办公室，原常务副院长汪方同时搬进了李正院长用过的三套间，原先分管的一大摊子除了办公室（含基建、财务）外都交给了宋副院长，宋副院长原分管的那些科室都交给了新提拔的年轻下派干部张副院长。

沈宁海终于谋到了新的工作岗位。继两年前成为山城市所属市县机关"十大公仆"后，半年前又把全省敬老养老基础设施建设现场会"争取"到阳河县召开，为阳河县获得了一大笔可观的典型扶持资金。一段时间以来，沈宁海将被提拔为副县长的内部议论成为公开的秘密。但最终揭锅时，红烧肉却变成了肉炒白菜，副县长座席被干腻了侍奉人的县委秘书长抢了先。沈宁海接替了秘书长。虽然肉炒白菜不如红烧肉油水爽口，但终究是可以端上宴席台面的一道菜。秘书长虽然是琐事缠身的长房媳妇，但同时连带的县委常委衔却是货真价实县级领导的"顶戴"。

县公安局常务副局长贾志成功搬掉了局长之前的"副"字，并按惯例成为中共阳河县人民政府党组成员。

阳北镇仍然是刘太林主政，无奈的小张镇长只能继续当二把手，但刘太林却把他的得力右臂换了个新的，吕副镇长已经转了虚职，王龙一接替了吕副镇长留下的空缺。

毛宙在城建方面的权力同时被王龙一剥夺殆尽，多半是上半天班，人郁郁寡欢。偏偏有人把情况反映给抓机关纪律的小张镇长。王龙一却主动替毛宙做了解释："毛助理虽然午饭时才来机关食堂，但晚上陪客人吃饭也是在工作呀。从上午11点到晚上七八点钟，超出8个点工作时间了嘛。"

只要刘太林回到阳北，毛宙则全天候寻找一切机会陪同，到晚上刘太林不充满感情地催促两次以上，绝不往家里挪半步。

玉莲裁缝店已恢复了往日的红火。刘玉山在山城水泥厂成了搬运组长。这一段夫妻俩舍出命干活，还了13000多元的债，连老妈干枯老手摸的两篮子鸡蛋也孵出了半炕毛茸茸的鸡雏。最令全家骄傲的是小豹子，以全学年考试第一名的成绩被同学选举为班学习委员、校学生会副主席。与此同时，阳河县政府国有土地使用证也发下来了，赫然标明凹地门市幅宽3米、合门市30平方米，住宅80平方米。似乎一切都恢复了常态。生活开始滋润顺畅起来。

夫妻俩都分别在各自心里头想，王龙一的土地证门市房会是多少？幅宽9米，合99平方米是一定的！可是那重合的1.5米，合15平方米他不打算争要了吗？但俩人谁也不再提那件事，好似已经"痊愈"的伤疤，提起来就会想起那痛入骨髓的伤害过程，就会给刚刚甜蜜的生活硬生生地撒上辣椒面。夫妻俩心底里都存放着隐忧，表皮封口伤疤深处仍然有脓肿的包块，再挨一刀是免不了的。只是不知道人家何时动手？因为刀柄不在自己手中。

沈、汪二位家长岗位变动不久，汪家的公子终于把沈家的掌上明珠娶回了家。提拔、扶正的同时嫁女娶媳，沈汪两家均双喜临门。20多年的朋

友最终成了儿女亲家,但有天晚上二人私下对酌时闹了个赤头涨脸。沈宁海以亲家的身份首先提出了质问:"你当院长也小半年了,那件事咋还不办?昨天龙一又跟我恼火了。"

汪方却感觉是县领导在居高临下发指令:"我开头就不该草率答应你那件事,你那宝贝儿子给我弄了一个天大麻烦。"

沈宁海不高兴了。

"如今你儿子把媳妇娶到家,我儿子的事就不打算办了,是不是?"

"办不办,什么时节办,我汪方自有主张。虽然你当了县领导,咱们还应该像以前那样朋友相处。"

"5万元的小案子左判右判能有多大的差错与闪失?这可是你亲口告诉我的。不然我为啥找个二建来代替黄达宝?房子地基按你设计的图纸打好了,干活的工匠都上了跳板,你现在又说不干了。换了你,怎么跟家人交代?"

"我怎么知道那对盲流夫妻是茅坑里的石头,又怎么知道你那宝贝儿子弄那么阴损却不堪一击的圈套?我只是在说费这么大牛劲争取这点蝇头小利不值。我实在闹不明白,你那当了副镇长的宝贝儿子就缺15平方米门市房?"

"是15平方米门市房那么简单的事吗?官司打了小两年,你硬生生拖着不办,最后无声无息地'淹'了。是那对盲流夫妻死硬不服地闹致使法院不敢判,还是龙一耍无赖?你让他这个副镇长的面子往哪放?"

沈宁海的激将法果然让汪方上套。"不敢判?我汪方什么样的刺头当事人没见过,什么扎手案子没判过?就是那对夫妻捅破天,我也要维持原判不变!"

"看官司的拖拉劲儿,你这话我实在难以相信,怕是不作数的酒后之语吧?"

汪方终于被逼出了底牌:"官司走到了这一步,还有回头的机会吗?按正理该驳回你那宝贝儿子于法无据的诉求。但市县两级法院三次判决他赢,如果发回重审后重新改判他输,将会铸成两级法院多少法官的错案?

还有当初主持审委会的李正院长、市院分管民事庭的杨益院长，如果换了你沈副县，会为了那对平头夫妻，把这些人全得罪了吗？今后在司法界还混不混了？我当初是一着不慎上了你的贼船，无偿地为你们父子逆风摇橹，干着自己不情愿的事，可你们却一百个不理解，满腔怨气全往我这儿泼，应当我向你们撒气出火才对呢！"

沈宁海终于放心了，说："噢，大哥这回听明白了，也理解老弟的难处了。一切任由老弟处置，我保证让龙一全力配合。刚才得罪之处还望包涵，你我都是对家庭负责任的男人，难免儿女情长，丈夫气短，我自罚三杯。"

汪方却摆了一下手："慢着，面子可以给，但该花的钱必须给对方补偿到位，不然那对夫妻真能闹出事来的。"

"我明白花钱买尊严的道理，小民百姓无非是多要几个钱，加倍补偿就是。"

王龙一到玉莲裁缝店来了。

近两年来，王龙一做梦都想进入这间店铺，费了九牛二虎之力竟然连门槛都未迈进来，缘由是"隔壁"的身份阻碍了脚步。而今日的身份则是阳北镇人民政府副镇长。在自己管辖的领域里巡视，副镇长的脚步可以任意迈进哪家店铺。

曲云莲实在难以把法庭上那个眼神阴郁一言不发的当事人，同眼前这位满面春风的副镇长重叠为同一个人："呦，这不是王大镇长吗？看来果然能力非凡，费那么多精力打官司，也未耽误出政绩当大官呀，真令人佩服。"

王龙一笑道："大姐取笑了，什么能力、精力、政绩？龙一是狗尿苔无意中被抬上了神龛。"

"今日不知王镇长是来小店做客，还是代表原告下指令？"

"大姐走南闯北，难道没听说过不打不成交的话吗？如今戴上了笼头，再闹下去怎能好意思在阳北的老百姓面前讲话？以往的误会与得罪大

姐可要原谅哟。哪天我抽空去法院把案子撤了，咱们做个好邻居。"

"远亲不如近邻，王镇长肯同小民做邻居，我们自然求之不得。只怕镇长周围的人不这样想。"

王龙一叹了一口气道："我那个铁匠爹娘，还有二舅净在背后给我惹事，以后我得严格要求他们。不说那些不愉快的话题了，今天龙一来跟大姐商量，能否给做40套工作服。咱阳北镇环卫工人整天在马路上跑，路上车又多，给他们每人做两套橙色工装，既显眼又安全。布料由你采买，价钱您说个数我就认账，我让城建所先送两千订金来。我知道巧裁缝做工作服是让国画大师画山墙宣传画。可我那环卫队长说，大姐给机关与银行一些人做的工装，穿身上后人立马精神了十倍。没法子只好登门，恳请大姐千万不要拒绝，帮我这个刚上任的官在群众那儿赚点口碑。"

曲云莲有了些许感动："王镇长是在照顾小店生意呢，云莲感谢还来不及，哪能拒绝呢。"

"这样太好了，龙一得寸进尺，还想求大姐一件事，不知能不能给这个面子？"

见王龙一说得一本正经，曲云莲警惕地问："什么事？"

"镇机关没穿大姐制衣的人不多了，龙一恳求大姐能否为我做一件职业套装？当然大姐心里愿意才行。"话虽透着谦恭，实则试探曲云莲是否还忌念前嫌？

曲云莲回敬的话便有了尖刺："只要王镇长能信得过，我手里这把剪刀一定按'规矩'的线条，为您剪出合体的衣服来。"

王龙一大度地笑了："大姐的口才比您的剪刀还要锋利呢。"

刘玉山听了曲云莲的介绍，有些激动地说："他能如此不计前嫌照顾咱的生意，要处好邻居咱自然没啥可说的。"

"你就是待人太实诚，姐还是信不过他的为人，前后反差太大，越发摸不透底细。"

"他现在头上有了乌纱，犹如孙悟空戴上紧箍，野性被组织圈住了，再搞巧取豪夺不怕组织念咒？再说人都是会变化的。"

"一顶乌纱就能把他的贪欲镇压没了，就不会有那么多贪官出现了。他进门时偷着往西墙没门的地方瞅了一眼，出门时又瞅了一眼。"

"姐就是心思太细，曾经的诉讼伤疤哪会一下子忘干净？别想那么多了，想那件高兴的事。"

聪明的人要善于示弱

官司

GUAN SI

29. 热脸贴了冷屁股

高兴的事与山东德州有关。

还有九天小豹子就放寒假了，曲云莲一切都准备好了，给老爸老妈精心做的衣服几乎每天都翻出来看好几遍，老爸的是一套伟人常穿的中山装，退休军官没了肩牌，军装穿在身上如孔雀被拔掉了羽毛，要多别扭就有多别扭，中山便装出A师大院逛街正用得上。看完了衣服就瞅好日历牌，只待第九天上午小豹子一开完班会，三口人当天下午便赶到阳河县城，夜晚十点便可登上开往关内的火车，终于可以回到离别12年的家了。

离家头两年，曲云莲想家想得落泪，但那"既然为情私奔，永远勿进家门"的愤怒的吼声时时回响在耳畔；"那坏小子今世若让我碰上，一定砸断他的狗腿"的严正誓言更让拐跑了人家宝贝女儿的刘玉山惧曲家之门为监牢。如此，光阴便一再蹉跎了。

正是这蹉跎使曲云莲明白，最初自己没有硬着头皮闯回家门反倒成全了正确选择，因为精神创伤是不可如同柳叶刀切痈疽手术，必须旋以温热的中药，其药效虽然缓慢绵久，但却是修复心灵创伤的唯一灵药。这剂灵药便是时间。

12年太长了。在这段光阴进行到一半的时候，一家三口已经成了德州曲家父母热切盼望与欢迎的对象，只是夫妻俩实在没有勇气迈进A师大院的门岗，或者说曲云莲曾经挺着鹅颈向怒吼的老爸回敬的那句"我曲云莲闯出一番天地那天，你曲副师长八抬大轿请本姑娘回来，我都不进你的家门"的誓言没有兑现，光阴在蹉跎之后又延宕了下来。

两年前,当德州那笔不菲的养老金连同那句"把根扎牢,扎死!永远不要回德州"的话语一并抵达阳北时,曲云莲便发现了最跟自己较劲的人,竟是最顺从自己意愿的人。在玉莲裁缝店开业的鞭炮声中,自己首先想到的是远在德州的老爸,女儿终于闯出了一番天地,但已经没有了兑现誓言的意气,有的只是如何让疼爱自己的老爸不再为女儿有丝毫担心。最盼望的是老爸明天便能站在店前,欣赏着那堂皇的牌匾,亮堂的铺面,充满自豪地望着女儿应接不暇地忙碌,喜津津听着顾客赞美着巧手,虽然背着手但掩饰不住孩子般的笑容……

刘玉山亲自撰写并经小豹子添加了"我想你们"的邀请辞还未发出,便被骤然闯来的起诉状粗暴地塞进了抽屉,一年多见不到一缕温暖的阳光。

"房已建成,店已开业"的消息已经通报了德州,养老金投入者奇怪的是一年时间都得不到观赏的邀请,以致怀疑所投之钱是否打了水漂?阳北夫妻自然不敢告知有人硬要将已建成的店面割去一半。为了证实八字消息不虚,只好把尚在争议之中的店铺全景拍照,连同后院住宅十数张照片并加上详细注解说明一并寄往德州。曲副师长随之传来了"我们自掏车票钱,到你那儿住旅店,只看一眼,小住两日便离开"的不请自往的话语。

曲云莲不相信这是老爸的决定,放声大哭之后只能继续编造千疮百孔的善意谎言:玉山包了一个大活儿回不来,婆婆生病住院,我店里店外忙过这一段通知你们后再启程。这儿发大水不安全,交通也中断了,等过了汛期,路修好了,我告诉你们后再买票。

两个月后,德州方面终于发来了伤透了心肺的话语:"既然如此,你在阳北忙你的吧,也不要回德州来!"此后半年,任阳北方面无话寻话地亲密联系,德州方面再无只言片语回复。

阳北方面郑重邀请德州来访是在王龙一当了副镇长后,当那份在抽屉里委屈了一年半之久的邀请辞到达曲副师长案头时,早晨的太阳暖暖地挂在空中,虽然意外中还有些许恼火,但小豹子的一沓照片和"我想你们"

热脸贴了冷屁股

官司

GUAN SI

的添加语，迅速将曲副师长心里的芥蒂祛除了。在认同了医生"孩子去年没邀我们去，一定有不得已的苦衷"的看法后，老夫妻对外孙长得到底像谁展开了激烈争论。

曲副师长不容置疑地宣布："看，豹子剑眉吊睛长得跟我一样！"

医生却纠正道："大眼睛跟云莲一样，云莲眼睛随我，哪似你那小眯眯眼儿？"

争论了一个小时，曲副师长发表了总结意见："豹子除了像妈、像姥爷、像姥姥，没有一处像刘玉山那小子。"

医生觉得老头子有些偏见："高挺的鼻子有些像他爸。"

当晚，兴奋的曲副师长连饮了三大杯，半夜便被紧急送往医院，被医生硬生生吊水一周。出院两天后又患了流感，还硬挺着一件件收拾给小豹子的玩具，结果一头栽到床上，二次住进了医院。待到两个多月后出院时，大街上的行人已经穿上了毛衣，阳北的天空已飘过了第一场雪。

今非昔比，整编后的A师大院主要功能是部队干休所，师首长那院那栋那门还在。曲云莲狂喜抢步向前，刘玉山畏缩在后边，中间是往前追两步，又停下往后看一眼的小豹子。

门开了，一个满面皱纹的老太婆迎出来，曲云莲愣了半天才确认是医生妈妈，母女抱在一起放声大哭。

一个拄着手杖的白发老叟闻声颤颤巍巍挪到门前，见到刘玉山举杖便打。被打者不仅不躲，反倒直挺挺跪在持杖者面前。倒是小豹子猛地抢步上前，手持玩具步枪，梗着脖子大喊："不许打我爸爸！"

曲副师长的手杖应声落地，四人堆在地上哭作一团。12年的怨尤思念被肆意的眼泪冲得干干净净。

小豹子一旁莫名其妙不满起来："大人见面就会哭，一点意思都没有。"

一句话点醒了四人，医生一把将小豹子搂过怀里："心肝孙孙，可想死姥姥了。"

小豹子挣扎着急于逃脱这陌生而难受的亲热,却又被曲副师长一把抓过手腕,连拉带拽进了书房,指着整个一面墙摆放的各式玩具与仿真手枪、步枪、冲锋枪一扬下巴:"都是你的,比你那把塑料枪强过百倍呢。"小豹子半信半疑:"这么多,全是我的?"

曲副师长使劲地点了一下头:"军营无戏言,一共12支,如果你明年来,就是13支啦。我的豹孙子。"

那是一家人最欢乐的短暂时光,一生骨硬腰直的曲副师长,在豹子面前,整天不是成为举手投降的俘虏,就是化作死硬而被击毙的日本鬼子。豹子越发英勇,晚上躺在姥爷的身边睡梦中还高喊:"缴枪不杀。"

这期间,曲副师长以其一生养成的严谨作风,详细询问并认真审查了玉莲裁缝店及其附属住宅的建设情况,结论意见为:"那片天地"所言不虚。因为小夫妻共同的说辞已于睡在自己身边的豹孙嘴里得到了证实。小孩子是不会说谎的。

于是,曲副师长正式作出决定:明年春暖花开后,老夫妻将双双莅临阳北玉莲裁缝店,进行实地观摩指导。

对山城市中法的重新裁定,阳河县终于在发回的第十一个月里做出了新的判决。此时已是冰雪消融、春意初露,挨着了秋火的野草急不可耐地率先挺出了尖尖,睡了一冬的蒲公英嫩嫩的叶片泛着诱人的亮光,丁香、樱桃和杏树抢先在枝干上鼓出了苞蕾,一切都在为曲正副师长夫妻驾临阳北做着铺垫。

新判决是王龙一亲口告诉曲云莲的。那是一个暖洋洋的下午,穿着曲云莲精心制作的西服套装的王龙一人显得格外精神,进了店门却一脸懊悔状:"大姐,你看这事弄的,真不好意思。我让家人到法院把诉状撤了,可他们口头答应,背着我却没去撤。结果阳河法院又下判决了。"

曲云莲似被当胸揭了一记重拳:"还是当官好呀,法院啥时候都会事先服务上,判决都比小老百姓提前得到消息。"

王龙一慌忙解释:"大姐可别误会,镇上往县里有信件交通渠道,我

在政府自然先收到信件。这不,得到信就跑来了嘛。没有丁点关系,大姐尽管放宽心,我亲自到山城中法办撤诉去。唉,我那铁匠的爹呀,真让人头疼。还有张二舅也跟着不出好主意。"

曲云莲盯着王龙一的目光:"王镇长此番来小店,莫非把这儿当成了第三建材店?"

王龙一信誓旦旦:"大姐信不过龙一,难道看不出副镇长的官服就是铁布衫,想乱动也伸不开胳膊呀。"

曲云莲淡淡地说:"但愿如此吧。"

刘玉山听到消息赶到家的第三天下午,阳河县再审判决书也送到了。判决结果与前三次县、市两级法院的判决一般无二,黄达宝仍然缺席审理。判决写上了两句新话,一句的"本院认为"是:"原告王龙一与被告二建公司直属工程处阳北项目经理黄达宝签订的承建合同是真实意思的表示。"另一句是前三次判决都未曾用过的"本院查明"为:该合同"在阳北镇法律事务所进行了见证,并有该所出具的见证书为凭"。

夫妻俩原以为千辛万苦跋涉总算走出了沼泽,眼前已望见一片郁郁葱葱的芳草地,却不料一下子掉进了人家精心设置好的陷阱。

刘玉山说:"四次判决都以他与黄达宝炮制的那份假合同为基础,可这个黄达宝活不见人,死不见尸,一次也不出庭。从明天开始,我翻遍阳河县也要把他找出来,递送到法官手上。"

"光找阳河县有什么用,他就不会在山城市哪个工地干工程?咱又请不起私家侦探,莫大海捞针自挨辛苦。"曲云莲信心不足地说。

刘玉山说:"这一年在山城水泥厂没车装卸时,山城市七八百个工地我跑了一大半。越想越坚信,黄达宝顶多在县城或哪个乡镇,山城市里那些个大工地全是国家一级、二级施工企业在干。连阳河二建都揽不到活,黄达宝那类皮包公司想搞挂靠都不会有人接受。"

曲云莲叹了口气:"如果实在找不到就早些回来,咱们再另想办法。我现在最犯愁咋跟德州的爹娘回话。"

阳北今年倒春寒，气温比往年低七八摄氏度，反倒陡然激升了曲副师长的万丈豪气："我们将着冬装赴迎阳北之春风。再说，与我那豹孙打起'伏击战'，哪次不弄出一身臭汗？行程既定，万不可变！职业军人骨头硬，住一个月看不把春寒住成春热！"

曲云莲慌了，别说住一个月，就是半个月、一周，甚至一个晚上就可能将两年的老资格被告身份暴露无遗。无奈只能故技重演："婆婆病了。"

德州方面回复："正好让你医生妈妈专司诊疗保健。"

曲云莲："婆婆不信西医，只信中医。最主要的是怕人多吵闹，尤其是来了生人。"

拿无辜婆婆做抵挡，曲云莲感到很内疚，但实在想不出"合理解释"来。

德州方面狐疑了，态度却越发执拗："莫不是你们偷漏国家税款，或是关门停业怕我看到？我了解你那顽劣性格，从小不听家长的话，长大跟政府不一条心，正应该现场给你们把道理破解明白。"

宣告了必去的决心和理由，紧跟着又提出明确要求："务必实话回复，首长的眼睛是雪亮的。这次阳北应该不会又到汛期了吧？"

曲云莲如同无奈饮下一碗苦水，难受得脏腑翻了个，却不得不违心说饮下的是甘甜的蜜汁："玉山外出了。"

曲云莲知道，对父亲心性的了解，自己甚至超过了妈妈。这不仅因为自己血管中流淌着父亲的血液，更因为十几年的父女执拗争斗，彼此已经洞悉了对方心田的各个角落。这五个字说出去，一辈子没受过他人冷脸的父亲，一定不会拿自己的热脸去贴原来就不待见的"臭小子"的冷屁股。因为曾信誓旦旦承诺去山城接站的女婿不声不响地走了。

王龙一来过后一周，张二舅又来了一趟。进了店门便忙不迭地表示道歉与感谢："对不起了，都是我那铁匠姐夫姐姐死活不让撤诉我才没敢去。一边是外甥，一边是姐姐，我哪个也得罪不起呀。多谢了！"

道歉的理由是说了，但为什么"多谢"却没有说。曲云莲明白，谢的是

热脸贴了冷屁股

官司

GUAN SI

重审又判输的自家没有向上次那样再到法院跪闹："多谢就承受不起了。"

这是一句威胁性的试探。

张二舅果然中计，赶忙扔出了底牌："曲大姐尽管放宽心，龙一跟我发了火，说不让我再管官司的事儿了，五天前他已经去中院办了撤诉。"

这是一句谎言。

两天前刘玉山去山城市法院递上诉状，民事庭并没有撤诉的备案，而且在审监庭女庭长那儿得到了证实。

曲云莲故作高兴地说："我家玉山跟我说，龙一都当镇长了，哪能为蝇头小利影响了前程？我当时心里还犯嘀咕，这回可放心了。谢谢你来告诉撤诉的事。"

望着心满意足离去的张二舅，曲云莲无心干活，放下了手中的剪刀陷入了沉思。第四次被判输之后，自己本想借递上诉状之机将来龙去脉详细跟态度和蔼的杨益院长谈一次，但不仅丈夫不同意，更遭到了婆婆的阻拦。跪闹中法的事不知通过什么渠道传到了婆婆耳朵里，一生未跟邻人家人红过脸、待媳如女儿的婆婆病倒了，听说她又要跟丈夫一起去山城法院递诉状，脸都气白了："跑外是男人的事，老刘家的女人就没有不守妇道的，从未出过泼妇。吃亏事小，失节事大，再怎么也不能坏了门风！你们这让我死后怎么有脸见你地下的爹呀？"

曲云莲心里明白婆婆的话主要说给自己听，也明白丈夫不让自己同去除了笃信这是男人的事外，更多的是心疼自己。

曲云莲觉得遇到了人生最艰难的关口：外部有人费尽心机在夺自己安身立命的饭碗，真到了退无可退的悬崖边上，自然会拼死一搏。可在这封闭的关外小镇，传统的家人能允许自己抛头露面拼扯个衣烂衫破，成为人见人惧的刁妇吗？是要这个三世同堂完整的家，还是要安身立命的饭碗？

曲云莲心里塞满了一窝乱草，委屈得只想找人大哭一场，可搜遍了亲朋好友，只有一个总跟自己执拗较劲的老爸可诉衷肠，可是他老人家现今正有一肚子气没有撒出来！该怎么办呢？这真是一个问题！

30. 人多半在乎的是一个包装

刘玉山跟母亲说去"打工"便走了。

打工的话真是没有说谎，但主要是找人，满世界寻找黄达宝。打工多半在工地干背扛的重体力活，是当天或多说三两天结算的零工，虽然赚得少些，但不会将身子把死。一个原则是零工赚的钱要够吃饭、睡觉和东奔西走的车票钱。有时找不到零活就蹲马路牙子，拿一个纸壳写上"刮大白""刷油漆""通下水道""力工运输"等字样，碰到什么干什么。有时三两天找不到一个活，就去垃圾箱周边或车站广场人多的地方捡塑料瓶、纸壳、报纸、废旧铁丝。如果还是入不敷出就在住宿上扣减，好在天气暖和了，水泥管子、广场座椅、树根底下都可以睡，每晚省出五六元床板费便可解决两餐饭钱。碰到运气好时，干完活的工棚子和卖完破烂的废品站都可以对付一宿。

刘玉山把每天24小时大致分成四份，一份打工，一份睡觉，另外两份找人。没出半个月就把阳河县城大小工地，包括大单位内部装修工程，篦头发一样几乎翻个遍，黄达宝却如人间蒸发了一般连个气泡也未抓到。刘玉山有些沮丧，坐在树根下百无聊赖地翻拣着口袋，居然还有300多元剩余，陡然增加了尽快结束官司羁绊专心打工赚钱的强烈愿望，猛然站起身，快步奔向长途汽车站。他计划用一个月时间跑遍全县17个乡镇，就是黄达宝藏在海底深处，即便淹死自己也要把他拖上来交到云莲手中，让他到法庭上把真话吐出来。

乡镇里农民人多，许多闲在一堆晒太阳或凑在一块打纸牌，活计难找

钱不好赚。刘玉山算计300余元跑遍17个乡镇车票钱都不够,住宿是不敢再花一分钱了,同时要在吃饭上抠省。头两个乡一点活没有找到,四天半吃饭就用去了23.4元钱,付钱时心疼得手都发抖。不停脚地东奔西窜,挨到第九天只找了一个15元的活,口袋里的钱只剩下不足200元了。

刘玉山决定吃饭不再花一分钱,好在路边地头蒲公英、苦菊菜很多,只是吃得反胃,一连串放着屁,猛然觉得屁股底下一阵湿热,赶忙褪下裤子察看,浓绿的稀屎污了一裆,心中懊丧不已,寻背人处脱下内裤,找河沟里洗了洗,又用破报纸塞在屁股底下,免得污了外裤。

一阵风吹过来,头脑似乎清醒了。野菜虽可充饥,但整天不进一粒粮食,还剩12个乡镇是没有力气跑完的。于是寻找那烤地瓜的,两个两元。口袋里摸出两元递过去:"买两个。"手伸到半途又缩了回来:"还是一个吧。"

卖地瓜的老头像看怪物似的紧盯着这个蓬头垢面的大个子:"干什么都能填饱肚子,就是懒人不行。别掏钱了,这个地瓜白送你。"

刘玉山鼻子一阵发酸,扔下钱,抓起地瓜,转身就跑了。

8个乡镇费去了19天。这些天来,刘玉山早饭多是乘天不亮去翻捡垃圾箱,午饭去早市捡些落下的萝卜、黄瓜,晚饭多半在饭店关门后去泔水桶里寻找丢下的半个馒头或一张残饼。

这一天,村头一棵老榆树上成串的榆树钱令多日清闲寡淡已昏昏欲眠的胃囊猛然想起了童年往事,似乎变成了一只手伸向喉咙。刘玉山想把那甜甜滋滋的榆钱一把一把撸下来塞进嘴里,手脚并用,引来身后一阵童稚的笑声:"花子上树,笨得像鸭,想吃甜钱,馋掉大牙。"

刘玉山转回头,看见三四个挎着书包的孩子笑得东倒西歪,方想起自己已不是30年前的小玉山了,凄然地一屁股跌坐在了树根下,两眼不自觉流出了泪水,是"花子"两字深深刺痛了他。

孩子们不再笑了,一个同豹子一样佩戴两道杠臂章的男孩说:"大个子乞丐,你别哭呀,我们跟你闹着玩的,我这就爬上树,给你摘好多好多榆树钱。"

望着眼前一大堆榆钱，刘玉山放声大哭，平生以来毫不掩饰地哭，连父亲亡故那一年都不曾如此哭过。在家里不能哭，因为自己是顶门的儿子、丈夫、父亲；在岳父岳母面前不能哭，因为自己是个不能立世的"坏小子"；在阳北镇乡亲面前不能哭，因为自己是顶天立地的男人；在四判皆输委屈要死的法庭上不能哭，因为不能向对手有丝毫示弱的表现。而今，在这些从不认识自己为谁的人面前，在这些天真的孩子面前，为什么不能放肆地发泄一回？几个孩子在说过"大男人哭起了怪吓人的"后一哄而散了。哭过的刘玉山心里却舒服了许多。

离开阳河县城已经23天了，跑过的12个乡镇，每次都是满怀着希望扑进去，无精打采地晃出来。还有5个乡镇没有跑到，刘玉山已经越来越不抱幻想了，与其说是在机械地完成最初的寻找计划，不如说是要最终确认黄达宝的确不在阳河县内。

自大榆树下被称为花子后，刘玉山到商店的玻璃窗前照了一下面影：哎呀，这哪是那个穿着休闲装的刘玉山，货真价实一个流浪汉、叫花子！打那以后，垃圾箱、泔水桶里拣不到东西时，刘玉山便等饭店的人吃完后，捡食剩下的饭菜。有时被嫌脏的人训斥着赶出饭店，也不再有羞耻之感，反正妈看不见，莲姐看不见，小豹子看不见，瞧不起自己的岳父也看不见，全阳北的人都看不见。

连自己都觉得奇怪，人有时候在乎的就是一张皮，一个包装，以为自己有多么大的派头和地位，就按那个相当的标准去包装，于是莲姐的裁缝店就有了一拨接一拨的生意。想到玉莲裁缝店，心头便忽地涌上了责任，虽然寻找目标几近绝望，但绵软的腿脚仍然不停地迈向一个又一个工地。

这一天，自早上起淋淋漓漓的小雨就没有停过，从桥洞子钻出来的刘玉山，戴着一顶破草帽，步履踉跄地走向河东乡敬老院工地。

"这点小雨算什么？磨磨叽叽想不想挣钱了？快点干，快干！"

声音那么熟悉，在哪听到过呢？循声望去，一个熟悉的身影映入眼帘。以为是幻觉，使劲擦了擦眼睛，不是黄达宝是哪个？还有那声音话

人多半在乎的是一个包装

官司

GUAN SI

语，同玉莲裁缝店工地上说过的一样！刘玉山犹如落难他乡遇故知，激动万分地跑上前去，亲热无比地搂抱住黄达宝，哽咽着："你可让我找得好苦呀。"

黄达宝见一个蓬头垢面、破衣烂衫的乞丐猛地搂抱住自己，厌恶地呵斥道："滚开！脏兮兮的看把我这身西服都弄脏了。"

对方紧抱着仍不松手。

黄达宝对着脏脸就是一巴掌："快他妈松手，老子又不认识你，也没钱给你！"

待一巴掌把脸上的头发扇开，脏脸上露出了浓眉大眼和高挺的鼻梁。妈呀，落难故知原来是自己的债主！黄达宝厌恶的面孔立马变成了惊恐："刘，刘大兄弟呀，对、对、对不起！"

一句话入耳，反倒惊醒了刘玉山，望着那个给自己带来无尽苦楚的胖胖的躯体，拎着衣服领子上去就是一脚，也许是用劲过猛，也许是被踢着膝盖发软，黄达宝顺势便跪在了湿漉漉的地上。望着惊恐巴结的面孔，刘玉山高举的手臂放下了。

黄达宝亲笔出了书证并按上了食指手印："我同王龙一售房合同不是5月18日签的，是在与刘玉山签合同之后的8月16日签的。5月18日是按王龙一要求写的，并按他要求把刘玉山30平方米门市中的15平方米也卖给了王龙一。我不是阳河二建的职工，也没有当过二建直属工程处阳北项目经理。我就是一个农民，二建与我的达宝公司没有股份关系。刘玉山与王龙一打官司，我没敢出庭，因为敬老院的活是王龙一给找的。下次开庭，我愿意出庭说明实情。"

刘玉山向黄达宝借了一套工作服和100元钱："我不能这个模样回阳北。"

黄达宝讨好地说："我该送您的，赔罪、赔罪。"

刘玉山气恼地将借条摔到了黄达宝的胖脸上。

山城市中级法院开庭审理刘玉山上诉阳河县重审判决案的时节，阳北已经飘落了第一场雪。小公共在凹凸不平的路上歪来扭去,慢得似一辆老牛车。

看着沉思不语的妻子,刘玉山信心十足地耳语:"姐,咱这次有了中法调取的工商证明,我又找到了黄达宝到庭,一准会摧毁前四次判决的根基;再说了,这次是山城市中法审理,不是阳河县,放宽心吧。"

曲云莲虽然心中始终不落底,但法庭交锋在即,自然不能让自家人先消减了勇气,便回敬了一个微笑。室外冷风逼人,与法庭内肃然的氛围倒也相般配。双方都组织了强大的阵容,王龙一、张二舅、孙宏已经坐在了被上诉方位置上。

见刘玉山等人进来,一级大律师孙宏屈尊向三级律师赵文光热情摆了一下手。看着刘玉山夫妻坐稳,王龙一罕见地微笑点了点头。刘玉山生气地扭过了头,却见曲云莲回敬了王龙一一丝儿微笑。方才明白自己不该中了人家的激将法,待转头学妻子回敬点头时,却见王龙一凝重面容如同木雕,便知道其以"罕见地微笑"嘲弄并激怒对手的企图已被云莲"一丝儿微笑"所戳破,其"凝重面容"包裹下的心中已燃起熊熊怒火。刘玉山认为这应当是个好兆头。

曲云莲却有了不祥的预感:黄达宝仍未出庭!

庭审尚未开始,双方对攻便进入白热化。

赵文光提出,既然法院依法调取的工商书证已经证明阳河二建与黄达宝没有法律上的实质关系,就不应当以被告身份再次出现在法庭上。而真正的被告黄达宝不出庭,便不具备开庭条件。我的当事人历尽千辛万苦已查明黄达宝就在河东乡敬老院工地,请法院以法拘传其到庭作证。因此,今天的庭审延期进行。

孙宏:"我反对,虽然工商注册那儿没有法律登记手续,但若干材料包括二建公司对黄达宝的任命文件,黄达宝对二建的缴费证据都说明了二建公司与黄达宝确有实质行为关系。就像一对未履行登记手续并生下孩子的夫妻,法律仍然有保护这个孩子的义务。本代理人始终弄不明白,黄达宝为什么至今还不到庭?而对方当事人一而再再而三以黄达宝未到庭为

借口，拒不服从市县两级法院四次公正判决，已使我的当事人两年之久拿不回来被对方非法侵占的房产。既然对方当事人称已取得黄达宝的亲笔书证，本代理人要求今天的庭审继续进行。"

审判长左右耳语后宣布："本院开庭前已按上诉人提供的地址向河东乡敬老院工地发出了传票。但河东乡城建所反馈的信息，黄达宝已离开该工地，不知去向，既然有书证提供，本庭决定正常开庭审理。请上诉人将黄达宝的书证送于被上诉人过目。"

赵文光："黄达宝亲笔书证足以证明被上诉人王龙一倚仗职权逼迫黄达宝与其构造虚假回购合同，以达到巧取豪夺当事人依法获得的房产的目的，请法庭撤销阳河县法院于法无据的错误判决，还我的当事人以公道。"

孙宏："本代理人怀疑这件书证的真实性。请审判长先生批准我询问上诉人两个问题：第一，上诉人是在什么具体地点通过什么方式取到了这份书证？第二，假设这份书证真的是黄达宝亲笔书写，是其良心发现还是受到什么外力逼迫？请上诉人提供取证过程的细节！"

赵文光："我反对！被上诉方代理人先入为主陷阱式的恶意误导。请审判长驳回其无理要求。"

审判长："反对无效，上诉人有责任详细叙述取证经过。"

刘玉山："我是在河东乡敬老院工地找到他的，当时他正冒小雨在工地上催工。找到他我已经费40多天了，没吃没住，人弄得都脱了相。他觉得挺对不起我，说了实话，尔后一字一句写了证词，又押了手印。书证绝对是真的，如果认为不是黄达宝的，可以去做鉴定。"

孙宏："这么说黄达宝是良心发现了，有何细节证明？"

刘玉山果然中计："那天他认出了我，跪在工地上请求我原谅自己做了假证，害我成了要饭花子，不是良心发现是什么？"

说过"跪在工地上"几个字觉得脚被曲云莲踩了一下，无奈话已出了口。

孙宏："审判长先生，如果不是受到强大外力威胁，西装革履的达宝公司经理怎么会跪在湿漉漉的地上？请注意，上诉人说那天下着雨。"

赵文光："我反对被上诉方委托律师毫无根据的主观推断，做了亏心伪证，见了被害人的惨相，跪在地上忏悔当在情理之中。"

审判长："双方代理律师都不得偏离事实搞无谓的猜测和推断，请上诉人继续叙述细节。"

孙宏就是要激怒刘玉山失去理智。

刘玉山越发气恼地喊道："你身为国家一级律师，竟然这样歪着嘴巴胡说八道。那天看到他后，我激动不已跑上前去搂抱住他。他开始没认出我，说叫花子弄脏了他的衣服，上来打了我一耳光，我想应当我打你才对，生气地回踢了一脚，他这才认出我，跪在地上求我原谅他。就这么回事。"

审判长："上诉人要控制自己的情绪，不得无端攻击对方代理人。"

孙宏："审判长先生，我问完了，但有两点提请法庭注意。第一，即便如上诉人所言没有对黄达宝实施胁迫，但双方确实发生了'打一耳光'和'踢了一脚'的交手过程。而且请看，面前这位上诉人1米80的个头，树干一样壮实的臂膀，如果双方真的发生肢体冲突，谁亏谁赢各位当一目了然。第二，既然黄达宝如上诉人所言是良心发现做了书证，并答应开庭时出庭说出实情，那他今天为什么不来呢？对这样出尔反尔之人的证言，还有可采信的必要吗？"

一直未说话的曲云莲申请发言："审判长先生，我有一不明之事想请教孙宏律师。既然孙大律师认定黄达宝是出尔反尔之人，证言绝不可采信，那么黄达宝与王龙一镇长签的房产回购合同还有采信的必要吗？"

侃侃而谈如入无人之境的孙宏，得意之中没防备被曲云莲再次以自矛戳了己盾，恼羞成怒起来："你、你、你说话太刁，鸡蛋里面挑骨头，此是、是、是另一码事。"

曲云莲寸步不让："是的，在孙大律师那儿，证据从来泾渭分明，有利己方的便是可吃的鸡蛋，无利己方的便是该剔除的骨头。今儿个当着各

位法官大人的面,孙大律师敢不敢说'另一码事'究竟指的什么事?"

醒过思维的刘玉山突然想起一个事:"我回阳北借的一套工作服和100元钱,还向黄达宝打了欠条。有这么客气的施逼胁迫吗?至于他今天为什么不到庭,法院把他拘来不就清楚了吗?为什么这么不愿意黄达宝到庭呀?"

王龙一举手申请发言,这是打官司两年来第一次在法庭上听到他的声音:"尊敬的审判长先生,各位法官,作为一名副镇长我真不该与自己的镇民及邻居闹到对簿公堂的地步,对不起玉山大哥和曲大嫂。官司走到这一步我有责任,主要是没有过好我的父母这一关。当然他们在农村的铁匠铺里苦熬了半生,顶着我的名在开这个店,其实没有这15平米的门市房他们照样可以过得下去。但这里有个脸面问题,我这个当副镇长的背不起无赖的名声呀。我有一个建议,请刘大哥和曲大嫂考虑,只要大哥大嫂承认这15平方米房子是我的,房子自今日起就归你们,你们愿咋处置就咋处置。咱们也不打这个官司了,好不好?"

听了王龙一这一番话,法庭沉默了。久经讼场的孙宏佩服极了,欲擒故纵,美丽花圃之前便是深深的陷阱,太绝了!

意外的态度转变让刘玉山有些发蒙,却不知怎样回答,接过审判长的目光,又转向了正在沉吟的妻子。曲云莲清了一下嗓子,回答道:"首先,我十分感谢王镇长的好意。王镇长说不该与镇民对簿公堂,我却不敢苟同。镇长身份虽然比镇民高贵许多,但在法庭上,二者是平等的法律主体。我能感觉到审判长与各位法官从来没有把被告和原告按高低贵贱来进行区分。何况刚打官司那时,您还不是镇长。今天之所以如此大度,我认为是当了镇长以后觉悟提高上来了。第二,双方争讼的房产不是嘴上说是谁的就是谁的,那是要凭证据来下结论的。即便我违心当庭承认了房子就是您王镇长的,您就把房子给我,那审判长与法官们也不能同意呀。凭什么王镇长的房子白给了刘玉山?国家法律明晃晃摆在那儿,我们法官岂不是枉法胡判?第三,您镇长不想戴无赖的帽子,小民就该为15平米的房子拿屎盆子往头上扣？我想说的是，在做人上，卑贱小民的尊严一点不比镇长差，脸皮一点也不比镇长厚。其实没有这半间房子，小民也同镇长的铁匠父母一样能活下去，但不能活得没有骨气，活得窝囊！我不能让远在山东的父母认为女儿是通过耍无赖获得的安身立命之地。因此，恕我不能接受王镇长的好意。同时我也在这儿向审判长及各位法官表个态，不是我们的房子，我们一寸也不要！是我们的房子，谁也休想拿走半分！"

人多半在乎的是一个包装

官司

GUAN SI

31. 狗屎上了墙也是广告

　　刘玉山从山城市法院拿到判决书，连行李也顾不上回工地取，等不及两小时后的火车，多花了6元钱直接坐豪华大巴往阳河县奔去。山城市法院第二次驳回了自己的上诉，维持了阳河县三次原封不动的判决结果。按着"一审法院的判决于二审法院维持原判的判决书送达当事人后生效"的法律规定，不算今天还剩29天，必须将玉莲裁缝店的一半"腾倒出交由原告王龙一保管使用"。心急如焚的刘玉山急着回去与妻子商量应急对策。

　　这一回，曲云莲拿大主意的权力被剥夺了。首先是夫妻意见发生了分歧，刘玉山的意见是继续打官司，向省高法上诉申请再审。刘玉山笃信省高法的法官水平高，一定不会像阳河县那样三次枉判，也不会像山城市那样两次误判。

　　曲云莲的意见是官司不打了，改为上访，而且一步告到省里去。从曲云莲那绝望的眼神之中，刘玉山能想象到妻子会采取各种过激方式，担心她像上次那样受委屈，更害怕她吃大亏，而那本该自己这个男人去做的。

　　曲云莲坚持着意见不松口，刘玉山便妥协说上诉与上访同时进行，但都由自己去做。刘玉山计划自己把曲云莲在山城法院跪求的场面搬到省高法大院重演，让省高法像山城中法那样也来个裁定再审，"再审期间中止判决执行"。用这十一个字就会再次粉碎王龙一切割裁缝店的险恶企图。

　　猜透了丈夫心思，曲云莲不好意思说"当家的"想法太过天真，就坚持分头行动，丈夫负责上诉，自己负责上访。

　　晚上，听到风声的婆婆来到店里。店里只有两个供顾客坐的凳子，曲云莲扶婆婆坐下来，让丈夫坐在婆婆身旁，自己躬身站着听婆婆讲话："你爹不在了，这个家的事我一概不管，但遇到顶天大事，我还要做一回主。这个官司咱们不打了！让给他，把盖房钱要回来。但也不能委屈了媳妇，我和豹子睡觉的大屋腾出来给你做工房，前边店小了就将就点，反正量身接活也够用。当然这条件没法同德州亲家比，但既然嫁到刘家，媳妇你事先一定做好了受窝囊的准备，是吧？"

做女儿的可以与爸妈闹得鸡飞狗跳，但却不能与婆婆有半句拂逆。曲云莲张了张嘴，有话却说不出口。

刘玉山不干了："骑到头上拉屎，凭什么给他，我咽不下这口窝囊气！"

"等你到我这个年纪时，就不会有这么大火气了，你爹像你这么大时，火气也很旺，因为果树承包钱多，跟村长闹红了脸，但我劝他忍住了。吃亏是福，不然怎么能卖出5万多元给你们盖房子？"婆婆说着，看了媳妇一眼。曲云莲一声不吭。婆婆便指鸡训鸭把脸转向了儿子："这村上、镇上你们听说谁家打官司告状？就你出去这十来年跟人学坏了。"

刘玉山叫道："妈，您怎么是非颠倒？官司不是我们要打，是他王龙一先把我告上了法庭的。"

话说到这个份上，见媳妇咬着嘴唇还是不说话，婆婆便伤心地哭了起来："山儿，你爹临咽气时告诉你屈死不告状，你可是点头答应过的。自古民不与官斗。他告，你们怎么就不退让一步？打官司这3年你少赚了多少钱？难道非闹到败家才回头？"

"娘，我听你的就是了。"曲云莲不能不讲话了。

虽然是一句违心的权宜应付，但委屈的眼泪还是成串滚到了腮边。婆婆不让儿媳妇再抛头露面于法庭，更别说上访了。曲云莲困在家里，犹如笼子里的困兽，不甘心猎人睡醒了觉对自己动刀子，只能围绕囚笼的出口上打主意。带栅板的窗户从里边安装了铁栏杆，店门从里边又加了一道胳膊粗的横闩。晚上早早就关店门，把折叠饭桌挪到门前，又把那两个凳子放在上边，凳子上边放上了易出响声的搪瓷脸盆和铝蒸锅。

狗屎上了墙也是广告

官司

GUAN SI

新民生小说

官司

GUAN SI

　　看看窗外边手指粗的栏杆，曲云莲猛然想起张二舅与王猛等人手里提的铁撬棍和电动钢锯，泄了气般一屁股坐到了地上。自己费劲巴力地防守犹如在糊裱一个看似硬实的纸箱子，而人家孔武有力的手里握的却是砍刀和利斧。脑海似风轮一样飞转，但却想不出一个管用的招法。刘玉山一个月去了3次省高法。挨了训诫后，虽然上诉状被收下了，但至今没有立案。以丈夫忠厚老实的性格，人家几句假话就能支他跑出十八里地远，几句好话就会拖他个把月去。怎么办？一咬牙，只能在身上添一个物件，与门钥匙一样一刻也不离身。睡觉时脱了外衣，钥匙随着衣服口袋放到衣架上，但口袋里那个物件却被掏出来紧紧握在了手里。

　　上午9点多钟，店里来了两位面生的女客，要求量体制衣。一个在曲云莲扯尺量身时，拿起案台上的大剪刀夸赞道："大老远听说穿上你这把剪刀裁出的衣服，人不仅苗条，而且该凹的凹，该凸的凸。"说着把剪刀挪离曲云莲一米开外的地方："可惜，我们没有缘分让你给做衣服了。"

　　见曲云莲一愣，被量体的接过话说："我们是阳河县法院执行局的。对不起了大姐，今天对你们的门市房强制执行腾倒。我们也是奉命行事。"

　　说着，两人左右攥住了曲云莲的手腕，把人带出了店。

　　只听"嘎"的一声响，一辆标有"法院"字样的面包车猛地停在了店前，从车上跳下四五个着装整齐的法警来。

　　"嘎"的一声似乎是一个信号，龙腾建材店里面轰隆隆涌出了七八个手持铁锤、电钻、铁锨的壮汉，张二舅领头。跟在后边的王猛一声口哨，远处的一辆装有水泥、红砖、钢筋、角铁的卡车轰轰隆隆开了过来。

　　王猛将四张放大的由阳河县法院院长汪方签发的强制迁出公告分别粘到了窗户、门板及东墙上，还剩一张粘到了电线杆子上，扯开喉咙喊道："都来看哟！官司连输五次法院判决30天搬走，这都72天了仍然拒不搬迁，今日对其强制迁出呀。快把水泥红砖卸下来，法院的同志强迁后我们立马砌上隔离墙。"

一位年龄稍大的法官对王猛厌恶地摆了摆手,王猛似慷慨激昂的高音喇叭突然被断了电源,立马噤住了声。法官摆过手转头对曲云莲说:"我是阳河县法院执行局局长宋林,今天对玉莲裁缝店强制措施是依法按程序执行,希望你能配合。你丈夫刘玉山为什么不在场?"

曲云莲什么都想到了,就是没有想到人家以顾客身份解除了自己的武装,移开了可致拼命或流血的剪刀。看来强制执行之前法院进行了周密详尽的研究。本来20天前法院发出了执行通知,并要求当事人刘玉山要在执行现场。自己担心强制执行过程中刘玉山做出过火行为吃了大亏,故没将此事告知丈夫。在一群身强力壮的法警面前,一个柔弱女子更能博得围观者的同情,丈夫不在场便于自己施展守卫措施。无奈两只手腕仍然被攥着,面似木鸡般发呆。听到宋林局长问话,机械回答:"我没告诉他执行通知的事,我代表他对物品清单签字。"

听了这句话,被攥紧的手腕似乎松了下来。饭桌被搬了出来,凳子被搬了出来,未完工的半成品衣服被搬了出来,连缝纫机也被抬了出来,似一架旧式纺织机30度歪斜在凹凸的地面。曲云莲使劲抬了抬右手,只有一尺高,但食指却指向缝纫机说:"让他们放到平地上,不然以后搬到后宅里就不好用了。"

攥右手腕的手松开了,攥腕的人亲自跑过去,指挥搬东西的人把人家最值钱的赚钱糊口家当摆到水平线上,攥左手腕的手也跟着松开了,伴随着送过来一句话:"大姐,想开点吧。"

话音刚落,曲云莲猛地跳开一米,从口袋掏出一把半尺银色利剪,狠命刺向自己的颈窝,厉声喊道:"都住手,谁再动一下,我就死在这儿!"

宋林见血流到手上,一滴一滴往下掉,惊得煞白了脸,大呼:"都住手!快,住手!大姐,好、好、好商量,一切都、都、都好商量。"

曲云莲用尽力气:"都——退——回——去!"

面包车一溜烟走了。张二舅、王猛那一大卡车材料立马跟上走了。

曲云莲跌倒在地上,放声大哭。被堵在后院的婆婆气喘着跑了过来:"孩

子，可心疼死妈了。妈以后都依着你，千万别干傻事了。"

围观的人或唉声叹气或叫骂连天，七手八脚把曲云莲送去了镇卫生院。

闻讯赶回来的刘玉山见脖子上缠着透着血渍纱布的妻子，心似刀割一样疼："姐，大夫说万幸未扎到血管，吓死我了。今后可不许这样呀，听到没有！"

曲云莲："姐除了贱命一条，还有什么可跟王龙一对抗的东西？他们法院不是说几万元小案子咋判也错不到哪去吗？姐就弄出一个人命案子来，看有没有人较真过问和审判？"

"你死了那个店咱争来还有什么意义？让我和豹子今后咋办呀？"

"姐怎么能舍得下你和豹子，可如果让姐窝窝囊囊地活着，那是生不如死呀。"

"我知道姐对妈不让你抛头露面心里窝得慌。妈今天跟我说了，这辈子头一回看到媳妇这样性情刚烈的人，今后一切随你。"

曲云莲叹了一口气："替我谢谢妈。我一直想尽力恪守阳北这儿的老规矩，不让他老人家在邻里面前难堪的。可⋯⋯唉！"

一墙之隔的双方似乎进入僵持阶段。

对方不再用武力讨伐了，但舆论攻势甚嚣尘上。早上打开店门，东墙上赫然写着一行大字："法院已判输，癞皮癞脸住。"再转头看，窗栅板上也有两行五字顺口溜："赢理不得房，房被无赖抢。"

曲云莲气愤地拿一盆水泼向东山墙。墙面却似拔出的树苗根须一样，往下流淌着粗细不一的黑水，又像淋漓的眼泪。再拿抹布去擦窗板上，木质栅板早已污黑一片。费了半天劲，总算在顾客来店前弄干净了。曲云莲坐下来想了半天，猛然觉得自己干了一件拙事，似乎损坏了一件有用的东西。

第二天早上打开房门，那两段五字的顺口溜又在原处亮亮地复生。曲云莲用手轻轻一点，黏黏的，黏手却纹丝不动，墨汁换成了油漆，再抬头望空,"玉莲裁缝店"的牌匾变成了"无赖裁缝店"。曲云莲像什么事也未发生一样照常营业。劳作累了,走出店门,眯起丹凤眼逐一欣赏了一遍。

涂写人似乎尝到了油漆难除的甜头,越发玩弄得来劲儿,第三天,牌匾上的"无赖裁缝店"又变成了"无赖瞎缝店"。墙上标语字数越发增多:"德州妖女来阳北,坏了我镇好风气。阳北不要无赖妇,滚回山东老家去!"

曲云莲得了宝贝般一指头也不碰,只是对"忠厚传家刘太婆,儿媳山东刁蛮女,无赖抢占门市房,伤了乡亲与邻里"这一条,怕婆婆心里难受,叮嘱小豹子千万不要跟奶奶说。好在婆婆不识字,瞒一天是一天。

也就四五天工夫,房前墙后便写满了,引许多人来观看,曲云莲越发什么事也未发生似的,照样笑吟吟地迎客做活儿。

最后一天的标语,涂写内容较平时格外特别,虽然由14个单元组成,但不再是精心炮制的对仗顺口溜,而是由门上的11个字、两个惊叹号和一摊狗屎组成:"无赖!房子不要了!喂癞狗了"后边紧糊着一摊狗屎,代替了那本应有的惊叹号,充分表达了涂写人的极端愤怒。

曲云莲心里乐开了花,除了将那摊有臭味的狗屎除掉以免熏到顾客,又在原狗屎处画了一摊狗屎,为证明当初涂的狗屎是热的,还在屎上画了曲线,表示屎的臭气在蒸腾。

小镇人少,故事不多。被涂抹得花里胡哨的裁缝店,如一道丑陋而幽默的舞台滑稽丑角,立马抓住了观众的目光,反而将主角晾晒到一边。由裁缝店引申到官司的话题,一夜之间成了人们茶余饭后的议论中心。萝卜白菜各有所爱,站在自己角度的小镇观众对主角、配角表演进行了不同评价。

同情者说,当镇长的应当发扬风格,手里那么大的权,哪还弄不来15平米门市?权当救济困难户了才对!

反对者说,镇长的钱也不是大风刮来的,人家铁匠爹妈也要吃饭呀。

同情者说,那也不能往人家房上抹狗屎,太过分了。

狗屎上了墙也是广告

官司

GUAN SI

反对者说，人家五判皆赢，她死赖着不倒房，撵不走还不许人家臭走她？

到了门窗大墙无处涂写时，同情者与反对者意见达到高度一致：同情者说，别说，山东来的这个女的真是有定力与章程，那么埋汰她，竟像没事似的。看那待人和气劲，不像无赖呀。唉，人穷志短估计是让债压的呀！反对者说，这回明白法院为啥奈何不了她了吧？天才的无赖，无赖的天才呀。这回铁匠家又做了笨事，没臭屁了她，倒为裁缝店做了广告，你看这人来得多呀。

裁缝店标语与臭狗屎的故事，经过演绎与编撰，越过镇政府大墙与铁门，昂然登堂入市，落到了刚回阳北两天的刘太林的饭桌上。刘太林问："我听了不少民谣，说狗屎都上了墙，你知道是谁弄的？"

王龙一答："应该是我家人弄的吧。我那铁匠爹妈，还有张二舅也不出好主意。"

刘太林很满意王龙一的坦诚："我就知道你不会跟市井无赖绞缠一起，但对家里人也要规矩一下。投鼠忌器的道理你懂的，别给镇上闹出影响来。"

王龙一感动地说："多谢书记关心与信任。涂墙第二天我就跟他们说了，可我那弟弟跟我吵红了脸。我知道他为以前推墙的事结了一个大疙瘩，就不好逼他太紧，今晚我还去找他。"

刘太林眼睛锁牢王龙一："龙一，你是聪明人，还年轻，别因小失大，我恍惚记得当初毛亩批给刘玉山门市幅宽是3米呀。"

王龙一心房忽悠一个慌颤，头脑却异常清楚，明白自己回应的眼神不仅不能有半点迟疑与躲闪，而且一定要硬、直、挺、死："刘书记，跟您比起来龙一多说算是半个聪明人，但孰大孰小、孰轻孰重还是分得明白。就算龙一一时糊涂，但山城市阳河县两级法院几十名法官五判龙一皆赢。龙一知道自己现在的所有作为不仅代表了镇政府的形象，而且直接关乎您的威望。因为我是您提拔的，所以宁肯委屈爹妈的感情，置弟弟强烈反对于不顾。当堂向法庭表态,只要对方承认房子是我的,我不要了,白送给他们。可对方刁蛮无赖的程度,您做梦都想不到。他们竟然要求法官把龙一房子判给他才行,白给不要!那样龙一岂不是成了无赖?"

刘太林放心了:"龙一,跟无赖刁民一般见识,只会溅自己一身泥水。不过这事得快些结束才是,我们阳北大街既要繁华也要和谐呀。"

"刘书记您尽管放心。房子不要了,我得让爹妈与弟弟把怨气放出来。您教导过我们,凡事缓则圆。过一阵子淡化就好了。"王龙一心里明白,刘太林如果看到玉莲裁缝店如今的景观,对自己的好印象就会瞬间缩水。该让王猛立马着手去修复自己的"杰作"了,想到"修复"两个字,王龙一心尖猛地一个刺痛,真是又小看了那个大眼睛的山东女人了。不信就找不到她的软肋!

王猛以政府镇容管理办的名义限期半天将污涂了的玉莲裁缝店恢复原状。曲云莲说:"我已向镇派出所报了案,派出所说对这种污辱公民、破坏市容的违法行为要深入调查。污涂现场要暂时保留。"

王猛说:"曲大姐,你不会认为是龙一镇长干的吧。有些人真能挑拨离间,知道你们两家打官司,就在中间点火浇油,让你们闹不团结,尔后袖手躲在一边看热闹,严重影响和谐稳定。"

曲云莲:"这种下作的脏活镇长咋会亲自动手。别说王镇长不能干,就是真想干,上下嘴唇一动,那些奴才还不屁颠地跑断狗腿?"

王猛脸色难看极了:"大姐,不管怎么说,肯定是你的仇家或嫉妒你的人弄的。大姐你跟人家结怨自己不弄,领导来检查市容挨训的还不是我们管理市容的嘛。"

"大兄弟,这么说倒提醒了我。一会儿我就到镇上找刘书记、张镇长来现场看,让二位领导给派出所发话,赶快破案抓出歹人来,省得再涂污别家的店。"

"好大姐呀,我一个小管理员,领导指东不敢往西,你让两位领导来不是砸我的饭碗吗?您高抬头贵手,我找人来弄干净,小王感激不尽呢。"王猛着急了。

狗屎上了墙也是广告

官司

GUAN SI

望着眼前弯腰鞠躬的胖子，曲云莲心软了下来，叹了口气："行吧，谁让咱俩闹过一回别扭呢，我不松口，好像记恨人似的。大姐是个讲理的人，这摊狗屎是我照原样画上去的，我负责处置干净。别的污涂地方让我弄心里窝得慌。"

王猛忙不迭地说："别的地方我来弄，保证弄得干干净净。谢谢大姐啦。"

32. "坯坯"的意思不是"呸呸"

小豹子同学柳军的妈妈、被曲云莲称为胖嫂的，很快成了玉莲裁缝店的常客。女人真若觉得谁好，恨不得把心都掏出来送人："大妹子，我现在一万个相信是铁匠老婆要赖你半间房子。那个女人年轻时就搞破鞋，王镇长就是她带犊子给王铁匠的。可是怎么五次法院都判你输？看来胳膊拧不过大腿呀，人家当官的铁了心要收店，收拾咱们小老百姓办法多的是！你这么拖着可不行。告呀！到省里，到北京去上访呀。别说你还有理，就是没有理，你这么一访，当官的准麻爪。"

曲云莲只能报以苦笑。按自己性情，早就到省、进京上访了，虽然婆婆嘴上答应不再管这事儿，但心里的疙瘩并未解开。在外边自己已经有了谁也不敢惹的刁蛮泼妇名声，在家里如硬拧扭着婆婆意愿再落个忤逆不孝的名声，那可真是里外做不得人了。

丈夫上诉省高法的再审申请终于立案了，是刘玉山拦了高法院长的车，以5天拘留的代价换来的。听到省法院终于立了案，婆婆特意到裁缝店向媳妇表达了夸张的高兴："杨乃武和小白菜的官司都是一级一级往上打的，最后人家打赢了。我们不学那些上访闹事的，就按规矩往上打，省里的大官都修炼了多年，天上文曲星下凡，眼光锐亮着呢！"

曲云莲明白，婆婆是在变相告诫媳妇不要不顾脸面做出那出格的事。

时光会使人忘记曾经的以往，尽管以往有刻骨铭心的疼痛。阳北小镇的人们又纷纷来玉莲裁缝店制办秋冬装了。曲云莲心里依然明白，隔壁那个半道哑火的"强制执行"炸药包，也只是由于自己那把半尺利剪意外剪

断了导火索，但其将裁缝店炸去半间的威力却丝毫未损，只是不知隔壁何时再将导火索续接起来？

但是一系列怪异的现象迷蒙了曲云莲警觉的眼神与耳脉，致使始终紧握利剪的手泄了劲。首先进入眼帘的是，因狗屎事件而歇业两个月之久的龙腾建材店于一个晚上悄悄恢复了营业。紧接着，在一个令人心情颇好的早晨，正在卸门板的曲云莲，耳孔中突然射入了两响厌恶至极的"呸呸"声，回头发现历来笑吟吟的张二舅，连着往地上吐了两口唾沫。

"呸"是什么意思？表示吃了大亏的极端恼怒与不满。按说隔壁并未吃亏，但私下里打点与投入未得到丝毫回报就是吃亏。更重要的是这个亏已经补偿无望了。难道准备就此罢手？接连不停地折腾磨砺，曲云莲实在渴望正常，渴望平静了。从张二舅气急败坏的表情看，正常与平静生活的曙光应该就在前边。心里的乱草减少了许多，气儿喘息得顺畅了一些，但曲云莲没有意识到自己是在盲目地自慰。

那天是一个阳光明媚的周日。天高云淡，正是秋老虎晒米的时候。上午10点，曲云莲让婆婆到店里照看着，并嘱托小豹子照顾好奶奶，自己去阳河县城进些冬装的布料、衬布、各色针头线脑。这个时间去阳河，重要的好处是：周日是公休日，法院执行局的干警不会牺牲休息时间跑大老远公干。

下午两点，和煦的阳光越发温暖，使人的每寸肌肤、每个毛孔都那么舒服畅快。

突然，阳河县法院执行局的面包车、上次强制执行未派上用场装建材的卡车、新添加的一辆救护车风驰电掣般一齐驶来裁缝店。还未弄明白怎么回事的豹子奶奶被人连凳子抬起就往店外走，却没料到从门边猛蹿出了小豹子，上去狠狠咬住了一名法警的手腕。疼得那名法警使劲一甩手，腕上便出了血，甩腕的手不小心打在了小豹子的脸上，鼻血顿时流了出来。

民警慌了，忙伸手堵小豹子的鼻孔，却忘记了抬凳子的手少了一只，一下子把豹子奶奶摔倒在地上，额头磕出了血渍。

豹子奶奶疯了样扑了上去："敢打我孙子，我这条老命也不要了！你们这些胡子……"一口气没喘上来便晕了过去。

三四个穿白大衣的抢步过来把老太太抬上了救护车。围观的人喊："法院打人了！把小孩脸打出血了！把老人打死了！"

执行局长宋林头上的汗"呼"地流了下来，气恼地训骂那个法警："你怎么搞的？不是告诉你手轻点吗！"

那名法警知道活儿没干明白，忍着小豹子的胡抓乱踢，一手捂着他的小鼻子，一手抱着他的腰，把人小心塞进了救护车。

曲云莲下午4点半回来时，玉莲裁缝店已被硬生生劈成了两半，隔离砖墙外是胳膊粗的钢立柱，横拉着指头粗细的钢筋，唯一的窗户也被切割了过去，连同龙腾建材店的两个窗户，一并用铰链、砖头砌成了死墙，新扩展的龙腾建材店成了名副其实的钢筋混凝土碉堡，对开的大铁门上写着："因故暂停营业。"只剩下一边挂钩的玉莲裁缝店牌匾，歪斜地吊挂在门前，像一只折了翅的大病鸟。剩下15平米半间残店里横七竖八堆放着整间店的东西，变成了货真价实的仓库。屋里除了强制执行通知书与执行物品清单外，还留了500元钱给婆婆和小豹子看病，特别注明是当日执行人员自己掏的腰包。

曲云莲只觉得一阵天旋地转，一头窝在了地上。

刘玉山回到家时已是第二天早上六点多了。只见玉莲裁缝店门上粘着法院强制执行通知书放大了的复印件，东墙上写着两行大字，一行是："公正判决，依法执行！"一行是："法律容不得无赖，无赖滚出阳北！"

刘玉山一把扯掉门上的通知书撕了，又抓起门边的拖布去抹擦那两行字，黏黏的直粘拖布，知道是用油漆涂写的，气恼地顺手一砸，拖布杆折了，两行字却丝毫无损。摔了拖布杆直奔后院宅屋，用钥匙开了门，屋里死一般的寂静，豹子小床上空空的，被奶奶搂着挤在一张床上。转身再推开小屋，妻子和衣而卧，听到了门响，挣扎着要爬起身又一个趔趄歪倒了。刘玉山伸手一摸额头，热得烫手，手忙脚乱地去找药，尔后又去厨房煮粥。

小豹子只是血疙瘩堵塞了鼻孔，用嘴喘气不太舒服，其他倒也无大

碍，吃过饭畏缩着让爸爸护送去学校。刘玉山站在中厅犹豫，正为难时，门外胖嫂拉着柳军吵吵嚷嚷找上门来："曲大妹子，听说你家遭难人都气晕倒了，让我们柳军陪小豹子上学，我来帮你做顿饭吃。"

正说着话，同学杨阳也找上门来。小豹子遂高兴地跟两个同学走了。

胖嫂还是口无遮拦："曲大妹子，我一百个不信你是个刁蛮泼妇。阳北镇现在有一个算一个都认为你无理放泼，不然咋会法院强迁？但是，没关系，歪嘴长在他们自己脸上，唾沫星子淹不死人，到这个份儿上，就跟他们赖到底，你受损失开不了店，他王镇长的大店不是照样开不下去？"

胖女人说过就走了。三人都明白，胖嫂的话虽然难听，但却传递了一个信息，现今全阳北人都认为王龙有理，而那些饱含着"无赖"的唾沫正淹向自己的家。曲云莲思考怎么能说通婆婆让自己放开手脚，去告、去访、去争、去夺，婆婆却先说了话："事情闹到今天这个地步，到底我们吃了大亏呀。开始我不同意你们打官司，你俩谁也不听我的呀。我知道媳妇心气高，你们跟隔壁置气，实际上没弄明白，你们是在跟自己置气啊。"

刘玉山护着媳妇："妈，你不能这样说云莲，是王龙一欺人太甚，不是气不气的事。"

曲云莲说："玉山，妈说的有道理，开始我的确有些置气，主要跟德州老爸置气，不然后边的房子也不会盖80平米，结果拉下了饥荒。"

婆婆说："上次法院来砍劈咱的店，媳妇以命相搏后，妈我看清楚了，如果硬要阻拦你们打这场官司，放弃这个店，媳妇这辈子都会活得不顺心，活得窝屈。尽管这个官司很要命，我也想明白了，妈七十多岁的糟老太婆有了今儿没了明儿，今后一辈子陪伴玉山和豹子的只有媳妇你呀，所以我不能反对你们打这个官司。只是不赞成一个年轻女人扯破脸皮去上访告状，咱阳北老户人家没这个风俗呀！因此，我只让玉山出头露脸，咱按规矩去打这个官司。"

曲云莲忍不住插话："原谅我打断妈的话，咱们老老实实相信法律，规规矩矩打了三四年官司，却换来了这么个结果。我不是不相信法律，法是好法，法院是个讲理的地方，但那些个法官我信不过，好经被歪嘴和尚念跑了味。所以我要找管法官的官,让他们规矩法官按法律原样念经。"

婆婆摇了摇头:"你们俩同样性急,难怪要吃亏。先耐着性子听我说完嘛。我想说的是,通过昨天的事,我改变看法了。以前虽然判了五回,那只是嘴上、纸上说那房子是铁匠家的,阳北镇人没几个相信。现在官家硬生生把咱的房子劈了过去,就等于官家把无赖的帽子戴到咱家头上了。这半间房子若是争不回来,咱们一家就别想在阳北住下去了,唾沫星子就能淹死咱们。就是豹子长大那一天,也别想在阳北抬起头来。媳妇呀,今后你想咋访咋告,妈都依着你。"

"谢谢妈,反正媳妇刁女泼妇的名声已经担下了,就是砸锅卖铁上北京,也要找出理来。实在不行舍出这条命也要把无赖的帽子甩回去!"曲云莲终于释怀了。

"砸锅卖铁行,舍出这条命,要那名声有什么用?可是,可是,不把无赖帽子摘掉,我死了以后咋见你那公爹呀。老刘家的命咋这么苦哇!"婆婆哭了起来。

于杰气喘吁吁敲开了门。刘玉山赶紧往屋里让,进屋才发现让错了房间。北屋里太小,除了一张双人床,一个旧衣柜,一台缝纫机,连个椅子也没地方放。坐在床上锁布扣眼的曲云莲歉意地说:"于伯伯,这个屋里连个像样坐的地方都没有。玉山,要不请于伯伯到妈那屋去坐?"

进了南屋,看见房间比北屋大一倍,地上一张桌子前有一把短背靠椅,估计是孩子写作业用的。靠窗户搭了一铺地炕,老太太正躺在炕上。于杰赶紧问候:"老姐姐早。怎么,不太舒服?没去看看大夫?"

"唉,就是腿痛得厉害,看也那么回事,看一回得十来块钱。老毛病了,不值当糟蹋那钱。只是这旧房子窗户太小,进不了多少太阳,不如头道街凹地那新房子敞亮。"老太太咬着牙待要坐起身,却被于杰制止,便歪斜靠在被垛上。

"我今儿个吃了早饭就去裁缝店,店里关门,又去后院宅子敲门,才知道你们把房子卖给人家了。问了好几个人,方才找到你这儿。老姐姐我

多问一句，后院宅子不是没纠纷吗？"于杰说。

"原先都心气高着呢，又建店面又建宽房，哪知道摊上这么个官司。现在店开不成了，饥荒不能不还呀。"老太太叹气道。

刘玉山不高兴地喊叫了一声"妈"。老太太猛然觉出是有在外人面前埋怨媳妇的意思，赶紧把话圆了回来："其实原本打算也不算错，媳妇爸妈给了那么一大笔养老钱，俺当婆婆的不能让亲家看着委屈了媳妇不是？要知道前边有一个官司的无底洞在候着，说啥也不能拉饥荒盖房呀。唉，都是老刘家的命不济，害得媳妇跟着遭这么多的罪。"

"那也不应该往三道街搬哪。这路泥泞得还算是路吗？再说你这房子也太小了不是，一阴一阳连个厅也没有。"

"唉，哪家愿意从高处往低处出溜，这不是没办法嘛。"看于杰不解的目光，老太太又补充说，"大兄弟不是外人，不怕您笑话，这几年的官司耽误少赚了多少钱不说，就那律师费、车马费、诉讼费，这费那费的，像打水漂一样，连个响都没有呀。"

"是啊，我刚才见你媳妇把床当裁缝案板，真是难为她了，云莲如果在店里做活计，怎么也比这里宽敞，接活收活也方便些。"

"剩那半间店连个窗户也没有，别说要干活，往那一坐就别扭死了。再说天一天冷似一天，也不能总开门做活。"刘玉山插话道。

老太太不想让媳妇在外人面前难堪，斜剜了儿子一眼，又回过头来问于杰："大兄弟，你是搞了一辈子法律的大学问人，给老姐说句实话，俺家那半间房到底能不能弄回来？我知道打官司是个倾家荡产的事，虽然就剩下那点钱，但我死活也得遂了两个孩子的心愿哪。"

"我今儿个来是想告诉玉山和云莲一件有关官司的事，顺便向你们一家道歉。来了之后方觉得应该赔罪才是，都怪老朽，有一件事一直未敢向你们说，害你们官司跑了冤枉的斜路，对不起了。"于杰不好意思地说。

曲云莲脑筋转得极快，说："于伯伯，您老可不能这么说。我家官司跟您一点关系也没有，您还帮我们写过诉状，即便您听到什么消息也没有责任告诉我们，当然您如果告诉了，就是在额外关心帮助我们呢。"

"云莲,你这么看,我更应该告诉你们了。其实在玉山和黄达宝签合同一个半月之后的8月中旬,不是15日就是16日。王镇长,对了,那时他还不是镇长,是城建所长,领着黄达宝找到我,说要签订一个承建回购门市房合同,就是你家门市西侧凹地,需要镇法律事务所给予见证。我说你们拿合同来吧。王镇长说合同还未写完。我说写完了你们随时找我都行。可是他们一直未来找我。后来我才听说,他们写完合同背着我又找了我所的华山、于国武见证。本来你们两家打起了官司,我应当把这事告诉你们,可是怕在镇政府的孙女受气,就一直没敢说。原以为他只是为了面子,往人家店墙写大字标语和甩狗粪,又有那法院五判皆赢的文书,面子赚足了就会收手。哪想人家又要面子又要实惠,到底割走了你家的店。这么有前途的干部,咋不怕良心不安?想了好几天我也想不明白,倒把自己想出了心病,我要不给你们出个证明,恐怕这辈子到死那天也不能心安。我那孙女知道了这事倒把我好埋怨了一气,连夜替我打了这份'证明材料',让我一早就送来。名字是我签的,手押是我的。只是我现在退休了,盖不上镇法律事务所的公章了。大概也管不了什么用处,而且在这个时候才姗姗送来,老朽在这赔罪了。"说着鞠了一躬。

曲云莲抢步上前扶住:"于伯伯,你老这么实心帮我们,我们报恩还来不及呢,哪有赔罪的道理?"

刘玉山高兴了:"法院认定对方是6月18日签的合同,比我早11天,有了您老的证据,他们找您就算8月15日,也比我和黄达宝的合同晚58天呢,足可以否定他们那个假合同,真不知怎么感谢您呢。"

"其实,华山、于国武背着我这个所长给他们出的那份见证书,没有法律事务所的公章,未交纳见证费,是无效文件。材料里虽然有一份200元见证费欠条,不交在财会手里也是没用的,可是法院竟然荒唐地作为有效证据采用了,岂非咄咄怪事?因此,恕老朽直言,玉山可不要期望值过高呀。"

"申请再审时,省法院审监厅坚持说没有新的证据不能立案,勉强立上了案也很难否定原判,您老这份书证管用,可管用呢!明天我就赶去山

城提交省高院。"刘玉山没明白于杰的更深层意思,信心却陡然大增。

　　曲云莲却听出了于杰不好说明白的潜台词,望着满脸内疚的老先生,安慰道:"于伯伯,我婆婆告诉我们,这件事不能可着一条道儿跑到黑。法院不采信,我们可以找管法官的人去告呀。您提供的这份书证太有价值了,是在关键时刻帮了我们大忙呢。"

新民生小说
官司
GUAN SI

33. 刁钻不等于无赖

刘玉山专程去省高法补送于杰的"证明材料",依然是同审监厅老金打交道。老金是朝鲜族人,说汉话舌头不灵活,挺大的鼻尖上长了不少暗红的疙瘩。中午大概又喝了酒,从顶上的额头,到中间的脸庞,连带至下边粗粗的脖子,凡衣服未覆盖到的地方,都似被暗红的墨水浸泡过一样,看见推门进来的是刘玉山,精壮有力的声音冲破团团乙醇迷雾:"怎么又是你?还有完没完?"

"我的申请受理四个多月已经超限了,我来看看什么时候开庭审理,另外补送新的证据。你不要不耐烦,你以为我吃饱了撑的,钱多得花不完,都送给铁道部?"

"嗨哟,火气挺旺呀。我不超审限,你这个补充证明还能派上用场吗?你以为我愿意跟你们这些人死缠硬磨损耗神经呀。啥时候开庭我自然会提前告诉你,你着哪门子急?"

"饱汉不知饿汉饥,我要天天酒肉管饱吃喝报销,当然也不着急了。"

"我喝酒怎么了?那是工作,接待外省的兄弟单位。今天我高兴,不跟你一般计较,啥时候开庭我说了不算。但有一点可以告诉你,审理的法院现已确定江城市了。你若着急就自己找他们去,别总来缠我。"

"江城市不也是地级市吗?他们那水平跟山城市有什么区别?你们省高法不应该偷懒往下推,我申请的可是让省高法再审的。"

老金轻蔑地撇了撇嘴,道:"说你什么不懂还不服气,就知道一遍一遍地上告,难怪你一次一次地输了。你以为你这是什么了不起的刑事、经

济大案，轰动全省？你这不就是一个5万元都不到的芝麻粒官司吗？当事人若个个都似你那样难缠，我们法院还干不干别的大事了？"

"你们法院大厅墙上'优质服务'里有一视同仁的条款，那是光给人看的吗？你们文明办公的承诺就是你这么样的态度吗？哪条法律规定省法院不审小案子？小案子在千万富翁那儿也就是一顿饭钱，可在我这儿，就是全家人的饭碗。你们省高法不光是为百万、千万、亿万富翁开的吧？也不是专门为杀人越货的江洋大盗开的吧……"

"好了好了，我忙着呢，没有时间跟你胡搅蛮缠。你回去后好好学习一下《民事诉讼法》再审的第三种审理方式、上级人民法院指令下级法院再审的规定，至于你提出江城市水平与山城市一般高的问题，就是啥也不懂却死拔犟眼子。同是地级市我们为啥不让山城市而让江城市再审？因为原审阳河县法院是山城市管辖的下级院，而江城市根本管不到阳河县，不会出现本系统法院托请熟人的倾向性问题。听明白了没有？别把不向着你说话的法官都当成坏人！"老金不耐烦地打断了刘玉山。

看刘玉山不吭声了，老金又说："既然听明白了，你的'证明材料'直接送江城市法院吧。我还有急事呢。"

江城市的判决下来了。果然不出曲云莲所料，第一条便撤销了山城市、阳河县关于将争议房屋"交由王龙一保管使用"的表述，刘玉山看了大叫一声："好哇！"激动地从床上蹿下了地，陀螺般在地上转了四五圈儿。看第二条，又触电似的猛地一个抖颤，用拳头使劲揉了双眼，却见是将原判主文改判为"交由王龙一接收"，又跳脚嚎吼了一声："放屁！"

几年官司下来，尤其是近一年多来，丈夫已经性情大变，十几年前德州扒鸡店里那个温文尔雅的服务生形象已荡然无存，就是几年前那个谦和礼貌男子汉的举止言谈也很少见。如今好似被叨啄得满头鲜血淋漓的斗鸡，越发激恼了斗志，似乎还剩一口气，流尽最后一滴血，也要把对头啄翻在地或落荒而逃。曲云莲清楚官司打到这一步，犹如进了死胡同，尽头是坚硬的墙壁，如不回头，必然头破血流，便耐心劝道："当家的，别用他人的错误惩罚自己。气坏了身子,高兴的是隔壁,心疼的是妈和姐呀。相信姐,官司不打了。咱们找管法官的大官上访去,没有过不去的坎儿。"

刘玉山说:"姐,没分出黑白咋能甘心半途而废啊!一会儿我就去找赵文光,再写一份民事申诉提审申请书,一定要省高法亲审,不信就审不出个是非来!"

看着红头涨面的刘玉山,曲云莲心软了,明知那是一条没有出口的死路,但不让丈夫走到尽头,他绝不会另谋出口的,就说:"当家的,既然你决定了,姐一切都听你的。咱两条腿走路,你告状,我上访。"

下了一夜冷雨,上午还稀稀拉拉地不停。刘玉山下车后特意找了一根树枝把泥鞋收拾了一下。敲开门,老金的脸没有上次红,身边也没有一团乙醇包围着,因此人不似上次那样眉眼嘴角连带皱纹都带着笑。刘玉山觉得老金虽然脾气不好,态度生硬,但还守铺,绝大多数时候在办公室都能找得到,就想说一句好听而恰当的表扬话。但话还没出口,老金那边却抢了先:"官司完结,你怎么还来?看你那双鞋,连泥带水的,一会儿你擦地呀?"

"你这不是人民法院吗?人民不该来吗?你省法院是高级的,脚底有泥的、低级的不该来?可你别忘了,高级法院大楼是低级人民的血汗盖起来的,你不过在里边暂用罢了。"刘玉山心里的火苗子"腾"地就点燃了。

"嗨哟,教训起我来了?你弄二两棉花访听访听,在省法院,包括院长在内,有没有人敢这样对我老金讲话?你还人民?全省有你这样胡搅蛮缠的人民吗?"

"你终于把心底的成见说出来了,但你还是没有把恶劣的成见说完全。有种你应当把在门里边骂我的'操'字后边的'刁民''无赖'公开说出来,那才是敢作敢为的真男人。"

"好好,你横,我怕你了,服你了,行不行?咱别吵,说你的正

刁钻不等于无赖

官司
GUAN SI

事吧。"

"我就一个要求,让省高级法院里的法官亲自审理我的案子,低级、中级法院五年审了9次,判了6次,没有一次是公正的。"刘玉山说。

老金耐着性子说:"你这个小案子就好比是一个小病,既不是要命的大病,也不是疑难杂症,诊断起来并不难。本来县医院就能看好,可你说人家看得不对,人家换了另一拨大夫,你还不服。好吧,上市医院,可你还说药方开得不对,那就再换别的一家市级医院。人家换了几十名医生,又搞全院专家会诊——法院审判委员会,六次判决你都不服,你说你是什么病人?全省、全国也找不出一个来。到底你内脏有病,还是脑子有病?咱俩因为官司吵了好几次,也算是熟人了,多少有那么一点交情吧?我可怜同情你钻了牛角尖拔不出来,才跟你说了这么不中听的话。换了别人才不会像我这样心里咋想就咋告诉你哪,人家会满面春风哄骗你跑,累断了腿,你还谢人家呢。"

"你用看病来比也行,可我这病虽小,却是被县医院治坏了的。开头下错了药方他们不承认,就一回又一回地掩饰,一级又一级地托人维持,活生生把尾巴细的小病拖延成了腰粗的大病、难病,成了全省、全国的疑难杂症。老金,你不能不承认法院,对了,不该说法院,说法院又刺你的耳朵,还说医院看错了我的病,弄出了医疗事故。再说鉴定委员会的专家,哪个没在医院干过,他能亲手拍板自己曾经的同事和学生出医疗事故?倒霉的不还是病人?"

"你可真能钻牛角尖。好,就算你类比有道理,法院六次判你败是法官惯性思维作祟,法院藕断丝连,互相庇护误判错判了,但政府没必要搅和进来吧。你也看到了,王龙一在江城市法院把房产证都拿出来了。那可是阳河县政府发的大照呀。你怎么解释?"

"土地使用证也是阳河县政府发的,我还有一份呢。你们不是照样把我30平米店的一半割给了王龙一?所以,你们省高法必须提调审理,这是我的'民事申诉提审申请书',你给我办手续吧!"

"我费了这么多口舌,你怎么一点也听不进去?你的申请我不能受理!

你没有新的证据,再审不能立案。法院不是给你一个人开的。你走吧!"

"我走不走,不是你上下嘴唇一说就能决定的。你现在唯一而且必须做的,就是收下我的申请书。否则,我便告你'不作为'。"

老金来气了:"嗨,说话挺咬眼皮呀?这么多年我老金还就不怕别人威胁。我告诉你刘玉山,你这个官司受理不受理都一个样。法院判你输了,你就是输了!别说判的没啥问题,就是判的有啥问题,六判皆同,绝不会改!合理不合理,违法不违法,你就是个输!你再胡搅蛮缠,刁赖疯闹,小心再关你五天。"

刘玉山发火了:"终于亮出你们法院的底牌了。这回我总算明白了,你们法院错案发生不难,发现不难,认定也不难,难的是纠错。按国家法律规定错案你们就应该纠错,但从你们法院之间关系和法官的人情出发,你们绝不会纠错!所以别说再关我五天,就是关我五十天、五百天,刘玉山我照样跟你们法院血磕到底!但在关我之前我还仁至义尽地问一句,到底受理不受理我的申请?你若说一个'不'字,我立马到你们法院六楼纪检委。对了,法院纪检是你本单位的同行,对你的'不作为'错误处理起来一定十分为难与纠结,但你们隔壁大院不是省政法委嘛。说我刘玉山是刁民?官司打了五年,我一次没上访过,连阳河县信访办都没去过。我规规矩矩信法,老老实实诉讼,按着你们规定的步骤一步不差地打官司,全中国你见过这样的刁民吗?还是我媳妇说的对呀,法是好法,法院是个讲理的好地儿,可坐在审判席上的法官不按法判案啊。我是刁了,疯了,赖了,蛮了,可这一切全拜你们法院所赐。你的话提醒了我'六判皆同,绝不会改'!我开始就不该打这官司,开始就不该当顺民,开始我就该上访!"

"你看看,咋说着又急眼了?我这辈子吃亏就是嘴欠,就不该跟你讲实话、真话。谁让咱俩一个脾气呢。刚才是我态度不好,我向你道歉,对不起了!我收了,现在就给你登记上。刘玉山哪,我真的弄不明白,你为了这半间房子闹腾四五年,到底合适不合适?人家都答应把成本4.5万元给你了,还多加1万元,就算房子是你的,4.5元万恐怕早就填进去了。唉,

刁钻不等于无赖

官司

GUAN SI

我都替你难过，你这不是跟自己过不去，自己找罪受嘛。"

一句同情的话触到了刘玉山的内心疼处："不是你说的那样，这半间房若落不到谁的名下，谁就是无赖呀。你不知道，在我们那儿一旦扣上了无赖的帽子，不但这辈子没法做人，就是到了我儿子也找不上媳妇呀。我哪是填了4.5万元，两个4.5万元都填了，可是至今连个赢的影儿都未见到。"说到伤心处，刘玉山放声大哭，"老金哪，我知道你是个直性子的好心人。我求您了，给我指一条明路，到底怎么能得到公正判决？我实在走投无路了。再见不到一点亮，我只剩上吊一条道了。"

"这事从镇政府批地的根上就没弄明白，镇上把地批重合了，法官只能依据合同先后来判。你若能证明王龙一与黄达宝签的合同在你与黄达宝签的合同之后，一天乌云便散了。"老金从来未见过一个大男人这么放肆地哭过，哭得自己鼻子跟着发酸。

"就算黄达宝证言是我自取的你们不采信，但于杰的证实材料明白说王龙一比我晚58天才签的合同，你们法院却睁着眼睛不采信。"

"王龙一也可以说签了合同之后找于杰是想签补充合同条款呀。有一个办法我也拿不准，你可否试试找公安部门搞笔迹鉴定，但我不懂鉴定能精准到什么程度？不然，这个案子你这辈子休想翻过来。"

"老金，谢谢你，我言语冲撞之处，你要多原谅，等这个案子翻过来，让我媳妇好好给你做一身西服，我再陪你好好喝一顿大酒。"刘玉山溺水挣扎之中猛然抓到了一根稻草。

刘玉山兴冲冲去找公安鉴定中心，跑过了三家，却沮丧着出来了。公安笔迹鉴定一是书写和签名的真伪；二是书写的时间。刘玉山了解到，全国沈阳、西安等地鉴定中心的鉴定最为权威，价格不菲尚在其次，要命的是鉴定书写的文件大体是哪一个年度尚可，能鉴定出几十天的先后差距尚很困难。

老金果然不负承诺，在满3个月还差1周的时候把省高法的裁定交到了刘玉山手里。刘玉山第一次见到盖着省高级人民法院大红公章的文件。"驳回申请再审通知书"除了重复以往六判皆同的理由之外，还加了一句："你也表示放弃对售房合同的真实性笔迹鉴定。因此你申请提调再审的理由没有法律依据，予以驳回。"

"这句话可不是我要加上去的，你别误解我老金的为人。"

"我还不至于有那样小人的肚腹，我自己递交的笔迹鉴定书面申请最终不做了，那些法官岂能放过表示刘玉山心虚的这条佐证？你真以为我是无赖呀。"

"虽然你现在很刁民，但一年多来多次争吵，我倒认为你的确不像是无赖。不过，我没有证据替你正名，只可惜你要请我那顿酒泡汤了。"老金拍了拍刘玉山的肩膀。

"会有那一天的，除非我刘玉山死了！"刘玉山咬牙切齿。

34. 利益面前感情不值一分钱

曲云莲掏出口袋里的剪刀，揣进了"信访条例"，碰上大帮的上访人群便避开走，不去扎堆，不拦截轿车，不胸前挂牌堵大院门口，不在机关吵闹，也不在下班之后滞留机关，以至一段时间阳河县和山城市都留下了"文明访民"的印象。只是每次都要求接访人员按规定处置，即每访必须予以认真登记，即便按约定到县纪检委、市监察局询问调查进展情况，也不忘到县、市信访办进行上访登记。

很快，县、市信访办便领教了这个女访民的厉害，虽然上访举止规范文明，但回回上访都被上级信访部门记录在案，回回都在增加县、市的访量和重复访次，回回都扣了县、市的维稳分数，你又找不出她有任何违规行为，拿得人骨头不疼肉疼。虽然有时上下级信访工作人员通过关系有意减少统计，无奈女访民每旬必访。更为难的是无法答复她"我的问题已经提出两个多月了，如果超出了本级权限，你们实在解决不了，请给我正式书面答复，我好向上一级机关进行反映"的要求。

临近年终，县里对各乡镇各项考评陆续出了结果。这是阳北镇全面丰收的年份。招商引资、财政收入、粮食产量、计划生育、村屯修路等各项工作都得了先进。刘太林前天到县里参加村镇建设总结大会，亲自捧回了"文明卫生乡镇"的奖牌，并在大会上介绍了阳北镇"依法狠抓严管、治理非法建筑、建设标准化城镇"的经验。今天又亲自参加了全县综治和维稳工作会议。上午11点会议刚一结束，电话就打到了镇里，说自己吃一口饭就往回赶,下午两点半召开镇党委扩大会,要求各位镇领导、相关的武装部长、派出所长、妇联主任等一个不能少。午饭时,大家议论刘书记准有喜讯要当日传达不过夜,担心晚上又会被豪饮的刘书记灌酒,就让食堂做饭的师傅老丁头准备些垫胃的花生、囫囵的柿子与黄瓜。

谁也没想到,刘太林悄没声息进来了,木着个肥脸却把眉梢、眼袋、嘴角一齐往下巴上拉。正在嘻哈打趣的人立马没有半点声音,有的嘴也未来得及闭上,就那么张大了口,愣怔地望着刘太林坐到了椭圆形办公桌尖头的固定位置上。

阳北镇社会治安综合治理与社会秩序稳定控制工作排名由第5名降到了第13名,由上游成了17个乡镇中的下游,受到了点名批评。扣分的主要原因是上访批次与数量居高不下,有三分之一为重复访,相当一部分是城镇治理中被拆违的居民。刘太林把脸斜转向小张镇长:"镇政府是怎么掌控的?"

小张镇长心里有气,好事都是镇党委的,粮食产量全县冒尖是政府的成绩,党委书记却亲自去领奖,综治和维稳明明是党委的事,出了问题却找政府是问,但终究不敢与书记公开顶撞,便把脸也斜着转向了王龙一。

王龙一的脸没有人接转,只能接话:"刘书记,在文明卫生镇整治建设尤其拆违过程中的确了发生了一些上访居民,但我细看了县信访办的统计表,访民并不是扣分的主要原因,30%不到,比阳河镇和河东乡少了近一半,而我们却拆出了一个'文明卫生乡镇'的光荣牌匾。扣分的70%是有几起上省重复访,尤其是进京访一次就扣了我们10分。"

刘太林抓过统计表仔细地看。王龙一说得果然有理,但在上省重复访扣的18分里,就有刘玉山、曲云莲夫妻8分,进京一次扣的10分后边也写着曲云莲的名字。刘太林便把异样的目光重新投到了王龙一的脸上。一屋子人见刘太林如此,也把复杂的目光一起投到了王龙一脸上。

王龙一脸上火辣辣的,先把脸转离了刘太林的目光,对其他人恼羞成怒地说:"你们看我干什么?官司是爹妈顶着我的名跟他们打的。我王龙一拆了亲弟弟的违,在全阳北落了个冷血绝亲的恶名,难道还要落个忤逆

利益面前感情不值一分钱

官司

GUAN SI

不孝的臭名不成？"

　　涉及自身政绩与利益，刘太林历来没有通融余地："领导干部有责任教育约束家属及身边的工作人员，个人情感必须服从党和人民的利益与大局。"

　　"党中央一直要求建设法治国家，在一个三级六判却无理闹访的无赖刁民面前，我王龙一绝不无原则地退让。因为我不能让阳北镇的4万群众误以为镇党委和阳河县委提拔了一个无赖给他们当镇长。"王龙一毫不相让。

　　在阳北地界，第一次有人顶撞自己，刘太林猛然意识到两年前那个摇尾乞食的狼崽子，如今已被自己喂成了壮狼。刘太林急切搜索可下的台阶，猛然看见对面的毛亩，立马擒拿过来替罪："毛亩！这事都怪你当初乱插一杠子把地批给了刘玉山，早按我的意见落实给王铁匠一家，哪会有现今这么多麻烦？"

　　毛亩像突然被触了电，手猛地一个抖颤，一根烟从指缝间掉在了腿上，赶紧站起来抖落，还是被烫得"哎哟"了一声。这一声"哎哟"无意间碰触到了已成为科级调研员的吕副镇长的同情心，虽然一贯对毛亩没什么好印象，但如今同坐冷板凳，便替毛亩解围："刘书记，县政法委和信访办对综治与维稳的责任划分有问题。涉法的上访主要责任单位是法院。判得对，要做当事人工作让其服判；判得不对，纠错的应是法院。我们阳北镇既无权力也无能力解决问题，凭什么负责？上访应统计到法院身上。"

　　旁观者一句话点醒了局中人，刘太林一拍大腿："对呀，吕镇长说得对呀。这件事由张镇长负总责，毛亩助理具体抓，并请吕镇长全程介入。会后马上以镇党委和政府的名义给县政法委写报告，并抄报县委陈信书记和黄伟县长，同时抄送县法院。他们惹的事凭什么让我们背黑锅？"

　　阳北镇报告送出仅3天便收到了复函，但不是县政法委的答复，而是法院给县政法委的报告抄件。县法院的报告充满了法律用语的味道："综治与维稳一直实行的是条块结合,以块为主的属地负责制。县政法委现今统计与责任划分是不容非议的正确决定。阳北镇党委与政府有不可推卸的思想教育与行政管制责任。该镇工作不到家,致使当事人重复上访,却要将责任推给法院,于理、于法、于体、于制均说不通。故此政法委应驳回阳北镇的请求。"

政法委没有表态,而是以极大耐心倾听意见。刘太林与汪方唇枪舌剑,争辩得不可开交,将陈年老账都翻了出来。刘太林对毛亩说:"告诉他们,法院判出了毛病,把我们的人判出了上访瘾症,好端端的裁缝店都关了门,他们不负责让谁负?"

汪方气不打一处来,对孙晓仁说:"明明是不懂法还胡搅蛮缠讲歪理,把省、市、县三级六判的原件全给他们附上。如果说我们判错了,省、市两级法院也判错了?"

刘太林一拍桌子,对毛亩说:"告诉汪方,他们法院就是收费收红了眼。看看他们豪华办公大楼旁边附建的宾馆,我就知道为了弄钱什么官司都接。当初若是不予立案,不问不管,不审不判,哪来这么多后遗症?!"

汪方指着孙晓仁喊:"你告诉那个刘胖子,起头告状的是他们阳北镇副镇长,绝不是我们没卵子找茄子提溜着上赶子立案。最主要的是他们阳北镇政府10.5米幅宽的地号批出了12米,祸根是他们种下的。法院给他们擦屁股,不领情就算了,还要把责任往我们身上推?有这样胡搅蛮缠的领导,难怪他们阳北镇出如此刁民!"

政法委副书记只好先是软语安抚,尔后各打50大板,上访批次减半统计在阳北属地,思想教育与管控工作双方共同承担;各级"两会"在即,当务之急是要看住重点人不要到省、市,尤其是到北京上访。会议期间上访人出了阳北地界由阳北镇负责,出了阳河地界由县法院负责。

汪方痛心疾首地埋怨孙晓仁:"你说你,当初若是把这件事给我叙述明白了,今天怎么会走这么远?我不管你用什么招法,'两会'期间必须把人看死在阳河县内。"

刘太林清楚，以毛亩的为人如果没有王龙一的请托与相当的好处，这个精于算计的助理绝不会心甘情愿地承担糊涂办事的责任。但他欣赏这种灾祸面前守口如瓶的担当，当然前提是毛亩有对自己没有刻意隐瞒的忠心。刘太林不希望拔出萝卜带出泥，如果王龙一被揪出了尾巴，当初自己这个信誓旦旦力保王龙一是猿人而不是猴子的党委书记，就会在阳河县最高庙堂上当众被"啪"地狠扇一个响亮的耳光。想透了轻重利害，刘太林对惶恐着的毛亩说："知道错了就要想法弥补。你现在要做的就是一条，把人给我牢牢看住，尤其那个大眼睛女人，如果'两会'期间再跑到山城市里去，那你只能提前回家养老了。"

35. 县官不如现管

刘玉山被镇政府以办房产证的名义从山城市诓回了阳北,回家便被严密"保护"起来。夫妻俩只要出了小院,即便到街口小卖店打一瓶酱油也有人跟着。刘玉山似一头被骗诱进了笼子里的野兽,发疯似的冲出家门,直奔镇政府,进了大院一路顺风,个个都是笑脸,一膀子撞开毛亩的房门,递上来的是一杯热茶。

"你把我一家坑得还不够惨哪。如今又违法限制我的人身自由,我依法上访有什么错?"刘玉山大叫。

"刘老弟,今儿个咱们明人不说暗话,过去的事是我对不起你,但弄成这步田地,应当说这个错咱俩各有一半责任。你先别发火,听我慢慢分析看是不是这个理。先说你那一半的错,错在跟普通常人不一样。王龙一已经答应了成本之外多给你1万元,还在三道街给你弄比原来多40平米的住宅。阳北镇普通常人一算经济上有赚头,又能结交大权在握的城建所长,早就一口应承下来了,可你们不,偏去计较什么道德、尊严、名声。如今有几个在乎那玩意儿?能当饭吃,还是能当钱花?就一顶谁也看不到影的'无赖'帽子,看把家折腾得几乎散了架子,我都觉得可怜。总之,你们夫妻错就错在活得太认真、太较劲、太钻牛角尖。"毛亩满脸赔笑。

"我没工夫听你瞎掰扯!怎么错误都是别人的?你一点也没有错……"刘玉山叫道。

"既来之,则安之。你听我把话说完了再急眼行不行?你别以这样怪异的眼光瞅我。我这就说自己的错。我毛亩错不在批了糊涂地,我那是

装糊涂。当时有不得已的苦衷，违背刘书记意思硬把地批给了你，怕王龙一告状挨刘书记收拾，又为同僚改善关系接受了王龙一的请托。这算不算错？在你们百姓看来是错，但是按官场通行做法不能算错，大家都这么做嘛。无非让王龙一多出点钱。我的错就是把你当成了阳北镇的普通常人，怎么也没想到你们夫妻俩是不同于普遍常人的较真人，也就是你们自己说的死也不低头服软的骨气人。当然我也没料到他王龙一小小年纪手段这般阴险老辣，官司弄到今天的地步，我也后悔莫及呀。"

刘玉山说："各人有各人的活法，今天你尽管说了实话，我也不能原谅你。就是因为你不肯说实话、出真证才把我们一家害得这么惨。你跟我讲这些话无非是想说明，你的所作所为都符合你们官场上的潜规则，你并没有过错，错都在我们小民百姓没有按你们的潜规则行动。而你'后悔莫及'的不是给我们一家造成的惨状，而是后悔如今给你带来的麻烦。当然，对你今天的厚颜和坦率我倒没有想到。为此我也坦率地告诉你，想让我不上访，不给你找麻烦，办不到！如果你们仍然限制我外出打工赚钱养家糊口，我告状上访的内容必然增加'限制公民人身自由，侵犯人权'一条。"

毛亩笑了："刘老弟，我承认，保障上访人权力是党中央国务院倾听民声民意的国策，限制上访人人身自由是违法违宪的。但现实情况却是，在我们基层乡镇，法律不如文件管用，县官不如现管好使。你就是怀揣着《宪法》与《上访条例》，说出一箩筐道理，在这两三个月里，哪个基层政府的官员也不敢放你出去，除非他不想要头上的那顶乌纱了。这么着吧，你外出打工累个要死每月多说千把块钱，这三个月只要你不离开阳北镇，镇上给你六千块钱，而且什么活也不用干，怎么样？"

刘玉山哼了一声鼻子："毛助理你可真够大方的。你们不就是怕我上访给镇上综治维稳工作扣分丢脸吗？要脸面可以呀，当初你们别做那些龌龊事，我何必倾家荡产跟政府作对？你们把'无赖'帽子扣到我的头上，把我一家人的脸皮撕扯下来当全镇人的鞋底子，让我在阳北混得人不人鬼不鬼的，现在倒好意思让我给你们留脸？就你们当官的脸值钱，小民百姓的脸就不是脸？我知道，你们当官的没有了脸皮，不对，没有了面具就没法戴那顶乌纱，但你们还可以换个地方再戴另一顶乌纱。可你知道不知道，小民百姓若是戴上个'无赖'帽子，连活也没法活下去，就得滚出土生土长的家乡呀。我知道镇政府有的是钱，我家现在这个惨状的确需要钱，但我收了你们的六千块钱，就等于在'无赖'帽子上又加了一道紧箍，今后永远别想把它甩掉。"

毛亩拍拍刘玉山的肩膀，越发温言款语："我知道你们两口子都是禀性正直的好人，活得堂堂正正，但社会现实就是这个样，怎么就不能现实一点？背后嚼舌头根子累他们自己呀，怎么也不会嚼到你耳根子发热吧？就算你自觉热了，那6000元钱总是养眼吧。既然你们眼里糅不得半粒沙子，那咱就再退一步，这3个月你就在镇上打工，粮食加工厂、环卫清扫队、敬老院，地方随你选，活计随你挑，工资随你定。工资你说多少就多少，咱总得有个解决办法呀。"

仿佛受了巨大侮辱，刘玉山"腾"地站起来，猛地拉开房门，扔下半句"钱还是给那些'保护'我们的人开工资吧，但他们得24小时不眨一下眼，否则……"气哄哄出了镇政府。

听曲云莲提出要去阳河县进布料，门外坐着的十六七岁小伙子恭敬站起身来，紧张地说："阿姨呀，我去镇政府报告一声，您千万别走哇，您若偷着走了，我这月一分不得，还得被罚款200元。我妈答应得了钱给我买一双鞋，您看我这双鞋都咧嘴了。"

"你去吧，阿姨不能坑你。再说走也得坐小公共，偷着走了，镇里的小轿车'噌'就追上了。"曲云莲本来并没打算在"两会"期间上访，镇上派人这么一看，心里反倒悖逆起来。她知道自己去县城进货，镇上一定派两个男人"帮忙"提货，计划就在综合市场人多时猛不丁喊一声"那两人跟踪我！"，市场上的保安和管理人员一定会把那两人控制询问，自己就借机抽身去山城上访，非给阳河县和阳北镇重复登记一次不可。夫妻两人谁也不知道县法院早已在火车站和汽车站布了控。

第二天一大早，镇里派来"帮忙"的却不是两个人，而是一个人；也不是身强力壮的男的，而是一女的。曲云莲立马傻了眼：来人不是别人，而是小豹子的班主任王杰老师。

看着发愣的曲云莲，王杰一脸的尴尬："曲大姐，不是我愿意来的，镇文教办找王校长下了死令，让做通学生家长的工作，让你们这几个月别再'那样了'，王校长就找了我。校长和老师都知道这么做不对，可是学校也没办法。其实你们就真的'那样'了，我们也会照样对刘小豹同学好的。上边发了话，我又不能不来，千万请大姐谅解啊。"

事先算计了若干条障碍的可能，就是没把宝贝儿子这个因素考虑在内，现在让人抓着命根子阻断了后路。看着王老师满脸不好意思，曲云莲心中老大不忍："王老师，可不敢这么说，我们家的破事让您这么为难，我都觉得对不住您了。您可千万别跟我去阳河县城，不然全班孩子的爹妈还不把我的脊梁骨戳破了？请您相信我，就凭您对小豹子那么好，我绝不能坑您，这几个月我保证哪也不去了。"

王杰说："曲大姐，我知道您是个心地善良的好人。我不是不相信您的话，而是不跟您去交不了差。"

"若是这样，我就不去进货了，咱俩都可以解脱了嘛。"

"那不耽误你做活计了？要不咱俩星期天去？我也好久没去县城转转了。"

"无非少赚几个，反正今天不能去。如果你真有心逛逛县城，得答应我一件事，咱俩到综合大市场，我帮您选块布料，给您做套衣服。"

"这样最好。"王杰高兴了。

放弃了"两会"期间上访的念头，刘玉山说什么也不干毛亩安排的月收入2000元的活计，自己找了一家私人油坊，光着脊梁和脚板，在榨油间挥汗如雨，虽然每月只挣700元，但走在阳北镇大街上腰板越发挺得直。

王龙一申请工作调动了，新单位的职务是阳河县工业开发区副主任。这是一个令不少干部羡慕却去不上的地方。王龙一背后是善于运作的沈宁海，飞上高枝具有天然优越条件。刘太林耷拉着眼皮反问："怎么，侍奉够我了？还是阳北水浅，耽误你跃龙门了？"

"还不是因为沸沸扬扬的官司给您和阳北镇找了这么大麻烦？龙一实在是没法再干下去了。更主要是想离我那铁匠爹妈远点，省着他们总打我旗号整事，我一走了之，为您和镇上彻底消除影响。"王龙一恭敬答道。

开发区工资高出乡镇两三倍，一把手由县委副书记兼任，副主任多半是正局级。王龙一虽然是资历浅的副局，但到了开发区转正是指日可待的事。刘太林知道王龙一没有说心里话，便言不由衷顺劲挡了回去："别个理由，比如年轻人寻个前程，我刘太林就是再舍不得，也得克服困难放你走。若说因为官司，我可真不能放你走了。第一，你有三级六判皆赢的理在，若走了不是显得理屈？第二，只要进了法庭，不管你什么身份，都是普通当事人。组织上并未禁止干部依法解决纠纷。别说你还赢了，就是输了，那只是个人问题，丝毫影响不到阳北镇党委与政府的形象。同时还说明我们干部法制观念强，没有以权欺压自己辖下的百姓。"

听了刘太林冠冕堂皇的话，王龙一明白自己自作聪明了，只能服软："刘书记，没有您就没有龙一的今天，只要您在阳北一天，龙一就应该鞍前马后地尽心服侍着。但到了开发区能有发展，龙一不好意思向您说，刚才是找了个借口。"

刘太林脸色好看了一些，他还是不想就这么放王龙一走，但话不能说得太无情："龙一呀，既然你有了新的打算，我也不能耽误你的前程，但你要容我考虑运作一下。"

王龙一恨得牙根直痒："不能耽误你"是幌子，"考虑运作一下"才是真正的底牌。"考虑"可以半年，"运作"可以一年。当初自己靠左道旁门的医术得以提拔，既然自己已经过了河，就应该拆了桥板做梯子，以便登上高台。王龙一打算在下一次治疗时骤然"失手"，动摇他对自己的信心，同时要死咬住沈宁海，加快运作步伐。

36. 急性子与直肠子并非同路人

"两会"之前,上级要求各级主要领导干部,信访排位靠后的单位开展大接访,面对面做好信访积案化解工作。听汪方说要亲自接待刘玉山夫妻,孙晓仁胆怯地建议:"汪院长,这个官司闹得沸沸扬扬,是否慎重点儿?那女的嘴似快刀子,男的脾气也变躁了,产生负面影响就不划算了。"

汪方白了孙晓仁一眼,一副不屑的语气:"我汪方什么样的官司没审过,还怕两个当事人?看问题不能只瞅眼皮底下那疙瘩地儿。"

孙晓仁弄不明白汪方眼皮之外能看多远,汪方也不会告诉这个糨糊脑子的下属。尽管这个沸沸扬扬的官司引发的重复上访起了负面影响,首先有省市两级法院抵顶着,自然找不到自己丁点负面责任。如果自己对这个谁见谁躲的当事人亲自接访,其负面影响则会转化出同样当量的正面效果来。为此,汪方冥思苦想出了一个绝妙的谈判筹码。

接访那天汪方做了精心安排。接待地点从阔大的办公室挪到了会议室,让刘玉山夫妻与自己分坐椭圆形办公桌两侧,可以体现官民平等;办公室准备了米、面、油、肉等一干食品,摆在会议室的显眼处,以体现领导对上访户生活困难的关怀;在刘玉山夫妻到达法院时,汪方将屈尊降贵亲自到大厅里迎接,以体现接访领导举止之亲切。当然这些都不能白做,汪方亲自给沈宁海打电话,除了让安排县广播电台和电视台记者到现场采访外,还特意要求县委办《每日快讯》的信息员一并到接访现场。这样,新闻播出之后的第二天早上,便会有接访信息摆上市委书记、市长及山城市法院院长的案头。汪方胸中蓄满了"一举拿下、自此息访"的浪漫结局。

　　大厅里,汪方抢步上前,要与刘玉山握手,刘玉山却视而不见。神情错愕的记者下意识按下快门,"咔嚓"一声便拍下了这一尴尬场面,但却半点也未影响镜头前汪方慷慨激昂的谈兴。从国家司法审理,对社会公平和谐的意义,社会管控资源的短缺与宝贵,继而联系到一个5万元小案子竟然三级六判的巨大浪费……刘玉山冷冷地说:"汪院长的意思是我们不该向市、省两级申诉,只能由你县一级审判,而且判一次就服判才对得起你法院的宝贵资源是吧?我们可是严格依法律程序申诉,并经中法、高法两级法院批准才审理的。如果只允许当事人做一审法院判决的顺民,国家何必设市中院、省高院、国家最高法院?"

　　汪方吃了一惊,赶紧拉转话题:"正因为国家重视公民权力,才对这桩5万元小案子不惜动用这么大司法资源来审理。我说的意思是,既然这么多名法官、这么多级法院都认定一致,讲理懂法的公民就应当理智地自觉服判。你看你们去市、省、北京跑了多少趟?去一趟政府就得派人派车接你们回来,我心疼浪费了国家这么多钱哪!"

　　"我对汪院长的心疼表示怀疑,因为钱是公家的,不是汪院长个人的。我大胆猜测,如果这些钱让汪院长个人掏腰包,一定不会这么大方地花。我的官司在阳河法院已经历时5年了,可曾作为主管副院长又到如今的院长,你汪院长一次也未听我们陈述。"刘玉山冷冷地说。

　　"作为当事人,我尊重你才请你们来交谈的。可你满怀敌意,从进门开始就没好脸色给我,这样我们很难谈下去。有那么多法官、那么多次听过你们陈述,难道非得我这个当院长的亲自听了才算数吗?"汪方连受了两次抢白,耐心受了挫折。

　　"汪院长,容我打个不恰当的比方,如果法官听了陈述就可以代表院长听陈述,今天汪院长大可不必放下尊贵的身份亲自接访我们夫妻。因为汪院长想说的话,孙主任已经多次向我们讲过了,我们的想法也同样多次陈述给孙主任了。既然我们的想法和态度不合汪院长的习惯胃口,小民只

急性子与直肠子并非同路人

官司
GUAN SI

能告退了。"曲云莲低声细语地插话。

汪方第一次切身感受了这对夫妻的厉害与难缠，赶紧稳定了情绪："老刘啊，咱俩都是急性子与直肠子，老话说不打不成交。我看咱俩能够成为朋友。你们是涉法访户，作为法院院长，我今天主要是看你们到底有什么要求，有什么困难，法院尽全力帮你们解决。我听说这几年为了官司你们弄得很困难，特意准备了一些食品，当然还有一笔生活救助款。"

"谢谢汪院长的抬举和盛情，有一点我得声明，没打官司前我刘玉山性格温软得很，不是急性子直肠子，不然我媳妇不会看上我。底子不一样，我不敢跟汪院长高攀为朋友。要说生活，你们知道的原因，是比打官司前困难了，但小民百姓生活上要求不高，有个土窝遮风挡雨冻不死，有口饭胡乱填满肚子饿不死，就心满意足了。作为这么多年的老资格诉民与访民，我们从未接受过任何政府和部门给予的一粒米、一滴油、一分钱。包括硬送到家里的，也包括像您这么大方地在电视镜头前的公开给予。我们觉得接受那样的施舍是一种羞耻，得的一点不仗义。我们的唯一要求汪院长心知肚明，却不可能给我们，或者说不想给我们……"

汪方打断刘玉山的话头说："老刘啊，怎么能不给呢？我知道你这么多年讼呀访呀，就是想要回那半间店铺，我今天找你们来这里就是替你们商量这事嘛。你看这样好不好？那半间店铺成本是4.5万，这么多年你们两个4.5万扔进去了也没拿回来，我们法院给你凑个整数10万元，算是这么多年的生活补助，而后把那半间房原封不动地拿回去，你彻底息讼息访怎么样？"

汪方的提议超出了刘玉山的想象，脑筋一时未转过弯来，觉得应该问上一句。

曲云莲插话道："汪院长，那半间店铺如今可是落到了王龙一名下，虽然是你们法院硬判过去的，但你们没权力硬拿回来吧？"

"曲女士说得对，我们虽然无权硬拿回来，但可以设法拿回来呀。最近我了解到王龙一得调离阳北镇，我们法院负责出面做他的工作，把那半间店铺买下来再还给你们。当然赎买的钱由我们法院来出，不要你们掏1分钱。我花15万元来解决你们不到5万的问题，是不是很有诚意呀？"汪方自得地笑了。

"这么说那半间房子仍然是王龙一的，你们判得仍然没有错？"

"这个问题有那么重要吗？我们法院把房子判给了王龙一，我们法院又出钱买回来还给你。你若一定要认为法院判错了，你们想怎么理解、想怎么对外说，那是你们的自由嘛。"

"我的理解是，自己的门市房被人抢去了，如今要自己拿钱买回来，同时还要对施舍我买房钱的人感恩戴德，而这个人正是抢房人的帮凶。"刘玉山应声答道。

汪方勃然变色："刘玉山，你怎么能这么说话？我这样绞尽脑汁替你们想办法，甚至顶着外界可能出现的错判误解，去拿回你那半间店铺，你竟然说我是帮凶，太不通人情道理了吧？"

曲云莲慢悠悠地说："汪院长请息怒，不要跟小民一般见识。我丈夫刚才的确用词不当。但正如您说的那样，他就是一个急性子直肠子。实际他想说的意思是，那半间房子究竟落在谁的名下，应当一清二白。既然你们法院认为没有错判，就不应该冒着遭人错判误解的委屈，出钱买回来，再还给我们。如果你们认为当初的确错判了，就应该旗帜鲜明地公开纠错把房子再判回来。"

"看来你们跟王龙一结下了仇，不想让他占那4.5万元的便宜。打官司这么多年，王龙一也损失了不少钱，那5万元就算给王龙一的补偿，不算买房如何？"

"我现在真正感受到了汪院长解决问题的诚意与决心，在这儿表示真诚的感谢。但法院都这么拿钱化解矛盾，而不是依法公正断案，早晚有一天会赔得开不了门。所以我表个态，只要法院把本该是我的半间门市房重新判归给我，我1分补偿钱也不要，你们最少可以节省15万元。如果不清不白地拿回来，我宁可再花两个4.5万元，也要把事理掰扯明白。"刘玉山说。

"法院出面把店铺给你们拿回来，用哪个名义真的那么重要吗？这些

急性子与直肠子并非同路人

官司

GUAN SI

年不停地讼呀访呀图的是什么，不就是图有钱把日子过滋润吗？我汪方可真想不明白了，你们这样针尖对麦芒地较真、折腾，还能有时间赚钱过好日子吗？"汪方用奇怪的眼神望着对面这对夫妻。

"汪院长是不是以为只有当官的才顾惜名誉，小民百姓只知道柴米油盐而不知羞耻？你错了，如果只为钱，官司也不会弄到今天这步田地。小民百姓也有尊严，甚至一点不比当官的差！"刘玉山抬高了声音。

一种从未有过的挫败感袭上心头，汪方突然发觉自己真是小看了这对夫妻。堂堂法院院长拿热脸贴了老百姓的冷屁股，而且有那么多新闻记者现场见证，沸沸扬扬的正面轰动竟变成了一场沸沸扬扬的羞辱，他忍不住恼羞成怒起来："铺就的光明路你们不走，那我就没办法了。官司三级六判已成铁案，你们这辈子就死了翻案的念头吧。"

"三级六判就是铁案？你十判错了照样是豆腐案！你三级有什么了不起？三级还不是顺拐重复你那初始一级？三级顶上不还有国家最高法院吗？你们各级法院顶上不是还有共产党吗？想拿钱收买我息讼罢访，你也死了念头吧！"刘玉山高声说。

汪方随着抬高了声音："初始一级？你说对了，我汪方办案从来丁是丁、卯是卯，上级不想顺也得跟着顺！别说你挑不出毛病，就是有毛病，你们也翻不了！"

"那我就把你们徇私枉判的劣绩反复告上省、市委书记，法院院长的案头，一直告到北京去！"刘玉山说。

"随便你告到哪里去，有我汪方在阳河一天，你这桩官司，认，是个输；不认，还是个输；横竖都是个输！永远别想翻案！"

"汪院长，你忘了一个事实，我活着在阳河，死了也在阳河。但你汪院长不一样，你不可能在阳河一辈子。因为你的院长任期是短命的，说不定哪天屁股就得离开院长宝座。你不可能永远一手遮天！"曲云莲冷冷地说。

37. 理直难打笑脸人

曲云莲收到德州信息是在春节前夕。

不是曲副师长一贯的训诫指示风格，而是妈妈的一条秘密长信息，告诉她爸爸的病情不甚乐观，春节后天转暖，阳气上升时，有可能动大手术，希望云莲一家来德州过春节。如果觉得把婆婆一人扔下不合阳北规矩，就跟小豹子两个人也行。你爸想外孙子都魔怔了，整天整宿把小豹子的玩具武器放在身子周边，搂在怀里睡觉，嘴上却死硬不承认。

曲云莲抬腿要走，不巧婆婆犯病住院吊水，镇政府派人去医院，又是水果探望又是糕点慰问，好像夫妻俩给阳北镇做了天大贡献，连生病的老娘都跟着沾光，私下却对夫妻俩看护得越发紧了。

曲云莲心焦如火，婆婆病缓出院当日即同丈夫商定，自己领小豹子回德州，刘玉山留下照顾婆婆。

夫妻俩带着曲正的病历去找毛亩，毛亩不敢做主，又向刘太林报告，刘太林大笔一挥便特批1万元。毛亩笑眯眯将一沓钱放在夫妻俩面前："怎么样？毛大哥还对得起你们吧，至今未忘记弟妹为我巧绣的'百鸟朝凤图'与'鸳鸯嬉戏图'呀。"

"我们是来请假不是来讹诈的，你不要侮辱我们的人格好不好？你不知道看我妈的水果、糕点钱都给你们的人带回去了？"刘玉山烫手似的把钱推回去。

毛亩装作不高兴的样子："看看，我毛亩活到年近花甲，从未见到你们夫妻这样的。这可是我找刘书记硬要的，这钱烫手吗？你们不要，我可

替你们要了。刘书记听说刘老弟的老泰山病重,特意安排镇妇联孙主任陪同弟妹前往探望,又安排你儿子的班主任王杰老师一同前往照顾并辅导孩子。"

"我媳妇不是犯人!回家看望生病的老父亲,你们竟然派两个人押送,太骇人听闻了吧?你们不就是怕我媳妇顺路上访吗?"刘玉山跳起来吼道。

"刘老弟,跟聪明人打交道不必捂着盖子摇,这不是春节后省里开'两会',接着全国又开'两会'嘛,镇上担着莫大责任呢。其实现今的基层干部真不是人干的。这么安排是挺那个的,但也是不得已而为之,理解万岁吧。"

"毛助理,我曲云莲'两会'结束前哪也不去了。你们安排得真是绝了,让人家大过年抛夫弃子陪我回家与双亲团聚,我若不理解万岁,你们岂不真的把我们搞成无赖吗?"曲云莲冷冷地说,"麻烦毛助理转告刘书记,'两会'后若再不允许我自由回德州,曲云莲就吊死在镇政府大门上!"

夫妻俩走了。毛亩呼出了一口长气,眼睛灼灼地盯着桌子上的1万元,一把抓在干枯的手掌上,心里暖暖的,拉开近身的抽屉稳稳放了进去。这笔钱已经走了春节民政扶贫慰问金的账目。毛亩点燃了一支烟,惬意地猛吸了一口,感觉头脑越发清亮,又把钱拿出来,重新握在手里,直到钱与手融成同样的温度,才叹了一口气,往刘太林办公室走去。毛亩清楚,这沓钱握在刘太林手中对自己的价值更大。

过了春分,天气一天暖过一天。杨与柳比着劲儿一齐抽着青。一个阳光和煦的早晨,打开房门的刘玉山猛然发现,昨天晚上还在家周边辛勤"保护"的人一个也不见了。刘玉山试着往大街上疾走,再斜插穿过胡同,又拐去东街口,身后边往常跟着的人真的一个也没有了,好像昼夜背负的大包袱终于放了下来,他想亮开嗓子大喊,又意识到满街正常人,这声喊一旦出了口,自己一定会立马被人当成另类,遂强抑着把那一声吼叫憋回了肚腹。

大地苏醒过来了，工地上睡了一个冬天的吊车活泛地舒展开了手臂。应该是外出打工捞钱的季节了，也应该是回德州探亲的时候了。刘玉山要在侍奉病中妈妈的同时，照看小豹子的起居和作业。德州只能由曲云莲一个人回去了。

终于登上了开往德州的列车，前后整整52天，曲云莲度日如年，现今又迁怒于火车不该走走停停。曲云莲恨不得立马到老爸床前，看看他到底怎么样了，是不是已经病得没有力气教训人了。列车广播一遍又一遍播放着提示："前方到站是天津，有去北京的旅客请下车到售票大厅办理转乘手续，前往济南方向的旅客请不要下车……"

曲云莲摸着贴身口袋里的控告信，硬硬的，立马咬紧了牙，一把从行李架上取下了包裹，头也不回地下了车。

曲云莲已是第三次进京了。

第二天，熟门熟路先到了最高法院信访接待室递了信件，待到下午人比上午稀少了，才坐车去国家信访局。有了上次的经验，曲云莲先把包裹找了寄存处存放，把控告信塞进乳罩内，买了几枝便宜干花握在手里，人在国家信访局前一站便下了车，步行到了信访局门前数十米，猛然望见有本省A牌车，心里猛地一惊，忙用干花遮住大半个脸，越发信步缓行，站在车旁的人果然未注意。终于走到了国家信访局门前，曲云莲猛转身疾步进了院内。

窗口接待的人不冷不热地问："来几次了？"

"来北京是第3次。"

"上两次材料如何答复的？"

"上两次没有到这儿。"

"这么说你不是重复访？"

"3次进北京，把最高法院算上，就是重复访，但来你这儿可以说是第一次。"

"那你算是初访吧。"说过便接过了控告材料，一页一页快速阅

览,"哎哟,这是三级六判哪。你有充足证据说明是错判吗?"

"三级实际上是中级、高级顺拐于初级,六判如同5次再版。我有证据但三级法院不采信,所以跑来北京,找老百姓的主心骨,请领导为民主持公道。"

"你再版的比喻挺有意思,可是怎么能证明就是错判了呢?"

"如果是判得正确证明执行国家法律有水平,应当不怕北京知道,可是他们防匪防贼一样怕我们到北京诉说判的情节,不是心虚错判是什么?"

"我看你也是个明白事理的人,问题最终还得你们省来解决。案情我们就不细谈了,我给你发一公函,请你们省相关部门领导认真过问一下,你看怎么样?"

"3次不吵不闹按规矩上访,想方设法躲着拦截到北京找你们,前两次半途被拦截,面也未见到还受了训诫与拘留。我拿你的公函如果他们还不办咋整?"

"国家法律保护上访人正当权利,任何拦截公民正常上访的行为都是非法的。你没看国家领导前些天还到我们这儿亲自接访吗?公函直接发到你们省信访局,并要求限期反馈。所以没有'如果',他们必须办。"

曲云莲抬头望天,太阳暖暖地抚摸着身子。这是两年多来最成功的一次上访。尽管一些官员因扣分会迁怒于己,但能换来有权改变判决走向的官员认真听自己一个小时的申诉,也算值了!

曲云莲归心似箭,如今一门心思都在老爸身上,到德州的火车还有六七个小时发车,曲云莲准备到天安门广场留个影,再替老爸到纪念堂瞻仰一下毛主席老人家的遗容。

曲云莲犯了一个致命的错误,照相时不该先取包裹里的衣服换装。一个大包小裹进入天安门广场的人,自然会引起截访人员高度警觉。曲云莲还没反应过来,便被"请"进了挂着本省A牌的面包车里。

女子管教所第二道铁门在身后"咣啷"一声关上,也关死了曲云莲最后一丝儿希望。两天前被"请"进车里接受盘问的时候，尽管她一再解释是要到天安门广场照相而不是上访，但包裹里的控告信却让她无法自圆其说。她是真的着急了，拿出了去德州的车票，证明此行的目的是去侍奉即将手术的老爸，但恰恰这张车票彻底出卖了她：从山城发往德州方向的车不路过北京，为何舍近求远到北京？

曲云莲泪流满面哀哀恳求放行，但还是被强行改变了行程！

不过，截访人员却丝毫没有为难她，甚至破天荒地特殊优待，为了让一直啼哭不止的她吃饭，哪怕吃上几小口，山城驻京办食堂晚餐时，为她做了有鱼有肉的四样菜，还做了水饺、油饼、米饭三种主食。为她买了赶回山城的夜车硬卧票，随行买了硬座的两名女警寸步不离地为她递水喂药。

拘留15天的手续已经办好了。从山城火车站下来，警车把人直接拉到了拘留所。曲云莲已然恢复了情绪，由焦急地恳求转为了无奈。在心里反复计算着拘留期加上再去德州路上所用时间与老爸手术期究竟差多少天。她做梦也想不到，这一回霉鬼却死死缠上了身。拘留所例行的入所搜查中，一直藏在乳罩里的国家信访局公函露了出来。接到报告，公安局长贾志气恼地拍桌子骂道："这个刁妇，阳河县的形象早晚得毁在她的手上。"

15天的拘留一下子翻了10倍，变成了6个月的劳动教养。

理直难打笑脸人

官司

GUAN SI

38. 人就是货，货就是人

刘玉山是在曲云莲离开的第五天觉察媳妇出事了。从阳北经阳河再到山城坐火车，到德州也就3天，可第四天也未收到曲云莲的信息。这天晚上，岳母来短信说"云莲还没回到德州"，刘玉山心里"咯噔"了一下子。

临走之前，曲云莲带走了给最高法院的一份提调再审申请书、两份行政控告信。说是从德州回来顺路进京，也可能先在北京延宕两天。如果先进京，办完事就给自己发信息。照此约定，第三天若未回到德州，人就应当到北京，可她并未按约定给自己发来信息。往她手机打了好几次，一直无人接听。

到了第五天，"你拨打的电话暂时无人接听，请稍后再拨"变成了"你拨打的电话已关机"。刘玉山心里冰冰凉，脸上却不能不装出无忧的温热来应付两边的老人。

刘玉山判断媳妇一定是被截访的人抓了，前两次进京都是这种状况，只是弄不明白在哪里被抓。如果中途被截，人可能被关到离京不远的某个地方；如果在北京被抓，就可能由驻京办负责看管，最终都会把人弄回到山城处理。刘玉山决定坐火车进山海关后改乘汽车，从离京二三百里远的地方一路寻访过去。

为防备把自己也搭进去，刘玉山打定主意，此次只找人，不上访。但却犯了一个自以为是的错误，出门后又折回身，把给最高法院的再审申请带在了身上。他一厢情愿地认为，省高法驳回了自己提调再审申请，自己依法向上一级法院申诉不是上访。

　　一路也未寻访到曲云莲，刘玉山倒有些安心了，估计媳妇一定让驻京办弄走了。跟不地道的专门公司比较起来，那应当是理想的结果。驻京办熟人熟面，断不会为难上访百姓。德州是去不成了，因为第三次进京上访，媳妇7天拘留是躲不过的。刘玉山决定去山城驻京办讨了准信，并将再审申请呈送最高法院之后，转身替媳妇去德州，给不怎么待见自己的岳父好好端一回屎尿。

　　这么多年未曾与自己说过几句话的副师长能有耐心来听自己说一箩筐的话，解释那些无法解释明白的曲折官司吗？答案是否定的！他一定会怒火万丈地让自己解释明白：为什么让自己的宝贝女儿蹲拘留所而你个大男人不进去蹲？为什么我思念不已的女儿不回来，倒是讨厌至极的你跑来献那虚伪的殷勤？而能够替代自己嘴巴的最好物件就是那份再审申请。可惜的是，在离京尚有几十公里的一处山庄里，刘玉山又将自己向崖边推了一大步。

　　复印9页申请正件与附件，山庄共计毛收入4.5元，但由于复印员的高度警觉与及时举报，刘玉山被"此屋将停电维修"的理由转到了另一栋有高墙院落的房间。打开防盗门，里面多了一道不锈钢栏内门，人被冷不防地猛推了进去，包裹被顺手牵羊夺了过去，还没等反应过来，铁栅栏门"咣啷"一声关死了。

　　刘玉山回头大喊："干什么？你们这是犯法！"

　　密实的防盗门关死前扔进了一句话："好好反省你的问题吧！"

　　刘太林是在曲云莲被劳教了一周后得到的消息。县公安局姗姗来迟的通知找不到刘玉山，辗转到了毛亩手中。毛亩拿着通知向刘太林汇报："曲云莲又到北京上访了……"

　　刘太林吓了一大跳："啥时去的？人现在哪儿？"

　　"人已被带回了山城，县公安局判了半年劳教，现押在山城女子劳教所。"

"我说毛亩,你以后汇报能不能把话痛快点一次说完全了,别一惊一乍的。"刘太林长出了一口气。

毛亩不好解释自己话讲半截便被打断,但再说话的语速明显增快:"但刘玉山又失踪了。劳教通知是给刘玉山的,被我弄到了手。"

"那你还汇报什么,赶快派人去北京找呀!"刘太林落下的心又吊了起来。

"我一大早就把四个人派去了。让他们赶到山城直接坐飞机进京,守住火车站山城进京的车次,或许可以赶在刘玉山的前边。"

第二天下午毛亩便得了信:上访的刘玉山被截到了京郊。

电话是鼎元公司打来的,要求阳北镇带钱领人。若不来人,公司负责安全送达,价钱加倍,时间待定。刘太林让毛亩把小张镇长找来一起商量。小张镇长着急起来:"曲云莲是回德州看望即将手术的父亲,见不到人,她的父母岂不是急死了?送也好,接也好,不就是花钱嘛。哪招快就用哪招吧,赶快把她丈夫弄出来,让他直接赶去德州圆谎呀。"

"是想赶快弄他出来的,但拘押的公司要求他写息访保证书,刘玉山死活不肯写,人家就不放人。"毛亩解释说。

"人是我们阳北的,上访又不记他们的账,他们无非为了钱,为啥不放人?"小张镇长气恼了。

"我也担心,咱花这么多钱把人弄出来,他再像媳妇那样借口去德州看老丈人,中途给咱登记一笔,加上他媳妇那一笔,县里准得把你们两个党政一把手一票否决了不可。"

刘太林发话了:"咱这么办,那大眼睛女人被关一事就得跟那半糊涂的老太太实说了,但他儿子被关要先瞒着,就说替他媳妇去德州照顾老丈人了。这是第一。第二,生活上破格照顾好,让卫生院给老太太查查身体,开些乳白鱼肝油、维生素等保健药送去,再以镇里名义去看望慰问。猪肉、鸡蛋、水果、豆油都弄些去,还要派一个跟他家关系好的人给他们做饭。总之,要达到他们夫妻回来受感动的程度。德州那边我也想好了,张镇长你亲自跑一趟女子劳教所,跟他们领导把刘玉山的情况通报过去。不要说是鼎元公司把人抓了,就说进京上访被郊区公安局派出所拘留了,请他们劳教所帮忙,让曲云莲给家里写封信,说丈夫十天或半个月后赶回去。"

小张镇长叫道:"要关刘玉山十天半月?这不行吧?"

还是由毛亩解释:"听那边说,刘玉山不仅不写息访保证书,而且气嚷嚷地要告人家非法拘禁。那边也不敢放人呀。"

小张镇长长叹了一口气:"这对夫妻,撞了南墙头都出血了,咋还硬往上撞呢?告诉那边,绝不许虐待刘玉山,要保证吃好住好,否则休想从我这儿拿走一毛钱!"

天麻麻亮,一个瘦子领着两个平头黑衫,把刘玉山转移到了新地方,标准的两人间,卫生间是坐便的,还有淋浴,屋里电视电脑一应俱全,只是把网线收走了。包裹已还给了刘玉山,除了手机,钱物一个不少。每餐都有热菜,中午或晚上还有一顿鱼或肉,米饭与馒头管饱。有两个人寸步不离地看着,不许出房间半步。

四天来,瘦子每天都来两三次,每次不劝上两个小时,说得口干舌燥绝不走人。条件从保证不上市以上单位上访降到不去省里上访,再降到只要不进京上访即可。

"既然你把话说到这节上,我就让一步,只要你们现在痛快放我走,出去以后上访告状就把你们排除在外。除非你们永远关着我,但我料定你们没这个胆量。否则我出去的那一天,一定把你们非法拘禁公民的行为上告各大机关,让北京的警察彻底捣毁你这家黑店。不信咱就走着瞧!"刘玉山说。

"我招呼了这么多上访的,不出头三天反省期,个个都乖乖上交了息访保证书,出去人家照样上访。我弄不明白,你怎么这样犟死眼子咬死理?"

"想知道为什么吗?我告诉过你了,你们没听进去,我再告诉你一遍,我不想当无赖!这么多年我们夫妻倾家荡产看似争那区区半间门市房,实际上是在往下摘他们硬扣在我们头上的无赖帽子,现今屎盆子还在头上,你帮他们逼我写息访保证书,不觉得是瞎子点灯吗?"

人就是货,货就是人

官司

GUAN SI

瘦子两天没来跟刘玉山谈话了。他是在心急火燎地跟阳北的毛亩反复沟通,但毛亩却半点商量余地不给:"人是你们主动抓的,事先我们并未授意,如今人不服软,出来反告我们与你们事先串通,我们这儿也受不了。"

"人是我们抓的不假,但当天就跟你们沟通了,你们并没有让放人呀,而且你们答应了要付钱的。现在想耍赖事先没串通?我的电话可是带有录音功能的。"

"我们没说让你们放人也没说让你们关人哪。我们答应付钱是他的餐食费和住宿费,怕你们虐待我们的人呀。"

"这次我总算搞清楚了什么叫上梁不正下梁歪了。不然,你们那儿怎么有如此罕见的顽固访民。"

"当时我们也不知道刘玉山进京干什么,只是听你们说他是进京上访。现在弄清楚了,人家不是进京上访而是找媳妇捎带到最高法院递申诉状子,这就不该被拦截了。是你们信息没弄准,逼人家写息访保证书,关了人家那么多天,责任可是要分清的。"

"算你们狠,老子这回认栽!拦截与看守费你们不付,食宿费总不能让我们赔吧?如果这一点你们还做不到,我立马放人,并且告诉他是你们与我们串通好了的,才关了他这么多天。随便他去哪申诉上访,我们一概不管!"瘦子咬牙切齿。

"你没听明白我的意思。拦截与关人以及连带着逼迫人写保证书,都跟我们没关系。你们也是好心办了错事。好心就要得到好报,住宿费,包括所谓的拦截费与看护费,一分不少我们全付给你们。你们把人全全乎乎尽快送回来,我们按你们开的价照付,同时加上交通费。怎么样?"

"早这么明说不就早结了?跟你们政府的人打交道真是头疼。一句话就能说明白的事,弯来绕去地打哑谜。就按你说的,我们做歹人,收钱;你们装好人,掏钱。"

依维柯车跑了将近两个小时,东边才刚刚有点儿发白。车里满满当当坐了十五个人。刘玉山仔细观察,包括自己在内是七个服装各异的人,另有七个包括司机一律着保安服。坐在副驾驶位置的是个瘦子，穿戴光鲜。车自驶出山海关后陆续往下卸人。每次卸人前瘦子都会在电话中跟对方问一句："钱带够了没有？不然我是不会放人的。"听了对方在电话中的一番保证，瘦子的眉毛就会愉快地往上翘，再翘，好像就要翩翩飞起的蝴蝶。同时跟着往上翘的嘴角就会蹦出一句用词不准的话来："好，太好了，咱们就在收费口见，一手交钱，一手付货。"

后面的一个保安听出了语病，乘着瘦子高兴壮着胆子说："经理，您名词用得不对。人是活的人，货是死的物，虽然都是名词，但意思截然不同。"

瘦子瞪起了眼："我知道你是大学漏，但少他妈的在这儿跟我酸。还，还什么名词！在老子眼里，人就是货，货就是人。只要来钱，老子才不管什么名不名、词不词呢。"

人就是货，货就是人

官司

GUAN SI

39. "当家的"不是主心骨

在山城市高速路收费站，毛亩带着两个人来接刘玉山，旁边停着那辆北京213吉普。毛亩给了瘦子一个信封，鼓鼓囊囊的。望着摇晃着下车的刘玉山，毛亩抢步上前伸出了手。刘玉山如没看见似的扭了头，毛亩大度地对身后的两个人说："搀扶着啊。"

"坐镇领导的公车？刘玉山没长那尊贵的屁股。我自己坐车走。"

毛亩嗔怨道："就你这驴脾气到哪能不吃亏呢？你自己走，从这儿到山城市里连公交都没有，你走五里地坐车到山城市里，再等几个小时火车到阳河就半夜了。今儿个还能见到你那可怜的病中老娘吗？你娘今儿个看不到你还能合眼睡觉吗？"

脸虽厌恶，吐出的话却透着关怀，更主要的是毛亩话里透着让你摸不着头脑的意思，一下子把人吊到几十米高空，而后告诉你地上的老妈重重摔倒了，而你不顺着他的安排，就不能赶快落回地面看看老妈到底伤到什么地方。刘玉山无奈地叹了一口气，上了毛亩的车。

刘玉山上车后第一句话就问："我妈怎么样了？"

"我就知道不那么跟你说，你连我毛亩的一口水也不会喝，更别说搭车了。"毛亩不高兴，"怎么样了？你自己回去看看不就知道了？"

"停车，我要下去！"刘玉山恼火地说。

"看看，阳北镇有多少人想溜须我毛亩，我眼皮都不抬一下。你刘玉山不过一个盲流，我毛亩不知道拧错了哪根筋，偏用热脸去贴你的冷屁股，对你一万个好，也是交不透你了。老实坐着，你老娘说好不好，说坏不坏;说好她还病着,说坏还没住院。"

"妈,你怎么了?"闯进门的刘玉山大呼小叫,却见老妈好好坐在炕上,"妈,你没事呀,可吓死我了!"

"山儿,你咋自己回来了?莲儿呢?莲儿到底啥时候回来呀?"

"老太太,你咋又糊涂了?我不是告诉过你,你儿媳妇进京上访让公安局关起来了,还得好些日子回来?你儿子也是我从里边接出来的,快劝劝你儿子别上访了,再访这家就彻底散架子了。"毛亩插话道。

刘玉山不高兴了:"你咋啥都跟我妈说?是怪我妈病得不深是不是?"

毛亩不以为然:"你好好看看你老妈,还记事不记?"

老太太一听儿子也是从里边放出来的,顿时大哭了起来:"山儿呀,你也被关了,我说你咋胡子拉碴的,脸那么埋汰。他们打没打你呀?听毛助理的吧,咱不访了。等你媳妇从劳教所出来,咱穷得没钱也罢,住得窄巴也罢,都别访了,弄不过官家的。"

女子劳教所会见室里。刘玉山望着桌子对面瘦出了尖下巴颏的曲云莲,心如刀绞:"姐,对不起,爸手术我没赶上。不过别担心,昨天我跟妈通过电话了,说手术还成功。我今儿看过了你,就赶晚上的火车到德州去侍奉他老人家。"

曲云莲反倒淡定很多:"我不担心。这里所长人挺好的,特批我同德州妈妈通了电话。当家的,是福不是祸,是祸躲不过,没有过不去的火焰山!只是你两头跑,自己要多注意身体,你看都瘦了一圈。"

"姐,我到了德州咋跟爸妈说呢?怕说不明白又惹老爸生气。我一见他就害怕。"

"到了这步田地瞒也瞒不住了,就实话实说好了。要不想让他生气,他说什么你就应承什么。"

"老爸若是让我答应从此息讼息访咋办哪?当然,老爸的身体也是天

大的事,绝对不能为了咱自己把老爸的命搭上。可是……可是一旦应承下来,咱就此这么认了、这么完了?"

"认了?除非我死了,否则我这一辈子跟他们没个完!他们总不能关我一辈子吧?!"

"可是欺骗他老人家的话我说不出口呀。在京郊山庄他们关我十来天,那么逼迫我写息访保证书,我硬是没写一个字。"

"当家的,姐知道你这辈子半句假话也没说过,更别说对自己的亲人啦。这样吧,把事都推到姐身上来,所有的主意都是我拿的,他就不会逼问你了。"

"好汉做事好汉当,现今惨到这步田地,我把责任都推到正在劳教所里关着的媳妇头上,那还是个男人吗?不行,绝对不行!"

"当家的,我现在恨不得立马长出翅膀飞到老爸病床边。可是,唉,为了让老爸能挺过这一关,这是目前唯一的办法呀。"曲云莲流泪了。

刘玉山总算听明白了,艰难地答应道:"那……那好吧。只是……只是让姐受委屈了!"

新民生小说
官司
GUAN SI

时光过得既快又慢,不久还蓬勃疯长的蒿草已从开初的翠绿变成青绿,再变成墨绿,继而变成灰绿,待到变成淡黄时,已经失去了水分,接着又失去了光泽,被秋风拦腰一扫,禁不住一个哆嗦。杨树的叶子都被风掳掠净了,露出了光秃秃的枝杈,一齐儿刺向天空,仿佛在提问着什么。

小豹子不止一次地问:"爸,妈妈啥时候回来呀?你总说快了快了,这也太慢了呀。"

老妈时不时絮叨:"山儿,再问问你那师长老丈人,他什么时候能开完刀。让劳教医院快点给他开,再让他命令部队劳教所快让云莲媳妇回来呀。姑娘嫁过来就是咱老刘家的人了,他不能老霸着侍奉自己。我想吃媳妇做的鸡蛋糕,嫩!"

刘玉山心力交瘁,不知怎样才能使他们的情绪安稳下来,结果自己整夜睡不着觉。至此方才明白：这么些年来，云莲屡屡称自己是"当家的"，自己也以当家的自居，岂不知这家里真正的主心骨是云莲，越发数着表针盼媳妇早些回来。

离曲云莲解除劳教还有33天。德州岳父的病危通知来了。刘玉山急忙火速赶去劳教所找云莲要主意，计划跟云莲商定下了，夫妻俩立马就赶往山城火车站。似乎劳教所那两道铁门和一道门岗就是自己家的院门屋门，从腰上摘下钥匙开了门锁便可自由出入，没成想到被劳教所牛莉所长当头浇了盆凉水："你两天前刚从这儿回去，今天不能会见曲云莲。再说，见了她你说什么？"

"告诉她爸爸病危，让她赶紧跟我一块回德州去，晚了就见不到老爸最后一面了。"

看着面前这个不太灵醒的大个子男人，牛莉苦笑着摇头，"给我两天时间。"

牛莉打算替曲云莲办理提前解除劳教或保外就医。曲云莲已有功能性心脏病症候，心跳时常维持在100次以上，并伴有间歇性心慌气短。

县公安局长贾志却丝毫不予通融："牛所长，提前释放可不行！我正要同你商量，能不能再延期3个月，帮我们把今年'两会'躲过去。放出来太操心了，看不住呀。"

牛莉觉得话挺刺耳，回复的话便夹了刺："贾局长，你把我们这儿当成什么了？我们这儿是学校，不是监狱。曲云莲经过教育思想有了根本性转变，按规定就应该提前或按期解教，怎么能随便延期呢？绝对不行！"

贾志继续套近乎："牛所长，您已领教这个大眼睛女人的刁蛮了吧？不然怎么急着往外推呢？您那儿还有铁门高墙，我这儿可啥也没有呀，就是用人硬看哪。看紧了还要挨人家告，看不住跑了就挨上级通报。小弟在这儿求您了。"

虽然内心充满了厌恶，牛莉还是想替曲云莲做最后的争取，压着恼火

"当家的"不是主心骨 官司 GUAN SI

耐心地说："贾局长，您的心情我理解，但如果我们连父亲病危都不让她去探望，真要是最后一面都没让她见上，我敢肯定，曲云莲这一辈子都不会消停。我们总不能关她一辈子吧？反正也得让她出去一趟，还剩1个月了，莫不如提前放出去，贾局长的关怀也是一种感化嘛！怎么样？"

"牛大姐呀，不是贾志不给您面子。跟您那儿不同，我这儿实在是担着莫大责任。这要是在提前释放期内再跑到北京上访，可就不是挨通报那么简单了。这样吧，我不要求您延期了，您也别让我提前了，咱俩都图个稳妥。好不好？"贾志语气越发绵软。

"反正人是你们的，既然贾局长不肯通融，那就算了！"牛莉冷冷地说完，不待贾志回话，便挂了电话。

3天后，在两名便装女警陪同下，曲云莲夫妻登上了前往德州的火车。

曾经人高马大的曲正躺在病床上，像短了一截的干木头，半昏半睡中听到了曲云莲的呼唤，睁开眼睛满屋搜索。首先映入眼帘的是一个不曾见过的腰身挺直的陌生女人；接着是大高个子刘玉山，就是这个臭小子拐跑了莲儿又未有护好她。怨恼的目光低了下来，却是半蹲半跪在床边的莲儿！曲正眼神发亮了，人似乎注入了能量，想举起右手食指点莲丫头一个脑门，可惜手上插着补液的管子。

"老爸，对不起，莲儿回来晚了。"曲云莲泪流满面。

"不晚。我……我还有……一口……气。"曲正声音微弱。

"莲儿让您失望了，至今还没有混明白。"

"不失望。你……都有……有两个保镖了。"

"爸，您别说了，省点力气，莲儿什么都听您的。"曲云莲泣不成声。

曲正嘴角向上轻蔑一挑："想跟我……休战？哼！"一个"哼"字似乎用尽了全部力气，人便昏迷了过去。

伏在床边睡着的曲云莲猛然醒了过来，是有人在摸自己的头，耳边吹进了"莲丫头"的徐徐呼声，抬头却碰见爸爸有点羞怯的目光。窗外艳阳高照，曲正精神状态似乎格外好。

"爸爸，你连串睡了13个小时了。今天跟昨天好像换了个人，是不是感觉好多了？"曲云莲看了一下表。

曲正答话前，先露出了一副笑容。这笑容让曲云莲觉得怪怪的，有点猝不及防。是在哪儿见过呢？噢，想起来了，是在遥远的三十年前。那是部队外出拉练前的一个傍晚，当年的曲副团长要求自己坐到他的腿上陪他玩翻花绳，而自己急着要出去踢毽子。当时他也是这种百般讨好的笑模样："莲儿，自打你长……大了，咱爷俩怄了半辈子气……谁也……不服谁。爸时候不多了，斗不过……你了。爸一辈子，没……没……没求过人。临走前，就求你，一件事……就一件。"

"不！爸，莲儿不许你说走。你会好起来的。"曲云莲望着父亲无比渴求的目光，泪珠大串大串滚了出来，"莲儿答应你，十件、百件全部答应。"

曲正闭上了眼睛，大口大口喘着粗气，似乎在聚集全身所有的残余气力："莲儿，别再上访，告状了。爸知道，你受了……委屈。但……不是……咱的东西，别去争。你……小时候，就抢过……男孩子的……皮球。答应……爸。"

曲云莲明白在这个时候什么都应该答应他老人家，但老爸后一句话包含了对自己深入骨髓的巨大误解，遂下意识地摇了摇头："爸，这次不是皮球，是他们抢了我的……"

妈妈哭道："云莲呀，都这个时候了，你咋还不赶快答应你爸？快答应呀！"

猛然醒过神的曲云莲忙不迭地点头："爸，我答应你，全答应你！"

没了鼻息的曲正已经听不到女儿的呼喊声了，那双充满乞求的眼神最终定格于深深的失望。

刘玉山跪在地上为岳父合上了眼皮。

"当家的"不是主心骨
官司
GUAN SI

曲云莲扑到父亲身上放声大哭:"爸,爸呀!我答应了,我答应您了,全答应了,可您为啥不听?!爸,你醒过来,赶快醒过来呀,听我再答应一声!听莲儿答应你呀!"

新民生小说

官司

GUAN SI

40. 白头材料比红头文件管用

山城市信访与维稳会议出席者不足百人，单看人数顶多算一个偏小规模的中等会议，但出席会议的人个个非同等闲。市辖14个县（市）区，每县（市）区各5人，县委书记、县长、政法委书记、公安局长、信访办主任，并且不许请假。

仅仅根据入会者的职务高还不能完全构成重要会议的元素，王大和所以判定这是自己参加的本年度最重要的一次会议，还由于发表讲话的市委书记与市长都讲了不宜纳入红头文件的话：

"把控制进京访作为一道红线与铁律，哪个县区突破了唯哪儿是问。"

"对连续两年信访综合评比排名靠后的县区领导要求说明情况、诫勉谈话，直至一票否决。"

会议没有像以往那样发红头文件，发了一个没有文号的白头材料。两位主要领导激动的脱稿部分，尤其是情绪化的警告话语，例如"谁让山城市难看我们就让谁难受；哪个地方拖了全市后腿，我们就换那个地方的腿"等等。在白头材料下发前都被"整理"掉了。久在官场行走之人都明白，白头材料最能真切表达上级领导的实际意图，而脱稿话语则是关起门来自家人讲的内部话。虽然没发红头文件，虽然即席脱稿话语连白头材料都进不去，只有官场上的傻子才敢不认真贯彻执行。

对王大和分管工作的严肃批评是公开的，公开的程度是当着市、县两级负责干部的面点了名，并严令限期改正。虽然点的阳河县的名，但自参

新民生小说

官司

GUAN SI

加工作20多年来，自己负责的工作受到上级毫不留情地当众批评还是第一次。望着坐在第一排的县委书记和县长，王大和额角瞬间便冒出了汗。

王大和是下派干部。下派前是山城市委政策研究室副主任，拟任阳河县政法委书记，但下派挤占了阳河县委一个常委的指标。县委书记陈信与市委组织部讨价还价了两三个回合也没顶住，便搞了个内部调串，低职高配。将一个副县长调任政法委书记，一个乡党委书记接位调任副县长，让王大和以县委常委衔兼领阳河镇党委书记职。堂堂县级领导来管理一个乡镇，显然有不得不接受的意思，但对没有基层工作经验的年轻干部说来，基层历练又是最好的理由。

两年下来，县委书记陈信和县长黄伟都对当初硬派下来的"秀才"刮目了。王大和干得风生水起，硬是把一个脏乱差的县城治理得井井有条，阳河镇财政收入由中游直冲前茅。对应的那位副县长主持下的政法工作却相形见绌，社会治安与稳控工作拖了全县及全市后腿。陈信终于把王大和又换回了两年前市委组织部设定的位置。

自己分管范围的地面出了拌上级领导腿脚的橛子，连累书记、县长一块坐冷板凳，尽管橛子是前任留下的，王大和知道今天没有理由回家了，必须赶回县里。会议结束一出门，他就被召唤上了书记的车，见县长也在车上，就知道书记比自己还急。

还没从会议氛围出来的陈信对王大和说："大和，你回去第一件事就是让贾志把那个曲云莲教养了。全县上下挣死命地干了一年，就让她往北京这么一跑，那些招商引资、财政收入的突出成绩全他妈泡汤。人家都是一俊遮百丑，我们是一颗老鼠屎坏了一锅汤。"

王大和回答："陈书记，我正要向您汇报呢。前些天公安局倒是报上来了一个教养的单子，有七八个人，头一个就是曲云莲，我们正在考虑，'两会'前一下教养这么多人是否合适？"

"七八个？太多了吧！这个贾志咋啥事到他手就图省事，尽干些碰线出格的事？这个关你得把一下，但曲玉莲这个'尖'非掐不可，不然全县的面就镇不住！"陈信说。

"我们认真研究了曲云莲的情况，虽然她无理上访有示范效应，但近几个月并未上访。而且半年里到市上省的两次，都按规定程序上访，并未闹访缠访，教养理由不充分。"

"大和呀，基层哪有那么多讲究？都按条文规定非坏菜不可。这车里没有外人不妨把话说透了，两年前由于对你不了解，所以没有同意你去政法委；现在让你去政法委主要不是对你了解了，而是你的前任老余太软，失之于宽。前车之鉴我们都要记取。"

"我们准备近期办两三期法制学习班，对一些老上访户进行法制教育，让曲云莲头一批参加，视学习情况及她的态度再拿出个意见，向书记汇报。"

"那些老上访户可都是经过了千锤百炼，法律、法规能否入他们的耳朵且不说，办学习班这种形式可要把握好政策。前段文件不是通报有的地方学习班拘押折磨老上访户吗？我们可不能这么办！虽然有些老访户胡搅蛮缠挺恨人的，但可恨之人必有可怜之处，再怎么说也是咱自己的百姓。"

"我们每期就两三天时间，中午管顿饭，晚上让回家。为了保证一些老访户能够来，除了讲解法规外，在有准备的前提下还安排部分涉访单位领导与访户对话，争取能化解几件老访案。只是要请黄县长支持一下，给我们批一笔钱。有工作单位的学习期间可以算上班，没工作的总不能让人家白耽误时间吧。"

"我说大和，陈书记刚批评老余失之于宽，你怎么比老余还老余呀。那些个上访户把咱们县闹得灰头土脸还有功了不成！办他们几天学习班你还要给他们发工资？钱不是问题，但你要这么花，我一分钱也没有！"黄伟叫道。

"黄大县长，我的父母官呀，陈书记不是刚说过可恨之人必有可怜之处吗？你看咱县里那些个老访户，有几个不是混得过年连件新衣服都买不起？可他们都是你的子民呀，下官在此替那些穷刁民拜求县令大人啦。陈

书记，您也替下官说句话呀。"

"老黄，大和的主意有点新意，你就给他点钱，不成功就算交学费了。"

"好你个王大和，就会拿陈书记的令箭来压我，好在学习班花不几个钱。"黄伟也笑了。

"曲云莲不参加学习班，给钱也不参加。"政法委办公室主任向王大和汇报，"曲云莲一带头，第一批就有四五个人表示不参加。"

"学习班是县委县政府批准的，她不参加有什么理由？"

"他们说，县委、县政府对国家法律有宣传普及的责任，但没有强迫灌输的权力。第一，自己不是中共党员，县委没权向自己下指示。第二，不是灾害紧急情况，政府也无权命令一个普通百姓去干什么。最主要的是法律没有授权任何一级组织给普通百姓办学习班的规定。"

"这是曲云莲说的？虽然刁钻，倒还有几分道理啊。"

"不是曲云莲说的，是她丈夫刘玉山说的，曲云莲自己不参加的理由是心脏病犯了，要打点滴，实在不能参加。"办公室主任说，"实际上夫妻俩一个唱红脸，一个唱黑脸，一块对抗法制教育。"

"这夫妻俩蛮有意思呀，我倒想见见这对夫妻。你以我的名义写一份请柬，专程送到阳北刘家，请曲云莲来参加这个学习班。记住，是邀请，不是通知。"王大和好奇了。

"王书记，恕我直言。老缠访户都被捧上天了，对抗法制教育还发请柬，党和政府的威信没有了，对他们就更没法管了。"

"我们法制教育学习班是靠说法讲理，让人家心里头服气，而不是靠权力强迫。人家口服心不服这个学习班便没有意思了。政法机关手握重权，但不是用来对付人民的。对群众的意见，包括矛盾与怨恨只能疏导，而不能压服。压而不服，明白了吗？"

看了署了自己名字的16K大红请柬，王大和心里偷着乐了。办公室主任买了阳河县城最大的请柬,虽然才几块钱成本,就把与政府成见颇深的老访户引上了门,看来老百姓要求并不高,无非是个尊重的态度。

刘玉山言语里透着酸叽叽的焦躁:"镇上的人都知道王书记发柬请我妻子参加学习班。这么大的荣耀,如果不去,显得我们给脸不要脸。不想当赖皮就只能参加了,但我们有一个条件。"

"是在作交换吗?"王大和问道。

"任凭书记大人怎么理解。你发请柬,我妻子抱病参加,也算礼尚往来了。你们给我们讲3天法制教育,每天按8小时计算,我们要求你听3个小时小民道理,我认为这没有什么不公平,小民占用时间只是当官的八分之一。"

曲云莲解释道:"王书记,小民的道理无非是家长里短琐碎小事,怎么能同县领导的治方大略一块论斤称两比较?我丈夫的不当比喻就是一心想请王书记百忙之中能听我们一次汇报。访了这么多年,所有接待的人除了答应给钱给物劝息访,从来没有一个领导听我们详细讲一次案情,哪怕就一次。王书记发请柬出乎我们的意料,从中看到了您不是以权压人而是要以理服人。您的平等待人使我们突然萌生了希望,不然不会浪费3个小时向您汇报,其实3个小时对小民百姓也挺重要的,最少能干赚到一瓶酱油的活计。"说到这,把身子向前躬了一躬:"王书记,我丈夫自打摊上官司,这些年把性子弄焦了,说话总是这么糙,对不住了。他就是不会婉转地表达,心里头咋想嘴上咋说,主要是向领导把想法沟通得深些,不过真话、实话不好听,还要请您多原谅呢。"

"既然要深入沟通,我也不怕你们不愿意听,径直说说自己心里的真话。此时此刻我内心里依然认为没有必要听你们一次3个小时申诉。你也说了这3个小时对你们、对我来说也很重要。因为那么多法官、庭长、院长都集体听过了,而且认真研究了六次。我自知不如专家懂法律、懂审判,何况案子经过了市中法、省高法,岂是我这级干部能轻易改变的?当然,为了能让你参加学习班,给我们政法委的权威留些面子,我违心答应可以听一次,但学习班之前不行。今天上午我必须到一个案件的现场,午饭后

白头材料比红头文件管用
官司
GUAN SI

还要赶回来参加县里一个重要会议。学习班明天正式开班,如果你们信得过我,那就在学习班之后听。如果你们一定要坚持开班前听,那只有今晚上了,但我原打算回山城看望老父亲。不过我可以先公后私听你们3小时申诉,尽管心里不太乐意。"

"为了交换,我妻子参加你们的学习班,王书记带着成见勉为其难听我的申诉,虽是真话实话,但我听了后心里说不出是什么滋味。我也实说一句忤逆的真话给王书记参考,王书记的意思是法官听了,法院判了就没有必要再听、再管了,那共产党设你政法委这个监管公检法的机关干什么?不如把官位撤了,还可以为老百姓省点粮食呢。法制教育学习班说得好听,目的无非是告诫我们息访,尤其不要在即将到来的'两会'期间到北京上访。我没说错吧?"刘玉山也上来了犟劲。

王大和也提高了声音:"主要目的没错,次要目的也不全是。学习班要告诉你们解决问题的途径,北京挂号不开药,解决问题还要在当地抓药,不要总往北京和省里傻跑。"

曲云莲笑着站了起来:"王书记,您说解决问题要在当地,曲云莲认为十分有道理。即便是省高法认定了,当地发现有问题,想解决照样有办法。可是当地一般不似您这样看,一般都认为既然上边都决定了,当地维护就行了,所以上下就形成了维护习惯。我们的事就这样维护了8年,8年不变的一个药方呀,也不管我们咽下去什么感觉,能不能治我们的病痛。您说得一点没错,没办法我们只好跑北京挂号,让北京通知地方重新诊断,另行开一服新药。可是我们付出了拘留、劳教的代价,好不容易在北京挂上了号,到了地方依然没人听我们申诉。曲云莲想说的是,我们身上哪儿疼自己最知道呀!所以恳请王书记百忙之中能听一次,时间随您方便安排。我在这儿多谢了。"

"看来我的盾被你们用我的矛给戳了,你们都挺明事达理的嘛。不过有一事我不明白,已经三级六判了,明知上访不会有结果为什么不理智地罢手呢?当然这是一个挺刺激的问题,我之所以提出来,因为这是本次学习班要研讨的课题之一。请原谅我的好奇,因为此刻对你们的案子我仍然没有改变看法,也就是你们说的带着先入为主的成见。"王大和释然了。

"王书记的坦诚让我开了眼,没有人愿意把头往南墙上一撞就是8年。尽管小民百姓的头不金贵,也知道墙壁比头皮硬。"刘玉山的态度也缓了下来。

曲云莲又赶紧解释:"王书记,我丈夫的意思是,小民上访实出无奈,理智是有底线的。既然王书记认为我们夫妻明事达理,也就是承认我们是思维健全并能够权衡利害得失的正常人。我们为什么倾家荡产凑出十几万元去争那区区不足五万的半间门市房?这其中的曲折与隐情,曲云莲认为完全可以回答您那个好奇的问题。"

王大和果然说话算数,学习班第二天下午便安排听意见,比预定的早了好几天,这让刘玉山心里很受用。

从下午1点半开始,刘玉山主讲,曲云莲偶尔更正补充几句,一个下午王大和基本没说话。在说到门市房硬性切割并在墙上涂写标语与狗屎时,刘玉山站了起来,似与人吵架一般。王大和走过去轻轻拍了拍肩膀:"刘大哥,不要着急,慢慢说,时间不够我们明天上午接着谈。"

当说到岳父曲正临死都不肯理解和原谅自己及其女儿时,曲云莲一旁泣不成声。王大和到墙角脸盆拧了一把湿毛巾递过去。

墙上的挂钟指针指向了4点半,刘玉山说得意犹未尽,曲云莲轻轻扯了一下他的衣襟,眼神往钟那儿扫了一下,刘玉山立即噤了口,任王大和如何要他讲完说够,也不再吐一个字。

王大和脸色凝重起来,望着夫妻俩期待的目光,谨慎筹措着适当的话语:"你们说的问题很复杂,我一时还消化不了,要好好想一想,搞一些调查。因此现在不能给你们任何答复。但我先提出两点意见,请你们考虑,第一,请容我3个月时间,我再给你们答复意见,当然意见你们可能满意,也可能不满意。不仅仅因为今天谈的是你们的一面之词,或者可能还有我的能力和水平因素。第二,我希望也是要求,在这3个月内,你们不要再上访,可以看成我们正进行调查研究。"

255

刘玉山有些急了，马上说："王书记，你一句话把我们打发到三个月以后，那时候全国'两会'已经结束了，随便抛出个答复意见也省却了'两会'期间看访的麻烦是不是？"

"'两会'年年有，你年年有上访机会，我只是不想你们为无谓的上访再吃苦头。"王大和说。

"'两会'年年有，官员流水走，明年王书记高升了，我们找谁要答复？"

曲云莲赶紧道："当家的，是不是心口一致，人一接触就会感觉出来。我看王书记是个实诚办事的人，我们还是应该相信的。"

妻子发了话，刘玉山不吭声了。

41. 后任给前任揩屁股是规矩

王大和找县法院院长宋林了解刘玉山的案子,宋林脑袋摇得像拨浪鼓。宋林当年列在汪方之前,汪方当常务时曾暗自憋屈了一段时光。汪方当了院长后把他调为常务,汪方去山城市中院顶了杨益副院长的缺,力推宋林接了自己的班。

宋林与王大和关系挺好,说话就比较随便:"大和书记,不是我给你泼冷水,这个案子最好别碰。三级六判的铁案,被告当事人已经折腾了七八年,如果有问题早就翻盘了。你到政法委不久,捅这个马蜂窝会让公检法干部产生想法的。这只是个小案子,老鼠尾巴细,不值当的。"

"5万元的官司既不是经济大案,也不是杀人越货的刑事重案,翻不翻盘子对你们法院不过是无甚影响的小事一件。但却可能化解一桩影响社会稳定的多年上访老案。再说了,在你那儿是尾巴细的小案子,在我这儿已经是长成腰粗的大案子了,是很值得管的一件事。"

"我的大和书记,三级六判波及近百名法官,放下市中法那些热脸熟面的法官、庭长、院长不说,还涉及省高法的颜面和威望。我说我不愿意管不是说我自己,我身后的那些副院长、当初涉案的庭长与法官,我敢说找不出一个愿意的。当然,书记大人若要管谁也没办法,不过结论最终还是需要他们拿。你可要想好了,别弄到最后骑虎难下。"

"我也没说你们判错了要翻案。三级六判,铁案如山,我就是想翻也得掂量一下自己的身板,又不懂法理、程序,不过是想把案情弄明白了,好对症下药,说服他们服判息访。看你那紧张劲儿,是不是真的有什么猫

腻？快快从实招来。"

"我哪有什么猫腻，这案子是当年李正在位时拍板，汪方院长具体经办。人家都是后任为前任揩屁股，哪有翻打前任屁股的？"宋林小声说。

"没有猫腻证明没牵扯到你，咱事就好办了。让你的人把所有卷宗都调给我，我争取用半月到20天把情况弄明白，还有你这个审判专家也别躲清静，我不明白之处，随时向你这个老师请教，当然是在晚上了。但也不能让你白指导，我这儿有两瓶30年的阳河档案酒，是从陈信书记抽屉里弄来的。"

"你还真要弄呀？见过认真的领导，可没见过你这样钻牛角尖的。孩子已经睡着，你还要把他拍醒吗？"

宋林去山城开了两天会，又去北京出了5天差，回来的当晚就被王大和捉到宿舍"接风"。推开门，只见床铺、床头柜、沙发上都堆着卷宗材料，就问："大和书记，你眼白上尽是血丝呀。着急也不能不睡觉啊，哪有这么干活儿的？"

"干什么活儿？我也不是不想睡觉，是看不明白急得睡不着觉。"王大和说。

"职业法官初审一个案子是6个月，6次审判历时四五年，你一周就想弄明白了？就算你比我们聪慧过人，但又没学过审判，心急吃不了热豆腐。"

"我向刘玉山拢共讨3个月时间，人家还大不满意，你休提那6个月。来，先给你接风，而后再讨教。"

"有什么问题就请先提出来吧，满桌子都是材料，你哪是真心给我接风？"

王大和笑了，把宋林杯盏间的材料挪到自己一边，举起酒杯不说"干"，却提问道："人家刘玉山说，毛长在皮子上，房盖在地上，办案应当从地号上下手，查清权属再判房产归属才对。可你们法院为啥舍本求末，只判地皮上的

15平米房产归属呢？"

宋林笑着干了杯中酒："好酒，与书记提的问题一样烈。如果地号一目了然，这个官司就没啥可打的了。关键是镇政府一女二嫁多批出了15平方米地号，即将退休的助理毛亩糊涂地说记不清先批给了谁，土地局又将错就错多发了15平方米土地证。人家两面当了好人，把纠纷的祸根种下甩手就走了。法院却不能走，法律是维护社会公平的最后一道屏障，说不好听的，是政府把驴牵走了，让法院来拔橛子，而法院又不能不拔。人家上告了，有审限跟着，6个月必须做出判决。怎么判？只能根据手头现有证据，谁先回购就把房产判归谁。"

王大和说："这样就做出了夹生饭，逼着刘玉山吃，人家不吃你们就端到中法，中法回锅后再逼人家吃。可人家一再要求的关键证人黄达宝一次也未到庭。万一如刘玉山说的那样，黄达宝与原告串通作假了呢？当然，我这只是个假设，也是刘玉山坚持的推测。"

宋林说："你这是问了两个问题。先说第一个夹生饭问题，就那么点柴火只能做出七分夹生饭，谁也没有办法做出十分熟饭，所以刘玉山不愿意吃也得吃。第二，即便黄达宝与原告真的串通作假，但在法庭上他咬死没有作假，刘玉山手里没有戳穿的证据也是枉然。所以，黄达宝到不到庭无碍大局，法庭只要走了传唤程序，便尽了义务。"

1个月来，王大和已经三次到阳北镇了。第二次只让小张镇长一人陪同，说是要好好参观一下全县闻名的阳北商业大街。用了整整一个下午的时间，从东逛到西，又从西转回东，仔仔细细看了满满的一个来回，除了个别关门的，进了大街上所有店铺，还兴高采烈地同十四五家商铺店主、营业员热烈攀谈，买几件小东西，吃了一串糖葫芦，边吃边对小张镇长说："你们镇政府是不是有统一规划、统一建设要求？"

受了表扬的小张镇长同样兴高采烈："我们有统一建设标准，统一设计图纸。幅宽3米为一个基本单元，可以批给两个或三个单元。少于一个单

元的不批，这么宽敞的大街，不能搞鸟窝窝。为了保证建筑质量和装饰档次，我们还采取统建回购方式，由镇政府选定好的施工队伍负责施工，再由商户回购，不仅整齐，风格也一致。"

王大和说："你们这个做法很有经验，值得总结。"

"我回去把镇政府关于阳北商业街规划统一建设的白头文件找给王书记过目。根据不同经营类别、品种还有三份图纸一并呈你审阅。"小张镇长更来劲了。

第三次是个周日，王大和原打算约刘太林、小张镇长一齐踏察凹地，听说刘太林回了县城，便让小张镇长陪同，并不让告诉其他人。

一大早，多数店铺还没开门，街上人也不多。王大和带着皮尺，让小张镇长配合着，将整个凹地、龙腾建材店与玉莲裁缝店前前后后测量了一个遍。

王大和说："张镇长，不瞒你与太林书记，我这次到阳北来，主要目的是要弄清凹地官司一案。因为涉及王龙一副镇长，所以一直不便公开讲。我们看了街上五十六家门市，最小的一家理发店幅宽是2.87米，是因为就剩那么大的地儿，其余没有一家小于幅宽3米的。而且你们内部白头文件也明确规定，对3米单元严格进行控制的。可是你们却给法庭出了没有统一图纸、没有统一建设的证词。"

"那个证词是我签发的。我不能把镇政府不那么规范的问题明晃晃暴露给法院，基层有许多苦衷呢。"

"我也在基层干过，能理解你当时那么做的苦衷。不过，正是你们的这份不实证据，对法院审判方向的转变起了推动作用。这是刘玉山对镇上始终不满的原因，尽管你们多次看护照顾他妈。我们应该从中悟出一个教训，不能为了政府颜面而置老百姓的利益于不顾。"王大和说。

"当时生怕损害商业大街声誉，影响经济快速发展。哪知道会闹出那么多乱子？都怪我考虑不周全。"小张镇长有些不好意思。

"对你我丝毫没有责怪的意思。我要弄明白的是，既然你们审批管理那么严格,为什么整个商业街只有玉莲裁缝店一家是幅宽1.5米。"

"据我朦胧印象,当初刘玉山批的地号是幅宽3米,镇里上报以及国土局批回来的土地证上也是3米。后来不知承建商黄达宝做了什么手脚,刘玉山找不到黄达宝,就与隔壁王镇长一家发生了争执。法院审理了好多次,最后判给了王镇长。"

"咱们大胆换个思维,你就不觉得这里头有问题吗?黄达宝做手脚是一定的,但也只能做房产的手脚,地号可是人家刘玉山的。当然,我这是无端猜测。"

"我和太林书记从未往其他方面想。挺复杂的一件事,又涉及班子成员,法院咋判,我们就咋维护了。"小张镇长吃惊地说,"王龙一那么年轻,为了区区不足5万元的半间门市房,犯得着吗?"

"道理上应该是这样,但事实上又说不通。咱们刚才测量了两遍,凹地东西幅宽总共才10.5米,可你们的毛助理却批出了12米,多出的1.5米便成了刘、王两家争议的导火索。说得直白点,你们的毛助理起码是先乱作为,后不作为。也可以说,闹出今天这样的问题,镇政府有着不可推卸的责任。"见小张镇长头上出了虚汗,王大和心中不忍,便开了个玩笑,"动乱于野,根在朝中。始作俑者却在镇衙之内,只是一时瞒了镇长大人的法眼而已。"

"王书记,您虽然没有直接批评我,但我知道自己有责任。上报县国土局地号审批件都要经我签字,起码是官僚主义错误。"小张镇长擦了一下脸上的汗,尴尬地说,"明天一上班,我就找毛亩问问清楚。"

"法庭已经以法律的名义严肃问过了。毛亩的回答是'实在记不清这1.5米幅宽地号先批给了谁'。我现在还不知道,这位毛亩是年纪大记忆力差,还是另有隐情。"王大和说着,双手食指做了一个拉勾的造型。

小张镇长心里明白,以毛亩之精明,绝对不可能记不清,那只能是另有隐情。而且必须两人合谋方能成事。那就太可怕了!思想到此,不禁打了一个寒战,马上道:"王书记,这事涉及我们两名班子成员,关乎党纪

后任给前任揩屁股是规矩

官司

政纪。我得向太林书记汇报，由刘书记牵头弄清后向您做答复。"

　　王大和拍了拍小张镇长的肩膀，继续道："镇长大人，我还指望你帮我呢，先别闪躲呀。干部操守归组织部管，干部纪律归纪检委管。我主要职责是弄清实情，别的一概不问。太林书记那儿我会去说的。我的要求就是，既然1.5米幅宽虚假地号是阳北镇政府造出来的，阳北镇党委和镇政府就有责任将原委弄清，并将虚假地号剔除出去，正本清源，给县委、县政府，给阳北老百姓，也给两个当事人一个负责任的交代。"

42. 权与利本是孪生兄与弟

王大和频繁到来，使王龙一感到不安。刘玉山夫妻屡判屡闹，虽然有损于自己的形象，王龙一却没有不安的感觉。有法院三级六判坚固甲胄护身，阳北街头的所谓社会舆论不过是几只苍蝇，自己不耐烦地一挥身，它们便"哄"的一声四下逃窜。

王龙一的不安来源于王大和手里的皮卷尺。没有哪个县领导下乡带着皮卷尺，而且那是一个来阳北之前未曾用过的新卷尺，一个早上就把凹地幅宽1.5米虚假地皮准确测量出来了。看架势不把虚假抠出去是绝对不会罢手的。虽然法院三级六判认定那虚假的1.5米应当算在刘玉山头上，但这个政法委书记管着法院，而且作为常委，在特定情形下，他一句话就会决定阳北镇领导成员的政治命运。

王龙一的不安与其说是一种忧虑，不如说是一种敏感。从王大和第一次下阳北就去看望刘玉山老妈那天起，王龙一就开始检查三级六判甲胄的每一个鳞片了。得知王大和亲手操作皮卷尺，王龙一已经同毛亩交涉了两个来回。因为铠甲护心镜上的一个纽扣落在了毛亩手中，这需要拿银子来买，只是价格尚未谈妥。

毛亩还有5个月就该退休了。毛亩作为镇长助理的权力主要来自城建与民政两块。城建方面的权力，被王龙一当了副镇长后不到3个月便吞食剥夺殆尽。分管民政的吕副镇长转员后，毛亩助理的权力一度有所扩大，多少弥补了城建权力剥夺的失落，但不久，抚恤、救济等审批权力也逐渐由王龙一接手了。

毛亩有自己的处世方式，认为人生在世第一重要的是生命安全。尽管吃穿与生命有关，钱财又与吃穿有关，但填肚子的饭与遮寒的衣以及买饭购衣的钱，与生命安全比起来，都是间接的、次要的。精明之人最根本的是能够权衡利害得失，随时把生命置于安全地步，自己便是这样的人，遍观镇政府，刘太林算第二个，王龙一就勉强了。论精明，王龙一不逊于自己，但他太贪，见了钱财便失去了理智，争讼强夺玉莲裁缝店不仅险境重重，而且经济上并不划算。总账盘算下来，支出的钱已经大大超出了那区区半间店的价值。

毛亩一边思想一边苦练书法，接到王龙一要来家看望的电话，便知道其所为何事了。

当初，王龙一让毛亩将自己幅宽7.5米的地号办成幅宽9米时，还未将刘玉山告上法庭，对能否夺过隔壁那1.5米地号，心中尚无把握。那天先付给了毛亩2万元，又交了7.5米土地费，以钱不凑手名义打了幅宽1.5米土地费欠据。毛亩乘其陪刘太林外出之际，一齐上报了十几家待办土地证用户给县国土局。王龙一回来后，明知毛亩以幅宽9米土地费足额名义上报，却佯作不知。不久，土地使用证发下来了，王龙一找毛亩要把7500元欠费补上，同时收回欠据。毛亩笑眯眯地说："证都下来了，还交什么费？你若实在要交，就把钱给你毛大哥当打酒钱吧。"

王龙一知道毛亩真的想要："前辈你可真能逗笑话，欠据明晃晃挂在账上，钱打酒喝了，早晚岂不是个病？"

"你拿钱来，我把欠据退给你便是了。"

"好的，改天我钱凑手了一准来赎欠据。"

说过这事就搁下来。王龙一打算毛亩在往自己主管的城建所移交审批卷宗后亲手处理干净，但毛亩乱七八糟移交了不少审批档案，独独没有这十几家土地办证的文件。后来，法院接连两次将刘玉山的1.5米判给自己，王龙一理智上认为必须补交土地费了。

那是一个晴朗的早晨，王龙一从100张连号的粉色新币中抽出了25张，剩余的75张温顺地躺在一个信封里。王龙一拿着它走到毛亩办公室门前，突然觉得心被掏空了似的,思绪一下子便回到了不堪回首的三十年前。信封里那一沓崭新的钱币,在那个时候足可以买两麻袋大白兔奶糖,而那时候自己连买一块糖的钱都没有。王龙一猛地转身,逃命般跑回办公室,把抽出的25张重新与75张连号摆好,双手捧到嘴唇上,深情地吻了起来。直吻得钱币同自己的嘴唇同样温热,才重新装入信封,收入贴身口袋。

接下来,山城中院首次下了判决,自己打赢官司同时又当上了副镇长。王龙一坚决认为,自己做的一件无比正确的事就是在那个早晨没有干出呆傻事,而是干了一件使钱感到亲热无比的精明事。不然养眼的钱币,不会恋在自己身边不走并吸引更多同伴来此安家;垂涎已久的官印如果没有大把钱币的滋养与诱惑也绝不会同时飞入怀抱。

为了化解冰冻许久的感情块垒,王龙一除了带去毛亩极为迷信的韩参,还带了蛤蟆油、蜂胶、五味子,凑成了四份重礼。虽然此番探视是热脸贴冷屁股,但王龙一有信心,毕竟两人是拴在一根绳上的蚂蚱,自己弄惨了,对毛亩没有任何好处。

王龙一进屋之前,毛亩就泡上了一杯浓浓的铁观音,双手捧着递上前去。王龙一有了些许感动,心里检讨自己是否有些神经过敏,喝了一口,果然是好茶,叫了一声:"谢前辈盛情。"

王龙一做梦也想不到,毛亩在将茶叶倒进杯子之前,"咳、咳、咳"厌恶至极地从气管里运送到嘴里一口黏黏的痰,对准杯口上下两唇挤牙膏似的放出一截来。半指厚的茶叶犹如细草屑掩盖着一泡臭屎,将毛亩胸腔里的怨恼密密实实地包裹在一团温情脉脉的面纱之下。

毛亩一双大眼睛眯成了两道细缝儿,听了王龙一想补交幅宽1.5米土地费并要求将补交时间提到土地证下来之际,口却封堵得严丝合缝,说:"镇长老弟,大哥现在老糊涂了,王大和书记又把我认定为了问题的始作俑者,你要补欠费好哇,这是帮大哥弥补错误。但把时间提得那么早,我这囊身板可受不了,再说账上哪天进钱做不了假,王大和查账一准露馅。"

"您老反正难得糊涂了,再糊涂一把也无损您的威望。您就说晚辈把

权与利本是孪生兄与弟

官司

GUAN SI

钱早给您了，是您把钱与欠费收据一块压抽屉底忘记了。是近来大和书记关心凹地的事，您也跟着关心便把这事翻拣出来办了。"

"王副镇长，你拿一槽半就让我糊涂了好几年，是不是以为我毛亩真的糊涂了？年轻人是聪明，但也不能过分聪明。不要以为别人都是傻子。你别忘了，虽然你出了一槽半，但老朽帮你省了7500元，你那一槽半实际上只值2.25万元。但对省去的这笔钱，你至今依然在装糊涂。"毛亩一股火直往脑门子上冲，立刻正色道。

"前辈，龙一愿意出双份的欠费款额，怎么样？"王龙一轻轻一句话便将毛亩高亢的声调打了下来。

7500元！毛亩没有理由不接下来，更主要的这是在补缝篱笆的漏洞，百利而无一害，但应该还有讨价还价的空间，不能便宜了眼前这个白眼狼："这个，这个风险太大，不值当的。"

"前辈，劳务公司顾问的年薪增加一倍如何？太林书记那儿我负责说去。"王龙一看明白了，不出重金是砸不老实眼前这个老滑头的。

这是一份真正的厚礼。为使"钱匣子"有稳定的吸金管道，王龙一正在着手成立劳务公司，将自己分管的环卫清扫、植树绿化、街路维护等统一起来，并根据刘太林的意见，让即将退休的毛亩担任顾问，年薪1.5万元。

毛亩终于弄明白了王龙一屈尊看望的原因了，不仅要修补漏洞，更要彻底封死自己的口，让自己一直"糊涂"下去。"老糊涂"虽然有伤自尊，但坐收两个1.5万年薪又是太具诱惑力的仙桃。毛亩眉开眼笑了："哈哈，跟精明人打交道就是痛快，成交！"

幅宽1.5米虚假地号一下子涉及了两名班子成员，刘太林深知干系重大，郑重提出请大和书记亲自带领调查。

王大和一眼便看穿了刘太林肥厚肚腹中那颗胡蹦乱跳的心，再看他双脚底板已抹好了油，一句话就堵封住了他置身事外的企图："我不参与镇里的具体调查，只坐享现成的调查果实。"

刘太林知道王大和的坐享现成实际上是坐镇督办，把任务派给了镇党委与政府，便学习王大和也留后手的方法，把小张镇长推到了前台，自己坐在后台操控。小张镇长只能找毛亩问话。

"张镇长，我真的记不清了，若能记清当初法院找我时就答复了。"毛亩回答得干脆而坚决。

"镇政府里任何一个人都可以说记不清了，唯独你毛亩助理不行。我们相处这么多年，互相谁不知道谁的斤两？你对我说记不清了，是不是拿我不当回事？"小张镇长说。

"张镇长，我一直很尊敬您，尤其您的为人。这您是知道的。按说我应当记得清，但干系太大，我又不敢咬得太死。这种情况您让我怎么说好？"

"怎么说好？你问谁呢？幅宽10.5米的地号批出去12米，你捅下的娄子，给阳河县、山城市，还有咱们省惹了多大的祸？你也看到了，大和书记坐镇，这也是县委的决心。所以你要如实说，不管涉及谁，都要实事求是，不要再对我说记不清了。"

"张镇长，您非让我说，我只能说，按领导干部的操守，那1.5米地号应该是王龙一镇长的；按镇上从未批过少于一个单元3米的规定，那地号应当是刘玉山的。"

小张镇长恼了："这不是没说嘛。"

"张镇长，我对不起镇党委和政府的培养，对不起太林书记与您的信任。只是事儿干系太大，我也顾不上名声了，只求党委和政府严肃处分我，毛亩绝无半句怨言。"毛亩苦着脸，几乎声泪俱下了。

忠厚的小张镇长心软了："好了。暂时想不起来，就回去慢慢想，想清楚了再来。你说咱阳北镇各个方面比哪个乡镇不是一百个强，咋就出了这档子闹心事？真愁死人啦。"

听了小张镇长的汇报，刘太林决定亲自找毛亩问个明白。

问之前，刘太林眼睛盯了毛亩足足有一分钟。

"毛亩，以咱俩的关系，我就不绕圈子了。以前我曾问过你一次，此

事是不是王龙一做的圈套，你说与他无关。我知道你怕我批你同僚相煎，因此上次说的不算，今天我重新问你一遍，你想明白了再回答。是不是王龙一抢了刘玉山的地号和房产？这屋里没有别人，话不入六耳。"

"刘书记，即便王龙一抢了刘玉山的地号和房产，话也不能从我毛亩嘴里说出来。"

"我早猜到是那么回事了，你们俩之间的猫腻我不想打听，但前提是不要把事弄大了。如今王大和坐镇阳北朝我刘太林讨说法，你就要切实地给我一个说得过去的交代，否则我没办法保你俩。"

"刘书记呀，毛亩这辈子最大的恩人就是您，没有您就没有毛亩的一切。现今毛亩反正也要退休回家了，为了阳北镇的大局，我一个人担着算了。"毛亩挺了挺虾形的脊背，充满感情地说。

刘太林明白毛亩一定得过好处，但对自己感恩的话还是很入耳："你为朋友两肋插刀，挺让人佩服。不过王大和盯得挺严实，仅靠装糊涂恐怕难过他的关。"

毛亩胸有成竹地说："我替刘书记想了两条不成熟的办法。第一，细细查，慢慢拖，只出力，不出果。事缓则圆，日久生变。我不信全县政法工作那么忙，王大和只干这一件事。第二，出现意外，丢车保帅。"

刘太林心里清楚，沉吟了半晌，方吐出了自己的担忧："在县委常委里头，王大和可是出了名的精明干练，还是先看看情况再说吧。"

"在县委常委里头，沈宁海的老谋深算也是人所共知的。"毛亩赶紧追了一句。

刘太林知道，毛亩这是在提醒自己不要抛弃王龙一，因为抛弃了王龙一，也就意味着他也被抛弃了。

43. 法律事实与客观事实不是一回事

小张镇长发现了问题。财务一笔7500元的土地费收入只列了阳北商业街而未写明具体地号，也未有补交者姓名，只是标注了国土局申报件013号。小张镇长问："这笔土地费数额这么小是谁交的，咋不写名字？"

会计小王说："是毛亩助理交来的。就让这么写，说是陈年清欠补交款。"

小张镇长不动声色找来城建所长，调取毛亩乘王一龙外出时抢办的那十几户土地登记档案，听城建所长说"上周毛助理刚刚归的档"，赶紧翻检查看，当真实看到013号后边赫然写着"王龙一"的名字时，脑子"轰"的一声响，汗珠不自觉地下来了。难道真的是王龙一抢夺了刘玉山的地号？小张镇长一分钟也未敢耽误，立马报告了刘太林。

"这只能作为我们领导层面推测的根据掌握，不是改变最终定性的直接依据。报告大和书记吧。"刘太林倒很沉着。

有了补交欠费的事，就有理由找王龙一谈话了。

小张镇长调阅办证档案一事，10分钟后王龙一便知道了。与小张镇长不同的是，王龙一半点也不着急。听到小张镇长语气沉重的劝导，王龙一深沉地笑了："张镇长，你说什么呢？龙一不知自己有啥错误。"

"龙一呀，你补交幅宽1.5米地号的7500元明晃晃在账上挂着呢。既然你一次申请获批了9米地号，为啥只交7.5米的钱？我不好意思说出口，你非要我挑明了。"

"张镇长，既然您说到了这一节，龙一就不得不说出心里的憋屈了。

他王大和凭什么带着成见来阳北，那么多法官难道都被王龙一收买了？龙一今天当着您的面说句心里话，那15平米门市在我眼里根本就不算什么了不起的物件。或者说知道会惹出这么多麻烦，当初根本就不会一次申请9米。以我的身份本不想和市井之徒搅缠在一块，可谁让我无意中摊上这么个邻居呢？这么多年，能够使我在舆论非议的煎熬中坚持下来，重要的精神支柱是组织的信任与重用。可是如今组织不信任我了，开始怀疑并调查我了。这让我非常伤心。"王龙一擦了擦眼角，降下了声调："对不起镇长，我光自己宣泄情绪，没正面回答您的问题。其实事情非常简单，当时我急于出差，钱不凑手，虽然一次申请了9米地号，但还差7500元。所以当天打了欠据，毛宙助理在上面签了同意。人若倒霉喝口凉水都塞牙缝。没成想7500元恰好是幅宽1.5地号钱。知道的是碰巧了，不知道内情的必然以为是王龙一只买了7.5米，那1.5米是抢夺刘玉山的。若不是法院三级六判还了公正，龙一就是跳进黄河也洗不清白呀。"

"你说当时打了欠据，为什么上周才把钱补上？难道大和书记不查这件事，你就永远也不补？地号你可是用了这么多年。"小张镇长半信半疑。

"在这件事上，龙一心地坦然。大家都知道，毛助理报件时龙一陪太林书记出差在外。回来后龙一的确把这件事忙忘了，后来土地证发了下来猛然提醒了龙一，立马把钱交给了毛宙。以下怎么回事，就该问他了。不过，为了证明龙一所言不虚，改天将当年的欠据拿来呈镇长过目。"

小张镇长严肃地问："你是说毛宙助理把钱压下了？这么多年钱一直在他手里？这涉及干部的道德品质，你可要说准了！"

"那笔钱的确在毛助理抽屉里睡了七八年。我相信毛助理的为人。再说就这点小钱，在我们这级干部眼里也不值得隐匿。不过，如果不是他糊涂地把地号批给了我之后又批给刘玉山，至于有今天这么多的麻烦？如今他还一口咬定记不清批给了谁，我都没法说他了。"

三个人关在屋里已经半个下午了。刘太林宽大的办公室里烟雾弥漫，连不吸烟的小张镇长也摸起了一支。听小张镇长说了谈话情况，王大和连着向两人提了三个问题:"第一,为什么阳北商业街五十五家商户严格执行了3米单元地号的白头文件审批规定,单单刘玉山是半个单元?第二,为什么刘玉山花了3米地号钱,只得了1.5米地皮,而王龙一只交了7.5米地号钱,却得了9米地皮?第三,为什么法庭判决刘玉山给王龙一1.5米地皮同王龙一欠交地皮的费用相一致,是偶然巧合,还是另有隐情?"

三个问题,如同三道测试题,王大和说完了,目光在两人脸上不停地扫视,是在向两人要答案,可两人谁也未吭声,似乎这道方程式太难了。王大和觉得还应该给点提示,遂抬高声音又给了一个已知条件:"有一个事实我们必须正视,刘玉山交了8年3米地号钱,却只用1.5米地号;而王龙一只交了7.5米地号钱,8年来一直在使用9米地皮。客观上形成王龙一一直在使用刘玉山花钱买的地皮。暂且不往其他方面联想,起码可以说明,镇政府在土地出让管理上的混乱程度。当然,我没有责任过问镇政府行政管理工作,主要目的是为了弄清那三个问题。"

小张镇长听明白了,王大和后一段话再次表明只是为了查明案情不是来追查政府的管理责任,心里一阵温暖,便毫无保留地说出了看法:"如果只有毛亩述说的记不准那1.5米地号究竟虚假在谁身上,我还有理由半信半疑,但偏偏出了个1.5米地号欠据。理智告诉我,一定是合谋串通夺人家刘玉山的地号,可他俩都是阳北镇的领导干部呀。"

刘太林没有理由改变小张镇长的看法,但后一句话的压力太大了。理智告诉自己,不到万不得已不能认账,好在毛亩两件事都担了下来,刘太林决定先挺着拖一拖:"从情理上分析,我同意张镇长的看法。但不能仅靠推理分析,必须有直接证据。1.5米地号与7500元钱使用费虽然有惊人的巧合,但毛亩并未承认地号就不是王龙一的。更重要的还有法院三级六判在那儿横着。所以目前我还不敢下结论。可否继续调查,寻找其他证据,同时进一步做毛亩的思想工作?"

刘太林的理由是站得住脚的。王大和只能寻求其他途径突破。

王大和提出以阳北镇政府幅宽3米单元的白头文件规定为依据,由法

法律事实与客观事实不是一回事

官司

院做出重新判定，宋林一口回绝："不行，绝对不行！"

"当初你们采信了阳北镇政府提供的从未有过3米单元规定、也无统一图纸的证词，现在阳北镇答应可以收回原有证明，为什么就不行？"

"就是直接证明了的确批给刘玉山3米地号也不行，因为镇政府同时还证明批给王龙一9米地号。这多出的1.5米虚假地号，只能落在一个人身上。除非镇政府拿出地号是先批给刘玉山的证词。"

"如果那么简单，我找你这个审判专家干啥？明知道是王龙一造假，可那个毛宙偏偏揣着明白装糊涂，这个证词怎么拿得出来？"

"知道我们法院的难处了吧？正因为地号上弄不清先批给了谁，法院才退而求其次，从回购合同时间先后上下判决。"

"你们法院不从地皮的根本上宣判，从回购合同的皮毛上做花样，还有理了不是？即便如你们所说，黄达宝把原告王龙一的地皮卖给了刘玉山，你们就该让王龙一告黄达宝，再由黄达宝找刘玉山呀。可6次判决名义上对着黄达宝实际上哪次都奔刘玉山下手。我还是那个观点，在关键证人黄达宝未出庭质证情况下，你们拉着二建公司做黄的替身硬判，实质是手握法槌净拣软柿子上敲。何况工商局已经证实了二建与黄达宝并无血缘关系，你们岂不是乱搞拉郎配？"说到回购合同，王大和气恼了。

"大和书记，请您稍安勿躁。"宋林见王大和动了真气，以玩笑的口吻缓解他的情绪，"应当承认，这是一个审判瑕疵。但我刚才说了，在那种情况下，法官只能不得已而为之。不仅如此，还有未盖章的证明，包括你刚提到镇政府的3米单元证书（原先是没有，现在可以有），那些都是辅助判断证据。换言之，只要刘玉山拿不出黄达宝与王龙一回购合同是造假后补的直接证据，这个案谁也翻不了。尽管法官搞的是推理判决，但就现有案情、证据、程序，还真就找不出多大的毛病。所以，再打8年也翻不了案。"

"明知有瑕疵就不该勉强判哪。你们法院不是一直讲求以事实为依据，以法律为准绳吗？"

"法庭判案当然要以事实为依据，但法官根据的是法律事实，即双方提供并经过质证而被法庭采信了的证据。按说法律事实与客观事实应当是一致的，是客观事实的法律还原。但现实情况是，由于多方面的原因，例如证据被破坏、当事人水平不高、故意设圈套等等，有的时候法律事实并不能完全还原客观事实，有的一半都不到，甚至个别的还可能走向反面。但法官却不能不按规定时限终结审判。"

"所以，心里明知道不是那么回事，为保证你们法院所谓的以法律事实为依据，按时完成审判任务，就闭着眼睛硬判。可即便依据法律事实，法官也可以做出相反的证据采信与判决呀。"

宋林陷入思索："这个案子虽然不是我经办的，但我是现任法院院长，虽然不少人都心知肚明了，但毕竟有三级六判摆在那儿。除非……"

王大和："除非什么呀，快说！"

宋林笑了："除非让那个糊涂的毛助理不再糊涂，要不找国土局想想办法，可否将欠了8年土地费的1.5米地号吊销了，尔后给刘玉山。"

王大和："你这个'除非'等于白说。毛亩不装糊涂深更半夜我找你磨啥闲牙？不过找国土局倒还算个主意。老宋，我现在着急呀，跟刘玉山夫妻3月之约还剩不到3周。你看我这牙床肿的，熘肉段你可都包圆了，我一点不敢咬。都是你们那些葫芦法官胡判葫芦案惹的祸。这事弄完了，你们要好好总结一下教训。"

44. 后证绝对压不住前证

县土地局局长何平不到50岁,头发仅剩下超短裙般的一圈,头顶部与脑门一样光亮,坐在王大和办公室对面的沙发上,仰着笑脸问王大和有什么指示,土地局一定认真落实。王大和曾经有过耳闻,此人处世风格稳妥与圆滑成正比,打算绕着弯把问题提出来:"何局长,我在地籍管理上是门外汉,请你来有些问题请教。如果8年未交1分钱土地使用费,根据有关法律,土地局能否吊销其土地使用证?当然,他打了欠据。"

何平说:"王书记,可不敢用请教一词。首先,这种事不可能出现,1分钱土地费未交绝对不能获得土地使用证,国家有明文规定,出让金与使用费不打入国土资源账户,绝对发不出土地证。我在这儿当局长3年半了,从未有这种情况发生过。当然,如果内外勾结谎报交了费,那在处理贪赃枉法之人时,同时吊销土地使用证。"

王大和:"我说的不是你主政这3年半,我说的是8年前。具体说就是阳北镇商业街里的一宗地号。"

何平脑筋飞快,立马联想到那场尽人皆知的官司了,知道刘玉山与王龙一两个当事人都是硬茬子,还是躲远远的好,就说:"王书记,阳北镇商业街享受县政府招商引资优惠政策,土地费都留给商业街的开发建设了。只要镇政府报件标注土地费交齐了,我们就发放土地证。至于欠费票据的问题跟我们无关,应当由阳北镇处理,他们说应该吊销,我们就收回土地证。"

"那么说只要不收费的项目你们把土地审批的权力都下放了,也不下去指导,也不现场踏察,往证上盖个章就算完成了任务?"

"王书记,都是我没汇报清楚。初审,准确地说前期工作虽然放下去了,但中期指导踏察、终审复核,每一宗用地、每一个步骤都非常认真,半点也马虎不得呢。"何平笑着回答。

"如此说来,土地审批的主要责任还是你们土地局了。既然你们每一宗每一步都不马虎,为什么幅宽10.5米的地号,你们发出了12米的土地使用证?正是你们多发的并不存在的1.5米土地使用证,让两个当事人十几次对簿公堂,酿成了轰动全省的上访案。请问何局长,这件事应该怎么妥善处理好哇?"

何平秃脑门上浸出了虚汗:"王书记,我主政3年多,从未有过此事。您也说了,那是3年前老班子弄的,我……"

王大和打断何平:"可你是现任局长。我们共产党所以受到人民的拥护,一个重要原因是旧事理得好,不仅理好了国民党留下的烂摊子,还拨乱反正,理顺了我们前任留下的错误。所以我有权力要求你理好前任留下的麻烦:第一,吊销多发的1.5米土地使用证,并要落实到具体人头;第二,对负责现场踏察的当事人按规定给予纪律处分。"

何平听清楚了,王大和是让自己吊销王龙一的土地证。因为刘玉山的幅宽3米土地证中的1.5米已经被法院判给了王龙一,但王大和却不明说,为什么?脑子只转了3秒钟就想明白了。这位咄咄逼人的领导除了顾虑法院的三级六判,可能还未取得阳北镇党委和政府的认可。所以尽管面对王大和冷冷逼视的目光,还是硬挺着装糊涂:"王书记,您指示吊销土地证我坚决落实,只是不知该吊销刘玉山的还是王龙一的,恳请您明示。"

"你是土地局长,土地证该发给谁不该发给谁,自己不应当清楚吗?而你却来问我,是不是你这个土地局长想让给我当呀?"王大和脸色铁青了。

"王书记,对不起,是何平错了,不该跟您绕弯子。闹出这么大麻烦及恶劣后果,我们土地局难辞其咎,最起码是审批领导官僚主义,具体工作人员玩忽职守,但何平现在真不知吊销谁的证好。我在这儿表个态,只要王书记一句话……"何平脑门上的虚汗流了下来,做了个掌嘴的动

作,"我又说错了,只要阳北镇政府拿出意见,我不管法院几级几判,立马吊销王龙一的土地证。"

"说到三级六判,我问你一件事,王龙一第二次年检幅宽9米土地证是经你何平局长手中换发的吧?"

"王书记,我可是根据法院判决进行的,上级党委一直要求,政府工作也要在法律框架内运行。"何平紧张地回答。

"既然按法院判决执行,就应该吊销刘玉山1.5米土地证,可你们并没有发过吊销文件。刘玉山仍然认为自己依法拥有3米的土地证。"

"按惯例后证压前证。二次确认王龙一9米等于吃掉了刘玉山1.5米,这同法规与文件后件压前件是一样的道理。"

王大和抬高声音说:"何局长,别怪我说粗话,你我任何一个人与老婆登记结婚睡到半夜,另一个人拿着与你我老婆的二次登记证要求睡觉,你能同意还是我能同意?前一个结婚证不吊销,后一个证能压住前证吗?你们不就是怕得罪刘玉山引火上身才这么干的吗?你们土地局就这样改革创新进行土地管理吗?"

何平语无伦次了:"是应当吊销刘玉山的1.5米土地证,可他不欠土地出让金呀,也不该发给王龙一9米地号的土地证,可是法院判决给他了……"

王大和笑了:"说了半天,才说到点子上。我再问你一遍前头那个问题,王龙一8年未交土地出让金和使用费,依据土地管理法规到底能不能吊销他的土地使用证?当然了,他有欠据。"

说到这儿,何平彻底明白王大和的真正意图了,越发地谨慎了:"法律规定,不交土地使用费就不能得证,得了也要收回。但实际情况许多时候又没有完全按法律规定办。例如招商引资,为了让外商项目落地,也有打土地费欠据的,等外商赚了钱再补费抽回欠据;有的等收了外商的税,以财政返还方式替外商交土地费。按说,有了欠据就应当顶钱看待。如果是一般的用地单位,发现欠费我们还有催缴提醒责任,如果追缴提醒后还不交,那就是另一回事了。当然,即便提醒后交了,时间久了我们还要收滞纳金。王书记，这事不应该劳您认定和指示，领导责任是提出问题，由我们负责找阳北镇。如果屡催不交，不管是谁，我立马吊销他的土地证。"

在土地局解决问题的打算落空了。王龙一不仅有欠据，而且钱"早"就交给了毛亩。毛亩压下了，可以说是镇政府的责任。明明知道是两人联手勾连的疙瘩，但这个死疙瘩还真没办法解开。王大和明知8年前土地局长的责任不能让现任局长承担，还是忍不住发了火："就是因为你们的不作为和玩忽职守，才闹出了今天的被动局面。刘玉山交了8年土地费的地号，却让别人白白用了8年，他能不打官司、上访吗？如今弄得倾家荡产。我只问你一句话，对其如何补偿吧？"

何平明白只有破财免灾了，好在土地局多的是卖地钱："王书记，对土地局给刘玉山造成的损失我们一定尽最大能力补偿，8万、10万、再多点都行。我明天就亲自带队去他家中探望，并就欠费票据一事会见阳北镇领导。"

"补偿是一定的。至于补偿多少，什么时节补偿，到时候我自然会告诉何局长。不过，我要提醒何局长的是，今天的谈话内容只限你一人知道。对阳北镇领导的会见你还是取消了吧。"

"一定。一切听从王书记的安排。"何平擦了一把满头的汗珠，恭敬退出了房门方才仰头出了一口大气，心想，见过精明干练、思维缜密的领导，从未见超过王大和这般厉害的角色。看来真得给嘴上加一把锁了。

已经是第六次去阳北镇了，这在阳河县委领导下乡史上成了一个异类的奇观。县委机关不少干部心里都知道王大和干什么去了，如果最终弄不出个子午卯酉，就会成为县城里一大笑柄。

王大和的压力倒不在个人方面，毛亩一如既往地糊涂着，如同刘玉山的老母亲呈现了逐渐加重的趋势。只有刘太林能够让毛亩不糊涂，但王大和看出来了，刘太林也愿意让毛亩继续糊涂着。

上周县委召开了常委会，讨论通过了一些干部的任免。王龙一已被

后证绝对压不住前证

通过调任工业经济开发区副主任（副局级）。王大和没有理由提出反对意见，因为阳北镇近两年取得了全县瞩目的变化，虽然主要功劳要记在书记与镇长头上，但主管城建的副镇长王龙一功不可没。开发区城建任务重，跟沈宁海曾共过事的开发区主任以需要干练干部的名义，已经向组织部要过两次了。从组织部门角度看，王龙一的年龄优势，对开发区领导班子年龄结构年轻化有贡献作用，常委会通过后，县政府常务会履行个任命程序，便可以走马上任了。王龙一装着恋恋不舍的样子在慢吞吞交代工作，私下里却在抓紧处理善后。

  王大和第六次去阳北镇带来了县委常委会内部消息，虽然常委会公开人事消息应当由组织部长来完成，但王大和知道刘太林非常不愿意王龙一离开，曾经两次找组织部提意见，要求让王龙一留任一段时间，但刘太林根本不是沈宁海的对手。

  王大和将内部消息透露给刘太林，主要是为了使刘太林把消息转告毛亩。因为王龙一去了开发区，这或许会引起两人的矛盾或反目，从而打破捆绑在一起的利益联盟。王大和知道这样做不太地道，但在无药可医的情况下，只能死马当活马医。王大和还正式向刘太林和小张镇长建议，鉴于毛亩越来越糊涂，退休之后就要彻底回家，不要再搞返聘安排了。

  县委常委的"建议"当然不是建议，而是"必办"的指示。王大和相信，这话不出半天就会传到王龙一和毛亩的耳朵里。

  果然，毛亩近日频繁来班上了，王龙一也明确表示要在离开之前抓紧完成手头的未尽工作。第一件事就是把因接受调查耽误了一段时间给工商局的劳务公司注册请示赶了出来，第二天一上班就交给小张镇长签发。王龙一把笔帽摘下来递了上去，小张镇长却淡淡地说："先放这吧，处理完手头的事我再细看。"

  王龙一张了张嘴却说不出话来。第三天，王龙一又找来了，先海阔天空扯了一些闲话，然后漫不经心地说："张镇长，劳务公司报告您审完了吗？太林书记昨天催问我了。"

  小张镇长说："我还未看呢。劳务公司成立容易，但需要有个合适的人选。你若不走自然没问题，你走了，谁来弄这事我还没想好呢。这事拖拖再说吧。太林书记那儿我去说。"

"让毛亩助理干吧，我听说镇上好几个企业都要聘他，咱把顾问费提高一倍，准能留下他。"

"龙一呀，你的心胸可真够宽大的，摊了官司又出欠费风波竟然会替他说话。毛助理不能聘了，大和书记明确跟我与太林书记交代了。"

王龙一不自然地"哦"了一声。小张镇长心里有事不会在脸面上掩饰，这说明他对自己已产生了怀疑，应当是王大和把他拉拢过去的。这样看来，目前已经分成了三派，以王大和与小张镇长为一派，以刘太林与自己为一派，毛亩则是站在中间的骑墙派。最终左右摇晃在哪一边，哪边便会以3：2获胜，而关键是那个年薪3万的顾问头衔到底能否落实。

王龙一决定在刘太林身上下功夫。

王大和来阳北这一段时间，心中有火的刘太林又犯了便秘的老毛病。自打王龙一当上副镇长，刘太林即使憋得再难受也从不主动让他做"手指术"了，都是自己痛苦万端地设法拉出。算来近一年未曾摸过刘太林肥硕的大屁股了。现今刘太林对自己要求去开发区已生芥蒂，再加上王大和步步紧逼的恐慌，王龙一决定走之前把脸再近距离贴一次刘太林丑陋的大屁股。

结果大出意料，王龙一觉得自己真的很幸运，这一次副镇长金贵的手指没派上用场，而是灌肠的胶管代替解决了问题。舒服极了的刘太林说："大和书记的指示我们不能不落实，但大和书记的岗位在县委，哪能总到阳北镇上班呢？这事你就别出头了，我负责告诉毛亩，左膀被卸走了，右臂再老也是自己的好使嘛。"

剔除1.5米虚假地号的调查又进行了近1个月，刘太林向王大和汇报说："为落实您那三个'为什么'的指示，在张镇长之后我已分别找王龙一、毛亩谈了两次话，并亲自查了有关原始票据、财务账目及相关批件，但仍然没有进展。我心里也认为张镇长的分析在理，不然为什么欠费收据钱数与争议地皮费用那么一致？这种奇怪的巧合不应该出现嘛，但就是捅

不破这层窗户纸。偶尔我还疑惑自己是不是犯了疑人偷斧的毛病？"

　　3个月期限就要到了，王大和十分沮丧，不知道该如何跟刘玉山解释。当初，王大和曾满怀信心做了彻底解决问题的两种打算：第一种是法院判得有理，则从基础即从地号审批上补充三级六判的充足证据，从而说服刘玉山夫妻彻底息访。第二种打算是万一问题出在王龙一身上，就要彻底揭开真相，推翻法院的无理判决。几个月来，自己最不愿意看到的问题竟然出在我们的领导干部身上，揭开这个丑闻，自然会在老百姓面前扇我们自己的脸，也会使自己得罪一大批人。如果真走到那一步，自己当然会坦然面对，无奈的是那层窗户纸至今没有捅破。刘太林嘴上说过捅了，就是不伸手指头，害怕窗户纸像玻璃一样割破自己的手指。

45. 竖格便笺纸包裹着马脚

该去看望刘玉山夫妻了。王大和脚步十分沉重，如同学堂期末考试得了59分的学生，不知该如何向这对满怀期望的夫妻解释。虽然自己很尽力了，但哪个家长愿意看到试卷上那么些个红叉叉和不及格？

夫妻俩很热情，但面无喜色。

刘玉山说："王书记，我们知道您先后来了六趟，辛苦您了。但听说王龙一就要高升走了。"

从王龙一安然无恙地要去好地方，说明夫妻俩已经推测出了自己的问题没有实质性进展。王大和来之前正不知如何开口，听了刘玉山的话，决定只要是能说的话，全部如实告诉夫妻俩，以求最深最大的沟通与理解："我今天镇上、县上一个人没带，只身以朋友而不是领导身份来家里，谈的内容只代表我自己，不代表组织。我个人认为，那半间房子是你们的。我非常同情你们，也想帮助你们，但我能力有限，今天特来道歉，对不起了。"

王大和站起来鞠了一躬，慌得刘玉山夫妻赶紧站起来还礼："王书记，我们知道你为我们尽了最大努力，内心感激着呢。都怪我们命不济，该遭这一辈子罪。"

"主持公平正义是我的职责本分，你们的事办到如此夹生地步，再说感谢我无地自容啊。但有些事件，包括古往今来的冤案也不是都能昭雪的，我想同你们商量，可否缓一缓？我知道这8年来你们已经弄得倾家荡产了，我算了一下，丢掉的那半间房现在价值翻倍可值10万元，打官司请

律师、上访花费少说10万元。我已经从土地局和法院分别要了10万元，共20万元。当然我知道不摊上这官司，你们夫妻这么勤劳实干，这么多年下来，在阳北镇可能是上百万元的富户了，但我只能给你们这么多。另外，我可以帮你们搞低息贷款，还可以让你们成为政法机关长期扶困户，我知道，你们此前多次拒绝接受经济补偿，我今天再次提出来，是想以一个真心帮助你们的朋友劝告一句，'明知不可为而为之，受伤害和损失的只能是自己'，希望你们能够考虑我的建议。"

刘玉山说："谢谢王书记，您为我们想得这么周到，话说到这个份儿上，按说我没有理由不接受您的建议。这么多年来，您是第一个站在我们的角度替我们考虑的领导，但请原谅我不能接受。因为经济上的损失可以用钱补偿，但精神上的创伤不能拿钱来填补。8年了，8年对我们的伤害与其说是经济上的，不如说主要是精神上的。生老病死谁都免不了，但我的岳父不该那么快死吧？而且临死都不肯原谅我的妻子。我妈不会痴呆这么早这么严重吧？王书记，我知道您是好意，但我就是咽不下这口气！用那么卑鄙的手段抢夺百姓竟然还评上了阳河县十大优秀干部，还要升到开发区继续当官。这个社会还有什么公理公道？"

刘玉山边说边激动地站了起来。王大和脸上一阵发红。

"王书记这么替咱着想，光这个补偿办法，事先得做多少工作？费多少口舌？当家的，你咋对着王书记激动呢？对不起了。"曲云莲一把将丈夫拉到了床上，站起来对着王大和鞠了一躬，放缓语气替刘玉山解释，"王书记，我当家的意思是，经济上补偿数额太大了，我们拿了会心里发虚。应该由抢夺我们房产的王龙一归还给我们，我们也绝不要国家替王龙一还。"

"我不绕弯子了。说句自夸的话，我王大和六下阳北镇都一无所获，虽然有人比我能力强，但以后能否肯为你们六下阳北我就不敢说。这件事如果永远理不出头绪，你们也不接受我的建议吗？"王大和有些焦躁。

刘玉山："是的，王书记，真相不白绝不接受补偿，玉山虽为低贱小民，但做人底线与尊严绝不放弃！"

"那你们就一直地告下去,访下去?将一直被管被控地过日子,尊严何在?明知不可为而为之,宁可抛弃理智,坚持无望固执?你也读了不少书,作为朋友,请给我一个合理的解释。"王大和气恼了。

曲云莲赔着笑脸,替丈夫解释:"王书记,当官有当官的尊严,小民有小民的尊严。我们收了补偿,就等于承认了王龙一抢夺我们的房子有理,我们在阳北镇就彻底丢了脸面。阳北老百姓就可以戳着我们的脊梁骨说,看这对贪心的男女,不停地闹腾了8年,到底拿了国家20万才罢手,真是无赖透顶!王书记,那时节我们在阳北还咋有脸见人?不过,今天听王书记讲了案情,我也死了心,我们这辈子只能这样不清不白地混了。但为了我们的儿子,我们还得告下去,访下去,虽然最终不会有结果。"

"曲大姐,这我就不明白了。"

曲云莲接着说:"可以说从小学一年级开始,我的儿子就在父母不停上访的阴影中读书,亲身经历了父母被关被押的恐惧孤独,曾在强迁中被误伤,也曾亲眼看见父母多次拒绝数万、数十万钱财的补偿。对官司的来龙去脉我们从未向孩子隐瞒过,虽然有人一度在同学中散布我们是无赖父母,但我们的儿子坚信父母不是无赖,遭受的是不白之冤。所以从未因父母被抓被押而抬不起头,反而骄傲而自信地佩服父母的骨气与抗争。这么多年来,我们的儿子只有一个信念,拼命读书学习,将来读政法大学,毕业后当一个好法官。虽然在我们被抓的阶段也曾耽误了学习,但成绩几乎没落下过前十名,如今中考摸底又在全年级考了第三名。王书记,我们要是不明不白拿回家那么一大笔钱,儿子会怎么看待我们?这么多年父母的良好形象岂不一朝在他心中彻底坍塌了?"

曲云莲的话使王大和陷入了深思,感觉到补偿的话从自己这个政法委书记嘴里说出来,一定深深刺痛了这对夫妻。当然人家知道自己是在为他们着想,并且为他们下力气地弄这件事,不然不知会说出什么难听的话来。王大和无计可施了,半晌未说出话来。

刘玉山又呛了一句:"王书记,我说一句不中听的话,事在那明儿摆着,他王龙一欠据都能当钱买地皮用,我刘玉山真金白银买的地皮咋就用

竖格便笺纸包裹着马脚

官司

GUAN SI

不上？就看县领导敢定不敢定了。当然了，我也体谅王书记的难处，一边是堂堂的副镇长，一边是底层的小民百姓。哼！"

王大和猛不丁打了一个机灵："敢定怎样？不敢定又怎样？我王大和还真就没怕过什么，只是找不到下手之处。"

"敢定，就根据8年未交费这一条，吊销他王龙一的土地证！这事要是放在刘玉山身上，不要说惊动您这个县委领导，连镇领导都不会打扰，土地所长一句话就可收回土地证。不敢定嘛，小百姓只有忍了，但我刘玉山绝不会忍！"

"你说的我无法否认。问题是即便吊销了王龙一的土地证，也落不到你的名下呀。"

"那我也认了。起码阳北镇人会认为我们打了个平手。王龙一用了8年的地皮根本不是他的！"

王大和觉得心里有些敞亮了：逼迫王龙一作半步妥协或许是安抚刘玉山的唯一途径了。看来忽略了一件事，必须把王龙一那张土地费欠据拿来备用，不能让他带走了。

王大和让小张镇长找王龙一要那张土地欠据，并特意交代："跟龙一镇长说，拿欠据来是为了归档，另外不要再跟其他人说，太林那儿我去说。"

小张镇长听明白了，说归档给王龙一听，带有结案的意思，防止王龙一以找不到为由不交出来。不跟"其他人"当然也包括刘太林在内，是提醒自己谨慎保密，防止节外生枝。

果然，王龙一听了"归档"两字，如释重负地赶紧从保险柜抽屉最底格拿出了那张欠据，小张镇长接过来一看，欠据上王龙一落款的日期果然是那年的6月15日，也就是与黄达宝签订回购合同的前三天。毛宙签字"同意"的日期仍然是"六月"两字，而未有具体日子。

看着，看着，小张镇长神色猛地怔住了。眼尖的王龙一立马把这神色抓在了眼里："张镇长，有什么问题吗？"

小张镇长赶紧喘了一口长气，努力按捺住狂奔不已的心跳，不动声色地说:"龙一呀,你获批地号是6月15日,刘玉山获批地号是6月29日,早了整整半个月嘛。你若是早把这个欠据提供给法庭,他刘玉山还有什么理由跟你争那幅宽1.5平米地号?沸沸扬扬说不清道不明白白闹腾这么多年,你事办得笨哪。"

王龙一遇到了知音似的:"张镇长,龙一咋不知道这个道理?只是法规明文规定不许拖欠土地费,当领导的带头欠费,个人不光彩是小事,影响镇政府形象是大事。所以龙一宁可受憋屈,遭误解,也不能让人家在背后对镇政府说三道四呀。"

小张镇长拿着王龙一那张欠费收据,心中五味杂陈,说不出是什么滋味。一遭突破重重迷雾的困扰终于找到出路的喜悦,有一点儿,却欢喜不起来。一种被周边战友欺骗了的恼怒,有一点儿,但不全是。更多的是一种悲悯与心灵伤痛。迈向王大和房间的路上,双腿灌满了铅一样沉重。向王大和汇报时,声音低沉得几乎让近在咫尺的领导听不到:"王书记,这张欠费单据是后来伪造的。因为这张印有阳河县阳北镇人民政府字样的竖格便笺是批地号第二年才定制的。纸张比别的便签纸要厚一些,便于硬笔书写。我记得非常清楚,春节上班后第三天,喜爱书法的毛亩亲自到县政府机关印刷厂定制的,半月后提回来的,毛亩亲自给我送了两本。我当时还说自己不习惯竖着写字,留一本就行了,那一本毛书法家用吧。"

王大和兴奋起来了:"这么说,王龙一打欠据也就是申请1.5米地号的时间,比刘玉山起码晚了8个月,而刘玉山在其8个月前就将地号审批到手并交足了费用?"

小张镇长说:"应该是的。在此之前镇政府从来没定制过竖格的便笺纸。全机关的人都可以证明,而且还可以到县政府机关印刷厂查订货交款时间和商品出库时间。"

王大和使劲拍了一下小张镇长的肩膀:"老弟,你可是立了大功呀!谢谢你!县政府机关印刷厂你们去人不行,毕竟8年的陈账翻起来太费劲,我让县政法委的人打着我的旗号去。不过……"说到"不过",王大和做

竖格便笺纸包裹着马脚

官司

GUAN SI

了一个手指压在嘴唇上的动作。

"王书记，我知道此事干系重大，不会跟任何人说的。不过可千万不能说什么立功的话，出了这么丢人现眼的事，我都不知道如何向县委县政府交代。"

王大和安慰说："谁的问题谁承担嘛。此事系内部作弊，常言道家贼难防，何况偷东西的贼又掌管着钥匙。当然，教训是应该总结的，那就是选用品德好的人管库房钥匙。现在不是考虑责任的时候。"

印刷厂的出库记录已经找不到了，好在账目及记账凭据还在，清楚记录着订货交款单位阳北镇政府，印制商品为竖格便笺纸，经手人毛亩，时间为是年2月16日。即便不加上印制的半个月时间，竖格便笺纸上的文字起码应当比上年6月15日晚8个月以上。

刘太林看着县政府印刷厂的证明及记账复印件，又看看王龙一亲笔写的欠费收据与毛亩的签字，肥硕的大手往桌子上"啪"的一拍："王书记，一目了然，案情大白。不管他们是真糊涂还是假糊涂，是亲自作为还是家人作为，阳北镇党委与政府完全可以负责任地作出认定，争议的1.5米地号就是人家刘玉山的，而且早在他王龙一之前8个月就批到手了。我看该认真研究如何善后问题了。"

刘太林虽然是激动，但话语中每个字都经过了深思熟虑，糊涂之前冠以"真"与"假"，作为前后挂着"亲自"与"家人"，问题不说"处理"而说"善后"，绵里藏针表达着留有充分余地的态度。

王大和明白刘太林是在策略地提醒自己，虽然案情大白了，还是应当慎重处理，猛然间牙又针刺般疼了。

46. 全糊涂与半糊涂及不糊涂

就伪造虚假欠费单据一事,刘太林自告奋勇要同王龙一与毛亩谈话,理由是不能把最头痛的事推给小张镇长。

小张镇长高兴地说:"刘书记亲自揭锅最好,我正怕蒸腾的锅盖烫手呢。"

王大和顾虑刘太林虚应故事走过场,笑呵呵一个将军便封死了他的退路:"有太林书记亲手下笊篱,我干等着吃现成果子呢。"

离开了王大和房间,刘太林满面笑容的肥脸立马变成了一块冰冷的铁板,疾步抢进毛亩办公室,"咣当"一脚反踹上门,把县政府机关印刷厂的证明和账目复印件"吧嗒"往桌上一摔:"毛亩,都是你干的好事,为了蝇头小利,帮他设计出那么下作的圈套,如今害得我跟你们一起丢人现眼!他王龙一小崽子不明事理,你也老糊涂了?"

毛亩毫无心理准备,只能畏畏缩缩顺着刘太林的话说:"刘书记批评得是,都怪毛亩一时糊涂办了蠢事,可是……"

刘太林听了"糊涂"两字反而更来气了,上去一把将毛亩桌子上那套心爱的笔墨砚台"哗啦"扫落到地上:"糊涂?你毛亩这件事上是糊涂了。但我早把你的糊涂研究明白了,对你有好处的事你就心里明白装糊涂,对你无关痛痒的事你就半糊涂,对你损失与肉疼的事你一点也不糊涂!我今天来就是告诉你一句话,王大和可说了,有了这两份证据,可以帮助毛助理想起一些事了。所以你若再给我装糊涂,就永远回家去糊涂吧!"

毛宙不怕刘太林发火，发火是不拿自己当外人。刘太林惩处干部时从来不发火，都是一副无奈的神态。处罚得越重，态度越温和，同时杂以惋惜的表情。毛宙知道刘太林是在暗示自己想办法收场，必要时做出牺牲，让"丢人现眼"的范围尽量缩小些。交换条件就是可以不必"永远回家糊涂"。这是一桩比较讲理的交易。但不托底的是，王龙一未必配合，需要刘太林向王龙一做说服工作，就说道："刘书记，看了县政府机关印刷厂的单据使我猛然想起怎么回事来了。此事跟龙一镇长没有关系，是我跟张二舅弄错了，使他受了拐带。如今龙一镇长见我气不打一处来，连句话也不跟我说。他不跟我往一块想，我也没辙呀。"

"这么说，是你跟张二舅两人设套把龙一哄骗了，他在不明真相情况下按着你们的道走？不是我说你，你毛宙老糊涂了，还把龙一拐带成了半糊涂。这不是坑人嘛！龙一那儿我负责说通他，这账他必须认下来！"

刘太林心里塞的乱麻被毛宙拽了出来，觉得舒服了不少，走到门口回望了一下地上摔破了盖子的砚台和毛笔："你自己捡起来吧，事完结了我让王龙一给你买一个新砚台和几支好笔，要松花砚和纯狼毫的笔。"

没等刘太林找王龙一点拨话，王龙一满腔怨恼地先找毛宙了。手举起来正要敲门，眼却突然发现门上倒贴的一个福字仍然完好无损地艳丽，可见毛宙的精心，举起的拳头就变了形状，五根尖锐的指甲便伸向"福"字偏旁中间那个点使劲抓扣下去，却只抓抠下了一点，心中越发有气："挖不出你的黑心，我揪掉你的脑袋！"尖锐的指甲又伸向"福"字头上那个点。这一次抓抠下了一小半，但还可以认出是一个福字，自己的两根指甲却浸出了红，狂恼中五指迅速收拢成拳头，猛地砸向房门。

从"开门""毛宙开门"到"你给我开门"，王龙一门外的声音抬高了八度："毛宙！我知道你在家，是个男人就把门给我打开！"

当王龙一把拳头换成了脚的时候，毛宙慢吞吞地开了房门。毛宙刚抽完两支烟，浓烈的烟臭笼罩客厅。王龙一似挥赶一群厌恶的苍蝇，使劲抡了两下胳膊："毛宙，论年龄你可以当我的长辈，但你为长不尊，嫉贤妒能，临回家之前还不忘坑人害人。你收了我的家人3.75万元，设套弄了个欠费收据，害得我身败名裂。今儿你若不吐出来，咱们纪检委见！"

"王龙一，你昨晚上梦游了吧？我毛亩什么时候收过你家人的钱？遇到一点事就昏头乱脚，这点能水你还贤呀能呀的，我看连个男人都算不上，应当先让刘书记给你洗洗脑子里的糨糊，才配跟我毛亩讲话！"

"男人，你也配称男人？是男人收了我家人的钱就该有勇气承认，别他妈当缩头乌龟。至于刘太林那个老混蛋，我现在想想都他妈觉得恶心，下贱！你让我去见他？我现在恨不得拿剪刀狠狠戳烂他的屁眼子！"

"年轻人，如果你拿我当长辈，当然你绝对不会，但作为比你多吃了半辈子咸盐的前辈郑重告诉你，我不可能收你家人送的钱。假设要收也是收你亲自行贿的钱，但是我毛亩一分钱也未收！如果你想开诚布公地说话，就请将右手从口袋里拿出来，端我的茶杯喝水。"毛亩冷冷地说道。

王龙一咬牙切齿"霍"地从口袋里抽右手，手里紧握着的是一支录音笔："老家伙，算你狠！那咱们就开诚布公地谈一谈。"

说着，双手"咔吧"一声折断了录音笔。

"这就对了嘛。如今我们是一条漏船上的难兄难弟，你对我不该如此下作地算计。但这个歹毒劲还是令人佩服，见识了你的新手段，毛亩对化险为夷更有信心了。为此毛亩愿意退还零头。"

"零头？吞了我3.75万就退还零头？太黑了吧！龙一何止是险，现在是身败名裂呀！"王龙一咬牙切齿，"我知道你历来是一对一保险收钱，死不认账，神仙也没办法。但咱们都混在江湖，道上有道上的规矩。事办砸了，钱得退吧？总不能让我官财两失呀！你如果说出不退的理由龙一绝无二话。否则，可要小心你那握毛笔的右手半截食指！"

"你就这点能耐？想恐吓人也不选准对象。跟我耍光棍？你还嫩了点！我像你这么大的时候，往人脖梗子撒尿他都得老实给我受着，你做得到吗？再说了，现在的我们是什么人？是靠脑袋混饭吃的人上之人，不是靠胳膊打打杀杀的街头小混混。想要我的手指头，不是我瞧不起你，你若有那个胆量不早就用到刘玉山身上了？"

被识透了底，王龙一无奈地高叫："那不一样。对刘玉山我是用智慧拿了他的，法院正大光明判给了我；而你是用阴谋拿了我的，私下暗吞连个影也不见，就应当吐出来！"

"可我帮你赢了官司。在官司初期你不过是一个股级的代理城建所长，如果输了官司，暴露了你下作的道德，你根本当不上副镇长。换言之，是我帮你当上了副镇长。"

"可如今官司还是功亏一篑地败了。"

"那不是我毛亩的责任。怪你自己太贪心，得鱼之外连装鱼的篓子也要席卷而去。如果不是你非要省那7500元，何至于有今日之败？"

"我承认，我是爱钱，但我情有可原。你这个名牌大学生可以睁眼不见小钱，那是你小时候有一个让你从不知缺钱是啥滋味的好家，而我小时候为了吃一块大白兔奶糖要捡一个星期牙膏皮。你白白拿了我3万元，我凭什么不能省那7500元？都是因为你拿那竖格便笺让我写欠据才坏的事。你不该逮着一个机会就练你那狗屁书法。所以，你必须还我3万元，而且即便是还我3万元你也是赚了。3万元8年利息我一分不要，全给你。"

"凡造假者无时无刻不能忘记堵漏，正如撒一个谎话要准备一百个谎话来随时掩饰。而你只习惯于造假而缺乏终身掩饰的素质，所以你面对王大和不动声色的'归档'烟雾便忘乎所以，根本不去观察烟雾后边是否隐藏着一张致命的弩箭。如果当时你把此事告诉我，我会立即阻止你，会用一张谁也查不出年代的白纸重写一张欠据。可是你当时为什么不告诉我呢？是你觉得自己羽翼已经丰满，过河拆桥，根本没有把我这个你认为已经百无一用的老家伙放在眼里。"

王龙一沮丧地说："如今说这些不觉得晚三秋了吗？我赢了的时候你糊涂，我输了你就立马清醒了。当初你糊涂得使我风光了，你该得那3万。如今你清醒得使我身败名裂，还死攥着3万不撒手，这能说得过去吗？！"

"年轻人，你咋总提那3万呢？你不觉得自己轻言失败很幼稚可笑吗？是的，面对那张欠费单据和县印刷厂的证言，我不能再装糊涂了，但我这么大年纪也不能一下完全清醒呀。换言之，我可以半糊涂呀。"毛亩自得地笑了。

"我把你的权力蚕食剥夺殆尽,我想不明白你何来如此好心,也看不出你的半糊涂对我有什么好处,所以你必须将3万元退还给我!我王龙一既然事儿败了就不怕事,处分、撤职、杀剐就这一百来斤了,大不了从头再来。"

面对对自己成见甚深、根本听不进话的王龙一,毛亩摇了摇头:"既然我们谈不拢,你是否先同太林书记谈一次?尔后咱俩再协商。怎么样?"

王龙一大怒:"别提那个老东西。今后,我王龙一出了他那个班子,他这个班长就无权对我发号施令了。"

毛亩无奈地挂通了刘太林的电话,并把座机按在免提键上:"太林书记,龙一镇长在我这儿坐一早晨了。您不是有重要工作同他商量吗?"

电话那头传来了刘太林的粗声大嗓:"我说一上班找不见他人影,你让他听电话!"

尽管怨恨得背后咬牙切齿操祖宗,真听到了顶头上司那霸道的声音入了耳,王龙一还是乖乖接了电话,就听刘太林吼道:"正经事不干,你一大早跑到毛助理那儿闲扯什么?"

王龙一怨恼地说:"刘书记,事到如今,龙一也不想瞒您了。毛亩他把我坑苦了,我必须跟他把事掰扯清楚,不然我冤到家了。"

刘太林使劲从牙缝里挤出了话语:"王龙一,你给我听好了,不是毛助理坑你,是你滑到了坑里,他想把你拉出来,可你要把手伸给他呀!如果你还想继续当这个副镇长,就立马跑步到我办公室来,不要在电话中再说一个字!"

全糊涂与半糊涂及不糊涂

官司

GUAN SI

47. 保帅丢车之前要弃卒

还是这一天的晚饭时节，王龙一又去敲毛亩的家门了，不过不是早晨的拳头和脚，而是右手中指弹钢琴似的点着敲，嘴里发出的声音也没了早晨火气那么旺地直呼主人的名字，而是和风细雨丝丝缕缕般的温柔，连主人的姓名也礼貌地避讳了："前辈，请开门，龙一看您来了。"

房门也比早晨痛快一百倍地敞开了。王龙一将右手的兜子递了上去："老前辈，我买了猪口条、花生米和几样下酒小菜，这是一瓶20年的阳河档案酒，下午沈秘书长专程派人从县里送来的，龙一要实心讨教呢。"

毛亩感觉早上那头落入陷阱疯狂咆哮的恶狼晚上如小绵羊般温驯，是因为想明白了只有自己可以救他出陷阱。如今乖乖向自己伸出了前腿，但其爪子依然尖利非常，如果不万分小心，就会顺势抓下自己手臂上一块肉来。

王龙一态度绵软极了，反倒使毛亩心里虚空起来。有刘太林做推手，思想情绪转变当然可以理解，但如此巨大反差，尤其那带有表演成分的过度热情背后，搞不清隐藏着什么精明的算盘。王龙一自罚的两杯酒下肚，"大前辈"之后，还认定毛亩是今生遇到的"大贵人"，再一杯酒下肚，毛亩又被强行拜了"大先生"，并不允许拒绝，理由是刘太林书记的教诲。

"龙一在大先生面前就是小学生。"

被恭敬者知道虽然这个自命不凡的小学生从来未把自己放在眼里过，但在乳臭未干的"愣头青"面前当个先生也不为过："那毛亩就恭敬不如从命了。"

按江湖规矩，认了先生该给徒弟见面礼，毛亩偏偏又糊涂起来。无奈的王龙一只好以"大前辈""大贵人""大先生"的名义连干了3杯，尔后目不转睛地死死盯着毛亩的嘴。毛亩好像茫然无措地望着那双眼眶中极度渴望的火焰，嘴巴却似粘了封条一般。半晌，王龙一眼中的火焰猛地熄灭了，嘴巴张开了："毛亩助理，还是刘太林书记说得有道理，我现在有点佩服你了。"

毛亩说："这句'有点'的话虽然没有'三大'漂亮，却是你内心的实话，我毛某人听了心里托底，有什么要求直说吧。"

"太林书记点拨我了，对毛助理的关心与安排龙一感激不尽。听说前辈念大学时是数学系的高才生，龙一今天晚上有两道难解之题，想真心请教呢。"

毛亩不易察觉地笑了，拿来了那曾惹祸的空白竖格便笺纸，横着摆在王龙一面前："请示下吧。"

王龙一边说边写："前辈拟以半糊涂的代价帮助龙一渡过难关，列成算式应该是，糊涂减去半糊涂等于半清醒，换算成数学公式是：

王龙一：幅宽9米－1.5米＝7.5米（地号）≈副镇长（无赖着呢）

毛亩：3万元+0.75万元+3万元（年薪）≈半糊涂（清醒着呢）

不知毛前辈对这两道数学题做何解释？"

毛亩笑了："既然抛开了友情谈买卖，毛某人认为这两道题还可以这样列式演算：

王龙一：幅宽9米－1.5米（白用8年了）＝7.5米≈副镇长（无赖，民间的）＝开发区副主任（官方的，正局级预备）＝10万元（年薪）

毛亩：3万元+0.75万元＝半清醒+劳务公司顾问年薪3万元÷2（折半）=1.5万≈半糊涂（随时被逐回家）

不知王镇长对这两道题有何感想？"

王龙一愣住了，半晌方喃喃自语道："如此计算往来交易账目，龙一便没啥可说的了。一切依前辈便是了。不过，龙一实不甘心，轰轰烈烈争

讼8年一朝竟被那盲流刘玉山打翻在地，岂不颜面扫尽？虽然有前辈鼎力成全，但刘玉山拿回半间门市之日，全阳北老百姓岂不人人把无赖的帽子扣到我的头上了！"

"说句实话，你我谁不是无赖？无赖怎么了，耽误赚钱了吗？影响提拔了吗？岂止你我是无赖，刘太林不是无赖吗？当然，小张镇长不是无赖，吕副镇长也不是无赖，王大和更不是无赖，镇政府百分之九十以上的人都不是无赖。一方面他们自命清高不屑当无赖；另一方面他们也不会耍无赖。但他们有咱们活得滋润吗？老百姓认为你是无赖有什么用？县委县政府重用提拔你当开发区副主任，就是肯定了你的道德与操守，不是把众人的嘴都堵死了吗？"

"看来还是太林书记提醒得对，龙一真得诚心向前辈讨教呢。"王龙一真心折服了。

"毛某人这辈子什么事都干了，什么好处也未落下，但什么把柄和毛病也没有留下，惺惺相惜，说到底我们是同类之人。我如今老了，看你这一回是真心想听毛某的劝告，顺便再奉送一句或许让你终生受益的话：记住，时刻记住，什么情况下都要自信地记住，你有宝贵的资本，同行同类的别人想有而没有的资本——年轻！但切不可恃年轻而气盛。人生之路长着呢，时间会改变一切，包括人际生存环境。毛某人这句话或许不用多久便会应验。"

3天后，毛亩与王龙一分别向阳北镇党委提交了措辞诚恳的报告。毛亩在报告中说，经过领导的点拨，艰难翻账查据以及绞尽脑汁的回忆，终于想起来了8年前自己糊涂批地的实际情况：

第一，我的确同时批给了刘玉山幅宽3米，王龙一幅宽9米凹地门市共计12米地号，而凹地只有10.5米，所有的矛盾都是我乱作为造成的。

第二，刘玉山足额交了土地费，王龙一镇长出差在外由他人张晓山代替交了7.5米土地费，因当时钱不够便打了1.5米合7500元土地费欠据。半年后土地证发下来了，工作繁忙的王龙一镇长发现自己尚欠7500元土地费便当即提出补交。因张晓山的欠据无法代表用地者本人入账，我便糊涂提出由王龙一镇长以自己的名义重写一张欠据，并自作主张要求按张晓山打欠据同一时间标注，此事欠据的竖格纸张可证明。

第三，王龙一镇长按我要求写了欠据后，立即将7500元交我入财务账。不巧那日会计不在，我便将钱及欠据一并放入抽屉垫纸的下边，一放便忘了8年。直到此次县委领导王大和书记调查过问此事，我才慌忙将钱入了账。

第四，综上，毛亩自知辜负了党的多年培养与领导的重用信任，特恳请党组织给予严厉纪律处分。同时向刘玉山、王龙一两人表示诚恳道歉，并愿意力所能及地满足对方提出的补偿要求（经济与精神方面）。

王龙一在报告中说，多亏县委领导王大和书记和镇党委刘书记、张镇长调查1.5米地号问题，才使龙一看到了自己在无意中的四个过失：

终于发现了家人使用了8年的土地竟没交一分钱。虽然有具体工作人员的责任，但作为领导干部有对家人约束教育不够的问题。这是自己认识到的第一个过失。

虽然自己没有亲自经商办企业，但却容忍农村的父母以自己的名义在阳北商业街凹地开了买卖，客观上违反了党政领导干部不许经商办企业的规定。这是第二个过失。

对家人与刘玉山争议1.5米地皮采取了放任态度。尽管三级六判十几场庭审，自己只参加了两次（县院、市院分别一次），但证明自己虚荣心作怪。糊涂认为输了官司，戴上无赖帽子将使提拔自己的组织和领导丢掉威信。这是第三个过失。

最近对照《土地管理法》剖析了1.5米争议地号的合法性问题。虽然初始欠费责任主要不在自己，但后来作为主管城建的副镇长，有不可推卸的失察失管责任。这是第四个过失。

为此，特提出以下两点解决建议供领导决策：第一，尽管有法院的三级六判，自己决定退还1.5米地皮，给予已足额交费却8年未用上地皮的刘玉山（当然，曾有欠据用地的先例）。第二，如果刘玉山坚持认为争议地号是他的，我愿意为镇政府相关领导当年糊涂膨胀批出虚假地号承担责任，在自己剩余的7.5米地号中再拿出1.5米给其白使用8年，以求得争议不休、上访不止的社会问题彻底解决（需要说明的是，龙一在内心并不把区区1.5米地皮当了不起的财产，多次表示过要无条件放弃。这在中院庭审记录中可以查到）。

　　看了两人的报告，小张镇长一拍桌子，一向文雅的人竟然忍不住也冒出了脏话："这么多年我还真没看出来他两个狼狈为奸，人品卑鄙到如此地步！这不正应了哪部戏里说的那对狗男女，明明被捉奸在床竟厚着脸皮狡辩'虽然盖在一个被窝里，但我们没干那事，天冷了互相取暖呢'有什么区别？可他们都是屡屡大言不惭教育百姓的领导干部呀。我的意见，镇党委完全可以以合谋串通、恶讼夺地定论，并追究他们拒不认错的问题。否则，刘玉山夫妻、全阳北老百姓都会认为我们官官相护，故意包庇。"

　　刘太林打算采用毛亩"丢车保帅"的策略了。但丢车之前要先舍卒，这句话毛亩没有说，因为毛亩本身是自己棋局中的卒子，他没说自己也得做，为老帅的逃脱争取时间："他们俩周瑜打黄盖，一个愿打一个愿挨，以为我们都是蒋干？我同意张镇长意见，把1.5米地号拿回来交给刘玉山，同时给予毛亩严肃纪律处分。只是王龙一这儿我还没太想好。虽然明知绝对不会有两个1.5米的巧合之事，但两个人死咬着不松口，如果硬性给他结论合谋串通并纪律处分，我担心为将来留下后遗症。"

　　王大和没有表态，把王龙一夺去的地号重新还给刘玉山目前已不存在障碍，问题是不能仅靠领导人的几句话就草率操作。刘太林的话里有袒护的味道，但有一定的道理。眉毛细小的案子惹出了天大的麻烦，何况有三级六判横在那儿，必须从法律上、行政上把这件事办得天衣无缝，不留任何可击之隙。

对阳北镇那场1.5米虚假地号争斗的局势，何平局长时刻了如指掌。忠实而负责的眼线，便是两年前实行垂直管理体制时派驻阳北镇的土地所长。如果说未发现欠据造假前争斗双方势均力敌，需要观望一段再决定劲往哪处使的话，在确认了欠据造假，毛、王二人分别写了检讨性质的报告后，何平觉得该是出手的时候了。他急急赶往阳北镇，亲自主持吊销了王龙一幅宽1.5米土地使用证。

王龙一不满地提出："把地号让给刘玉山（我辖下的百姓）是我做镇长的心甘情愿。我虽未交土地费，但有欠据挂在账上，土地局吊销我的土地证不知依据哪条规定？"

何平用讥讽的口吻回道："身为城建土地主管镇长，难道不知《土地管理法》中根本没有土地费可以欠据一说吗？"

王龙一辩道："欠据非我王龙一开的先例，何况现已完成了补交欠费程序，何局长不会是墙倒众人推吧？"

何平不容置疑："即便招商引资需要可开欠据特例，但必须是外商亲自签名画押的欠据。难道王镇长不明白在谎报土地费交齐并获得了土地证情况下，非持证者本人签名画押的欠据，持证者完全可以赖账不认的道理？我想王镇长应当是知道的，不然为什么时隔8个月之后又用亲笔欠据替换下来？"

王龙一张了张嘴一句话也说不出来。

何平抬高声音宣布：

第一，鉴于王龙一申报土地有偿使用时未缴纳土地费，县土地局依据有关法律规定吊销其阳北商业街凹地幅宽1.5米、核定15平方米土地使用证。

第二，鉴于8年前我土地局就给予刘玉山发放了幅宽3米土地使用证，只是由于阳北镇土地申报膨胀了1.5米，又被未缴费者占用了8年，故对刘玉山3米土地使用权二次确认并发放新证。同时对此期间的损失按规定给予一定经济补偿。

第三，鉴于王龙一自发现欠费后主动补缴了土地费，以及该镇管理人

员相关责任所致，故对8年欠费问题不予责任追究及罚款。

第四，8年前县国土局不认真审查便多发了幅宽1.5米土地证并错发了对象，国土局决定正式向县政府写出检讨报告，同时建议阳北镇政府认真吸取教训，尽快改变土地管理混乱状况。否则，国土局将对你镇采取区域用地限批措施。

接到刘太林报告，王大和叫齐县信访办主任老高、法院院长宋林一块赶到阳北，何平已在小张镇长陪同下，亲自把吊销王龙一1.5米土地使用证的决定和二次确认刘玉山幅宽3米门市的土地使用证送到了刘玉山家。尔后赶回阳河县城准备到王大和办公室亲自做汇报。

王大和明白，这位挨了自己批评急于邀功的土地局长，在最终拿回1.5米地号并交还刘玉山的合法性上解决了难题。但变相肯定了毛亩与王龙一合谋的假话，无意中为彻查两人合谋串通问题设置一道障碍，同时打乱了王大和稳妥善后的计划安排。

48. 一百个"就快了"抵不上一个"暂缓"

这个毫无准备的意外结果令刘玉山狂喜不已,像穷孩子春节前意外得了数挂鞭炮与烟花,双手捧着崭新的土地使用证爱不释手,一会儿锁进抽屉里,一会儿又不放心地拿出来放在贴身口袋里。

曲云莲却捧着父亲曲正的遗像放声大哭,悲痛得几乎抽搐过去。

刘玉山老娘拿过一根香蕉使劲往曲云莲手里塞:"媳妇别哭了,娘给香蕉吃,又甜又软乎,一点不硌牙呢。"

看得王大和心酸不已。

看着大哭不止的媳妇,刘玉山思维有些别过劲来了:"明明是他王龙一夺了我们的地号,咋又弄出个欠费吊销的理由了?难道说若不是欠费,吊不了证地号还到不了我们手?我们不是拿回被硬夺去的地号,而是捡了王龙一的漏!就从他王龙一如今的委屈劲儿,我明天就拿着这两份证件和决定去省高法,不把狗屁三级六判翻过来,我死不罢休!"

王大和只能将目光投向宋林,示意他说些安抚的话。偏偏宋林引经据典地不说软话:"三级六判有当时法律事实为依据。现今有了新的证据,王龙一欠费不该获得土地使用权,当事人刘玉山有权提出再审,但应当在判决发生法律效力后两年内提出。据我所知,刘玉山近两年主要是去行政部门上访,并未向法院提出再审申请,故不能予以立案。"

刘玉山大怒:"如此说来,三级六判错了就永远改不了啦?那就别怪我再去找管法院的部门上访了!"

宋林赶紧解释:"两年后再审也不是不可以。《民事诉讼法》规定,

如果发现审判人员在审理该案件时有贪污受贿、徇私舞弊、枉法裁判行为的,不受两年限制,但目前我们法院还未发现这类问题。"

"老宋,你说了半天等于白说,能不能说点有用的,可操作的?今天不是听你搞法制讲座来了。"王大和不高兴了。

望着眼睛都瞪圆了的王大和,宋林心里紧张,说话越发离题远了,也不顾刘太林、小张镇长在场:"当事人刘玉山可以起诉阳北镇人民政府,将自己交足费用的地号白白让未交者使用8年,并就其管理混乱造成的损失要求经济补偿。同时,可以受害公民的名义向纪检监察部门对为自己造成损失的国家公职人员毛亩、王龙一进行检举,并要求得知调查处理结果。但后一条与我们法院无关。"

王大和发火道:"宋林同志,你今天代表的是阳河县人民法院,而不是学者,你应当说点老百姓能听懂的话,也不要总说与你们法院无关。你们把人家刘玉山依法申请获得并足额交了土地使用费的地号,硬性判给了并未交费者白白用了8年,就这一条,不应该诚恳地说一声对不起吗?如果当初庭审你们要求王龙一提供并认真检验其土地使用费交款凭据,会有今天的麻烦吗?仅就这一点难道不该认真检讨法院的工作失误吗?"

"这个——这个——法院当然有责任,是——是有责任……"

"当然,你并不是当时具体负责的法院领导。我所以对你讲这些话,因为现在你是院长。在这个荒唐的问题上,阳北镇政府有着首当其冲的主要责任,同时还包括县国土局在内,我们都有教训需要认真检讨与吸取,都要以实际行动弥补我们给人家造成的损失与伤害,挽回在群众中造成的恶劣影响。"王大和放缓了口气。

停止了哭泣,曲云莲对刘玉山说:"当家的,有今天的结果已经够难为王书记与各位领导了,只要我们的1.5米地号从王龙一9米中扣除并还回来,它就证明了咱们挣死巴命争的地号真的是咱们的。不管人家是故意还是无意,当官的事跟咱们都没关系。不管他三级也好,六判也好,现在也都不重要了。会说的不如会听的,阳北镇老百姓心里最明白,8年告状上访，我们与王龙一争的无非谁是真的无赖。只要阳北镇的父老乡亲在心里认为咱们不是真无赖，自然知道该把无赖的帽子给谁头上戴了。这个官司咱不打了，你看把宋院长难为到什么地步了。咱们光顾自己高兴地哭呀笑呀的，都忘了感谢各位领导和恩人了。"

说着整了一下衣襟，放下丈夫挽着的衣袖，又理了一下自己的头发，拉过丈夫便要双双跪下，被小张镇长一把扶住，王大和等人手忙脚乱地劝止了。

曲云莲不哭了，刘玉山就心安了："王书记与各位领导为我们考虑这么周到，我们不能让帮忙的领导为难，那也太不讲究了。再说，人被狗咬了一口，也不能再去回嘴咬狗一口。媳妇呀，咱一切任凭领导做主。"

曲云莲赶忙解释说："对不起，得为我丈夫不合适的比喻向各位领导道歉了。我丈夫8年前脾气绵软，从来不冒粗话，都是让官司闹的，我了解我的丈夫，今后顺心了，他的性情一定会变回8年前那样，再见到各位领导，说话保证能让您愿意听。"

王大和说："我非常感谢你们的宽容、大度，以及对我们工作的理解，今天各单位领导都在，你们有什么困难与要求尽管提。王龙一同志对白白占用了你们8年地皮感到内疚，提出愿意在自己7.5米地号中拿出1.5米来给你们用8年。国土局、县法院也将在规定条件下尽量给予你们补偿。同时，我们还要将此事处理结果以县政法委、法院、国土局、阳北镇政府四家名义形成一个纪要，经你们与王龙一认可签字后，结论存档。"

曲云莲说："王书记，小民百姓要的就是个公正，因为公正里头有尊严。还是那句话，如果单算经济账，我们不会倾家荡产去争那半间门市房。王龙一镇长的好意我们不能接受，因为那不是我们的地号，我们一厘米也不能要，这与我们的地号一厘米也不让一个道理。云莲在此是有一个过分的希望与请求，就是玉莲裁缝店重新恢复营业的时候，想请县法院、国土局、信访办、镇政府的领导到场参加仪式，也算为我们开始新生活做个见证，今后再也不给国家和各级领导添麻烦了。不知各位领导能不能委屈自己来帮我这个忙？"

"这是好事呀！"王大和向周边人扫了一圈，见众人都连忙点头，接着说，"他们都同意了嘛。张镇长，这可是你们商业街的企业，税都揣你腰包里了，是否该买两挂鞭炮？只是我没在被邀请之列，不知能否也一齐来沾沾喜气？"

曲云莲激动得半晌说不出话来，只是深深鞠了一躬。

刘玉山喜滋滋解释说："我媳妇一高兴就说不出话来。其实她最想请的是王书记。"

"刘玉山，我记得以前都是你向我开炮，你媳妇替你解释，今天咋反过来了呀？这新生活就算开始了？今后恐怕咱们打交道少了，可别忘了去看我呀。"信访办主任老高高兴地笑了。

玉莲裁缝店重新恢复营业了。王龙一知道，凹地里热烈火爆的鞭炮声把自己绞尽脑汁扣在刘玉山头上的无赖的帽子震掉了，虽然还没有文件对三级六判进行评价，虽然自己还坐在令人敬畏的副镇长宽大的办公室里，虽然镇机关里的人还挤着虚伪的笑脸称呼着"王镇长"，但阳北镇人在心里把震到地上的帽子捡起来，连尘土都懒得掸一下便径直扣到了自己的头上。理智告诉自己，在阳北镇8年的风光日子走到头了，应该抓紧离开这个是非之地。情感上实不甘心，自己如此超人的智商竟然输给了一对盲流夫妻，是上天对自己的不公。3天前，王龙一完成并交接了手头最后一项工作，小张镇长终于签发了为成立劳务公司给工商局的注册申请报告。王龙一知道小张镇长是在同情处于狼狈不堪状态中的前同事。因竖格便笺一事，王龙一心里对小张镇长的仇恨已与王大和比肩，所以半点不领情。该带走的东西早就收拾好了，凹地里剩余幅宽7.5米门市房也找好了买主。县政府常务会对自己开发区副主任的任命一周前已经履行完了程序。可令人揪心不已的是，组织部迟迟不安排接送程序。

据沈宁海讲，开发区胖主任以"急需用人"的名义到组织部催过两次了，自己也策略地问了一次，组织部长的答复是耐心等两天，"就快了"。可一直等了3个两天，还是未有丝毫动静。觉察有异的王龙一把满腔焦火一股脑烧向沈宁海，终于得知是县委书记陈信下令组织部暂缓执行任命。

虽然"暂缓"与"就快了"差不多是一个意思，但王龙一明白，组织部一百个"就快了"也抵不上陈信一个"暂缓"。于是集中精力寻找"暂缓"的缘由，终于在沈宁海吞吞吐吐的话语里得知，陈信在下令"暂缓"之前，曾认真听了王大和一次汇报。这才明白屡屡跟自己过不去，多次坏了自己好事的祸根就是王大和！

王龙一翻捡出那份镇里给县上的报告，凡是王大和的名字，全部用剪刀尖戳下来，乱草一样堆在桌子上，一剪一剪又一剪，前后剪了几十剪，终于剪成了碎纸片、纸条、纸屑。尔后抓在手上，用力地捏、掐、揉、搓，直到手麻了，才一把扔进废纸篓里，并往篓里使劲吐了一口痰。

县委常委会开了多半下午，倒数第二个议题是听取政法委关于维稳与信访工作，与会众人精神为之一振，知道压轴戏开场了。

汇报人是县政法委常务副书记，简要汇报了全县信访维稳常规情况后，重点汇报阳北镇老缠访户刘玉山夫妻有关调查处理意见。虽然给各位常委发了县委政法委、县法院、国土局、信访办四部门联合签署的凹地幅宽1.5米争议地号处理意见，陈信还是逐个征询了列席会议的宋林院长、何平局长、信访办主任老高的意见。在几位均回答了"同意"、"没有补充"、"一起研究的"之后，陈信抬高了声音："这也就是说，你们3个部门和政法委一起经过3个多月的艰苦努力，亲手推翻了自己坚持8年的结论。县委对你们这种自我纠错的精神与勇气充分肯定与敬佩。这是我要说的第一句话。纠正谬误，让真实回归客观，毫无疑义是正义的体现，是刘玉山们的老百姓所希望与欢迎的。但我要提出一个大家共同思考的问题，为什么三个月能解决的问题，我们竟然整整拖了8年？这8年中，人家不惜倾家荡产地反复向我们陈述不同意见，告诉我们把事情搞错了。为此，我要说的第二句话是，我们究竟应该以什么样的心理与姿态去倾听老百姓的意见，包括与我们不同见解的、刺耳的、我们认为所谓刁民的意见？当然，你们几个部门是在履行病后诊治的社会医生职责，只不过自信医术高

明，根本不听人家病人陈述，当然也包括我这个县委书记在内。大和同志说自己是被动情况下不得已听的意见，但毕竟他听了，是六下阳北才听到的！我的第三句话是，原本好好的公民为什么会生社会病？我们该怎样从源头上预防和管控？老鼠尾巴细小的事情弄成了牛腰粗的社会问题，我们始作俑者的干部究竟该负什么责任？不过那是下一个议题的事了。除了常委之外，请各位退席吧。"

案件定性之后该研究涉案的人了。常委们手里新发了毛亩与王龙一的情况说明报告、财务挂账土地欠费单据、王龙一与毛亩那张竖格便笺欠据、县政府机关印刷厂证明材料，以及阳北镇党委政府的检讨报告等一沓材料。陈信见众人都看明白了大概意思，便把头转向王大和："大和，从头到尾情况你都熟悉，说一下人怎么处理吧。"

王大和说："毛亩不是县管干部，阳北镇已经给予了处分，我没有其他意见。副镇长王龙一虽然自己说凹地买卖是家人以自己名义开的，并未亲自参与经商，但门市房的产权登记人以及三级六判多次诉讼，他都是法律上的实际所有人与参与人。当然有一点需要说明，在申请地号的初期，王龙一只是代理城建所长，而不是领导干部，究竟如何定性，应当由纪检委确认。这是第一点意见。第二，王龙一白用了8年地皮未交土地费，尽管有毛亩为其承担了责任，但作为分管城建土地工作的副镇长有不可推卸的责任。现今土地使用证被依法吊销，应当认定与刘玉山的争讼行为客观形成了非法夺地的错误。以上两点在阳北镇和更大范围已造成较坏影响。因此王龙一不适合在阳北镇继续工作，建议调出另行安排。"

陈信问了："就这两点？"

王大和事先向陈信汇报时曾提到风闻的"钱匣子"传说，下一步准备通过追索审讯黄达宝为突破口，彻底查清毛亩与王龙一合谋串通的内幕，但此事需要纪检委配合。若事先未沟通就贸然提出来，有把手伸到他人菜园里的嫌疑，想看看纪检书记的态度再说，便回答陈信："先就两点，想起来再补充。"

陈信便把目光投向了纪检书记。

不想先发言的纪检书记明白得先说让书记不高兴的话了,因为沈宁海已经事先"拜托"自己了。纪检书记发言道:"按纪律规定,领导干部不能经商办企业,但我同意大和同志说的客观情况,即申请企业的时候,王龙一还只是事业编制,不算国家公务员系列,现有材料很难给予纪律处分。至于8年未交土地费,我认为不会存在主观故意,毕竟才7500元钱嘛。谁会在官司如此激烈的情况下,还留把柄给对方抓?我也同意大和同志的意见,王龙一调出阳北,另行安排。"

陈信不易察觉地摇了摇头:"调出是必须的,但往哪儿调?老张有什么新想法?"

老张是班子中年龄最大的常务副县长,既分管城镇建设又分管经济工作。开发区主任曾向自己积极推荐王龙一,故此,对王龙一工作能力有较好印象。见书记不向组织部发问却问自己,便心直口快地说:"以往研究干部都是组织部先拿个意见,今天这种讨论形式还是头一次。既然书记先问到了我,我就有啥说啥。按说王龙一活儿干得真不赖,是开发区抓城建副主任最合适的人选。但以前我没想到他这么阴沉古怪,争讼地皮的手法真是不地道。不过,有歪才的人都有毛病,毕竟才30多岁。既然纪检委那儿定不了什么问题,如果还放我那儿,我负责看管住他,让他好好干活儿。"

组织部长说:"组织部同意张县长的意见。我们允许干部犯错误,也应当允许干部改正错误。县委县政府已经分别履行了任命程序,只是人还未报到,朝令夕改对县委的威信将造成损害和影响。"

王大和明确表示了反对意见:"首先,我不反对给予犯错误的干部以改正机会,但错误是客观无意还是主观故意,反映了干部的道德操守问题。把一个在阳北镇干不下去的干部调到开发区当副主任,谁心里都明白那实际上是重用。这必然使原本恶劣的影响得以数倍放大,同时连带的是县委的威信继续受到损害与同比例下降!我建议不仅不能调任开发区重用,而且目前不宜安排重要领导岗位。"

受了抢白,组织部长气恼地说:"大和同志,王龙一毕竟是县委刚刚

树起来的优秀干部，随便安排一个岗位，岂不是在打我们自己的耳光？咱俩谁在损害县委的领导权威？"

王大和也激动起来："我认为县委的权威应当建立在实地上而不是半空中。这个实地就是老百姓内心里服气，而不是表面服从。如果我们在座的不想做安徒生笔下那个穿新装的光屁股皇帝，就必须让老百姓看到，故意损害老百姓利益的官员，能力再强，政绩再大，县委绝对不会重用！"

会场出现了短暂冷场，陈信与黄伟交换了一下眼色，黄伟会意地点了点头，说："一个百姓眼里是无赖的干部，在我们领导干部眼里却是十大优秀干部，这的确是耐人寻味。我不想讲什么大道理，只想请大家注意一个可能出现的信任危机，如果我们不想让这个丑闻继续发酵，不想在今年人代会选举中丢票丢脸，我建议大家同意大和同志的意见。"

陈信扬了扬手里的材料说："我相信大家看了这一堆材料都会做出自己正确的判断。会前我同黄县长碰了头，我提议，王龙一到残疾人联合会任副理事长，各位有什么意见请发表。"

两位党政主要领导事先统一了意见，在场的常委都知趣地闭紧了嘴巴，但沈宁海急了："我同意将王龙一开发区副主任的职务改任其他岗位，但让人不解的是，王龙一那么年轻，那么好的前程，为区区半间门市绞尽脑汁，他脑子有病不成？"

陈信铁青着脸打断说："宁海同志说得对，各种理由都不应当促使王龙一那样去做，但他却做了，这就只有一种解释了，王龙一的脑子的确有病！"

篇后补记

补记之一：

坐进残联两人一间的副理事长办公室，王龙一将沈宁海折磨得几欲崩溃。沈宁海开出了怪异赔偿条款，将几十年在阳河及山城的人脉关系逐一过渡给王龙一，使其以新方式结束沮丧怨恨的生活。王龙一对新生活追逐之疯狂乐趣超过了通过三级六判把刘玉山打翻在地的快感。两年间，王龙一同公安局长贾志、开发区胖主任等全县三分之一的局级干部，以及组织部长、纪检书记等三分之二县级领导的儿子和女婿成了朋友与哥们。庞大的人脉关系如同一条条雌性章鱼，搔首弄姿的发情触角已同山城市若干雄性章鱼紧紧缠绕成一团。

王龙一深谙了哥们与朋友关系的"三度"秘窍：稳固程度同利用深度及钱的润滑力度成正比。

毛亩在一个晚上突然被撵回了家，意外因素是一个月前的一个早晨刘太林突然调到县政协而小张镇长继任书记。

沈宁海恐惧于前车之鉴，凡与钱沾上边的事对王龙一死不松口。于是，几十名瞎子哑子聋子瘸子逐次攻入县委大院、走廊、会议室，棍拐合舞痛快淋漓地捅碎了玻璃，砸坏了杯盘灯盏，抡伤了门卫的腿。一直舞蹈到秘书长沈宁海出面，并逼着民政局把敬老院工程乖乖交给那些看不见物，说不出话，听不见声却不乏气力的人去建设。

躲在门后冷笑着的王龙一迅速起用了"潜伏"多年的黄达宝，秘密恢复了新的洗钱车间。

补记之二：

"两会"将在月余后召开，陈信提议即将被命名为全省十大政法模范的王大和担任政协主席，沈宁海、组织部长、纪检书记等人共同认为是外来书记对本地干部的歧视，提议却得到土生土长的县长黄伟支持。

王龙一认为王大和的提拔和当模范源于自己贬黜为残联副理事长的"贡献"，重新翻出曾用于刘玉山的那张弩，精心配制了两支浸毒的利镞：第一支是在阳河镇党委书记任上把国企低价承包非法商人个人收贿50万元；第二支是利用政法委书记职务包庇黑社会为在押犯开脱。但把玩在手中却不发射。

离"两会"仅剩一周的那个早晨，省市两级纪检委、组织部、政法委等十几个要害部门一齐收到关于王大和的举报信。急火上房的陈信赖坐在山城市纪检书记办公室不走，要求一周内做出结论或对匿名信不予理睬。对方摇着头说："第一，信虽匿名，承包却有其事，但此商人正在国外。第二，在押人犯同样确有其事，但人是外省公安从你县提走的，就怪举报信发得太晚了。"

补记之三：

全省召开政法模范命名实况转播大会，公示的十大政法模范变成了九个，独独少了王大和。

刘玉山认为省里少做了一块奖牌，应该给王书记补一块尺码材质都一样的，犯愁那"中共S省委员会　S省人民政府"的款落不上。曲云莲让落上"原劳教人犯　现文明公民　刘玉山　曲云莲"。

刘玉山扎鲜红领带，曲云莲穿大红羽绒服，夫妻抬着红绸坠带的奖牌去了县城。八点上班高峰，阳河县繁华中心大街上缓步走着一对抬着奖牌的艳装男女，走到县委大院门前时围观队伍已达两百多人。

正在赶往山城市参加信访维稳会议的信访办主任老高惊悚地得到报告，阳北的刘玉山夫妻又上访了！老高痛苦地叫了一声："天哪！"顾不上缺席将受通报，立马掉转了车头。

补记之四：

被陈信确诊为"脑残"的王龙一迷上了数学算式解析，每天如痴如狂反复演算着两道试题。第一道是毛亩的临别赠予：

王龙一：60岁-38岁=22年÷5年=4届余2年

答：题中主人最宝贵的资本是年轻，退休之前靠倒四届政府尚富余两年！

届时主宰自己命运的陈信、黄伟以及可恶至极的王大和，见风使舵的组织部长，得了好处却当缩头乌龟的纪检书记，还有那个不经自己同意擅自把自己弄到这个别扭世界上的沈宁海，通通都得给我滚蛋下台，说不定还有见阎王的！毛亩说得对，但他还少说了我王龙一独有的宝贵资本——有钱！钱，是决定命运的必需品！

第二道题是王龙一3天未合眼悟出来的新算式：

王龙一：60岁-38岁=22年÷10年=两回余2年

答：君子报仇，十年不晚。杀他们两个来回，还有两年富余！

每当结束这两道荡气回肠的数学演算，王龙一都会在心旮旯里声嘶力竭地呐喊："老家伙们，咱走着瞧吧。杀！！"

补记之五：

阳河县"两会"胜利闭幕，高票选出了新的政协主席。不过不是正在接受审查的王大和。

一个月后纪检审查结束，王大和继续当政法委书记。又过了一周，省政法委派人专程送来了政法模范的奖牌。王大和望着正面墙上刘玉山、曲云莲的奖牌，把省里的奖牌顺手放到了柜子后面。

王大和在聚精会神绘一张图画。台头标题为"魔术箱暨钱匣子"。纸中央画了一个方形黑木箱子，箱子四角各钉了一颗半尺长带羽刺的棺材盖钉。三颗有钉帽的被拔出了半截后仍顽固地插在钉穴上，旁边分别标注着"残联王"、"政协刘"、"劳务公司毛"。另一颗旁注"达宝黄"的没帽铁钉却如一根潜伏的暗铆死死咬住了箱盖。

王大和将铅笔换成了红色直液尖笔，围着无帽钉圈了一个密不透气的圆，又用力打了一个叉，并在图下标了一行字：追索黄达宝，时限三个月！边写边自语道："顶多年内，必将揭开那个装神弄鬼的黑箱（匣）盖子，绝不给他们一丝喘息之机！"

　　王大和从容放下笔，信步走到窗前，看到外边已是一片阳光灿烂。

完稿于2013年2月28日

新民生小说

官司

GUAN SI